惑世姣莲

池灵筠◎著 CHILINJUN

重庆出版集团 重庆出版社

图书在版编目（CIP）数据

惑世姣莲/池灵筠著. 一重庆：重庆出版社，2009.6
（凤鸣九霄）
ISBN 978-7-229-00557-3

Ⅰ. 惑… Ⅱ. 池… Ⅲ. 长篇小说一中国一当代 Ⅳ. I247.5

中国版本图书馆 CIP 数据核字（2009）第 046824 号

惑世姣莲
HUOSHI JIAOLIAN
池灵筠 著

出 版 人：罗小卫
丛书策划：李 子
责任编辑：李 子
责任校对：李小君
装帧设计：余一梅

重庆出版集团
重庆出版社 出版

重庆长江二路 205 号 邮政编码：400016 http://www.cqph.com
重庆现代彩色书报印务有限公司印刷
重庆出版集团图书发行有限公司发行
E-MAIL:fxchu@cqph.com 邮购电话：023-68809452
全国新华书店经销

开本：720 mm × 1000 mm 1/16 印张：22 字数：349 千
2009 年 6 月第 1 版 2009 年 6 月第 1 版第 1 次印刷
ISBN 978-7-229-00557-3
定价：29.80 元

目录

目录

第三卷 残冬

第四卷 暮春

楔子

万顷烟波，莲花点点隐现。凉风从花叶中拂过，那触感如丝缎轻柔、那香气如晨露淡远。花瓣的颜色不是洁白也不是粉红，而是橙黄如夕阳。这莲花名叫夕莲，我也是。

——欧夕莲

想起她挑起的眼角、飞斜的眉梢，手心的温度，还有浑身笼罩着一种炫目的橙黄色，火样的温暖。我坚定不移地相信她是一只狐狸精，是我的救命狐狸精。

——司马昭颜

第一卷　宁夏

一 · 初见

建署元年。

夕莲八岁生辰这日，正巧新皇登基。

韦娘说中书令[1]大人要进宫忙一整日，或许到子时都歇不下来。

夕莲生气了，非常非常地生气。她朝韦娘大声嚷嚷：“我的生辰，是母亲生我的日子，也是母亲的忌日，他怎么可以不在身边？”

春日迟迟，夕莲板着小脸坐在莲花池旁，数叶子。

这原本是一个湖，周围住了许多渔家。听说后来是被中书令大人圈了地，种上了莲花。这是中书令专为他妻子种的莲花，花瓣的颜色不是洁白也不是粉红，而是橙黄如夕阳。这莲花名叫夕莲。

韦娘身上有一种奶香，尽管她早已没了奶水。可是，夕莲依然闻得到那阵熟悉的奶香。她喜欢枕在韦娘软软的肚子上，听血脉流动，还幻想着那肚子里也能

① 本书中中书令一职的权力大于左相与右相，一人之下万人之上。

孕育一个生命，长大了跟她玩。

韦娘笑着说："傻孩子，等你长大了，可不稀罕跟他玩。"

为什么呢？她没想明白，因为她一直很想有个伴。

韦娘细细摩挲夕莲的眼眉，她们的眼睛长得很像，人们说这叫丹凤眼，主贵。

如果韦娘不是日日穿着朴素的纱衣，而是像其他女人一样被绫罗绸缎裹起来，看上去一定很高贵。不，在夕莲心里，她已经很高贵了，女子就应当像她那般典雅矜持。

"夕莲，过几日要进宫朝见新皇和太后，以前教的规矩，没忘吧？"

韦娘语气中含着淡淡的忧愁，夕莲坐直了身子一本正经地答道："韦娘放心吧，夕莲都记得，不会给你惹麻烦的。"

她怎能不担忧呢，夕莲从小就给她惹岔子，为此没少被中书令大人责罚。

"你这是第一次见太后……不过她，会对你很好的。"

韦娘将她轻拢在怀里，极小心，好像稍稍用力，小夕莲就会碎掉一样。

"夕莲——"

这声音再熟悉不过，她转头望向白玉栏杆的尽头那扇拱门，撑着韦娘的肩膀站起来了，高高举起手臂欢呼："予淳哥哥！我在这里呢！"

卢予淳如玉树兰芝，迈着轻飘的步伐，岸边柳絮纷飞，落在他衣袍上零星乱舞。一片绿意融暖的春色中，他像乘风而来的玉面仙人。

夕莲瞪大双眼惊讶极了，仰头望着他，一年不见，她居然伸手都够不着他的头顶了！

卢予淳在她鼻子上刮了一下，宠溺地笑道："傻丫头，我都十五岁了！"

他总是能看出她心里在想什么，她眯起眼狡黠一笑，终于有人陪她玩了。

长长垂下的柳枝随风飘扬，拂过他的肩，看上去很惬意。夕莲也想柳枝拂过她，可惜不够高。

予淳忽然蹲了下来，一袭白袍的尾摆都拖在了地上。

"来，夕莲，上来，哥哥背你去玩！"

她咧嘴偷笑，趴了上去，双臂紧紧扣住他的颈。

他站起来，她便高高在上了，感受柳枝在脸颊拂过，感受飞絮漫扬。

卢予淳是兵马大元帅的独子，可他身上没有一丝武夫的气息，夕莲喜欢他，就是因为他不好斗。夕莲认为，好斗的人心眼小，予淳哥哥却很宽容，尤其是对她。所以在他面前，夕莲更加得意忘形。

“夕莲，过几日要进宫朝见新皇和太后，我们一起去。”

她玩累了，靠在他肩头，声音脆脆地答道：“知道了，可是为什么叫我去呢？我不是臣子。”

“可你是臣民，太后一直想见你的。”

其实她对皇宫还是充满好奇，尽管予淳说家里和皇宫的样子差不多。可夕莲想：集天下荣华富贵于一身的皇上，怎能住和我一样的家呢？予淳哥哥定是唬人的。

“新皇是谁？”

“先皇的唯一子嗣司马昭颜，听说三岁能识字，五岁通读《论语》《诗经》，如今早已行文如流水，小小年岁才华横溢，不愧是神童。”

她似懂非懂地点点头，任他再好，也比不过予淳哥哥的！

这个生辰，没有父亲，夕莲也过得很快乐。

不仅仅是中书令府所有的人都陪她一起热闹、一起欢快，还有卢予淳。他在她额头亲了一下，托起她尖削的下颌说：“我的夕莲，快些长大吧，等你长大了，哥哥娶你回家……”

夕莲乐颠颠地笑了，或许从此以后，她再不用期盼韦娘给她生个孩子了，她只想快快长大，嫁给他。

外面一片春光明媚，大殿却阴冷不堪。

司马昭颜并不了解她们为何在父皇驾崩后的日子一直争吵不休，如果皇家血统毫无亲情可言，那还讲究这些血统做什么？母后说，一切都是为了他好。可他一点也不好，他是多么希望看到他们为父皇哭丧，哭声倒是有，眼泪却一滴都舍不得流。

争吵到司马昭颜登基的时候，大褚国立了两个太后。一个西太后，皇上的生母辛氏；一个东太后，先皇的皇后卢氏。

新皇登基大典，离他八岁生辰那日还差一个月了。

他带着对未知征途的无限恐惧迈上通往皇位的白玉台阶。

建署元年的第一天，左相大人万分得意地大声宣读先皇遗旨。他是皇上的舅父，与辛太后交换了彼此喜悦的眼神。而司马昭颜却握紧了拳头，他觉得好冷，浑身都冷得发抖。腹部传来一阵痉挛的疼痛。他死命咬住牙关，这是登基大典，不能出岔子，于是任凭额角的汗珠滑落，模糊了视线。

在万千大臣伏倒在他脚下，口中喊着"皇上万岁、万岁、万万岁"的此起彼伏声中，他眼前一黑，倒在了宽敞硬冷的龙椅上，四肢抽搐不断。

醒来时，除了明黄色的帐幔刺眼，他还看见卢太后嘴边那抹混沌笑意。

辛太后坐在床边兀自哭泣，左相大人更是哀叹不已，眉眼都皱成一团。

中书令大人轻声问道："太医，真的没法子了吗？"

"气血虚亏，这也不知何时起的外感风热，昏迷了这些时辰，脑子已经……臣也深感忧虑，皇上日后恐怕无法像正常人一样思考，言行举止也会有失偏颇。"

中书令大人反问："不正常？意思是……傻了？"

"是痴了……皇上的双眸无神，目光涣散，手指无力，连东西都抓不住了。但意识还是很清楚的，知道冷热饥饱。"

辛太后失声喊道："怎么可能？我孩儿天赋异禀，谁敢说他痴了？！"

太医跪了一地，噤若寒蝉。

司马昭颜张口想安慰辛太后，却结巴了半天说不出来，舌头似乎一直在打转，只发出"啊……哦"这样含糊不清的声音。他惊呆了，曾经的口若悬河呢？难道今生都只能这样了？

辛太后又握住他颤抖的手，朝众人狠狠说："即便是痴了，他也是大褚国的皇帝！"

昭颜觉得很难过，却无可抑制地笑了起来，声音沉沉的、傻傻的。

辛太后愣住了，绝望的眼神游移在他面庞半晌，最终拂袖而去，冷冷丢下一句话："太医院从今日起轮流看护皇上，稍有起色定要通知哀家！"

然后人们纷纷离去，只留下一屋子穿着白色长袍的胡须老人。

昭颜的心骤然凉透了，为何……那个对他万般宠爱的母后，怎能就这样离去？他现在需要母亲啊！

他朝她远去的端庄身影抬起手臂，却见自己的指尖哆嗦得跟先皇临终前一模一样！

他心里泛起一阵恶寒，无力垂下了手，瞪大眼睛看床顶的龙纹，细数着龙头、龙爪、龙鳞，直到将自己的眼泪数了出来，一滴一滴，侍奉的婢女用器皿接下，朝太医惊呼："皇上的眼泪，怎么是黄色的？！"

太医慌张接过琉璃器皿，轻微的声音传出："传说，痴子的眼泪是黄色的……没想到竟是真的？"

他终于如辛太后所愿登基了，却成了白痴。

他忍不住抽泣，却发现自己的呜咽声跟鬼叫一般难听。

原来，从先皇永远闭上眼睛的那一刻，他们就一起变成了鬼。

夕莲身着鹅黄绸衫，迈着轻快的步子在御花园的小道上走着。予淳哥哥果然没骗她，皇宫没什么大不了的，和家里差不多。本是来朝见新皇，谁知道皇帝生病了，于是先觐见太后了。她乖乖坐在卢予淳身边，小声答着话。

东太后明艳照人，眼神犀利，但对着她的时候还算柔和。可是，夕莲不怎么喜欢她。她想念韦娘，从小到大，韦娘都没离过她一时半刻。

东太后问了会儿话，柔声吩咐："今晚就在宫里用膳，你父亲也在。"

夕莲有些害怕，在陌生的地方面对那么多陌生的面孔，于是壮着胆子悄声问了句："韦娘也可以来吗？我想她。"

太后眼神中闪现一丝复杂的情绪，谁也无法判断她的喜怒，不过她还是颔首应许了。

卢予淳在旁帮忙解释道："她离了韦娘，就吃不下饭。"

太后笑了笑。她是卢予淳的姑姑，夕莲认为，予淳哥哥从此便是自己的靠山了。

闺阁中灯盏明亮，夕莲靠在韦娘肩上撒娇，因为在宫里吃的那顿饭实在太拘谨，亥时还未过她便饿得发慌了。

“夕莲，现在这个时辰不能进食，会长胖的。”韦娘很在意她的身材，夕莲并不明白，胖一点有什么不好？

“韦娘，我好饿……”她依旧赖着韦娘不放。当然了，在小夕莲心里，她是奶娘啊，就是要把自己喂饱，不是么？

“夕莲，如果你长胖了，你予淳哥哥就不喜欢你了。”

夕莲瞪大眼看着她，真的吗？如果真是这样，那么，就饿着吧。她眯眯一笑，乖乖躺下说：“那我就不饿了！”

韦娘在她额头亲吻：“夕莲乖，你将来会长成大褚国最美的女人。”

夕莲笑得很甜，她还要嫁给最美的男人呢……

书房里，卢予淳和中书令大人在谈话。夕莲躲在窗外的树荫下，她喜欢听他的声音，音色很单薄，却激荡出迷人的磁性。也不知他们在聊什么，等了许久，夕莲累了，便直接推门而入，满心不悦喊道：“你们别说了！都没人陪我玩！”

中书令朝她宠溺一笑，挥挥手说：“那不说了，予淳，你带她去玩吧！”

她又喜笑颜开，拎起裙摆跑了两步，转身朝卢予淳喊：“快点，今天新请了丝竹班子！”

卢予淳跟在夕莲身后，嘴角始终挂着惯有的微笑，如柳絮般轻绵。

她随口问了句：“你们在说什么？”

“皇上登基那日大病一场，变痴了。可先皇就这一个子嗣，加上左相和辛太后的势力，大褚国只能暂由这个白痴皇帝来统治了，你父亲甚感忧虑。”

夕莲想了会儿，纠正他的言辞说：“皇上病痴了？那很可怜的，你不能说他是白痴皇帝。”

卢予淳没料到她会与他咬文嚼字，神情一怔，答道：“是我口误了，他再怎么样也是大褚皇帝。”

万顷烟波，莲花点点隐现。

凉风从花叶中拂过，那触感如丝缎轻柔、那香气如晨露淡远。

今年的莲花开得早，蔓延至远处好像火的颜色，与天际的晚霞连成浑然一体。

远处的乐声震天，笑声朗朗不断，文武百官跟随帝王来相府“迎夏”，庆贺新皇登基后的第一个立夏日。

夕莲从热闹的迎夏宴会上溜了出来，她不明白父亲为何要把如此隆重的皇宫宴会设在家里，她向来不喜欢看那些凡夫俗子凑在一块饮酒作乐。今日，她的予淳哥哥也在那儿与人畅饮，她不喜欢。

司马昭颜也从热闹的宴会中偷偷溜了出来，只为采摘一朵夕莲。

那是如夕阳般炫目的颜色，几乎让人迷了眼睛。

他绕着白玉扶栏找了许久，终于寻到一处缺口，可以探出身子去。但是他紧紧贴在地上，用力伸长手臂也触不到最近的那朵。为何，看似尽在咫尺，却可望而不可即？

他不甘心，这是他所见过人世间最美的东西，一定要得到。

夕莲发现前方有一个明黄色的小小身影，趴在地上，身体努力向前伸，他要摘莲花！

谁不经允许在这里摘莲花？夕莲气势汹汹朝他走去，可还差几步的时候，听得他“扑通”一声掉下去了！连句呼救声都没有，谁知道他究竟会不会水？

他在水中胡乱扑腾，溅起金色的水花，惹得四周一大片花叶随着道道波纹曼舞生姿，似是在嘲笑他的笨拙。他怒了，为何连你们如此高贵的生灵都要嘲弄我？

当他高高举起的手渐渐没入水面，夕莲匆匆褪去身上沉重的华衣，甩掉颈上的首饰，轻盈跃入莲花池。她睁大眼在水中搜寻，那些茎叶和着夕阳的颜色光怪陆离，其中的那袭明黄格外显眼。她绕到他身后，吐了一串咕噜咕噜的气泡，然后用力将他托起。

拖他到了岸边，夕莲气喘吁吁，幸好从小喜欢在莲花池里玩耍，水性极好。

她蓦然发现他胸前那五彩巨龙的条纹，明黄色的袍子……于是歪着脑袋问：“你是皇上？”

昭颜转头看她，夕阳刺痛了他的眼，恍惚中瞥见她的容颜，整张脸都是张扬的金色，眼角微微上挑，眉尾扬起隐隐斜入发际。她薄薄的嘴唇一张一合，眼角眉梢都含着笑意，表情狡黠得像一只狐狸。他却听不清她在说什么。

他就那样痴痴地看着夕莲，眸子漆黑如墨，眼神却涣散无光。

夕莲以为他吓着了，于是握住他的手，那种凉意凉到让她觉得可怕的地步。她忽然间想起来，他因为生病变痴了，心里忽然涌出无数的怜惜之情。他曾经也是才华横溢，如今却成了这副痴呆模样。

不远处有熙熙攘攘的人群赶来，夕莲站起来振臂高呼："快来！皇上落水了！"

她的声音是那样清明悦耳。

昭颜盯着自己的手，她的小手热乎乎的，残留的温度尚在，这是先皇过世后，他第一次感受到的温暖。忽然有人将他抱起来了，匆匆离去，甚至来不及和她说上一句话。

他忽然想起来，方才她凤眼微眯对他说："我叫夕莲，夕莲就是这种莲花的名字。"

然后他发现，自己指缝间缠了一个穿着发绳的挂坠，黄玉雕刻的莲花，光润如她。

中书令急忙拾起夕莲方才扔在岸上的衣服，将她娇小的身躯裹起来，狠狠朝韦娘吼道："你是怎么看她的？！"

韦娘眼里泛着晶莹的光，颤颤巍巍垂头站着。

夕莲从父亲怀里挣脱出来，抱着韦娘的腿嚷嚷："不许你骂她！谁也不许骂她！"

中书令愕然，怒容渐渐消减，毕竟还有许多宾客在场。于是淡淡挥了挥手："快下去吧。"

韦娘抱着夕莲浑身浸透瑟瑟发抖的身子慌忙离开。

昭颜被福公公抱去了厢房，却还盯着那朵黄玉莲花恍惚地想着心事。她是妖精吗？还是狐仙？难道自己伸手采摘莲花，竟不小心惹了神仙？

回想起她挑起的眼角、飞斜的眉梢、手心的温度，还有浑身笼罩着一种炫目的橙黄色，火漾的温暖。他坚定不移地相信她是一只狐狸精，是他的救命狐狸精。

他每日忍受各种嘲讽或同情的目光，忍受臣民们背着他肆无忌惮议论大褚国的白痴皇帝。但她的眼神，却让他觉得亲切，尽管那双眸子是冷冷的弧度，却流露出楚楚的温情。

福公公替昭颜解开衣襟，他挡住了，自己动手。现在他无法用准确的言语表达自己，无法控制自己的面部表情，但是肢体基本无恙，他必须保留最后的那点自尊。他在心里暗下决心：那些背后冷嘲热讽的人，看吧，总有一天大褚国的皇帝会恢复的……只要努力练习，他会恢复正常的！

福公公呈了碗姜汤上来，他尝了口，很烫，却不够温暖。

他极力控制自己的嘴形，缓缓说了几个字："夕……莲，是……谁？"

福公公答道："相府千金的闺名，叫欧夕莲，便是方才救皇上的那位小姐。"

相府千金？她不是狐狸精？昭颜有一丝喜悦又有一丝失望，中书令他……不是先皇信任之人。

他点头示意福公公继续说下去："说……还有？"

"欧小姐与皇上同岁，自小生母亡故，中书令大人对她极其宠爱。"福公公顿了顿，"奴才知道的就这些了。"

昭颜挤出一个笑容，嘴都咧开了："还……漂亮。"

福公公看见皇帝的笑容，长长松了口气，轻快附和道："是漂亮，打小起人见人夸是个美人坯子！尤其是那双丹凤眼，傲气十足，贵不可言。"

昭颜得意极了，他的狐狸精恩人，能不漂亮吗？

二·重逢

在相府歇了一夜，该回宫了。司马昭颜坐在石凳上，手里握着她的黄玉挂坠，静静回想她的眉眼，生动活泼，充满灵性。

矮木树丛忽然动了一下，一只灰色的小兔子悠闲地跳了出来，在他面前晃来晃去。连兔子都不把穿龙袍的小小人儿放在眼里。昭颜有点生气，故意发出低沉的吼声，把它吓跑了。

一个鹅黄色的身影闯了进来，锐声喝道："你吓着它了！"

司马昭颜放眼看去，是她，绸缎华服在阳光下比龙袍还耀眼，眼角眉梢都缀着不悦之色。果然是被宠坏的小丫头。她难道不知礼法吗？见了皇帝也是这副模样，若是换了别人，早被下人拖出去杖责了。

“不过是只小兔子，你吓唬它做什么？”她走近了，怒视昭颜，目光有些灼人。

昭颜努力使足劲说：“它……也欺负……”

他还没说完，夕莲便迅速接了过去，质问道：“它也欺负你？你就任人欺负吗？”

昭颜点头，夕莲愣住了，心里忽然又对他心生同情，轻声说：“我也知道，你一定很难过。别管人家怎么说你，自己过得开心就好了！”

司马昭颜苦笑，天下万民都叫他白痴皇帝，如何想得开？不敢再看她，他自己照过镜子，这副痴傻的样子，实在难看，他不想教狐狸精对自己心生厌烦。

“夕莲！”

两人都抬头望去，是卢予淳进来了。因为是东太后的侄子，所以昭颜不喜欢他。

夕莲欢悦朝他跑了过去，甜甜唤道：“予淳哥哥，我的兔子刚才还在这里呢！”

昭颜心生嫉妒，为何她对自己就是一副冷清清、凶巴巴的样子？

“微臣叩见皇上！”卢予淳向昭颜行君臣之礼，他抬手以示平身。

夕莲愣愣看着卢予淳，也向昭颜行了个礼。

昭颜便冷冷瞥了她一眼，以示不满。

她理直气壮地说：“你别不高兴，我一时忘记了而已！”

卢予淳连忙将她往后拉了拉，恭敬道：“皇上，夕莲年幼，请恕她冒昧无礼。”

昭颜并不生气，只是不满她对他肆无忌惮的态度，难道她也看不起他这个白痴皇帝么？不，其他人都是表面恭敬，背后阴损，她却是堂而皇之地冒犯，反而令昭颜心安了不少。

卢予淳将她带走了，司马昭颜眼睁睁看着他拉着她的小手，那只温暖无比的手。

回了屋子，夕莲望着满桌佳肴，无端端地感到心烦。

“夕莲，怎么了？”

韦娘轻轻抚摸她的头，她便放下碗筷，喟叹了句：“他真的很可怜。”

“谁呀？”

“皇上。”夕莲耷拉着脑袋说，“大家都欺负他。”

韦娘嘘了声，悄悄在她耳旁说：“话不能乱说，他是皇上，谁敢欺负他？”

他是皇上，全国最大的人。可是他的遭遇的确让人同情。夕莲蔫蔫地夹了口菜。

“夕莲，今日那么多皇亲国戚在，你怎能如此不知礼数呢？你父亲惩罚我是对的，你却破了他的威信，让朝臣笑话他连女儿都管不住。”

夕莲惊讶极了，韦娘怎会这样想？难道她不感激自己保护了她吗？看来，好心办的事不一定就是好事。夕莲伸手抚平韦娘皱起的眉，乖乖答道：“我知道了，以后不会了。”

卢予淳歇了几日便要回军营去，送他的时候夕莲哭得很伤心。韦娘有两年没见她这样号啕大哭了。天知道她在哭什么，或许是有舍不得，或许是因为她又成了孤独一人，没人陪她玩。

韦娘与太后坐在石凳上，看夕莲欢快地荡着秋千。四周种了几株茉莉，清香怡人。

太后最近频繁召夕莲入宫，她对夕莲是极好的。渐渐地，夕莲也不顾忌了，在家什么样，在宫里就什么样，就算骄横一些，太后也不责怪，反而满脸喜色。

“我说吧，她很容易亲近，只要待她好，她便会很快接受你。”

“这些年，辛苦你了。”

“说什么辛苦呢，她很贴心，还能与我互相依偎。”

“等她进宫了，你怎么办？还跟着吗？”

夕莲无意听见，蓦然停下了秋千，脆脆的声音朝太后喊道：“韦娘要跟我一辈子的！”

太后暖暖笑着，淡然道：“你长大以后，就用不着奶娘了。”

夕莲急得从秋千上跳了下来，快步走到太后面前，长裙拖在草地上窸窣作响。她高高扬起尖削的下颌，执拗说道：“韦娘要跟我一辈子，没有她，我什么也干不了！”

太后神色复杂，斜斜睨了眼韦娘，而后又笑道：“现在说这个做什么呢？夕莲，哀家为你准备了礼物，随来吧。”

韦娘低低地垂着头，夕莲不高兴，她不喜欢别人欺负韦娘。

太后赏赐的东西无非就是珠宝首饰，这些东西夕莲见多了，她认为除了让人眼花缭乱之外没别的好处。太后和韦娘还有话要说，故意支走夕莲。夕莲便独自在走廊花园里转悠，时不时转身对宫女说："你们别跟着我哦！"

但是她们不听话，寸步不离。

远远的西天被绚丽的夕阳印染，就像莲花池的尽头，那是耀眼而和谐的颜色，是夕莲的颜色。

夕莲突发奇想，不知道从这里能不能看到家里的莲花池呢？于是她四处张望，希望能找到高高的台子，以便能望得远些。

大殿后方确实有一个高台，她踮起脚尖努力张望。夕阳即将落下远山，她必须要赶在那之前上去。三两下她就将厚重的外衣脱下随手扔了，拎了裙角飞快朝那个方向奔去。天色越来越暗，小小身影在偌大的皇宫里跑累了，可是那台子怎么那么远呢？

夕阳余晖渐渐从平整光滑的青砖上褪去，调皮的星星一颗一颗都从深蓝天幕上蹦出来了。夕莲扶着阶梯的栏杆大口喘气。怎么会？拼尽力气却没来得及挽留？不管怎样，既然来了，就上去看看吧。

昭颜躺在浑天仪里观星，不知谁发明的仪器，给他沉闷而卑微的帝王生涯平添了几分闲趣。今夜的天幕异常晴朗，他调准了方向，在"七月流火"的位置上，蓦然闪现出一张飞扬的脸庞，吃惊地瞪大眼睛问："这是什么？你躺在这里做什么？"

昭颜心里一窒，噢，是她，救命狐狸精，她的声音还是那样清明悦耳。

他嗫声答道："观星。"

夕莲仰头看了看天，然后又俯身看着他，眼神狡黠，问："我也可以玩吗？"

他点头，推开侧门，让她也躺进来了。

她笑眯眯侧头说了声："皇上万福！"就这样躺着，没有行礼更没有下跪。

昭颜还是习惯说了句："平、平身。"

她拨弄着眼前的仪器，嘴里嘟囔："这是做什么的？"

上弦月的光华，打在她华丽的衣着上，淡淡银辉夹杂着金黄，比龙袍还漂亮。

她用窥管在天上乱瞄，问："那颗很亮的，是什么星啊？"

"哪里？"

"这里。"她把他也拉过去，和她凑到一起看。

昭颜没防备，下巴撞在她颈上，唇轻轻擦过她的耳垂。他才发现她没穿外衣，不过那平平的锁骨煞是好看，肩膀削瘦，肩头却圆润光滑。在窄小的空间里，似乎感觉到她的气息轻轻喷在脸上，连心跳都莫名加快了。

他茫然地看着星星，闻到她身上的香味——莲花香，青涩而幽秘，答道："织女星。"

"织女哦！那牛郎在哪里？"她自己掰着仪器随便转动。

昭颜痴痴望着天空，他的每一日都很难熬，不仅仅是孤独，还要以八岁的心智去面对威严的太后、冷漠的母亲和各怀心腹的臣子。此刻却可以无忧无虑像个孩子，陪她看星星。如果可以让时光停留在这一刻，他宁愿永远八岁，不长大。

观星台下传来叮咚作响的声音，是东太后的辇车。

夕莲忽然叫道："哎呀，我忘了，该回家了呢！"

他们都坐起身来，她拎起裙摆迈了出去，后背的两片肩胛骨中间凹下去一道优美的弧度。她转身挥挥手说："我先走了，或许明日再来！"

昭颜就坐在那儿呆呆望着她被众多婢女迎走了，东太后立在远处，轻蔑地笑着。

他收回目光，继续躺在仪器里看星星，找到牛郎，等她来。

次日夜里。他沉浸在她狐狸般狡黠的笑容中，等待，漫无目的。

她说：或许明日再来。

或许而已，他却深信不疑。明日复明日，明日何其多？朝看水东流，暮看日西坠。

等过了整个夏季，等到枫叶落尽，等到新年瑞雪，等过了一个又一个春天，他都没再见到她。

建署九年，上元灯节。

御道两旁的桃李树枝丫上挂满各色花灯，金鱼、莲花、龙凤，高挑在夜空中，伴着纷飞的白雪，华灯如炬、火树银花，人声鼎沸、热闹喧嚣。

夕莲穿着一袭火黄的狐裘，眼角依旧向上挑，眉尾斜入发际，笑起来像只狡黠的狐狸。她在花灯丛中来回穿梭，跟着她的予淳哥哥。噢，不，现在她唤他作予淳。她十六岁生辰，就是成亲的日子了。请求赐婚的折子递上去了，只等皇上盖上大印。

夕莲迷惑地问父亲："难道他不盖印我就不能嫁人了么？"

中书令答："盖了玺印你们的婚事便是御赐的，可以办得风光无限。"

她很期待风光无限的那一天，听说新娘子是最美的。

予淳牵着她的手，路人纷纷朝他们投去羡慕的目光。每当这种时候，夕莲都会飘飘然，觉得他们如神仙眷侣般。反正不论走到哪里，夕莲都是耀人眼目的；而予淳，永远如玉树兰芝般温雅。

夕莲唯一的不满，是卢予淳已经成为了一名将军，将来像他父亲一样会当上天下兵马大元帅。夕莲觉得，书生比较好，点灯夜读，她可以闲坐在一旁为他添香。可惜他真的是一名将军，时常在大褚与南离国的边境上驻守，不过成亲以后，他就会被调回金陵。

"夕莲，先等我一下，别动哦。"他好像遇见了什么官员，要前去打招呼，夕莲安静地点点头，乖乖站在被白雪压满枝丫的桃树下。

不远处飘来一阵香气，夕莲嘴馋，探着头往那看去，是一个馄饨小摊。堂堂相府千金，居然会垂涎一碗路边馄饨么？她傲然扬起了头，看满街花灯璀璨。

可是馄饨的香气源源不断飘来，她使劲嗅，不由舔舔嘴唇。不过韦娘说过，晚上不能进食，不然长胖了予淳就不喜欢。夕莲毅然决定离那诱惑远一点，便走开了一段，站在另一棵树底下。予淳还在和别人交谈，她必须探出身子才能瞧见他。

不知从哪里传来吱嘎的声响，一些凝结成团的雪哗啦啦落在她身上。

抬头望，有根树枝好像在断裂，雪还在源源不断往下落，夕莲觉得应该快点跑开，却直愣愣地望着那根缓缓坠落的树枝张大了嘴。大概是吓坏了吧，直到有人将她拉了出来，那粗壮的枝丫摔在雪地里发出一阵巨响，溅了她一身白雪。夕莲颤了两下，有些后怕。

救她的人看上去是名官家公子，身姿颀长，华服玉冠，双眸漆黑。

夕莲朝他恭敬行礼道："多谢公子相救。"

他嘴唇颤了颤，目光呆滞吐了两个字："夕莲……"终于又见到了她，惊喜和惆怅杂乱无章塞满了他迟钝的大脑。她没变，一直停留在他的八岁。她的气味，还是那样的莲花香，青涩而幽秘。

夕莲惊讶打量他许久，看他痴痴的表情才认出他来，是皇上呀！他怎么能在这里呢？

"皇上，你没事吧？你一个人？没带随从么？"她问了一连串的话语。

他只颔首说："一个人。"

看他说话好像比从前伶俐些了，夕莲调皮笑道："好多年不见了！"

昭颜心里一沉，淡淡说："你失约了，观……星台。"

观星台？夕莲想了许久，对了，那时她还想去那高台上看星星的，可是父亲不让，太后也不让，甚至进了宫都不叫她去给皇上请安。她是觉得很没礼貌的，毕竟相识一场。不过久而久之，也习惯了，这个皇上在宫里跟隐形的差不多。

"你说明日来，我便一直等你。"昭颜这句话说得很利索，因为练习了很多遍。

夕莲朝他歉意一笑："对不起，他们说那是皇上才能去的地方，所以我没再去了。"话音刚落，她的双肩忽然被人抱住了，惊得转头看，是予淳。

他紧紧拥着夕莲，在她额上亲吻："夕莲，你怎么乱跑呢？"

在万盏灯烛的光华下，她对卢予淳明眸浅笑，甜甜问："看我们遇见谁了？"

昭颜望着她，几乎承受不住，身后忽然出现几个黑影，夕莲朝他低声笑道："回头看，有人来抓你啦！"

昭颜心慌意乱，他怎么舍得，时隔八年才遇见她，怎么舍得就这样离去？

那些侍卫催促着请皇上回去，昭颜便机械地跟在他们身后，回到属于他那高高在上的城楼，去俯瞰万民狂欢。繁华旖旎如梦的金陵，却唯独他一人是旁观者。

夕莲忽然想起什么，朝他渐行渐远的背影挥手喊道："我快要成亲了，你也来喝喜酒哦！"

昭颜的身子僵了一下，没有回头，嘴角无可抑制地抽动起来。每走一步，他的脚心就像被冰凌刀划了一道，曾经期盼了千百回的温暖，现在属于别人了；那手心的温暖，再也触不到了……他能懂，其实她嫁给卢予淳很好，不然，难道要嫁一个白痴皇帝么？

合阳宫里，歌舞升平。

一名眉眼刻薄的女子喂明黄龙袍的男子喝了杯烈酒，却不给他喂吃的。

皇帝自己伸手去拈，可那圆圆的果子太小太滑，捉不住。她照着他抖得一塌糊涂的手打了下去，声音尖刻："要什么我给你拿！"

昭颜皱着眉头，他宁愿要福公公伺候，也不想要她在身边多待一刻。可是，她是他舅舅的女儿，他的表妹辛欣。她十三岁的时候，他们就迫不及待把她塞给了昭颜，要他们生个儿子，继承大统。

辛欣讨厌这个白痴皇帝，但是她又想和他生儿子，将来好当皇后。

可惜，两年过去了，她的儿子还没影。

西太后质问她的时候，她委屈地指着昭颜叫嚣道："他不碰我，我能有什么办法？我脱光了对他投怀送抱，他都没反应！他连男欢女爱都不会……照我说，他早就不是男人了！"

西太后气得发抖，狠狠扇了她耳光，怎么说皇上还是她儿子呢！

而昭颜在一旁幸灾乐祸。

他现在唯一的女人是琴儿，一个服侍他的宫女。当初宠幸她的原因很简单，她在这宫里太弱小，总是被人欺负，他便毫不犹豫要了她，将她捧得高高的，让那些欺负她的人狠狠嫉妒她。

辛欣得知后，几乎快疯了，毫不顾忌朝他大吼："你明明懂，为何要跟我装！"

昭颜傻傻笑着，对，明明懂，就是要装。他不想一切尽如别人意。

辛欣受打击以后，一直缠着他对他百般讨好，刚才打他的那一下，也是讨好方法之一。

幸好昭颜宠幸琴儿的次数也有限，如果她怀上了龙子，辛欣一定会吐血身亡。

"皇上……"辛欣又使出了浑身解数，媚态万千，他任由她在自己身上乱摸，而后转身搂住了琴儿。她尖叫着拖住他的腿，"你这个白痴！她有什么好的？！小贱人！"

昭颜冷冷对福公公说:“杖责。”

琴儿现在是贵人,三品;辛欣不过小小昭仪,位居五品,以下犯上,言辞恶劣,杖责是宫规。

辛欣僵住了,昭颜笑得很狰狞,她不该叫他白痴的。

琴儿窝在昭颜怀里,很安静,她不善言辞,和他一样。

上元灯节,别人都很热闹,只有他们是孤独的,相互取暖。

她望着窗外遥远升起的烟花,终于说了一句话:“臣妾多谢皇上厚爱。”

宫女被宠幸后,多半会说这句话。他却知道她话里的真正含义,皇帝封了她贵人,全家也跟着繁兴起来。那烟花,便是她父亲坊里做的。

她又说:“皇上,两位太后都催促立后之事,其实,你喜欢谁,立了就是,你是皇上啊!”

昭颜看她眼神精明,轻声问:“你……说谁?”

“福公公告诉臣妾了,皇上一直喜欢相府千金欧小姐。”

他点头。喜欢她,从八岁的时候,可是她今天说她要嫁人了。

琴儿淡淡说:“只要她还没嫁人,皇上尽可要她。”

昭颜听着自己的心跳,狂烈无比,好像一切未知的命运其实就掌握在自己手中!

他是皇上啊,有什么不可以做?

他头脑发热,匆匆披上衣服冲到书房,打乱满桌堆得整齐的折子,找到有她名字的那份!欧夕莲,欧夕莲那三个字就幻作那一池炫目耀眼的莲花,化作她飞扬的神采、微挑的眼角,他双手颤抖着将那折子扔进了火炉,火苗跳跃得如同她活泼的眼神。

三·立后

卢元帅上请赐婚的折子无故失踪。皇上一般不批阅奏折,御书房的折子只在那儿停留一日便送到东宫太后殿去了。送折子的太监说没有遗漏，只是到太后手里唯独少了这一份。可以重新拟折子，不过这样的婚事重新拟就不大吉利。

这事就交给长辈们操心，夕莲只想和予淳天天腻在一块，可卢予淳要回一趟军营。听说，在与南离国交界的小镇上，有许多好玩意儿，还有很美的江南风光。夕莲央求许久，加上韦娘从旁劝说，中书令终于依了她。

走了十天才到扁州，夕莲从未经历过长途跋涉，累得浑身酸软。

予淳收拾了最干净的房间，铺上最奢华的丝绒，从小到大，她的待遇就像个公主。

南方的天气潮湿阴冷，夕莲浑身冰凉。

予淳伸入被褥里握住她的手，皱紧了眉头："这样可不行，你会着凉的。"

夕莲眨着眼睛问："那怎么办呢？"

他起身脱去外衣，一面说："这里的条件毕竟不如金陵。我抱着你吧，让你暖和些。"

夕莲往里侧让了让，予淳掀开锦被钻了进来，她不知为何紧张，脸上发烫。

予淳伸手拥住夕莲，很多次他都这样，她本该习以为常的。可是这回，他赤着脚，胸襟也敞开来，露出一大片如冰似玉的肌肤。她紧紧贴在他赤裸的胸膛上，他的皮肤灼热。

在夕莲的记忆中，她的予淳哥哥从来没有这样随便。

夕莲闻见他身体散发出一种男人才有的汗味，很好闻。

他捧着她的脸蛋发呆，缓缓说："你长大了呵，夕莲……"

然后，一种前所未有的窒息将她淹没。他的嘴唇如此醉人，舌尖灵巧探入她口中，温软香甜。她情不自禁回应起来，与他唇舌纠缠，双臂紧紧勾住了他的脖子。

他将她紧紧压在身下，在她耳垂亲吻，然后是颈侧、锁骨。细长的手指轻抚她玲珑的锁骨，一种带着无限磁性的声音散发开来："你简直美到了极致……"

温雅的予淳，此刻却如火一般热情，他粗重的喘息完全打乱了她的心智。夕莲一阵恍惚，衣襟已经被解开……吻，就像流沙一样，淹没她身体的每寸肌肤。他的手掌，温柔地在她胴体游走。带着对未知世界的极度恐惧，夕莲急速弹开了，连人带被滚下了床。

"夕莲……"予淳迷惑地看着她，从床上下来。她紧紧拽着被子挡在胸前，正对着他赤裸的下体，吓得闭上眼尖叫起来，天啊！他们在做什么？！

他将她重新抱上床，不顾她任性的哭闹与挣扎，继续方才未完成的动作。

“夕莲，你喜欢我么？”

夕莲停止了挣扎，泪眼婆娑看着他，呜咽着答道：“喜欢。”

他纤细的手指擦拭她眼角的泪，表情魅惑无比：“夕莲，我爱你，我要把我的全部都给你。”

她忍受那种痛苦的异物侵入感，闭上了眼睛。因为喜欢他，所以应该毫不吝啬。

最疼痛的撕裂瞬间，她忍不住大声哭喊，用力揪住了铺在身下的那些奢华的丝绒，指甲刺破手掌，鲜血滴在床褥上，在纯洁的冬夜开出迷乱之花。

然后，她便成了他的女人。

清晨，予淳轻轻撩起夕莲前额垂下的发，吻着她发烫的脸颊说：“刚破了身子，得好好歇几日，我回趟军营，叫韦娘陪你四处转转吧。”

她满脸羞涩，娇笑颔首。目送他翩然离去，韦娘正立在门边忧虑不安。

她迎上去扑进熟悉的怀抱，声音甜蜜无比：“韦娘，我终于长成一个女人了。”

虽然湿冷，不过阳光还是很明媚，洒在身上暖暖的。没想到，这里的冬天居然充满生机，草有些枯黄，但许多树连叶子都没落。夕莲在小河边坐着玩石子，予淳陪了她一上午，刚走没多久，她已经开始觉得无趣了。风有点刺骨的阴冷，她张望了会儿，韦娘去取水来，怎么去了这么久呢？

她没注意到，远处的草丛中，几个鬼祟的身影已经埋伏许久，伺机而动……

司马昭颜愣愣看着桌上的折子，这回，他不知该用什么方法毁了它。他忽然觉得自己很傻，烧了又如何，她还是喜欢卢予淳的。

他们一定是琢磨了许久，找不到头绪。谁能料到一国之君会烧了大臣上请赐婚的折子呢？

福公公忽然来传，太后请皇上速速前去大殿商议要事，说是扁州的五百里加急。

他心烦，莫不是南离国又要生事？他不想管那些事，只想夕莲。

正阳殿，卢太后和中书令焦急不堪，辛太后和左相的神色有点幸灾乐祸，右相那派大臣则是忧心忡忡。昭颜坐定后，福公公呈上信件。他匆匆浏览了一遍，顿时愣住了。

上面写着："中书令之女欧夕莲被南离探子掳走，要挟大褚以三个城池赎回。请圣上明裁。"

旁边是南离国皇帝写的合约文书。只要盖上玺印，她会回来，城池就丢了。

昭颜紧紧蹙着眉，不消说，卢太后肯定是想赎她，辛太后一定反对，右相会以国为重。

二比一，卢太后终于要输一回了。

边境那三个城池，一直在大褚和南离手上转来转去，先皇终其一生，最大的成就是保国周全。他手上一个城池都没丢。昭颜想起父皇临终前拉着自己手说："昭颜，要善待天下，避免战祸啊……"

如果要避免战祸，就要用城池赎她。不然，就要出兵南离，到那时，恐怕夕莲也性命不保。不，他不想看到那样的事发生，于是铿锵地吐出两个字："救她！"

辛太后不可置信瞪着龙椅上的白痴皇帝，卢太后也是惊诧不已，连福公公都急得满头大汗，在旁小声提醒说："皇上三思，事关重大，先听听朝臣意见吧……"

有什么好听的，昭颜不耐烦摆摆手，直接对中书令说："立……立后，集……结、集结军队。"

大臣面面相觑，右相眼中闪出赞赏之情，中书令也心领神会。

南离掳劫皇室中人，以此要挟，他们无疑是在宣布和平时代的终结，向大褚宣战。两国开战，大褚也许会蒙受损失，但南离一定不会胜出。

南离连着几年洪灾严重，四处饥荒，路有冻死，饿殍遍野。而大褚国在先皇统治下的十年，风调雨顺，经济繁荣，人口猛涨。若两国军队都集结在边境上，孰强孰弱一目了然，恐怕权贵豪强会倒戈相向，投奔大褚。不用真的开战，恐怕南离也不得不放人。若他们敢伤了大褚皇后，那大褚就不得不出兵攻打南离。

昭颜说那句立后的话时，并没有特殊的感觉，只是在回想的时候，心里生出一丝窃喜。虽是权宜之计，但一国之后不是闹着玩的，她一旦成了皇后，便要伴他终生了。是不是上天怜悯，给了他这样一个绝佳的机会？

中书令即刻拟旨，匆忙盖上玺印，夕莲就这样成了皇后。

大军明日起，挥军南下，朝扁州出发。

合阳宫，亥时已过。

琴儿替昭颜梳头，一面怀着喜悦的心情恭贺道："恭喜皇上得偿所愿。"

他笑了，镜中人很傻的样子，可还是不可抑制地笑了。

手心托着那朵黄玉雕刻的莲花，光润如她。

他亲吻着花，就像亲吻着她。

琴儿在一旁甜甜笑着："她真有福气，蒙皇上圣宠若此。"

福气？昭颜忽然担心起来，嫁给一个白痴皇帝，究竟是不是她的福气？

不知为何，他眼前陡然闪现出她看卢予淳时温情脉脉的眼神，心骤然凉透了，整个人如冰雕般不能动弹。她怎么会到扁州去了？不就是跟他一起么？天底下怎会有自己这般愚笨的人，夕莲跟卢予淳去游玩，惹下的乱子却让他来收拾！

司马昭颜心里生出狠狠的嫉妒，攥紧了拳头，暗想：卢予淳，等你们回来，该让你嫉妒我了吧。因为欧夕莲，她现在是我的皇后。

夕莲是人质，但依旧傲气十足。

他们抓获夕莲是由于看见她和卢予淳在一起，却并不清楚她到底是何身份。

可夕莲藐视南离国朝堂上所有的人，朗声说："只要给军营报上我的名字，朝廷自然会派人来救我！"

于是，南离皇帝认为她出身不凡，直接给大褚皇帝下合约书，要他们用三个城池来换人。

夕莲斜着眼冷冷说道："你们若伤我分毫，卢元帅会发动所有兵马来打你们！"

不知道是她说的话唬人还是卢元帅的名号唬人，他们请她住进了南离的皇宫，山珍海味招待。

南方的新芽发得很早，金陵恐怕还在下雪。夕莲趴在窗前，凝神看着一棵植物的嫩芽渐渐伸展，到午时便长成了一片小小的叶子。黄绿色，油亮的光泽。等她眼前那排植物都长出了叶子，终于等来了消息，没用城池，南离皇帝决定放她走了。

夕莲走出南离皇宫时，所有的人都对她毕恭毕敬，她纳闷了：难道卢元帅真有这么大能耐？

卢予淳就在宫门迎接，满目苍凉。夕莲忽然觉得自己无比幸福，脸上绽放出灿烂的笑容，像小鸟一样扑到卢予淳怀里。她羞涩地靠在他身旁，细数着思念之情。

马车奔驰到两国边界，大褚发动的大量兵马都聚集在边寨，帐营浩浩荡荡，篝火熊烈辉煌。

卢予淳表情凝重，优雅的眉都蹙成一团，夕莲感到他的肩膀，隔着如诗的清冷。

“夕莲，你知道谁救了你么？”

她疑惑看着他，谁救了我？不是你么？

“是皇上，一纸诏书救了你的性命。”他说话时躲避她的目光，可还是泄露了目光里杂然的哀痛。夕莲心底一沉，怎么了，发生什么事情了？

“夕莲……”他紧紧拥住她，“你现在成了大褚国的皇后，我们怎么办、怎么办……”

夕莲愣了半晌，问：“什么皇后？”

“为了救你，中书令大人不得已听了皇上的意见，拟了立后诏书，两国才避免烽火相接。”

夕莲茫然地看着他，皇后？那个白痴皇帝的皇后？可是她已经是予淳哥哥的女人了啊……她有些失魂地喃喃道：“那你带我走吧，我们随便找个地方住着，谁也找不到我们……”

“夕莲，那你父亲怎么办？我父亲又该如何？”

她的思维渐渐清晰，却惊恐极了。她捂着耳朵铆足了劲儿惊声尖叫起来，为什么？那个白痴为什么要这样做？她明明告诉他了，她明明告诉他她要和予淳成亲了！他为什么还要立自己当皇后？！

卢予淳的泪冰凉凉的，洒在夕莲颈上，就像有把冷冽的冰刀架在她脖子上一般。

她死也不要嫁给别人，她的心她的人都已经是予淳的了！

马车颠簸摇晃，那些温柔的往事点点在眼前浮现，时而清晰时而模糊。卢予淳，他的笑靥伴她走过了童年所有欢快的时光，他的怀抱给了她世上最宽容的慰藉。她还是个婴儿的时候，他就在等她长大了。她好不容易长大了，成了他的女人，却要嫁给别人？

夕莲的心疼得无力，喏喏说了句："予淳哥哥，我们殉情吧？"

卢予淳忍住哽咽，紧紧搂住她："傻丫头，那不是解决问题的方法。等回了金陵，我们好好商量，和中书令大人、太后一起商量，会有办法的……"

夕莲无力闭上眼睛，炫美的爱情，最纯真的初恋，难道要被毁灭殆尽么？他们就这样默默相拥，等待残酷命运的光临。

雪融了，好像今年消融得特别早。司马昭颜的靴子被雪水浸湿了，几个脚趾冰冷刺骨。可是脸上努力维系着一个标准的微笑，不难看，也不傻，这是福公公让他对着镜子练了几年的成果。

一直以来，他只对着镜子笑。今日，他笑着从御书房走了出来，内侍宫娥都面露诧异。他们不知道，这个艳阳天对他来说多重要，因为要去见她。

光线成为所有风景的主角，修饰着人间所有的一切，赋予了生命更加活泼灵动的形式。他从来没有觉得这条走过无数遍的御道竟如此遥远，浑身被阳光包裹着，随着步子的起伏，衣褶抖动，胸前的龙仿佛在欢腾乱舞。

由于立后太仓促，大婚的日子被安排在了一个月后，她现在是他的皇后，却不是他的妻子。

昭颜深深吸了口气，迈入宫殿，尽管心中早已有预料，可在见到她的一刹那，还是心如刀割。

夕莲的下巴高高扬起，眼角眉梢依旧上挑，一袭华贵的装束在阳光下明亮炫目，却透露着让人害怕的冷漠。

昭颜心疼得厉害，这不是他记忆中的夕莲，她应该是眯眯地笑着，眼神跳跃，狡黠无比；抑或是毫不顾忌地发怒，凤眼怒瞪，薄唇撅起。

此刻她却仪态端庄地跪倒在他身前，磕头，念道："臣妾叩见皇上，皇上万福！"就像所有人做的那样，挑不出毛病。

昭颜脸上的微笑被阴郁取代，声音低沉："平身。"这两个字是他说得最流利的。

他们就这样沉默相对，辜负了殿外一大片美好的晴朗。她面容冷傲，让他在她面前显得如此卑微。

昭颜忽然明白过来，大殿里一直这样阴冷，即使是她来了也不会温暖起来。他有种挫败感，却狠下心肠来不能放过她。他猜，这辈子只会喜欢一个人，再也没有第二个了。他喜欢她，所以受煎熬的当然是自己。

"为什么，我告诉过你我们要成亲了，你为什么要这样做？"

昭颜"哧哧"笑了，如果他说，一切为大局着想，当时没藏私心，她会相信么？肯定不信，连自己都不信。忽然很想看她凶巴巴的样子。所以他说："欧夕莲，我喜欢你……"

夕莲不可置信地瞪大眼睛，眼前一片晕眩，原来就是他，为了自己的私欲毁了她和卢予淳的婚事！她直直指向龙椅上的男子，嘴里胡言乱语道："我就知道，我就知道，明明是你捣鬼，他们还说什么江山社稷、什么战乱民生，其实，就是你一个人的私心！司马昭颜！你哪里白痴，你简直精明得可怕！"

昭颜心里一紧，仿佛心弦绷断了，他并不清楚，她夸他精明究竟是褒义还是贬义。他还是笑了，那个标准的微笑，专门为她练习的微笑。

夕莲失魂落魄地瘫倒在朱红色地毯上，掩面哭泣。好心请他来喝喜酒，他怎么可以这样拆散她和予淳？怎么可以将她对未来美好的希冀砍得七零八落？大殿里好似绽放了一朵动人的莲花，妖冶而张狂。她怎会不知道自己的美，可如果连美貌也成了灾难，她宁愿自己生成一个丑八怪！

昭颜默默从她身旁离去，那是一段煎熬的距离，他多想冲上去拥住她、安慰她。可他强压住心脉沸腾的血液，一步步从阴暗走向阳光。他回想起方才她指名道姓唤他的名字"司马昭颜"很动听。

夕莲躲在房间里，紧紧拽着韦娘的衣袖，哭得大雨滂沱。

"夕莲……"韦娘的心也在痛，连眉间都藏着苦楚，"傻孩子，皇后应当是高贵矜持的，你不能哭。"

"谁要当皇后？谁稀罕当皇后？！"夕莲将旁边桌案上的茶杯碗碟狠狠扫落，恨不得自己跟那些破碎的瓷片一般，冷冷的毫无知觉。她猛地随手抓起一片锋利的瓦片，朝手腕上割了下去，嘴里狠狠念道："宁为玉碎，不为瓦全！"

韦娘吓得面色苍白，惊叫着从她手中夺走瓦片，却不小心割破了自己的手指。

韦娘少有地尖叫起来，脸上难得地出现了方寸大乱的夸张表情，她使劲摇晃夕莲的双肩，苦口婆心劝道："什么是玉、什么是瓦？夕莲，你自己贪玩给大褚惹下了乱子，若不是皇后之位保了你性命，恐怕你早就玉碎了！做错了，就要承担后果！"

她做错了吗？她做错什么了？她只想和喜欢的人在一起罢了。

韦娘轻轻捧起她的脸，柔若无声说："你和予淳的事，最好别露馅儿。守宫砂没了，我再替你点上颗假的，皇上宠幸你之后，悄悄擦去。"

夕莲惊恐地摇头、猛烈地摇头，害怕得浑身发抖，不、不要他宠幸！她不要和他做那样的事！那么痛、那么钻心的痛，如果对方不是予淳，她不可能忍得住！

"韦娘，我不要……好痛的，我不要……"

"夕莲……"韦娘温柔的泪水沾在夕莲脸庞，她是水做的女人，水漾的温柔，她柔柔抚摸夕莲的后背，轻轻哼着曲子，很多年前她哄夕莲睡觉时哼的曲子。

"夕莲，你要坚强啊……"

四 · 大婚

天，空荡荡的，连一片云彩也没有。夕莲躺在吊床上，衣裙随风轻摇慢摆。这个时节万物开始复苏，却都还青涩着，春季的风韵尚未长成，她却早在春日的伊始，就从女孩变成了女人。

那一次的蜕变，夕莲记忆犹新，好像稍稍闭上眼睛，那撕裂的疼痛又涌了上来。她手掌里的小伤口都结了疤、掉了痂，唇上的触感却依然还在，分分毫毫挥之不去。她喜欢和他接吻，却不喜欢后来做的那些事。

嫁妆堆得像座山，大都是琳琅璀璨、熠熠发光的模样，可惜她毫无兴趣。不管这场婚事多么风光无限、多么惊心动魄、多么荣华富贵，她的心都如死灰般冷寂。

"夕莲，快起来，太后来了。"韦娘在一旁急急唤道，夕莲赶紧起身向太后行礼。

太后的眼神很复杂，常人总是看不懂。她只悄声在夕莲耳旁说："夕莲，千万别让皇上碰你。他是个白痴，很好对付。"

夕莲迟疑点头，原来太后站在她这边。对啊，她是予淳的姑姑，当然希望自己为予淳守身如玉。

“等两年，或许两年之后，你就可以解脱了。”

太后稍稍安慰了她几句话，便走了。

夕莲欣喜若狂，等两年就可以了？心里宽慰许多，既然太后说他好对付，那一定没错！

“夕莲！”熟悉的声音响起，她怔怔望着他亲切无比的面容，泪水涟涟：“予淳，你瘦了……”

他紧紧拥着她，也说了同样的话：“夕莲，千万别让皇上碰你……”

夕莲坚定地点头，既然命运让他们无法逃避，那就一起抗争吧！

卢予淳忽然松开手，匆匆掏出一把精致的小匕首，声音颤抖：“如果他对你不轨，你就拔出匕首，对着自己的咽喉，以死要挟！他是白痴，很好对付的！”

夕莲懵懂接过匕首，对付他就这么简单么？

“一定不能让他得到你！不过，千万别伤着自己！或许，两年之后，我们有办法救你！”他又在她额上吻了下，这是夕莲最留恋的亲密，“夕莲，我不能来找你了，但是我会一直想着你，就像我在军营你在家的时候，不会有差别！”

卢予淳眼中湿润，流离着十几年来那些细碎甜蜜的记忆，他等了这么久，却等来一场空。夕莲呜咽着朝他背影大喊：“我等你！予淳哥哥！两年后你一定要救我！”

东太后面对昭颜的时候，总是轻蔑高傲的，他习惯了。

“你最好不要碰她，她并不喜欢你。”

他当然知道，夕莲喜欢卢予淳。只可惜，他们今生不可能在一起了。

昭颜冷冷笑着，在外人看来却非常傻，傻到无可救药。

西太后面对昭颜的时候，总是很不耐烦，他也习惯了。

身为皇帝的生母，她说的话一直不动听，不过这回却惹怒了昭颜，她说：“你最好不要碰她，那个小狐狸精，若是让她生下继承大统的子嗣，中书令的势力对我们的威胁就更大了！”

司马昭颜抓起案上的砚台朝她扔去，他恨她，为何他们在父皇驾崩的时候激化的矛盾，在他大婚的时候还要演练一次？！他的婚事，是天底下最神圣的事情！

西太后气得鼻孔冒烟，骂了句："白痴！"

昭颜一笑了之，不然还能怎样？

皇宫里点亮万盏烛火，金陵城燃放一个时辰的烟花，普天同庆。

他穿着大红的喜服，怀着一个平凡男子的新婚喜悦，迈入德阳宫，这个未来的家。

江山如画，美人如玉。他站在大褚国最高的位置上，拥着世间最美的女子，俯瞰红尘。

他为何对未知的幸福坚信不疑？因为喜欢她，他愿以最卑微的爱恋臣服于她的脚下。

夕莲就坐在那里，坐在大片的红绸绡绫中央，被衬得绚烂无比。她的手却藏在宽大衣袖里，紧紧握着一把匕首，指尖颤抖。

昭颜感到咽喉处很紧，宛如看见了遥远的八岁，她被夕阳映射的轮廓，炫目、温暖。他终于在皇宫里又等到了她，救命狐狸精。

他在心里说：夕莲，我喜欢你。

他怕自己的声音吓着她，毁了这个美好的洞房之夜。

为了今夜，他练习了许多天，练习让右手在短时间内不再颤抖，以便流畅地挑开她的盖头。然后，他要带她去观星台，穿着火红的喜服，告诉她牛郎星在哪里……牛郎织女一年相聚一次，而他等了八年才等到她。

殿外还有喜庆的乐声，此刻他只能听见自己的心跳，仿佛决定命运的一切就是手中的这杆秤。他知道，夕莲会恨他拆散了她和卢予淳，但是他有什么办法呢？因为喜欢她啊……

司马昭颜集中注意力，咬紧牙关稳住右手，迅速挑开那匹龙凤呈祥的喜帕。就这样掀开了他们艰难爱情的第一页，那是怎样摄人心魄的傲世容颜，她美得让人晕眩。

不过，她动作也迅速得让人晕眩。昭颜几乎沉溺在她沁人肺腑的莲花香气中不可自拔，她却拿了把锋利的匕首对准自己的咽喉，眼睫微微颤抖，固执地瞪着他。

“你要是敢碰我，我就刺下去！”她的声音在颤抖，其实她也很害怕。欧夕莲，曾经是那般骄傲的女子，如今却要以死来为自己的爱人守住贞节。她意识到自己的不堪，委屈的泪水渐渐酝酿、溢满眼眶。

司马昭颜的心跳好像停止了，愣愣问她：“为何？”

夕莲平日高傲的神情此刻竟然楚楚可怜，她声音哽咽道：“宁为玉碎，不为瓦全！”

昭颜懂了，卢予淳是块美玉，而他是片破瓦。

八岁起开始喜欢的人，就这样用碎玉在他心上狠狠凿了个洞，鲜血汩汩往外冒，将眼前一切都染成了红色。这样喜庆的红色，却触目惊心。

她太小看他了，如果费尽心思得到了她的身子却得不到她的心，那才叫失败。司马昭颜也是宁为玉碎不为瓦全的。

司马昭颜最大的优点在于忍耐，于是镇定对她说：“我不碰你……我发誓。”

夕莲激动的神情松弛了不少，疑惑反问：“真的么？”

他颔首说：“君无戏言。”

夕莲卸下了防备，将匕首收起来别在腰间，目光却一直警戒地盯着司马昭颜，好像随时准备拔刀自刎一样。昭颜忍不住嘴角上扬，拿起小锤子在铜钟上敲了两下，福公公进来了，他朝他点头示意。

福公公满脸喜色对她说：“老奴恭贺皇后娘娘，今后若有差遣，吩咐便是。皇上现在邀请娘娘一同去观星台夜观星象。”

夕莲松了口气，表情恢复了神采，她不知司马昭颜究竟什么心思，为何抢了自己当皇后又以礼相待，丝毫没有要侵犯的意思。于是眉毛一挑问：“今日去观星台做什么？”

“皇后娘娘曾在八年前问过皇上一个问题：牛郎星在哪里？皇上今日便要回答这个问题了。”

“噢……”她狡黠的目光在昭颜身上溜了好几圈，微微点头应了，“好吧，只观星哦……”

站在观星台上，能将整个金陵城尽收眼底。那些远在凡间的火树银花、那些寻常人家的热闹喧嚣，好像都不属于他们——这场盛事的主角。夕莲默默想，皇上喜欢来观星台，就是喜欢俯瞰别人的热闹吧。因为在这宫里，他太孤独了。

他们并排躺在浑天仪里，看牛郎织女。

夕莲一惊一乍，总是从昭颜手里抢双规，自己胡乱摆弄，弄不好了再悻悻还给他。

“原来是这么用的……”她凑到他脑袋旁边，盯着他调整双规和游规，“好复杂哦！”

昭颜的手抖得厉害，但找星座却是准确无误的，因为他时常在这里躺着，等了她八年。他闻见她身上青涩幽秘的莲花香多了几分妩媚，微热的气息喷洒在他脸上。

他茫然地望着她尖尖十指在仪器上游走，就像游走在自己身上，不知是不是臆想作怪，全身如着了火一般。昭颜觉得两人靠得太近了，毕竟他是个男人，而她是他渴望已久的女人。

“走。”昭颜迅速起身，夕莲还没玩够，却又不想与他争辩，于是冷着脸。

昭颜摇摇头，如此任性骄横，或许只有对着卢予淳的时候才会有温柔娇羞的一面。

宫里点起万盏烛火，亮如白昼，可行走在其中，那些光影寂寥，衬得人心情极不好。

更声响起，城里的烟火该熄了，他们回到了德阳宫的新房。

夕莲又开始紧张，手按在腰间的匕首上，可昭颜总是似笑非笑地从她身上匆匆瞥过，看不出心机。

福公公请他们坐好，恭敬道：“皇上、皇后，老奴传膳了。”

夕莲想想，现在亥时已过，不该进食的。于是朝立在远处的韦娘眨眨眼睛，询问她可否破例一次，因为实在是饿了。

昭颜发现了，朝福公公挥手说：“带韦、韦娘过来。”

韦娘低着头下跪行大礼，夕莲连忙扶她起来，急忙说：“不要如此，夕莲受不起！韦娘，不管那些礼数，你是我的韦娘啊！”

韦娘朝夕莲摇头使眼色，夕莲却转头看昭颜，这宫里说话最权威的人，很神气地问：“皇上，你说呢？百善孝为先，韦娘就如同我亲生母亲，是不是不该向我下跪行礼？”

司马昭颜毫不犹豫地点头，然后朝福公公做了个手势。福公公笑着对韦娘说：“皇上特许，韦娘今后在德阳宫就免去下跪之礼。不过，出了这宫门，还是一切照常。”

韦娘叩头谢恩。

夕莲终于对他笑了，她觉得这个皇上心地很好，所以予淳和太后担心的事情根本是多余的。他尊重她，从这般礼遇可以看出他还是秉持着一种皇室的气度，胸怀博大。

她笑的时候，昭颜望着她发愣。这笑容过于明媚，以至于刺得他眼前明晃晃一片，感觉不真实。

夕莲又即刻冷下脸来。她不能给他好脸色看，若不是他，自己怎会进宫当了皇后？她应当恨他的，和予淳触手可及的幸福灰飞烟灭，都是拜他所赐！

打定主意，夕莲便狠狠瞪着他，她知道两年之后，自己就能出宫了！到时，这白痴皇帝仍旧是一个人独自在这深宫中品尝永久的孤寂。

用完膳，昭颜出去了，去了偏殿的书房，每日必去的。

福公公派人收拾了桌椅，又领了一队小宫女进来。

“皇后娘娘，这是伺候您日常起居的宫女，皇上亲自挑选的，个个心思玲珑、做事勤快利索。若日后她们出了岔子，责罚便是，或者交给老奴。”

望着她们手上端着洗漱用的盆盆罐罐，夕莲不想就寝，冷冷说：“我还不想洗漱，先下去吧！”

福公公眼神有丝尴尬，恭敬道：“亥时已过，该就寝了，若娘娘歇得不好，上头要责罚奴才们的。”

夕莲狐疑看着他，大胆问了句：“皇上呢？他睡哪里？”她当然怕自己睡着以后，会有不好的事情发生。

福公公显然被吓到了，忐忑回道：“皇上在书房，每日都去的。一会儿当然……是回来，歇在这里……”

夕莲眯眼朝他笑道：“那我等皇上来了一并歇息，你们先下去吧！”

福公公没辙，召宫女们都出去了。

夕莲终于松了口气，斜斜躺在韦娘怀里。

韦娘的怀抱安详恬静，散发着最透彻的幸福，夕莲喜欢她慈爱而忧郁的目光，仿佛蕴藏了人世间所有的秘密。她轻轻捋着夕莲的发，温柔说：“夕莲，你是皇后了，要注意言行。”

夕莲仰面看着她，两人长得一样的眼睛，却是截然相反的眼神。

“韦娘，今夜你就和我睡。”

“傻孩子，那怎么可以？”

“怎么不可以？皇上很好对付的，他们说得没错！”

韦娘捂住她的嘴，低声说：“话可不能乱说……谁跟你说的？”

“予淳还有太后。”夕莲迷茫看着她忧虑焦躁的表情，问，“怎么了？”

“夕莲，其实……你一直觉得皇上很可怜是吗？”

夕莲眨眨眼，是吧，从第一次听说他的遭遇就开始怜惜他，见到他之后更加怜惜。不过，她答道：“他硬抢我当了皇后，将我对他所有的怜惜都化作了愤恨。”

“他虽然表面痴傻，不过内心还是如明镜般亮敞，夕莲，你要好好待他。其实，不让他碰你的方法很简单，不要以死相逼，他是皇上，有自己的尊严和骄傲。他不会费尽心思去得到你的身体，他想先俘获你的心，然后才是身体……”

“我不会让他得到身体，更何况是我的心？”夕莲对韦娘这番话深感好奇，反问，“韦娘，为何处处替他着想？”

“我也是同情他。”韦娘目光黯淡下去，叹道，“多可怜的孩子……他心眼不坏，立你为后确实是迫不得已的权宜之计，其实，他救了你的命呢。”

夕莲鼻子里哼了一声，不屑道：“什么呀，他自己说是因为他喜欢我的！”

他若不是真的有私心，绝不会承认。他又不是真的傻子……想着想着，累了一整日的夕莲窝在韦娘怀里安然入睡。

司马昭颜扯出一张宣纸，纸上字迹依然是歪歪曲曲，像喝醉了酒一般东倒西歪。他随手扔进一旁的火盆。火苗蹿得老高，燃起来有一股墨香。福公公杵在桌前，眼里尽是担忧的神色。

他声音嗡嗡地说：“她宁死……也不要、不要我。”

福公公从他手上取下笔，轻声说：“皇上，今日练了五张字，太多了。”

昭颜狠狠一拍桌案，咬牙切齿说：“练、练、练有何用？！”练了这么多年，字迹甚至回不到他八岁时的幼稚笔锋！

福公公赶紧安慰："已经不错了，皇上！太医说您连笔都抓不住，可您毕竟可以写字了呀！"

司马昭颜狠狠砸了一拳在书桌上，这些字能拿出去给人看么？届时还不是被人耻笑，耻笑大褚国有个白痴皇帝！这么多年，他除了盖玺印，何曾批过一个奏章？

福公公见皇上有些暴躁，急忙转了个话题说："皇后娘娘不肯洗漱就寝，说等皇上一起呢！"

昭颜心里咯噔一下，一起？恐怕她是不敢睡，怕睡着了出事。他傻傻笑起来，洞房之夜，他们注定不能像平凡夫妻那般了。

昭颜侧身坐在床沿，看她乌黑浓艳的发散在丝绒枕上，恬静的面孔被满室大红帐幔反射过来的烛光浸泡得红润而热烈。不知在梦什么，唇角微微向上弯起，她在笑呢……

司马昭颜多想抓住这珍贵的瞬间，好像在看并蒂野花缠绕，看成双蝴蝶追逐，宛若他的浮生中唯有她的微笑这么一点点依恋，春光过后，他就要陷入命定里永远的黑暗。

他俯下身子，悄悄从枕上抓起一把青丝，贴上自己的嘴唇。发上的莲花香气尤为醉人，他闭上眼睛，偷偷幻想着她妩媚的姿态，幻想着某一天她会对他温柔浅笑，幻想着她在他怀里撒娇，敞露着她的锁骨、肩胛和背脊。

身后传来碎碎的脚步声，昭颜猛地从幻境中醒来，回头看，是韦娘，正尴尬得不知如何进退。他朝她招手说："你来。"

韦娘温和笑着，上前替夕莲脱掉外衣，换上睡裙。

昭颜转过身去，听见韦娘说："夕莲纵是娇惯了些，不过心思单纯、善良。她胸无城府，在宫中恐怕会得罪人。日后，还请皇上多多教导她才是。"

韦娘说话如春风和煦，难怪夕莲喜欢她。昭颜颔首道："放心。"

她看司马昭颜的目光很忧郁，还流露出几分怜爱，好像一个母亲看孩子的神情。她流连在夕莲身旁许久，依依不舍，临走时，她欲言又止，眼神慌乱。

昭颜忽然理会了她的苦心,沙沙的声音对她说:“我不碰她。”

韦娘感激地磕了个头,解释道:“夕莲她还小,不懂事,韦娘实在是怕她伤着自己、伤着皇上。有皇上这句话,奴婢就安心了。”

司马昭颜扶她起来,低声说:“不过……别让外人……别让、知道。”说完,当着她的面抽出夕莲腰上的匕首,割破自己的手指,挤了几滴血在那方洁白的缎子上。

韦娘微笑点头:“韦娘绝不会泄露皇上的秘密。”

房里的灯都熄了,就留下了床边的一盏。现在的世界,只有他和她,还有一盏灯。

他侧躺着,看她鼻尖优美的弧度,看她可爱的耳垂、白皙的脖子、玲珑的锁骨……薄如蝉翼的粉纱睡裙,透着玉一般圣洁细腻的肌肤,还有胸前若隐若现的乳沟。尚未发育成熟的少女,却拥有乖巧而轻浮的魅力。

他安详地闭上眼睛,至少这一夜,他能与她拥衾而眠。

五·反抗

燃了一整夜的烛台上满是红红的蜡,司马昭颜平平躺着,双眼望着帐顶的龙凤呈祥图案。绫绡帐子里都是她的香气,他舍不得动,宁愿永远这样沉醉。身旁的夕莲动了动,好似醒了,昭颜赶紧闭上眼。

夕莲感觉嗓子有些疼,习惯性地伸长胳膊嘟囔着:“韦娘,我要喝水……韦娘……”

半晌没人应,她的手臂耷拉下来,蓦然触到一个温热的躯体,肌肤灼人。她猛地睁开眼,司马昭颜!望着他裸露的胸膛,她惊恐地尖叫起来,声音几乎要刺破屋顶,冲上云霄。

夕莲一面拉扯被褥遮住自己,一面尖声叫喊着用脚使劲踹他,想把他踢下去。

许多在外守候的人听见夕莲的叫声,唯恐出了什么事,纷纷破门而入,一时间德阳宫里脚步杂乱。夕莲依然尖叫着,把眼泪也叫了出来,一面嚷嚷道:“骗子!

司马昭颜你这个骗子！你说不碰我的，还说君无戏言！”

叫喊声逐渐成了哭闹和号啕，床帐外的人面面相觑，不知发生了什么也不知该如何开口询问，直到司马昭颜懒懒地坐起身来说了声：“进来。”

侍婢挽起大红色的帐幔，一队宫女依次排开，手里捧着各种器皿。

夕莲窝在偌大的婚床一角，被她们好奇地打量着。东太后和西太后不知何时进来的，虽然早晨有仪式，不过她们似乎不宜出现在新房里。

夕莲哭得嗓子都破了，索性改成了嘤嘤哭泣。东太后杏目圆瞪，接过婢女递上去的一块白绫，那暗红的血迹刺痛了她的眼，气得浑身发抖。西太后恨得牙痒痒，冲上去就朝皇上吼道：“你从来就不听我的！”

司马昭颜面无表情说：“都出去。更衣。”

两位太后都拂袖而去。

韦娘匆忙跑到床边轻声唤道：“别怕，夕莲，没什么，我保证！”

夕莲委屈极了，扑到她怀里啜泣，韦娘在她耳边悄悄说：“没有，你们什么也没有，他假装的。”

她的眼泪骤然歇停，眸子里透着喜悦，韦娘不会骗人的……那司马昭颜为何要装呢？

司马昭颜转身看着夕莲，声音低沉说：“哭吧，让她们……看看、看热闹。”

夕莲擤擤鼻子，不明白他在想什么，不过，他越是希望她做的事，她便越是要与他唱反调。夕莲立即掩去方才的失态，神情孤傲地搭上韦娘的手站起来，款步走向前去，朝他盈盈行礼，口中平稳念道：“臣妾多谢皇上厚爱，皇上万福。”

那排候了许久的宫女立刻跪下身，朗声请安。

夕莲第一次觉得自己成了皇后，一人之下万人之上的皇后。

清晨的仪式好不容易结束了。

司马昭颜回到德阳宫的书房，檀香微醺。想起卢太后和母后的表情，他万分得意。恐怕辛太后是再也不对这个白痴儿子抱任何希望了。昭颜无所谓，就让他们去争吧，争到头破血流。等他寿终正寝，一定不会让自己的石棺停在宫里，免得看他的女人和儿子们争个不休。

他随手翻了页《左传·郑伯克段于鄢》，其中最喜欢的一句话是：多行不义必自毙，子姑待之。

不知为什么，他总觉得身边的一切险恶之人都会得到报应，包括他的母后，他只用等着看热闹。但是他一面又在害怕，怕将来某一天，他也要和庄公一样和自己的母亲挖隧道相见。

春光明媚，夕莲也不顾什么礼仪，顶着满头烦琐的首饰，拎着裙角一路小跑。路上，宫女太监们依次向她施礼，她便一路喊着：平身、平身、平身……

待她冲进大殿，见中书令大人皱着眉面色忧虑。他好像有许多话想说，夕莲迎了上去眉开眼笑，他却忽然跪下行礼。夕莲愣住了，喏喏说了句："平身……"

"皇后，还是请注意您的言行，您代表着皇室的最高统治者，要为世人做典范。"

夕莲的心情一下跌到谷底，她不喜欢自己父亲这样说话。本以为皇上破例让她在大婚后的第一日就来见父亲，父亲会很高兴呢。可现在她看不出父亲有半点喜悦之情，难道父亲不想见她么？他不想见女儿么？

卢太后立在一旁，愠怒。

夕莲想起来她早上冲进德阳宫的时候就很生气，就连祭天仪式都一直绷着脸，全然不似平日对自己那般和颜悦色。夕莲朝她行过礼，她冷冷地说："没想到他竟有这么大胆子，夕莲，你……以后尽量避免他在德阳宫就寝。"

夕莲点头说："知道了，我也不想他在那儿。"

父亲忧虑不安地说："可是，德阳宫是他和皇后的寝宫，怎能避免？"

"哼，先皇在世时，哀家不也住在德阳宫么？可他一直往辛贵人那儿跑，何曾住在我们自己宫里了？给皇上多挑几名绝色女子充盈后宫吧，但是……千万别出意外……"

"微臣知道了。"

夕莲在一旁懵懵懂懂听着。中书令望着她，宠溺的目光夹杂了许多别的东西，叹了口气说："下回求皇上让你回家小住几日，相府里没了你，冷冷清清的。"

夕莲望着父亲磅礴的背影，视线被强烈的阳光渐渐模糊。她不明白父亲为何一直不续弦。他是一个这样出色的男子，正值壮年，位高权重。当然，夕莲知道他心里一直念念不忘的是母亲，要不也不会种了那么多莲花。可是，她希望父亲幸福，不想看他孤单一人。

昭颜正望着白纸黑字发呆，忽然一只指甲涂着鲜亮颜色的手拍在桌上，他抬头看她，沉溺在她狐狸般的笑容里。

夕莲愣了一下，他的表情总是很迷茫，似乎不知道自己在想什么、在做什么。眸子里是那样的墨色，浓浓的化不开，像悲伤。其实看见他这样，她有种莫名的心痛。回过神来，她摆着一副讨好的表情，声音柔柔说道："皇上，我想，过一阵，能不能让我回家探亲？"

昭颜笑笑，这才是婚后的第一天，她就想回家了。他想了想答道："清明。"

清明刚好要祭祖，回家看看也好。夕莲报之一笑，只是为答谢皇上的恩准，皮笑肉不笑的。昭颜却是无奈极了，其实明明知道得不到，他还是那样渴望着。

"清明时节雨纷纷，路上行人欲断魂。"她忽然念了两句诗，眼色有几分落寞，"清明要去我母亲坟前上香呢。"

她从小就没有了母亲。昭颜忽然觉得自己尚算幸运，起码在人生的头八年，他母后是非常疼爱他的。昭颜很少见她如此伤感的模样，心口有些发慌地疼，却不知如何开口安慰，如果他控制不好，声音会很难听。

夕莲忽然从桌上挑了支最细的笔，蘸上墨，铺展了宣纸，认真写着：

樽前一曲歌，歌里千重意。

才欲歌时泪已流，恨应更，多于泪。

试问缘何事？不语如痴醉。

我亦情多不忍闻，怕和我，成憔悴。

她又满怀伤感念了一遍，叹道："这是父亲早年送给母亲的，也是母亲最爱的词。"

司马昭颜颔首道："好词。"

心里又不免感慨，她父母尚有深情……可后宫有几个女人是真心爱着龙椅上的男人？他忽然间对自己的未来感到迷茫，如果她永远也不会爱上他，那他要和谁生孩子来继承皇位？

夕莲见他痴痴发呆的模样，不由自主想起早上辛太后对他的态度。他是皇上，可东太后和西太后都不将他放在眼里，其中一个还是他母亲。虽然夕莲从小没有母亲，至少她还有韦娘……

她伸手在他眼前晃了晃："说定了？我清明回家去！"

司马昭颜颔首应许，又纠正道："你、是……臣妾，在下人面前称本宫。"她可不能整日在宫里"我"来"我"去的，若被辛太后挑了毛病，说不准会逮着机会治她。

夕莲撅着嘴答："知道了！"然后潇洒离去，走到门边不忘回头挥挥手说，"我先走了，或许一会儿再来！"

或许一会儿再来，她又说这样的话。他明知道她随口说的，但是止不住期盼。

她的字体玲珑飘逸，还有一股张扬的傲气，他拿起刚才她用过的笔，在旁边写了另一首《卜算子》：

我住长江头，君住长江尾。

日日思君不见君，共饮长江水。

此水几时休，此恨何时已。

只愿君心似我心，定不负相思意。

他的字如喝醉了般东倒西歪，同一张纸上的两首词，优劣很明显，他配不上她。

午后的春日，韦娘用蜂蜜和着羊奶替夕莲敷脸，温和的香气、润滑的触感，她伸出舌尖舔了舔唇边遗漏的一滴，真是又香又甜！韦娘的手指忽然抖了一下，俯身唤了声："皇上。"

夕莲稍微偏了头望去，他正示意韦娘免礼。

昭颜看不明白她们在做什么，不过夕莲的表情煞是可爱，他不由看得出了神。

韦娘扳正夕莲的头，暖暖笑道："先别动，你总是不老实。"

夕莲不喜欢司马昭颜这样看她，满心不悦地说道："皇上，臣妾这副丑模样还是别看了罢！"

昭颜站在那儿不动，答了声："好……好、好……"

可是好了半天也没动一下，夕莲瞪着他，撅起嘴。

司马昭颜好辛苦才脱口说出："好玩！"

夕莲撇撇嘴，才不好玩呢！好久都不能乱动，她想了想，忍不住笑着招呼他："那皇上也来玩吧！"

"朕？"他痴痴地望着夕莲，又看了看韦娘。

夕莲怂恿韦娘："快点让皇上躺下！"

韦娘见这丫头难得高兴，便叫皇上在旁边躺下，也给他调了一份黏糊糊的东西，吧唧吧唧地往脸上抹。司马昭颜那张棱角分明的脸孔被涂成白色的样子，就像那些林立在祖庙的大理石帝王像。夕莲看得有些呆。

福公公不知何时进来的，吓得大声唤道："皇上！皇上！"

见平日谨慎的福公公难得慌张的样子，韦娘"扑哧"一声掩口而笑，夕莲"咯咯"笑得花枝乱颤。司马昭颜则慢吞吞说了声："平身。"

听着他一本正经的语气，夕莲却笑得从躺椅上滚了下来，边笑边对福公公说："大惊小怪的做什么？皇上在享受呢！"

司马昭颜看夕莲满心高兴的样子，心情也格外地好。

福公公擦了把汗，俯身禀告："西太后娘娘请皇上皇后前去用膳，说是家宴。"

司马昭颜猛地起身，脸上白白的稀泥滴得满身都是，他颔首应道："知道了。"

韦娘和司马昭颜的神情都有些紧张。夕莲摸不着头脑，西太后，家宴？

虽是家宴，但韦娘想想觉得应该正式些，毕竟西太后不是随和的人。夕莲裹着贴身的淡黄纱裙，外衣是金黄的绸缎面料绣着朵朵怒放的白莲花，明艳照人。韦娘不能陪她同去，忧心忡忡，她总是这样，只要夕莲不在身边便会紧张，毕竟日夜在一起十六年了。

辛太后一贯喜怒形于色，她对夕莲冷冰冰的。夕莲倒觉得这样的人并不难对付，反正她也不喜欢她，所以也是一副冷冰冰的模样。吃了顿沉闷的家宴，终于在快结束的时候，辛太后慢条斯理地说："皇后，今后你就住在德阳宫了，不过皇上依旧住合阳宫。"

夕莲心底一亮，这个主意不错，她连忙欣喜点头谢过。这样一来，她和司马昭颜是完全分开住的，平日如果他不去德阳宫的话，根本碰不到一起。夕莲忽然感激起她来，只要让她能安静平稳度过这两年，就可以解脱了。

因为司马昭颜的手用不了筷子，所以用膳是靠福公公来伺候。他忽然推开福公公的手臂，声音粗哑吼道："为何？"

辛太后毫不避讳答道："你可以喜欢任何一个女人，和任何一个女人生孩子，就是她不行。"

夕莲困惑了，为什么？她不喜欢自己，所以不让他的儿子喜欢自己？哪里有如此霸道的母亲？

司马昭颜脸上忽然挤出一丝狰狞的笑，眼里散发出转瞬即逝的光芒，轻声吐了几个字："我不听你的。"他不喜欢其他任何一个女人，他也不想和别人生孩子。

辛太后气极了，脸色发白，嘴唇哆嗦着说："你、你这个逆子！长大了敢忤逆我了是不是？！哀家可都是为你好！白痴！"

司马昭颜觉得这句话实在太嘲讽，这么多年，她一直说为了他好。

他起身说了句："朕是皇上。"他是皇上，难道连选择女人的权力都没有么？

夕莲忽然"噌"地蹿到司马昭颜旁边，为他打抱不平说："您虽贵为西宫太后，但一人之下万人之上，怎么能对皇上出言不逊？"

辛太后狂怒而起，指着夕莲咬牙切齿道："你这个小狐狸精，当初就不该救你！真不知欧敬之是怎么教你的！看来没娘的孩子就是没教养！"

堂堂太后说出这样有失身份的话，司马昭颜简直无地自容。没等他拉住夕莲，她已经冲了过去，盛气凌人地站在太后跟前，一把揪住辛太后指着她的那只手，凤眼圆瞪狠狠地说："太后娘娘有娘亲吗？怎么还被教成这个样子，这样的太后，简直是大褚国的不幸！这样的母亲，是皇上的不幸！"

还未曾有人敢如此顶撞她！辛太后气得头脑发晕，眼睛一闭往后倒了下去。一群宫女慌张托住她，福公公赶紧大呼："传太医！传太医！"

其他人纷纷看向皇上，想从他脸色中看出该如何办。

夕莲傻傻愣在当地，得罪了辛太后，好像是件坏事，她有点担心了。

司马昭颜笑睨着夕莲，淡淡说："起驾回宫。"

夕莲即刻笑得满脸灿烂，谄媚地粘了上去，也不管身后的那一堆乱七八糟，乖乖跟在昭颜身后出了西太后殿。

坐在辇乘上，昭颜觉得心里无比畅快。

夕莲诚然一副理亏的表情，像顽劣的孩童闯了祸回来害怕责罚。

昭颜当然不会责罚她，她今天帮他出了口气啊！只是不知辛太后醒来会怎么对付她。其实也没关系，至少还有个卢太后替她撑腰。

辇乘经过合阳宫，夕莲拍拍昭颜的肩膀，指着宫殿说："皇上你就住这里，该下去了！"

昭颜目不斜视答："不。"

“什么？”她的头固执地望着合阳宫上的匾额，“刚才太后说让你住这里啊！德阳宫是我的哦！”

昭颜耸耸肩说：“不听她的。”

夕莲的目光刹那间变得冷峻无比，似是要杀人一样。不过昭颜依旧目不斜视，好不容易把她弄进宫了，不会轻易放她走的。

夕莲生气了，横眉冷眼，下巴抬得高高的，一副傲然的姿态。

在宫中，他们总是被层层包围，意味着看不见真相；就如现在夹道的灯盏，让人忽视了月亮和星光。他忽然想和她独处，没有丑陋的恶俗、没有虚假的灯光，只有他们俩和月亮星辰。昭颜想了想，朝福公公说：“先去……观星、观星台。”

夕莲刚正不阿的身躯有点倾斜了，微微侧了头看司马昭颜，却不说话。其实她很喜欢那地方，高高在上、贴近天空。

宫人们都止步在下面候着，只有昭颜和夕莲二人沿着阶梯一步一步往上爬。

从前司马昭颜总是一个人偷偷跑来，而现在他可以带着心爱的女子一起来，每天都可以。

夕莲迫不及待，自己先跑了上去。

昭颜默默看着她，心底无比满足。

夕莲不会用那些仪器，只是玩起来便忘记了方才的烦恼，光指着满天星星问：“这颗星星叫什么名字？那颗呢？”

昭颜就站在浑天仪的一旁为她解答，一会儿低头看看她，一会儿仰头看看星星。

他忽然觉得回到了多年前，回到了八岁，那时她天真地问：牛郎星在哪里呢？现在，她还是那般天真的。昭颜望着无边的夜幕笑了。

六 · 疯女

夕莲万般不情愿跟昭颜回了德阳宫，韦娘绕着她打量了好几圈，确信她安然无恙才松了口气，传下人为皇后准备沐浴。

司马昭颜则去了书房，白天都泡在书房，现在又去了。夕莲觉得他是个勤奋的好皇帝，只可惜，痴痴傻傻的……

她愁容满面往身上撩着水，琢磨半天才小心翼翼和韦娘说："去西太后那儿，出了点事……"

韦娘眼皮跳得厉害，又不忍责怪，只好叹了声气："唉，你说出点事，那一定是大事，小事你从来不吱声。"

夕莲朝韦娘甜甜一笑，眉飞色舞说："是西太后先欺负我，她骂我是没娘的孩子，所以，我也骂她了！"

韦娘失神了，手上一紧，夕莲的头发被她拽住，疼得龇牙咧嘴。韦娘轻声责怪道："你怎么可以……西太后可是睚眦必报的人啊……"

夕莲捂着后脑勺可怜兮兮答道："她先骂我的……那怎么办？"

韦娘松了手，深吸口气说："我得去见一趟卢太后，夕莲……"

"欧夕莲！你给我滚出来！"韦娘话才说到一半，一个凄厉的女声在宫外响起，夕莲惊诧地瞪大双眼，从没有人敢这样对她大呼小叫！

韦娘皱着眉冲宫女喊："还愣着做什么？去看看谁敢大呼皇后的闺名！"

夕莲眯着眼趴在浴池边缘，小拳头攥得紧紧的。韦娘赶紧给她擦干头发，嘴里念道："在德阳宫如此放肆，恐怕她是不想活了……"

"欧夕莲，你这个狐媚子！你敢对西太后如此放肆，看我不打烂你的嘴！"外面的女人依然在叫嚣，而且声音越来越大。虽然有内侍宫女拦着，不过她还是冲进了宫门，一面喊，"我是西太后的人，谁敢动我？！"

夕莲和韦娘相视一眼，原来是西太后的人，不过这宫女也太放肆了些。夕莲正准备起身着衣，正前方的帐幔忽然被撕扯下来，朱红色的旖旎飘落一地，和花瓣水迹交融在一起。只见一名眉眼刻薄的女子叉着腰肆无忌惮地冲了进来，夕莲不禁连连往后退，将身子全浸泡在水中，只露出颈以上的部位。

辛欣瞧见欧夕莲的时候稍稍愣了会儿，随即又恢复凶恶的眼神，咬牙切齿道："果真是个尤物啊，难怪……让我瞧瞧你到底哪里最勾人？！"说着，她不管不顾地跳下浴池，直接朝夕莲走去。

夕莲没想到她泼辣至此，惊叫着在水里游来游去，韦娘冲上去拉住她喝道："就是西太后的人，也断不能在皇上的寝宫胡来！"

夕莲朝池边那些傻愣愣的宫女大呼："快把她弄出去啊！你们都在怕什么？！"

因为这是内殿浴池，侍卫不能进来，宫女太监只敢好言相劝不敢动她。辛欣更加猖狂，大笑道："看看，看看你这皇后当的，连奴才都不听你的话！"说完，她朝韦娘狠狠踢了去，甩掉唯一的牵绊，追着夕莲在浴池里扑腾。夕莲惊叫着躲开她，却还是被那疯女人抓了好几道伤痕。

大概是动静太大，福公公匆匆跑进来了，后面跟着一脸怒容的司马昭颜，夕莲见状赶紧求救道："皇上！司马昭颜！救我！"

司马昭颜平日漆黑的双瞳此刻涨得通红，他穿着龙袍就下了水，高高举起辛欣往池子里狠狠一摔，嘶吼道："滚！"

这吼声震天，吓住了当场所有人，夕莲也吓了一大跳。方才还踟蹰的太监宫女立马一哄而上，将疯女人抓住。福公公气得大声训斥："这是什么地方，你们都是承蒙圣恩才能在这当差，连个女人都拦不住！"

其中一个太监细声细气说："她有太后令牌……"

辛欣仍旧一副天不怕地不怕的模样，司马昭颜冷冷盯了她一会儿，摆摆手。福公公吩咐道："先把辛昭仪送回合阳宫去，禁足！"

韦娘被踢到了腹部，好像伤得很重，被下人搀扶走了。夕莲惊魂未定躲在浴池一角，像只受了惊吓的小鹿，颈上火辣辣地疼。

司马昭颜自水中朝她走去，夕莲慌乱朝他使劲泼水，口中嚷嚷道："别过来别过来！"

透过她泼来的水花，依稀能看见她颈上的鲜红伤痕，司马昭颜的心被刺痛了。辛欣这个疯女人，简直和他母后的泼辣如出一辙！他脱下外袍，想裹住她如玉的躯体，夕莲却吓得花容失色，缩在角落里退无可退。她就蹲在那里，水没到了胸前，被粉红的花瓣洋洋洒洒环绕着，用那勾魂的丹凤眼瞪着司马昭颜念着："你别过来哦……别过来哦……"

司马昭颜不禁觉得好笑，她明明是楚楚可怜的模样，却非要倔犟地瞪着他。她何时才能温柔一些呢？他用袍子将她裹起来，夕莲惊呼了声，随即又笑了，原来他并无恶意……她轻声说："谢皇上。"

昭颜将她打横抱起，两人身上的水淌了一路。夕莲的胳膊裸露在外，还勾住了他的脖子。两人的体温将水都焐热了，她就靠在他肩头，湿漉漉的发贴在他胸前。口里碎碎念着："那女人是谁？西太后派她来的么？真是吓人哦……我还是去跟父亲说说吧，不然，西太后下次再派人来杀我怎么办呢？"

有一刹那，昭颜几乎控制不住想要吻她，可听见她最后那句话，他还是忍不住笑了，尽管笑声很傻。他解释道："她叫辛欣……我表妹。"

夕莲恍然大悟，转头盯着他，唇在离他脸颊不到两寸的距离一张一合："难怪哦！可是皇上，刚才你说'我'这个字了，你不是应该说'朕'么？"

她的气息充满幽秘的芳华，塞满了司马昭颜迟钝的大脑，并且逐渐侵袭他在她面前不堪一击的意志。

夕莲见他半晌没反应，连着叫了几声："皇上，皇上！"

他回过神："嗯？"

"你又发呆呢……"夕莲嘟囔着转过头去，昭颜紧绷的神经松弛下来。

太医院每日都留人在德阳宫值夜，因此来得特别快，只是夕莲还没来得及换衣服，裹了一身明黄色的龙袍平平躺在床上不敢动弹。福公公瞧见吓一跳，支支吾吾又不敢说。等太医前脚一走，福公公赶紧大呼小叫招呼那些侍婢宫女："怎么都没点眼力劲儿呢？赶紧给皇上皇后换衣服啊！"

夕莲却大声叫："不要！给我衣服，我自己换！"

宫女替她拉下帘幔，昭颜也退到屏风后面去换下湿透的衣服。捧着湿衣出了神，仿佛闻见布料上沾染了她的味道，舍不得放下，宫女小声唤道："皇上！"

他才松了手，任由下人拿去清洗，暗中安慰自己，总有一天，他身上也会沾染上她的味道，生生世世挥之不去的。正准备出去，福公公忽然拦住司马昭颜悄声说："皇上，龙袍加身可大可小，若是被传了出去，只怕宫里会流言四起。皇上今后还是谨慎些吧。"

在她面前，他哪里还有谨慎？不过他还是点了点头。

取了湿衣的宫女都退了出来，司马昭颜径直穿过层层帐幔走了进去。夕莲青丝半干披满后背，抱膝坐在床上，昭颜走近了几步，见她正在小心朝膝盖呼气，才发现她膝盖有些擦破皮。

他皱着眉问了声："太医呢？"

夕莲吓得弹了起来，瞪着他说："皇上走路都没声音么？"她又嘘了声，小声道："伤在这里，不好给太医看，再说也伤得不重。"

他在她身旁坐下，望着她颈上的伤痕，夕莲忽然想到什么，往里侧缩了缩，手伸向了枕头底下。司马昭颜当然知道那里放着什么，是她的宝贝匕首。他抿着唇，不动声色脱掉靴子上了床。

夕莲更加紧张，身子缩到了宽敞龙床的最里边，枕下的匕首呼之欲出。昭颜置之一笑，兀自躺了下去，一动不动。夕莲眼睛微眯，他想做什么？这样她的处境太危险了。

宫女们将帘幔放下，夕莲用光洁的赤脚踢了踢他的胳膊，小声问："皇上，你再赐给我一个宫殿好不好？"

司马昭颜觉得好笑，眼皮也不抬一下，答："不好。"

夕莲负气地站起来从他身上跨过去，跳下床，边往外走边回头喊："你不走我走！"可是她不知道自己可以去哪里，只好放慢脚步，一步一回头说："我真走了哦！"

司马昭颜毫无反应，依旧平平躺在那儿一动不动。夕莲气恼极了，从层层绫绡纱幔里冲了出去，宫女们吓得跪了一地。她往躺椅上一坐，心想，其实在宫里，住哪里都一样，都是他的地盘……叹口气问："韦娘呢？"

"方才太医看过后就睡下了。"

"她还好吧？"

"已无大碍。"

她索性在躺椅上睡下，吩咐道："给我送床锦被来。"

几个宫女面面相觑，都不动弹也不言语，她厉声喝道："还不快去？！"宫女们才惊慌起身，夕莲发觉这宫里的侍婢真是笨呢。

躺椅倒也舒适宽敞，没一会儿她便入睡了，迷糊中感到四周的灯光都暗了下去，陷入静谧的黑暗，空气也逐渐冷清起来。也不知睡了多久，忽然之间就醒了，微弱的烛光下正对着司马昭颜一泓痴迷的墨瞳。大红的帐子还未撤去，依然像昨日大婚那样喜庆。夕莲的头脑不怎么清醒，声音含糊地问了他一句："你想干什么？"然后手又摸向了枕下的匕首。

司马昭颜忽然按住她的手，恍惚中两人都有一种微妙的触感，却察觉不出对方的温度。

昭颜指了指床上，他们中间赫然摆了一条长长的红绡，笔直地将床一分为二。夕莲心底涌起莫名的暖意，拽了拽锦被，才发现他们各自分开盖了。

司马昭颜眼中含笑说："楚河汉界。"

夕莲撅了下嘴，原来还是想和她睡在一起呢，可是能信他吗？

昭颜从她眼中看出了她的顾虑，又加了句："君无戏言。"说完便阖上了眼，神情安详。

夕莲侧躺着观察了他一阵子，其实他不是白痴，不仅聪明而且长得好看，只是笑起来很痴、说话也含糊不清。但是他非常诚恳，语气、目光、举止都秉持着一位帝王的气度和内涵。

他眼神偶尔会散发出一闪而过的灵性光芒，虽然转瞬即逝，不过她第一次看见的时候，很吃惊。大概韦娘说得没错，他的内心如明镜亮敞。不过他平日里大多是目光呆滞的，或许这个国家需要他思考的东西很少，朝中大小事务几乎不必通过他，太后和大臣都代劳了。

夕莲忽然对他心生怜惜，虽然进宫才两天，可两位太后对他的态度让夕莲觉得非常别扭，或许她可以帮帮他。想得太多了，夕莲忍不住轻声说了句："司马昭颜，其实你应该反抗。"

他的眼睫突然微微动了一下，夕莲赶紧闭上眼装睡。

昭颜侧过头望着她假假的睡姿，伸出手指轻轻勾住了她的小指，声音轻微，语速缓慢道："我不碰你，但是……你、别走……我、我们……就这样睡。"

夕莲的凤眼眯开一条缝，却发现昭颜仍然是闭着眼的，难道他在说梦话么？夕莲晃了晃手，他的手也跟着晃，小指勾得很紧。不知为何，夕莲对他很放心。或许他是个守信的人，连八年前在观星台的事都一直记得，她微微笑了笑，安心睡了。

他们的手就搁在那条红绡上，小指互相勾着。

由于昨夜的事闹大了，寒凉的清晨，昭颜就被福公公叫醒。转头看睡梦中的夕莲，脸庞红润、两片唇瓣微微开启，偶尔动一下。司马昭颜从枕上抓起一把她的发，贴在唇上亲吻深嗅，这缘分，便是他祈盼许久的。

夕莲倚在床上，她现在是个病人，太后和中书令心疼万分，一直围在她身旁交代要按时上药，应该吃什么补身子、吃什么会留下疤痕。而昭颜远远站在一旁，像个外人。

“辛昭仪如今胆子也太大了吧，如此行为，皇上认为该如何处置？”卢太后冷冷看着司马昭颜，她的眼神里永远藏了一丝恨意。昭颜不懂她为何如此恨他，费心费力去恨一个白痴、一个对她的权势永远构不成任何威胁的人……

“私闯寝宫，惊扰龙驾，口出不逊，竟然还出手伤人，简直就是个疯子。这其中任何一条罪都可以砍头了。”她语气总是波澜不惊的，说的话却很有分量。

“那皇后对哀家的冒犯，又该当何罪？！”辛太后刚进宫门就大声喊了句，只怕在气势上输了她去，可惜，她一直都输。

昭颜偷偷朝后退了几步，把空地留给她们。有她们俩在的时候，他都成了空气。

夕莲正迷茫地看着她们俩争吵，一会儿又看看昭颜，无辜的表情。她好似总是适时宜地装出一副无辜或楚楚的表情来，让人恻隐。昭颜朝她傻傻笑着，他猜：等她们走了之后，夕莲又会凶巴巴的。

“皇上！”两位太后同时呼喊的声音震耳，昭颜缓过神来，全然不知她们方才说了什么。

辛太后气得上前揪住他耳朵：“长辈在和你说话，怎敢不恭听？！”她这样也不是第一次，昭颜习惯了。夕莲却是一副愤愤不平的表情，若不是韦娘在旁按住她，恐怕早冲过去了。

昭颜朝她笑笑，算是感激，毕竟这宫里，她是唯一一个敢违抗辛太后来帮他的人。

“还笑？你这个白痴，到底有何可笑的？！”辛太后气得用力推了她的白痴儿子一把，昭颜便顺势往后踉跄了几步，再离她们远一些。他觉得离她们近了，将来也会像她们一样恶俗。

“不管怎样，辛昭仪动了手，罪高一等！”

“皇后还犯上呢！”

“西太后，可别忘了，这后宫之主，不是你我，而是你口中喊的皇后……”卢太后将视线转移到夕莲身上，“她是皇后，而你先对她不敬，也是犯上了？照我说，这事就算了，今后，都管好各自的人。”

辛太后总是这样，明明讨不到好处也要争一番，连口舌之快都逞不过卢太后，白白生气。

昭颜的记忆中，每次都是以东太后的话为结束语，这次不例外，辛太后差点又晕过去，临走时狠狠瞪了夕莲一眼。

卢太后松了口气，和蔼地看着夕莲问：“皇后怎么能对太后出言不逊呢？听说，还是破口大骂？”

夕莲平日狡黠机灵的眼眸此刻泪汪汪的，委屈答道：“是她先骂我的，她说我是没娘教的孩子。”

东太后的身影颤了一下，表情僵硬，嘴角挂着牵强的笑：“韦娘，你在皇后身边得尽心尽力，往后不许出这样的事了。”

昭颜发现她神色奇怪，匆忙离开时甚至连手绢从手中松落了都未察觉。他教宫女拾起来，改日还回去。然后咧嘴笑着朝夕莲走去，嘴角有点歪歪的。

夕莲没好气瞪他一眼说：“她们这么欺负你，你怎么一声不吭呢？”他为何不生气呢？自己的母亲这样对他为何不生气呢？

司马昭颜酝酿了半天才说：“我能说……说、说什么呢？”

“那你笑什么呢？”夕莲依然斜眼瞪他。

“你……帮我了。”他敛去了笑容，恢复一脸肃穆，声音浑厚道，“谢谢。”

夕莲“扑哧”一声笑了，他这样子似乎比刚才还傻些。

司马昭颜忽然发现有一缕未盘上的头发，便伸手从她颈旁拈了起来，转头看韦娘说：“梳……梳好。”说完深深看了她一眼朝西廊书房去了。

韦娘将夕莲按到座上，重新梳好发髻，她的面庞蒙了层淡淡的忧愁，轻声说：“以后别跟西太后对着干，她怎么也是皇上的生母。”

夕莲赶紧答道：“好嘛，我以后都听你的。”

“你每回都是这句话来应付我，以后究竟是多久以后呢？”

夕莲拉住她的手，手心充满温暖而惬意的感觉，小声问：“还疼吗？”

韦娘凝视着她颈上那道血印，摇头说：“我是心疼，你看看，好好的肌肤被抓成这样，还不知何时才能消去。”

夕莲赖在韦娘怀里，嗅着暖暖的奶香，娇声说：“韦娘，我不要留疤痕，你想办法帮帮夕莲，要是变丑了，予淳他不喜欢我了……”话没说完，嘴就被韦娘捂上了，她紧蹙着眉轻声责问道：“怎的还是不知轻重？这话能在宫里说么？”

夕莲闷闷答了句：“可是我想他。”

是啊，她想他。她想念他的心怀，如同书中描写的情窦初开的少女，恍恍欲诉衷肠却无处可诉，只能用忧愁的幻念将明白无误的爱情诠释成支离破碎的旖旎片段。她还记得他唇瓣舌尖的触感，一想起来居然会心惊胆战，因为它时刻提醒着她要提防身旁的男子、一个拆散了他们的险恶之徒。

她想恨这个险恶之徒，却无论如何也恨不起来，是因为他太可怜了吧。

七 · 约定

精美的琉璃器皿盛满橙黄的杏汁，如玉液琼浆般的凝萃。

夕莲浅尝一口，汁液浓浓，口感润滑。外头的杏花刚刚开始绽放，怎么就结出杏子来了？福公公在旁解释："这是宫里用特殊方法储藏的杏肉榨的汁，去了毒热和酸味，多食也无碍。"

夕莲颔首笑道："有劳了，可是，你们怎知我爱吃杏？"

福公公看了看司马昭颜才说："这个老奴可不知，是皇上交代的。"

司马昭颜费力说道："生杏……不宜多、多食。"

夕莲眯眼笑起来，应着："知道了，生杏不宜多多食！"

昭颜的脸色立即沉了下去，胸中涌起千万惊涛，她怎么可以……怎么可以嘲笑他？

福公公连忙朝夕莲使眼色。夕莲疑惑望着他问："生气了？"

怎么会呢？辛太后揪他耳朵他都不生气，怎么她只学他说了句话就生气了？

夕莲坐直了身子准备用膳，昭颜却一直黑着脸，福公公小心翼翼将菜送到他嘴边，他忽然站起来说："去书房。"

夕莲目瞪口呆望着他明黄的背影，有些莫名其妙，方才还用杏汁讨好她，为何一眨眼就变了？韦娘在旁小声说："夕莲，怎么总是不懂事呢？"

喝了口杏汁，夕莲问韦娘："皇上怎么知道我爱吃杏？"

"你忘了，昨日你说梅子太酸不好吃，杏才好吃。"

原来是她自己说的，他记着呢……

司马昭颜坐在书房里的宽敞的龙椅上，这是他这些年来最流连的所在。几乎盛满了他的苦楚、悲伤、无奈、辛酸，即使他大婚了，迁寝宫了，也始终带着它。天底下拿他当笑柄的人很多，朝堂上对他不屑一顾的人也很多，他习惯了，心灵可以忍受任何眼神和言语的冲击。

可是欧夕莲不行，她是他的救命狐狸精，怎么可以像其他人一样嘲弄他？

司马昭颜愤恨地将书桌掀翻了，砚台笔墨散了一地，浓黑的墨汁像鬼影一样在地上扩张、弥漫，他讨厌黑暗，喜欢炫亮的东西，好比星星、好比夕莲。

“皇上！”夕莲的惊呼引得司马昭颜抬头望去，见她呆呆地立在门边，一袭橙黄的色彩明艳动人。他忽然有些恨她，自从莲花池里被她救了一命之后，也逐渐被她主导了生活，似乎过去的八年间，他活着的目的就是为了等她。那么他的余生呢，活着就是为了爱她？她究竟哪里值得他爱？

他望着她，想哭，可早已忘了如何哭泣。自从知道自己的眼泪是黄色的，与常人不一样，他就再没哭过了。

夕莲朝他慢慢走去，空气中飘浮着浓烈的墨香，却遮盖不住她身上清幽的莲花香。

司马昭颜无力地坐在龙椅上，垂目看着自己颤抖的双手。夕莲蹲了下来，仰头，清丽的眸光打在他昏暗的脸庞上：“皇上，我不是嘲笑你，我只是一时觉得好玩……”

他冷冷看着她斜挑的凤眼，好玩？那不就是嘲笑么？

“其实，我喜欢听你说话的，很好玩。”她眼里噙着淡淡的笑意。

昭颜心里突然感到一丝甜蜜，即使她就这样肆无忌惮地嘲笑他。因为她的明眸璀璨现在属于他司马昭颜，不是卢予淳。

“福公公说，你经常同他说话，也和他聊天，为什么就不敢和别人说呢？今天你为我准备了杏汁，你自己告诉我不是更好么？”

司马昭颜摇头说：“不，他们……笑话。”

“那你跟我说吧，我不笑话你。”或许是为了安抚，或许是出于怜悯，再或许是歉意，夕莲看他的眼神第一次充满柔情。

昭颜沦陷了，鬼使神差朝她点头说：“好。”

她站了起来，飞扬的神采恰好迎着窗棂透进的阳光。他专注地看着她的尖尖薄薄的下巴，很想伸手抚摸。她的下巴一动一动，声音清扬：“说好了，以后你要和我说话，我不会笑话你。即使我笑了，也不算是嘲笑。”

昭颜傻笑着问："那算？"

夕莲想想说："只是朋友之间的玩笑。"

朋友这两个字，对司马昭颜来说太珍贵了。他阴郁的心情一扫而光，朋友，意味着她从此不会再仇视他。

夕莲忽然在他身边坐下，握住他颤抖的双手，就像八年前，她从池子里将他救起来的时候，想要温暖他。昭颜低头说了声："谢谢……"

夕莲诧异问："谢什么？"

"你……曾经救了我的命。"他一字一句慢慢说。

夕莲心思一绕，目光忽然变得狡黠，语气高傲道："是啊，我救了你的命，你该报答我的，不如你早点废了我吧。"

司马昭颜脑袋里"轰"的一下，原来她心里一直打着算盘要逃离！可他不能破坏刚刚建立起来的友谊，不能让她对自己如蛛丝般纤细的好感被打断，于是淡淡答道："好，一年。"

许了她一年，他胸中忽然压了块巨石般透不过气来，他有一年时间来让她爱上自己，只有一年。

夕莲惊喜不已，一时口快的玩笑话，不料他竟真的答应了！一年，只要一年就可以出去了！她欢呼道："真的吗？君无戏言！我就知道你是好人！"

司马昭颜在心里苦笑着，外表却依然痴傻。

夕莲心花怒放，叫宫女赶紧收拾了书房，催了昭颜一块儿去用膳。福公公见皇后和皇上一道出来了，眉开眼笑，在夕莲身旁悄声说："老奴说得不错吧，皇后娘娘您来了才管用……"

司马昭颜似乎听见了，斜斜瞥了过去，福公公赶紧垂着头上前带路。

司马昭颜渐渐话多起来，两人时常交谈。夕莲得知，原来他非要和她睡在一起是故意气两位太后。她不懂了，为什么她们会生气呢？昭颜沉默半晌说："东太后不希望我有子嗣。"

夕莲愕然，是这样？难道她不是希望自己为予淳守身如玉，两年后好成亲么？

他接着说："母后不喜欢你。"

夕莲反问："不喜欢我所以也不让你喜欢我么？"

他点头，举了个反例，结结巴巴说："东太后不喜欢我，所以也不让你喜欢我。"

她们两个人争来斗去，却从来不将皇上放在眼里，夕莲叹了声气，蓦然发现天色阴了下来，金陵要步入漫长的雨季了。

每日晚上就寝之前，昭颜都会将那条红绡从枕下拿出来，悉心摆好，到清晨起床再藏回去。他们睡前不大交谈，或许是为了避嫌，但是在外人看来，又有什么需要避嫌的呢……

梅雨时节，夕莲做了个梦。被夕阳余晖笼罩的莲花池，朵朵夕莲肆意怒放，暗香浮动中，一叶扁舟缓缓而行。舟上迎风而立的男子身形修长，一袭白袍也被印染成夕阳的颜色，他背着光，看不清面容，她挥着双手朝他呼喊："予淳哥哥——我在这里呢！"

他似乎在笑，小舟慢慢靠近，就在即将看清他脸庞的一瞬间，她醒了，眼前是韦娘慈祥的面容。她有些失望，很久没见予淳了，不知他是否也有一样的思念？

连着十几日的春雨，仿佛将宫殿的根基都泡软了，朝臣上奏都轻绵无力，好不容易迎来了明媚，昭颜却懒散地倚在龙椅上，听两个女人在他背后争论。他只盼着下朝，趁夕莲还未醒偷偷看看她或者偷偷亲吻她浓艳乌黑的发。

韦娘催促夕莲起床："昨夜里雨就停了，难得天气好，出去走走，你都憋在这里半个月了。"

她转头问道："皇上呢？"

"上朝了呀，你平日起来的时候他都下朝了。"

今日破例，夕莲挑了身素雅的衣裳。听说桃花都开了，她可不想和桃花去争奇斗艳。

越是往园子里走，桃花越是开得浓烈，没想到一场春雨，催生了如此多情妖娆的花朵。花瓣上还挂着晶莹的水滴，也不知是露珠还是残留的雨珠。夕莲命人剪了几枝开得漂亮的，花枝一颤，零星的花瓣在气流中轻慢流转着扑在她怀中，袍袖一动，它们又追逐着落到泥土里。

“娘娘，走累了吗？前方有处歇息的凉亭。”一名面生的宫女指了个方向对她说。

前方被层层花枝挡住了，不过依稀能看见凉亭的一抹朱红色，夕莲稍稍拎了裙摆朝那儿走去，一手还揣着花枝。她沿着弯曲的石子路走了去，凉亭跃然眼前，卢太后端坐在正前方，似乎预料到了夕莲的出现，嘴角含笑。

夕莲命宫女都在外候着，独自迈上阶梯去了。

“太后金安！”

她心里隐隐还记得大婚那几日太后愠怒的神情，这会儿又和从前一样淡定。

卢太后慢条斯理说：“夕莲，哀家看这桃花开得极好，教人煮了清酒，赏花、品酒、听曲。”

夕莲在她身旁的红木椅子上坐下。轻风吹起纱帘，拂在颈上痒痒的，她无意拨开它，蓦然看见飞扬的纱帘后面，一袭青袍的卢予淳，席地抚琴。他修长的指尖在琴弦上抹了一下，《梅花三弄》的旋律清幽而出，夕莲怔怔望着他低垂忧郁的眼神，手上一松，桃花枝散落一地。韦娘匆匆拾了起来，搁在石桌上。

卢太后依旧操着不急不缓的口吻说：“卢将军调回金陵了，皇后，来尝尝这酒。”

夕莲失神地接过酒杯，浅尝一口，酒香芳醇、余味清爽柔顺，可她心中却是酸甜苦辣百味杂陈。太后忽然高声问了句：“桃之夭夭、灼灼其华，你怎么抚了《梅花三弄》呢？”

予淳抬眼看夕莲，手上未停，答道：“梅花香自苦寒来。”

夕莲垂下双目，唯恐他人看穿了自己的心思。他哪里是在抚琴，分明是在弹拨她的心弦，原来清晨梦中的想念，此时竟成了真。她痴痴凝望着自己的裙角，一杯杯清酒不知不觉下了肚。

不远处晃荡着一个身影，踟蹰不前，是福公公。韦娘小声提醒道：“该用午膳了。”

夕莲头有些晕，眼中湿润润的，怆然从予淳身边走过，只留给他轻不胜风的衣裙厮磨。

到午膳时，司马昭颜已经等了一个时辰，才见福公公将夕莲寻来。

夕莲面色绯红，笑眯眯冲他说："皇上，桃花开得真好呢！"

可她斜挑的眼角里有一种湿润晶莹的东西，福公公在旁低语说："皇后饮酒了。"

韦娘解释道："是太后赏的酒。"

夕莲只觉得一片眼花缭乱，心绪也是纷乱无比。她怀里还揣着方才剪下的几枝桃花，许多花瓣都被蹭掉了，光剩了花苞和枝丫。她浅浅笑着，挥手说："来人，把我的桃花插上，一定要摆放得美美的！"

司马昭颜把一切看在眼里，迟疑问了句："要不……先歇会儿？"

她望着他，竟然柔情万分，娇声道："司马昭颜，你是个好人……可惜……"

韦娘从后面搀了她过去，匆匆说："娘娘不胜酒力，胡言乱语，奴婢伺候娘娘先歇下吧。"

昭颜颔首应许了，夕莲摇摇摆摆像跳舞一般翩然往内殿去。

"她怎么了？"

福公公嗫声道："东太后请皇后去赏花、品酒、听曲，不过，那抚琴之人，是卢予淳将军……"

卢予淳，司马昭颜在心里诅咒这名字。除此之外，他还能做什么呢？她与他日日相对，都比不过与卢予淳的匆匆一瞥。司马昭颜没心思用膳了，径自朝内殿走去，层层帘幔后面传来隐忍的啜泣声，他停住脚步，痴痴立在外面。

直到哭声渐渐消停，昭颜松了口气，才发现站了许久不曾移动一下，两腿发麻。韦娘面色忧虑走出来，看见司马昭颜时愣了一下。

司马昭颜对她说："朕要和皇后午睡。"

于是留下当值的宫女，其他人都退下了。

夕莲的眼眶、鼻子、脸颊都是通红的，像只受了伤的小鹿，全身都蜷了起来，弱不禁风。

司马昭颜静静抚摸她的脸颊，他自知比不过卢予淳，即使他是个皇帝。但他爱她的心绝不输给任何人，就算把胸膛剖开来给她看，她也是不屑一顾的吧。夕莲，怎样才能让你爱上我？他心里愈加纠结，愈加不甘，猛地在她薄嫩的唇间烙上一吻，吻下去，便再也放不开……

依旧是那样的梦境，依旧是那莲花池，清风徐来，舟上迎风而立的男子背着夕阳，看不清面容，她挥着双手朝他呼喊："予淳哥哥——我在这里呢！"

忽然"扑通"一声，他落水了！夕莲的心也像溺水了般沉闷挣扎："予淳哥哥！"她惊呼着跳入水中，搜寻他的身影。被层层花叶遮住的水面下，光线昏暗，她朝他游去，却忽然想起他也是会游泳的呀！他转身朝夕莲游来，依旧背着光，夕莲不顾一切拥住他，却冷不丁被他吻住了，她没有挣扎，因为那是予淳的吻，那样的柔情蜜意、悄然诉说着思念……

司马昭颜正为自己的行径感到羞愧，不料夕莲此刻竟回应起来，唇瓣轻轻开启，舌尖小心翼翼滑过他的齿缝，伸出纤纤手臂环住了他的腰。司马昭颜浑身一僵，他怎能禁得住她这样的诱惑？他只能在她的回应下，一点点汲取她的馥郁芬芳，一步步掠取她的意乱情迷。

他炽热的吻，逐渐从她唇畔辗转而下，在她颈侧轻啄慢吮。夕莲忍不住呻吟出声，昭颜额上冒出细密的汗珠，他在还有一丝理智的时候必须思考：究竟能不能……就这样要了她……

可是，夕莲口中忽然呢喃出一个名字："予淳……"

这声风情万种的呼唤，犹如春日惊雷，将一切的美好都破坏殆尽……司马昭颜猛地推开她，疾步冲了出去，不知从何时开始，卢予淳已经成了他的心魔。

夕莲背上吃痛，忽然醒了，周围一切如常，她惊恐回觉刚才的梦境，如此真实……她双颊绯红，急忙跳下床大声唤道："韦娘！韦娘！"

她不要做那样的梦，她为自己感到羞耻！即使那是予淳哥哥，她也不能这样不知廉耻的！

韦娘慌忙跑进来，看见皇上才出去不久，难道出什么事了？夕莲扑到她怀里嘤嘤哭诉："我想他，韦娘……我今天看见他了，他不开心、我也是……"

韦娘松了口气，轻轻拍着她后肩："夕莲，他们不是让你等两年么？别怕……总是有办法的。"

亥时到了，司马昭颜望着沙漏发愣。平日亥时夕莲都会来书房看看他，可今日没来。她会记得今日的事么？他的头朝桌上重重磕了一下，心里纠结的痛苦再痛却不能言。如果那湿热缠绵的吻是真实的，上天为何不再施舍给他一点真实的情感？抑或是……叫她忘记卢予淳……

皇宫里灯盏总是点那么多，亮如白昼，丝毫没有夜的感觉。所以在宫里，连灯光都是假的。桌案上的书一晚都没动，始终停留在那页。福公公忽然走上前来，迟疑再三地对司马昭颜说道："皇上，其实，卢将军早已到了婚龄，可以婚配了。"

刹那间，昭颜阴郁的心里亮敞许多，赐婚、上次赐婚的折子还没批！既然如此，就让大褚国的皇帝为他重择良偶赐婚吧。这可是卢家的荣耀啊……司马昭颜觉得自己很邪恶，可是他没办法，他只想除去心魔。

东太后从一扇素色的屏风后缓缓走出，眼神不屑。轻描淡写说了句："赐婚么？事出突然，哀家还需考虑。"

司马昭颜恭敬答道："圣旨已颁，不容更改。"

"什么？"东太后不可置信瞪着他，"这么大的事！皇上都不与我商量？！"

司马昭颜意料到她的反应，但是这次他不会退让，圣旨他已经颁下去，皇榜也背着东太后出了，卢予淳的婚事已昭示天下。

东太后眼里只浮现一瞬的刀光剑影，随后阴柔笑道："皇上真是长大了，那么，日后也用不着哀家辅政了。这几年可真累坏了，终于可以好好歇下。福公公，今后，折子不用往我这送，一切由皇上定夺。"

福公公愣住了，司马昭颜微笑着，真以为可以要挟他么？这是回揽大权的绝佳机会，他绝不会退缩！

八·批责

才晴朗了两日，绵绵细雨又开始飘洒。这两日司马昭颜除了上朝就一直没离开过书房。桌案上奏折堆得高高的，将座上的他都遮得严实。桌上横七竖八铺着宣纸，写满了字迹，右手还紧紧捏着一支笔，很吃力。

他不想把丑陋的字迹写满大褚国的奏折，不想成为人们茶余饭后的笑话。唯有拼命练，拼了命也要写到自己满意为止。

夕莲似乎觉得这两日不同寻常，于是上书房找他。她满身首饰的响声清脆悦耳，昭颜听见了，憔悴的面庞上挤出一丝笑意。

夕莲吃惊地绕到他身后，问："为何这么多奏折？"

司马昭颜疲惫的神情闪出一丝得意说："我……自己批。"

夕莲深感意外，再看他写的字，都是批示，但折子却一个没批。她朝旁边的福公公问："这是怎么回事？"

"这是攒了三日的折子了，皇上不满意自己的字迹，便一直练……"

见他的午膳还在圆桌上没动弹，只怕这样下去更加写不好，夕莲忽然又怜悯起他来，劝道："皇上，不如先用膳，这样写下去只会累坏自己。"

昭颜无力瘫在座上喃喃念道："难道始终、只能做……傀儡？"

夕莲凤眼微微眯起，她不喜欢他这副样子，帝王就该有帝王的气魄！夕莲猛地上前夺过他的笔，厉声道："你甘心吗？生为一个帝王，连权力都被人夺走？一切都受人操控？"

昭颜痴痴望着她凌厉的目光问："那……怎么办？"

夕莲在他身旁坐下，这龙椅宽敞得完全可以容下两个人。福公公惊得跪了下去呼道："皇后，这龙椅可不能随便坐！"

夕莲道了句平身，又转头对司马昭颜说："你念，我替你写上去！"

昭颜目光诧异却惊喜万分。福公公哀声道："那怎么行？后宫不得干政……"

夕莲立马打断他问道："那太后算不算后宫？她可以自作主张批阅，就不许皇上找人代笔么？"

司马昭颜额首道："准！"说着，他从桌上整理出一叠字迹较为工整的纸文，对应着旁边的奏折依次摆好，吃力地解释道，"按大臣名字，这些我批好的。"

夕莲饶有信心应道："皇上先用膳，臣妾会马上抄好的！"

司马昭颜终于吐了口气，晦暗的表情有了几分神采。福公公也无计可施，只能应着："那皇上先用膳吧。"

夕莲捡了折子，笔蘸上墨，凭着自己从前临帖练出来的笔锋，认真在奏折上勾画着撇捺，尽量敛去娇柔之气。司马昭颜就坐在大圆桌前用膳，正对着她，边吃边笑。他当然高兴了，不仅仅是夕莲帮他解决了大难题，而是她又一次帮他……说明在她心里，自己还是有一定分量的。

夕莲一面写，一面担心东太后知道以后会怎样，她给人一种说不清的感觉，夕莲觉得自己这么做似乎要惹她不悦了，但是司马昭颜真的很可怜，他想做个好皇帝，却被她们狠狠压制着。只是帮他抄折子而已，不算过分吧……

窗外忽然吹来一阵风，夹杂着零星的雨点，吹乱了宣纸。夕莲起身去关窗，发现河对岸的杏花在雨中纷扬飘落，雨季应该快结束了吧！

司马昭颜忽然念了句："沾衣欲湿杏花雨，吹面不寒杨柳风。"

夕莲惊疑转身看他，却见他漆黑的双瞳中闪现出纠缠杂乱的情愫，仿佛流转着莺啼燕语、春雨繁花，只有一刹那，之后又恢复了呆滞。她恍惚了，真正的白痴，不会有这样清明的瞬间。

一整日，他们并排坐在龙椅上，司马昭颜在左边，看完折子之后递给右边的夕莲，嘴里慢慢念着，夕莲便照他念的写上去。就这样一直循环反复，直到眼前发昏，才惊觉到了晚膳时间。夕莲甩了甩胳膊，她从来没这么写过字，即使被父亲罚抄《女则》也会偷懒的。

可是她忘了放下笔就甩胳膊，结果甩了一身墨汁。司马昭颜望着她傻笑说："换了……衣，再用膳。"

"不必了。"夕莲放下笔朝他咧嘴一笑，"反正晚上还得写的。"她的笑容恢复了亲切，昭颜愉快极了，因为她是在乎他的。就像初遇时那般，她怕他冷所以握住他的手；后来，她见他被人欺负挺身而出；现在，她怕他累坏了便陪着他一起受累……

夕莲见司马昭颜又在发愣，也不管他，兀自起身大步出了书房，一面大喊："韦娘！我好饿呢！"

子时，前两日的奏折都批好了，夕莲却是孜孜不倦、意犹未尽的样子。司马昭颜抽去她手中的笔时，蹭了她一手的墨迹。她便惊叫着往他身上擦了几下，于是龙袍上多了两道乌黑的印子，就像被顽劣的猫咪抓了。昭颜无奈摇摇头，夕莲咯咯笑着从桌上拈了块糕点，悄声说："千万别告诉韦娘……"然后迅速扔进嘴里快快嚼了几下，韦娘恰好进了书房，夕莲眼疾手快，嚼也不嚼了便直接往下咽，一面赶紧抿了口茶。韦娘狐疑看着她，她又灵机一动，拈了块糕点塞到昭颜嘴里，笑眯眯说："皇上饿了！"

那样狡黠的神情便是司马昭颜的死穴，他心里美滋滋的，含着她第一次喂他吃的糕点，舍不得吞。

韦娘一脸慈爱望着他们说："该歇息了，皇上还能睡三个时辰。"

夕莲颔首道："嗯，还有最后一张。"她望着最后那张奏折发愁，那是右相和几位大人联名上疏弹劾刑部尚书，指责其行为贪赃枉法，收取贿赂后为死囚开脱罪责。问题在于，刑部尚书是辛太后指派的官员，而且是辛家的族员。

昭颜想，要么就先将折子压下来，要么就立即查办，如果驳回去，只会给右相大人平添麻烦。那一派三朝老臣可是先皇留给他最有价值的遗产了。迟疑再三，他对夕莲说："先压下这份，日后再处理。"

夕莲乖乖点头，但是又不甘心，临出门时，她还是定下主意，拉住司马昭颜说："国之兴亡，多与贪官权贵的横行有关，难道要眼看着他们违抗律法而不加制止吗？"

昭颜意外看着她，饶有兴致问："治？"

"当然要治！"她坚定点头，"而且必须严惩！"

司马昭颜顺着她坚毅的眼神似乎又感受到了温暖。好，既然有她的支持，还有什么可畏惧的呢？治贪官、振朝纲，他要让朝廷恢复父皇在位时的清明。

这一觉司马昭颜睡得很不安，因为预料到一场风暴的来临，而他是风暴的引发者。他还从来没有哪日上朝像现在这样心潮澎湃，自登基以来，第一次带着亲自批示的折子上朝，第一次公然打击外戚的势力。如果没有夕莲，他不敢。临走时，她睡眼惺忪握住他的手说："司马昭颜，记住，你是皇上，大褚国最大的人啊……"

他记住了，他是皇上。

积攒了两日的奏章在这个上午一一向朝臣展示着大褚皇帝应有的权力和智慧。在福公公的朗朗宣读声中，昭颜止不住一面猜想东太后此刻的表情，一面揣摩大臣们脸上的神色。

辛太后小声说了句："皇上，哀家真为你高兴。"

司马昭颜愣了一下，她一定是认为他将大权从东太后那儿夺过来了吧？恐怕一切不会尽如她意。

当福公公宣旨，责令右相大人将刑部尚书革职查办，有人面露惊喜，有人惊诧不已，还有人恐惧害怕。当然，最强烈的反应是愤怒，来自那些自以为可以摆布白痴皇帝的人。

卢太后在帘子后狠狠问："折子是谁批的？！"

昭颜侧头看她答道："朕。"然后他面带微笑对她说，"卢予淳将军的婚事，劳烦太后操心了。"

她惊讶不已，连他自己都吓了一跳，这是他说的最长的一句话而且流畅到底。

辛太后的表情更加复杂，无法判断喜怒。

司马昭颜付之一笑，带着一种胜利的喜悦大声宣布："退朝。"

福公公心情极好，他是先皇内侍，也是司马昭颜唯一信任的人。回到德阳宫，刚好传了膳来，福公公亲自为皇后斟上杏汁，夕莲很会察言观色，看样子，第一场较量胜利了。

昭颜身上沾染了雨水的味道，很新鲜，衬得人也精神抖擞。

夕莲笑着举杯说："我喜欢这特别的杏汁，比家里的好喝许多。谢皇上！"

韦娘一直担心她喝多了杏汁会有不适，紧紧盯着。

昭颜也看出来了，想了想，问："不如……喝酒？"

韦娘和夕莲的脸色同时变得刷白，昭颜似乎也想起了前几日夕莲醉酒时与他的懵懂缠绵，脸颊飞掠过一丝尴尬。韦娘连忙说道："还是杏汁好，杏汁好……"

夕莲掩口而笑，心底却对上次的梦境产生了畏惧。她不该做这样的梦，或许是不该太过思念卢予淳。毕竟，她现在是司马昭颜的皇后，离出宫的日子还有一年，她得保证这一年中得像个皇后的样子。

用完膳，他们又开始在书房忙碌，每看一个奏折，司马昭颜都会询问夕莲的意思。夕莲见他凝眉深思的时候，一种成就感油然而生。她要他反抗，要他像个皇帝的样子，要让天下人知道，他不是白痴。

夕莲正批着奏章，东太后的人忽然有事禀告，她赶紧从龙椅上起身。

来人托着盘子，上面放置了几个规整的小册子和画卷，只听得尖细的声音说：“这是东太后娘娘为皇上选的后妃，暂时都收在合阳宫里，希望皇上能广施恩泽，让皇室早日子嗣兴旺。”

内侍走了之后，司马昭颜眼也不抬，直接叫福公公将托盘给撤了下去。

夕莲望着福公公将盘子收在一处毫不起眼的柜子里，关紧柜门。这些女子一入宫门恐怕就再无出路，或许期盼一生到头来只有皇上在某个匆忙瞬间赐给她们的惊鸿一瞥。

雨又淅淅沥沥下了十多天，清明节快到了，夕莲期盼着回家能多住一阵，却又惦念着奏折，她走了的话，谁来帮他？可是总有一天她要走的呀，一年之后，她出宫了，司马昭颜怎么办呢？听说皇上曾经封过一个贵人，大概是他唯一的女人吧。夕莲自进宫之后，也没见他去别处就寝，她忽然想见那贵人一面。

赵琴儿，一个平凡柔弱的女子，从普通宫女一跃坐上三品贵人。她规规矩矩行礼、答话，没有贵人的气质。夕莲忽然发现了她和司马昭颜的共同点，软弱。他们受人欺负、任人摆布，所以走到了一起。

无端端地，她对赵琴儿心生好感，毕竟司马昭颜在这宫里还有一个自己人。她微笑着说：“琴贵人不必拘礼！今日找你来，是有点事问你。”

赵琴儿垂头答：“皇后请问。”

“会写字吗？”

她摇头：“臣妾出身贫寒，家中饥寒交迫，才送我进宫当差。”

夕莲上前托起她的手看，十指修长有力，琴儿诧异抬头对上她的目光。夕莲认真对她说：“即日起，你得学习识字、写字。”

“为何……皇后，臣妾愚笨，恐怕难以……”

“琴贵人！”夕莲打断她，“你是皇上信任的人，除了你，没人帮他了。”

她表情缓和下来，垂目答道：“若是为了皇上，臣妾愿意。”

“对，就是为了他。”夕莲压低声音在她耳旁说，“皇上不能写字，所以需要帮手。”

琴儿想了想问道：“听说皇上开始批折子了？”

“他念，我写的。”

她惊得瞪大眼："这可是……"

"但是一年之后，我要出宫，我想，你可以帮他！从现在起，你要学，临摹我的字，大家都以为折子上的字体是皇上的，万万不能露馅儿……"

琴儿的手忽然抖了一下，慌张问："皇后要去哪里？"

夕莲欢快说道："皇上答应我一年之后放我出宫。当时立后也是权宜之计，皇上并不是真的想立我当皇后。"

琴儿有些惶恐，拉住夕莲的手说："千万别让人听见，你是皇后，怎么能出宫？就算是废后，也会被贬去冷宫，娘娘，这些话，别与人说。"

夕莲凝眉想了想，司马昭颜答应她的，应当不会食言，他是皇上，有什么不能呢？"琴贵人，多谢提醒。那么，我会派人来教你，这合阳宫里也来了不少新人，你就待在自己殿里学习，偷偷的哦……"说完，夕莲眯起眼睛朝她笑，琴儿望着她神采飞扬的面庞，恍然明白了皇上为何钟情于她，多年放不下。

这日又忙过了子时，夕莲入睡很快，司马昭颜伸手越过那道红绡，轻轻从她肩上拈取一缕发，发梢透着灯火呈现半透明的金色。这些日子，累坏她了。他不了解普通人的爱情是什么样的，可他的爱情就是自私的，他想要她、想将她禁锢在身边，甚至宁愿她累一点。只有她在身边，他才会觉得很幸福。

这场春雨断断续续下了一个多月，终于放晴了。

他们躺在浑天仪里看星星，今夜的月光格外亮，她的睫毛被打上一层淡蓝的光辉，忽闪忽闪的像一对蝴蝶翅膀。他多想将她捧在手心里，疼爱一生。

"司马昭颜！"夕莲惊叫指着天空，"扫帚星！我看见扫帚星了，怎么办？"

昭颜淡淡答道："那怎么了？"

"不吉祥呢，一定有坏事要发生……"她转身看他，带着莲花香味的气息喷在他脸上，"我快要回家了，是不是家里有事？父亲他好吗？"

昭颜侧过头，与她四目相对，从她狐狸般狡黠的眼睛里看见了自己。

他答道："他很好。"

夕莲忐忑不安，喃喃自语："母亲就是在清明之后过世的，父亲每到这个季节，总会很忧伤……"

望着她湿润的眼神，昭颜有些心疼。先皇也是在清明之后过世的，但是两位太后从来不忧伤。

西边的天空忽然升起绚烂的烟火，夕莲兴冲冲跑了过去，站在栏杆边眺望。

“今天什么节日？奇怪……”

司马昭颜默默站在她身后，他知道，那是卢予淳在办婚事。今夜，卢予淳就有属于自己的女人了，而不是翘首企盼能从大褚皇帝手中抢走欧夕莲。

那些亮白的光球冲上夜空，响起爆裂的声音，光彩迸射，那些银色、金色、紫色的火花散乱地交织在空中……那些散开的花瓣带着尖尖的刺，像怒放的菊花披散而下。

她的脸在光芒的映照下，蒙上五颜六色的光芒，像变幻的霞光一样灿烂，如她的笑容一样。

“你看，那些烟花好漂亮哦！”

昭颜微微笑着说：“和大婚那天一样的。”和他们大婚那日的烟火一样的，都是琴儿家做的。恐怕当时他们根本没心情看烟火吧。或许，烟火就是给外人看的，当事人都没心情，今晚的卢予淳也注定会错过这般美丽的烟花。

夕莲忽然问道：“那是我家的方向，是谁家办喜事么？”

明知道她迟早会得知真相，昭颜还是鬼使神差答道：“不知。”

“定是哪家权贵，不管谁家的喜事，我们都该祝愿他们幸福……两个相爱的人在一起就是幸福，是么？昭颜？”她语气淡淡，似是在想什么，眼神涣散游移。司马昭颜却感到心尖上涌出一道滚烫的血脉，她叫他昭颜！她叫他昭颜啊！原来喜悦和幸福也如此简单，只需所爱的人轻轻唤一声，便心花怒放。

“清明我要回家了，你好好应付过去……”夕莲垂着头，像带着哀伤的魂魄一样幽幽远走。

司马昭颜杵在原地傻笑。

九 · 囹圄

离清明越近，夕莲越是心慌，批折子好几回都差点写错字。那心慌来源于期盼和相思，在想他的时候，她脸上还会浮现一抹红晕。她急于回去告诉予淳，不用两年，只要等一年，她便能出宫去了。其实一年很快的，就在下一个春天，她要嫁给他，完完全全做他的女人。

夕莲抵不住疲倦来袭，伏在书案上睡着了。司马昭颜就坐在她左边，静静看折子。她趴着睡觉的神情很可爱，昭颜将自己的外衣脱下替她轻轻掩上，触到她薄削的肩，他的手如触电般抖了一下。夕莲感到肩上的触动，微微睁开眼，遂直起身子来问："我怎么睡着了？你也不叫我。"

昭颜朝她傻傻笑了笑，说："你去……去午睡。"

夕莲确实累了，便想起身回寝宫，书房外骤然响起一阵纷杂的声音，只听得福公公一直在低声喊道："太后，太后！请让奴才先去通报一声！"

司马昭颜和夕莲对视一眼，还没来得及思考，西太后已经闯了进来，目光轻蔑，盯着夕莲冷笑道："皇后，你胆子可是越来越大了！"

夕莲赶忙起身，朝西太后行礼，这才注意到司马昭颜居然为她披上了他自己的龙袍。

"哼！坐龙椅、穿皇袍，批奏折！欧夕莲，你可是自己作孽，别怪哀家……"西太后的笑容阴冷，司马昭颜将夕莲扶起来，回太后道："是朕准的。"

西太后看都不看他一眼，兀自招了侍卫进来，后面还跟着左相大人。

"大褚律法可不是形同虚设！即便位居后宫之首，也不能逃脱这谋逆之罪！"

左相大人铿锵念了一大段律法，他们是有备而来。司马昭颜感到一阵心寒，他们居然知道夕莲在批奏折，这宫里有内奸。

夕莲更是愤愤不平，连皇上身边都安插眼线，他们还有什么做不出来？

"皇上，律法如山，开国以来，还没人敢像皇后一样，皇袍加身居然还面不改色！”西太后拿出先皇御赐的金牌，得意万分，“你父皇临终授意，叫我严格按照律法统领后宫，拨乱反正，这金牌，皇上断不敢忤逆了吧？”

昭颜冷冷睨着她，先皇在天有灵，若见他生前最疼爱的女人真面目竟是这般模样，该从皇陵跳出来将她一块儿带下去。左相大人喝道：“先关起来，皇上稍后拟旨！废皇后、依大褚律例处置！”

这是完全按律例处置，司马昭颜无可奈何，只是紧紧抓住夕莲的手。夕莲愣了一下，侍卫已经上前来了，临走时，感觉昭颜往她手心使劲塞了个什么东西。她回望他一眼，盈盈无语，司马昭颜心中一颤：夕莲，放心，我一定会救你的！

夕莲依然骄傲得如一只凤凰，高高昂起头，眼角余光扫过西太后，清冷地说道：“我自己会走。”

缓缓朝天牢走去，一步步，越来越害怕，其实她是非常害怕……可在气势上，不能输。司马昭颜急忙传令摆驾去东太后殿，或许，只有卢太后才是辛太后的对手。

隔着牢笼的栏杆，西太后狂笑起来，一面指着夕莲厉声道：“落地的凤凰不如鸡……你再美、再傲、再目中无人，也拗不过这牢中岁月！看吧，就等着看你的父亲和他老相好能想什么法子救你出去！”

夕莲愕然，上前一步抓住栏杆朝她喝道：“什么老相好？你在说什么？我父亲，从我母亲去世后就再也没有女人！”

西太后吓得朝后退了两步，定下神来又朝她啐道：“小野种！还真把自己当凤凰了！当年我是苦于没有证据，若不然，你根本熬不到出世！哈哈……”她忽然压低了声音诡秘道，“现在我手中有了证据，你就是卢玉婵的女儿……你这个小杂种，还把我的皇儿迷得七荤八素……等着瞧，这宫里，迟早只有一个太后！”

夕莲恐惧地捂住耳朵，她在说什么……卢玉婵是谁……她不是杂种，一个太后？她是说东太后……夕莲奋力朝她离去的背影吼道：“我不是！我母亲已经过世很多年了，你这是污蔑！污蔑！”

牢门的大锁“哐当”响了一下，随后只听见寂静中的回声，幽幽地在四壁鸣响。夕莲失魂落魄滑倒在地，西太后在说什么，她怎么会是东太后的女儿？西太后一定是想对付父亲和卢家，她想铲除他们的势力，所以她一定在说谎……夕莲不信，因为她的母亲，安然躺在明湖畔的桃花林中，到了清明，就能见到她了。

打开手心，她发现司马昭颜塞给她的东西居然是他手上戴了许多年的白玉扳指，温润光泽在昏暗的监牢中显得亲切可人，一种贴心的温暖。上面似乎还残留了他的体温，夕莲紧紧攥起来，她相信，司马昭颜一定会救她的。

昭颜很少来东太后殿，茶都换了两盅，东太后依旧还在梳妆。看来她放不下心里的芥蒂，不过这回，他们必须站在同一立场。实在等不下去了，夕莲不能在天牢受苦，司马昭颜对太后的婢女喝道："再去！说……皇后……出事了！"

婢女脸色刷白，似乎也明白东太后对皇后异乎寻常的关爱，匆匆进了内殿去。昭颜如坐针毡，无意瞟见一幅绣工精美的屏风，那屏风在殿里放置了许多年。画中景色倒是平常，只是那首题词，却猛地在他心上敲了一记。

樽前一曲歌，歌里千重意。

才欲歌时泪已流，恨应更，多于泪。

试问缘何事？不语如痴醉。

我亦情多不忍闻，怕和我，成憔悴。

司马昭颜愕然，这不就是夕莲曾经在书房写过的《卜算子》？她当时说："这是父亲早年送给母亲的，也是母亲最爱的词。"

胸中忽然涌起无名怒火，听说当年东太后和母后一并怀了父皇子嗣，但她却产下死胎，还株连了许多无辜的人。若那婴儿没死，如今和夕莲一样大吧……那异乎寻常的关爱从哪儿来……原来夕莲是她的孩子，是中书令的孩子？还是将父皇的孩子偷送出宫去了？！司马昭颜极度恐慌起来，难道夕莲会是自己的姐姐吗？

思绪被一阵急促的脚步声打断，没一会儿，东太后果然出来了，神色焦虑张口就问："她怎么了？"

昭颜声音沉沉答道："天牢，一起去。"

东太后的眼神霎时失了神采，脸庞却因为妆容的关系镇定如常。

天牢暗无天日，只有一个炉子燃着熊熊烈火。夕莲缩在一角，听见动静渐渐抬起了埋在双膝间的头，就像一只被困住的幼兽，判断了来人毫无恶意才露出哀怨的表情。昭颜宛若被人狠狠掐住了心脉，气息厚重粗喘，恨不得和她一起被关在天牢里。其实只要能与她相守，他甚至愿意画地为牢。

"太后，皇上……"夕莲委屈地从地上爬起来走到牢门边，也顾不得行礼，眼泪吧嗒吧嗒就滴了下来，一面嘤嘤哭道，"这里有老鼠，我好怕……"方才看见老鼠的一刹那，她真想念予淳哥哥，他一定会紧紧搂住她，温和地安慰说："夕莲，别怕，我在呢……"可是现在该怎么办？如果真会死的话，她最舍不得的就是他了。

太后眼神里尽是怜爱，昭颜也暂且不管她如何背叛了先皇、不管夕莲究竟是不是自己的姐妹，如今，只能靠卢太后想想办法救夕莲。

东太后心里也清楚，西太后这么做完全是针对她的，估摸是手里有了什么把柄，才敢摆出强硬的态度。她还是镇定道："夕莲，你怎么可以坐龙椅、穿皇袍……这可是大不敬，西太后完全可以将你处死……"

夕莲忽然止住了哭泣，瞪大眼睛问："太后，西太后说我……是你的女儿，她在污蔑你是不是？她还说她手上有证据，说这宫里迟早只剩她一个太后！"

卢太后顿时惊呼："岂有此理！？她现在越来越无理取闹！"

昭颜也震惊不小，原来真是如此！母后应当是有十足的把握，才会出狠招。不过她会败在沉不住气上，一个阴谋家，是不会在阴谋得逞前就大肆宣告她的胜利。

夕莲的神色忽然又有了几分生气，嚷嚷道："我就知道是污蔑！她一定是胡说的，我母亲就葬在明湖畔，我和父亲每年都去上香的！"

东太后脸上恢复了淡漠的轻蔑，嘴边的那抹笑意若隐若现："哀家倒要看看她有什么证据……她还说什么了？"

夕莲凝神想了想，委屈道："她说我是小杂种，把皇上迷得七荤八素的。"

昭颜从卢太后眼中看到一丝刀光剑影，心里一阵寒意。

"夕莲，别怕，哀家改日再来看你。"说完，她匆匆离去，甚至都没有对司马昭颜说一句话。昭颜是无所谓的，东太后何时将他这白痴皇帝放在眼里了。

夕莲恹恹坐下，靠在栏杆边上，眼神悠远，不知在想什么。昭颜忽然看见她两道平平的锁骨间，缀着他塞给她的白玉扳指，用一条丝带挂在颈上。他目光闪现出一丝激动，毕竟，她将他送的信物，挂在离心脏最近的地方。

夕莲脑子里空荡荡的，不由自主地伸手捏住颈前的扳指，它一直熨帖着肌肤，是暖的。她垂目望着那双明黄耀眼的靴子，喃喃道："怎么办呢……昭颜，我怎么办……”

司马昭颜蹲了下来，认真说：“夕莲，别怕，有我在。”

夕莲感到一丝熟悉的亲切，朝他微微笑了笑，举起手中的扳指问：“你为什么给我这个？是想告诉我你会救我么？”

他用力点头，这是先皇遗物啊，他戴了许多年，是承诺的象征。

夕莲轻声说了句：“谢谢。”

昭颜觉得有许多话想对她说，却一直静默在旁，痴痴看着，但也是一副满足的模样。

夕莲忽然觉得西太后说的话有道理，他被自己迷得七荤八素，甚至在她的怂恿下公然与她对抗，她能不恨么？

昭颜望着她纯美的容颜，心底战栗，他害怕，如果真相那样残酷，他要如何面对自己的感情？

夕莲轻轻叹道：“不知父亲会担心成什么样呢？他最疼我的，现在一定急坏了……”她忽然又想起西太后的话，猛地抓住昭颜的手问，“西太后，她说我是父亲和东太后生的女儿，她还说有证据……她一定要陷害我父亲，皇上，想想办法，究竟西太后有什么证据？她一定是伪造的！”

中书令和东太后的女儿？司马昭颜心里骤然开朗起来，西太后一定是掌握了证据才敢说，他们没有血缘关系，他仍然可以爱她！司马昭颜握紧她的手坚定答道：“我会想办法……一定！君无戏言！”

堂堂皇后下了天牢，这可是轰动朝廷的大事，司马昭颜正忧心忡忡，发现东太后已经将消息封锁了。他马不停蹄赶去见西太后，西太后却称病不见。事有蹊跷，西太后向来张狂，这回怎么反倒匿了起来？司马昭颜决定以不变应万变，先看东太后那边有何动静。

他焦虑不安地在书房坐了一整日，临近黄昏时却从合阳宫传来消息，琴贵人有喜了！他愣愣看着福公公的嘴一张一合，琴儿有喜，意味着他的皇位后继有人了，国家之幸啊。他凝神想了想，说：“赐文阳宫，册封琴妃。”

福公公领旨后轻声问：“皇上不去看看么？”

这可是他的第一个孩子，理当去看的。司马昭颜颔首道：“去吧，摆驾。”

合阳宫冷冷清清，新进宫的女人们连皇上的面都没见过，平日也都各自窝在房里。皇上忽然驾临，她们猝不及防，手忙脚乱打扮一番，皇上却径直去了琴贵人殿里，未召见任何人。

辛欣躲在殿外的角落里狠狠瞪着司马昭颜，见他进去了，才敢大摇大摆走出来。候在殿外的福公公见了她，笑眯眯行礼。辛欣却冷冷望着他，开口就问："皇上突然跑合阳宫来做什么？看琴贵人？皇后也变大方了嘛！噢……我想起来了，皇后被打入天牢了呢！"

辛欣阴邪的笑容，让福公公不由自主想起了西太后，她们两个还真是一家人。福公公恭敬答道："皇后被打入天牢？不知辛昭仪从何处得知？纯属谣传。另外，皇上不仅仅是来探望琴贵人，还带了圣旨。"

辛欣脸色迅速变得刷白，问："什么圣旨？"

福公公依旧温和笑着答："琴贵人明日要迁去文阳宫，册封为琴妃。"

辛欣失声叫道："你们都疯了吗？她凭什么？"

"凭她腹中龙胎。"福公公表情凝重起来，低声道，"辛昭仪，有时候，要学会辨清真假，皇上说是的那一定就是，皇上说不是的那就一定不是……"

辛欣脸色越发难看了，琴儿有喜了？这简直是灾难！她用力一跺脚转身离开，大呼道："来人，去西太后殿通传！我要见姑妈！"

司马昭颜听见辛欣的声音皱了下眉，看来琴儿不能在这里多待一天，还不知辛欣能做出什么事来……琴儿倚在他怀里轻声说："皇上不用担心，她不敢拿我怎样。"

昭颜握住她的手，忽然发现她手指上有墨迹，琴儿有些羞涩地抽回手来说："皇上，臣妾愚笨，还刚认得几个字，不过余先生说进步已算神速了……"

昭颜疑惑地问道："余先生？他教你识字？"

琴儿面有疑色反问："不是皇上的吩咐么？皇后娘娘先前来看过我……"

司马昭颜顿时明白过来，她那是在为将来作打算，一年后她出宫了，还能安排琴儿批奏折。他不知该高兴还是该悲伤，高兴的是她还为他打算，悲伤的是她迫不及待地想要逃开他。

琴儿察觉到了异样，默默抚着昭颜的手掌，身为帝王，却为爱憔悴若此。欧夕莲，你究竟懂不懂什么叫珍惜？

赵琴儿凭借三个月身孕跃居二品妃子，这个异数让东西两宫太后都措手不及。两人明争暗斗，没想到让一个出身卑微的丫头占尽先机。司马昭颜连着几日都陪琴儿在文阳宫，同时也在注意两位太后的动静。奇怪的是，一切安静得如同什么事也没发生，可夕莲还在天牢啊！

终于按捺不住，司马昭颜决定先去找西太后，毕竟是自己的母后。可是她依然在称病中，除了左相大人，甚至连辛欣都见不到。无奈，他只好通传去见东太后。

依然是那扇素雅的屏风，此刻在司马昭颜看来却无比罪恶。那首《卜算子》，明明不是巧合，可她能堂而皇之、心安理得地摆放在最显眼的位置。这是东太后的最大优点，从来不心虚。

这次他没等多久，东太后便迈着慵懒的步子出来了，以司马昭颜的心机，从她面色上，根本看不出什么来。东太后开口就道贺："恭喜皇上，琴妃的龙胎可要太医院好好照料。"

面对司马昭颜的焦急，她淡淡问道："辛太后是皇上的生母，夕莲是皇上的发妻，不知孰轻孰重？"

昭颜暗自思量，难道要舍其一？难道不能与母后协商，寻找两全的办法么？他打定主意，与她兜圈子，讨不到好处，不如直接一些。于是平视卢太后问："夕莲，是否先皇子嗣？"

卢太后阴柔笑道："皇上，何出此言？难道先皇子嗣，幸存的只能有你一个？"

她的声音飘忽在阴冷的宫殿，昭颜心里冒出一股寒意，嘴唇哆嗦一阵问："此话怎讲？"

"该说的、不该说的，我今天都会与你说。"卢太后站起身来走到司马昭颜身边，眼神诡异，声音低沉道，"你母后，前后害死了后宫十六名胎儿，有的已经成形、有的还是血水……她还真下得去手呵！为了成全你的皇位，她可是要下阿鼻地狱的……你母后气数已尽，她以为我手中就没证据么？如果要治我的罪，大不了一死，可她多次谋害龙胎，是要被株连九族、凌迟处死的……"

司马昭颜听得头皮发麻，咽喉就像被人紧紧捏住了，耳边好似响起一片冤魂的哭喊。皇宫，本来就建立在一片血海之上，不过是他自己一直在逃避罢了。

"我可以帮你解除疑惑，夕莲，她是我的女儿，是先皇子嗣，是你同父异母的姐姐……你却强占了她！”东太后忽然一掌掴了下去，一声清脆的耳光，在门外守候的福公公脸色惊变，却又不敢往里头看。昭颜脸上竟毫无知觉，只觉得胸中呼啸着惊涛骇浪，他不知道，究竟谁该下阿鼻地狱？她是他姐姐！竟然是他亲姐姐？！

“我将她偷送出宫，就是不想让她在这丑陋的地方长大成人。你却生生把她拉扯进来！”

不，司马昭颜目光犀利地盯着卢太后，她在说谎！如果真是先皇子嗣，只怕她拼死也会保住夕莲不让她入宫，姐弟乱伦是天理不容的啊……卢太后又怎会妥协？

“你毁了她，司马昭颜，你也会下地狱的！”卢太后坐回位置上，恢复心平气和道，“如果你母后不肯退让，那我们就同归于尽、玉石俱焚。”

司马昭颜苦笑，玉石俱焚，那又如何？若今生不能和夕莲在一起，那不如早日转世，哪怕是小小蝼蚁也不要生在帝王家！

一个内侍慌慌张张跑到门外，在福公公耳旁低语一阵。任福公公在水深火热的后宫中历练多年也禁不住脸色剧变。太后远远看见了来人，厉声问：“何事？”

“西太后饮鸩自尽了……”福公公颤颤巍巍跨入门槛跪倒在地，破碎声音砸在冰冷的大理石地面上，尖锐地刺入司马昭颜麻痹的神经。自尽……司马昭颜死寂的黑瞳盯了卢太后一会儿，起身朝殿外走去。对于她们之间的胜败，毋庸置疑，东太后从没输过。这一次，她还赢得很彻底。

他喉咙中有股腥甜的液体涌上，眼前一片泫然的模糊，他忽然发现自己一直停留在八岁，从来不曾长大。他仍旧害怕失去亲人、害怕寒冷、害怕孤独……纵然母后再恶俗、再阴险，他都希望她活着，至少让他还有一丝感觉，哪怕是痛也好……最终，他什么都失去了，连欧夕莲都成了一个幻念，在卢太后愤然诅咒他的表情中，她成了他的姐姐。他默默喜欢了八年的人，竟是自己的姐姐……

十·矛盾

夕莲被人偷偷从天牢送回德阳宫，已是子时。韦娘拥着夕莲喜极而泣，总算不负所望，她的夕莲安然无恙回来了。夕莲虚弱睁开眼，念了句：“皇上呢？”

韦娘一面替她擦拭身子，一面答道："琴妃有喜了，这几日皇上都在陪着她。"

夕莲忽然感到一丝失落，也不知哪里来的力气，任性扯下挂在颈上的扳指，帘幔外头响起福公公问安的声音，夕莲高声问："皇上呢？"

福公公叹了口气答道："皇上忽有不适，太医正在琴妃的文阳宫号脉。"

夕莲狐疑地看着韦娘问："怎么会不适？"

韦娘垂目答道："西太后仙逝了。"

夕莲一个激灵坐起身来，前两日还见她盛气凌人，怎么会忽然就仙逝了？本以为自己出了天牢还是难逃西太后的刁难，不料，她就这样输掉了……

夕莲浑身无力，但还是想下床更衣，司马昭颜现在一定很伤心，但是她去文阳宫合适吗？

福公公安抚道："应该没有大碍，等皇上醒了，定会来探望皇后娘娘。"

夕莲黯然答道："知道了，你们都下去。"

这一夜，夕莲睡得很不安，不知为何，心里一阵一阵地发慌。他已经够可怜的了，为何西太后就这样撒手人寰？幸好，还有琴儿和她腹中的孩子，司马昭颜还不至于举目无亲。夕莲忽然为自己荒诞的想法感到不可思议，他是皇上，怎么会举目无亲？

司马昭颜昏昏沉沉躺在床上，四周缤纷的颜色对他来说都像沉重的负荷，他好想睡过去，陷入永远的黑暗，尽管他曾经深深厌恶黑暗。

福公公轻声唤道："皇上，皇后娘娘在殿外求见。"

司马昭颜忽然睁了眼睛，浑身一颤，随即又平复下去，微微说："不见。"

福公公一愣，又说："皇后娘娘似乎在天牢受了点寒气，恐有不适，皇上……"

司马昭颜粗暴打断他："不见！"

福公公吃惊应了退出去，面带难色向夕莲回道："皇上未醒，娘娘，是否迟些再来？"

夕莲目光疑虑打量着福公公，问："即使未醒，我就不能看他么？"

福公公心下也纳闷，为何皇上忽然就转了心思，面上还是只能应付着："皇上好不容易才入睡，怕有动静会惊醒，里面的奴才们都退出来了呢。"

夕莲垂目想了想，转身回宫了。福公公捏了把汗，又进内殿去回话："皇后娘娘已经走了。"

司马昭颜深深吸了口气，不管心里是多么地想念，他都不敢见她、没面目再见她……卢太后斩钉截铁说她是先皇子嗣，他能有什么办法？即使卢太后在撒谎，他也必须找出谎言的破绽……不然，难道真要叫她姐姐么？

琴儿神色担忧，将福公公拉到一旁问："皇上究竟怎么了？"

福公公摇头答道："老奴也纳闷呢，好不容易皇后被放出来了，皇上怎么不见呢？"

"莫非他们之间生了芥蒂？"

福公公道："之前还一直好好的，或许是皇上忧伤过度，劳烦琴妃娘娘好好照料了。等皇上心情好些，他们自然也就好了。"

西太后出殡的日子恰好是清明，夕莲穿着孝服上辇车时，几日未见的司马昭颜已在车上，好像大病了一场似的，形容枯槁。夕莲心里头还有气，求见了几次，都被福公公挡了下来，枉她辛苦帮他处理奏章，他就以这种冷漠的态度答谢么？

天色阴沉，微风。

司马昭颜始终保持着一个姿势，连视线都纹丝不动。很多次，他闻见那种氤氲在四周熟悉的莲花香气，很想侧头看她一眼，可是他害怕。他怕看一眼之后就会想看第二眼，人总是贪得无厌的。

队伍浩浩荡荡经过御街，百姓夹道表哀思，但司马昭颜还是能听见刺耳的议论声，他们叫他白痴皇帝，他的子民叫他白痴皇帝呵……他胸前剧烈起伏，额上青筋毕露。夕莲察觉到他的异常，正探身想要询问，昭颜口中骤然喷出一口鲜血，夕莲吓得面色煞白，惊叫道："皇上！司马昭颜！福公公！御医！御医快来啊！"

他望着苍白孝服上猩红的血迹，紧蹙的眉渐渐舒展了，母后是被逼死的，他也迟早会被逼死吧？四周的一切忽然变得安静，他转头看她，看她苍白的面容、含泪的眼眶，他忽然觉得自己很幸福，因为他的狐狸精终于学会心疼了……

"是气急攻心，皇上心中郁结太多……"太医捋捋胡须，叹道，"唉……福公公，怎么短短几日，病成这个样子？或许是太后娘娘的突然辞世，对皇上打击太大了。"

福公公愁容满面，摇头说："不单单是太后的事……"他明知道和皇后有关，却又不敢开口询问。

夕莲立在不远处，见太医出来了，急忙迎了上去问：“皇上怎样了？”

“心肺受创，主要还是气理不顺，先调理一个月试试。还请皇后娘娘多多开导皇上，为皇上排忧解难、消除郁结。”

夕莲一面应着，一面思量，难道是自己在天牢的时候，发生了什么事？韦娘说西太后突染恶疾，不治身亡。莫非这就是他的病根？

琴儿髻上只别了朵白菊花，看上去反而比平日穿金戴银的多了几分灵气。夕莲靠在床沿睡着了，琴儿蹑手蹑脚走去为她披了条薄衾，却发现司马昭颜正痴迷地望着夕莲的侧脸，全然没发现自己的动静。

琴儿刹那间明白了什么，赶紧退了出去找福公公。皇上如此反常，一定与皇后有关。自从皇上拒绝见皇后，就开始郁郁寡欢、闷闷不乐。他从前总是云淡风轻的，不会有这么沉的心事。

根据琴儿的推测，福公公翻来覆去想了好几遍，问题的症结还是在太后那里。皇上去见太后那日，也不知他们说了什么，自己只是在外面守着，隐约听见争吵还有耳光的声音。不会是因为东太后的一耳光导致皇上态度的剧变，应该是与谈话内容有关系。

夕莲揉揉眼睛，浑身酸痛难受，才发现自己趴在床边睡着了。身上的薄衾滑落在地上，她本想弯身去捡，胳膊却被绊住了。回头一看，却是司马昭颜的右手紧紧箍在她光洁的小臂上，那位置，恰好点了颗假的守宫砂。夕莲有点做贼心虚，使劲掰开他的手，抽出胳膊看了看，朱砂已经被他手心的汗水化开了。

昭颜被弄醒了，夕莲慌张放下宽袖，起身叫道：“皇上醒了！汤药呢？”

听见她清朗悦耳的声音，他狠不下心来叫她走，只是接过碗一饮而尽，而后又背过身去躺着。夕莲眉头蹙起，他这是什么意思？连看都懒得看自己一眼？她一口气堵得慌，愤然离去。就算他伤心，怎么能迁怒到别人身上呢？越想越不甘，夕莲上了辇车大声喊：“回德阳宫！”他在文阳宫住着更好，自己一个人住德阳宫便乐得逍遥了，再也不来看他，再也不来了！

福公公见皇后离去时的表情，重重叹了口气，这两口子，何时才能让他放心呢……他进了内殿去，又赔上一副笑脸对司马昭颜说："皇上，皇后这是怎么了？"

昭颜斜斜倚在床上，唇角似笑一般向上弯起。多可笑，他竟懦弱得不敢看她一眼。

福公公心急如焚，大胆对司马昭颜说："皇上，那日太后娘娘究竟说了什么？不管是什么，皇上尽可交给老奴去处理啊！奴才十岁进宫，伺候大褚三代国君，见过的怪事难题数不胜数，只要皇上肯说出来，不要憋在心里，老奴就是绞尽脑汁也会替皇上分忧……"

司马昭颜的视线骤然锁在福公公身上，他怎么没想到，身边还有个老谋深算的心腹啊！父皇的事情，他应当是最清楚不过了。他朝福公公努努嘴，示意所有人都退下，方才开启了紧闭多时的唇，发出嘶哑的声音："卢太后，她……当年的孩子……死了？"

福公公诧异答道："当年娘娘是难产，胎儿生下来就死了，是名男婴。"

"男婴？"司马昭颜摇摇头说，"肯定不是。"

福公公回忆半晌，说道："若当时的男婴存活了，恐怕就会被立为储君……因此奴才记得清楚，先皇大发雷霆，处死了当时与这事有关的一干人等。一个月后皇上出生了，先皇才从悲痛中恢复过来。"

东太后说夕莲是她的女儿，她为何要撒谎？好似胸中一口气提不上来，司马昭颜躬下身子用力咳嗽，福公公立即上前替他抚顺了气息，轻声道："皇上，太后究竟说什么了？您这么憋在心里，不是办法呀……"

司马昭颜望着福公公布满褶皱的慈祥面容，眼里忽然涌出积攒多年的泪水，哽咽道："她说夕莲……是先皇子嗣，是我姐姐……"多少年了，他终于像个孩子一样伏在福公公胸前尽情呜咽，不用顾忌谁看见他浊黄的眼泪，不用担心谁听见他鬼叫般的哭声。

福公公被震惊了，先皇子嗣？回想起来，卢太后确是有许多疑点，不过是先皇当时根本不想去查她而已。他一面轻抚昭颜，一面安慰道："皇上，别怕，老奴去查，十几年前的事，也不难……总会有办法的！"

昭颜止住了眼泪，他意识到自己犯了个错误，生为帝王，是没有资格流泪的；何况，仅仅因为一个女人……但那种侵入骨髓的情感让他宁愿这样没出息，若是注定了一辈子要碌碌无为、昏庸无能做一个白痴皇帝，那么他唯一的祈盼便是用尽所有力气去爱她，以便她也能同样爱自己。可现在，他连爱都不敢了，他甚至不知道，白天黑夜除了想她之外，还能做什么？

夕莲气鼓鼓地吃不下东西，一旁的韦娘平静的神色下藏了几分心惊，夕莲看不到，但是传膳来的福公公尽收在眼底。看来她比东太后的心机差远了，差在不够狠。他只是随意找韦娘问了两句话，察觉她言辞闪烁，看来，事情远没有他想象中简单……

夕莲正倚在躺椅上歇息，东太后忽然驾到，面带愠色。夕莲正欲起身行礼，东太后已经按捺不住怒火，屏退所有人，狠狠朝夕莲责问道："那些折子都是你批的？！"

夕莲心里紧张，表面上却满不在乎答道："是我批的。"

"你……"东太后气得满脸通红，使劲一甩袖子喝道，"胡闹！你怎么这么糊涂？为何要帮那个白痴？你想害死我们吗？若不是看了左相预备弹劾你的上疏，我还不知道你竟然帮着外人！"

夕莲瞠目结舌，不过是批个奏折，至于这么严重么？她不服气辩驳道："我不过是依照他的意思往上写字，怎么了？怎么帮外人了？"

"我辛辛苦苦攥着辅政大权，没想到竟是被自家人给收拾了！看来当初把你交给韦娘是一个错误，她根本不了解皇宫里的水有多深，没有权术谋略，别想活下来。从小到大，只教你些无谓的东西！"

夕莲有些莫名其妙，反问："什么无谓的东西？我喜欢她！"

东太后上前几步紧紧贴着夕莲的耳朵说："告诉你什么是有用的东西！若不是我在姿态上略胜一筹，现在出殡的恐怕是我！辛太后就是心虚，她也不想想，如果我有证据能把她逼死，早就拿出来了，何必等到今日！她是怕到了极点，才熬不过良心的谴责……"

夕莲惊恐瞪大眼睛，脑子里嗡嗡作响，把她逼死？是东太后把她逼死的……难怪司马昭颜躲着她，他一定认为自己也是坏人，逼死了他母亲……她害怕极了，这样血淋淋的故事，她不想听！

"夕莲，你从现在起要记清楚了，他是我们的敌人。司马家的人统统是我们的敌人！表面上你可以关心他、讨好他，不过，你可别忘了，予淳才是你的心上人。虽然你被那白痴占了身子，但你的心不能被他蛊惑了去。”

东太后已经离去，夕莲还懵懂瘫坐在躺椅上，喏喏应着。她没想明白，究竟是什么能把人给活活逼上绝路……韦娘心疼地望着夕莲稚嫩的面庞，为什么，他们还是把她牵扯进这些肮脏龌龊的阴谋里？她曾经是那样小心翼翼呵护她，将她当做了这世上最珍贵最无邪的宝贝。她和欧敬之从来不告诉她真相，因为夕莲是一个梦，脱离红尘俗世的清梦。现在，她又要如何才能自圆其说？

夕莲猛地提起裙摆朝门外跑去，一面大喊：“摆驾文阳宫！”

韦娘忙不迭跟了上去：“夕……皇后！你要去做什么？”

夕莲也不知怎么，只想见到他。好几日，他都沉浸在悲痛中无法自拔，她应该陪着他的。她应该迁就这个刚刚失去母亲的孩子。他真的很可怜，昨日见他喷在孝服上的血渍，夕莲感到一种从未有过的揪心，似是天地都变得昏暗，唯有他是刺眼的白、醒目的红，唯有他身上体现出生命的色彩。如果他也没了，那么世间一切都会黯淡下去。这大概便是一个帝王的气魄，能让天地万物动容。

夕莲打定主意，不管怎么样，今日也要赖在那儿不走了！

十一 · 治水

司马昭颜刚服了药睡下，夕莲风风火火地冲了进来，谁也拦不住。她依旧是那样傲气逼人，斜挑的眼角往四周扫了一圈，下令道：“都出去！”

福公公进退不是，只好看看皇上的眼色。司马昭颜却只是呆呆看着夕莲，他总是这样，看了一眼便移不开视线了。福公公虽然担忧，还是退下了。

这几日是为西太后守丧，夕莲才难得穿一回素色的衣服，明净的面容与平时不大相同，却让人看得发怔。司马昭颜明明病得连浓重的药味都嗅不到，却偏偏嗅到了她身上散发的莲花香。他苦笑了一下，自己可能是中毒了，中了狐狸精的毒。

夕莲清了清嗓子，一本正经说："我是来讲和的。"

司马昭颜眉头蹙起，问："什么？"

"你生我气，是因为东太后吧……"夕莲小声说，就像自言自语一般，"她与我说了，其实我不太明白，可也知道她对你母后做了很不好的事情……皇上，我不是和她一伙的，我没干坏事……"

她嘴唇微微嘟起来，表情有些委屈，司马昭颜受不了她可怜巴巴的眼神，撇开目光说："我知道。"

"那你还生我气？"夕莲气呼呼地在他肩上捶了一下，一手捏起挂在颈上的扳指问，"你把这个送给我，叫我相信你会救我出来，我都很信你的。说好了是朋友，你也应该相信我，我不是坏人！"

司马昭颜哭笑不得答道："我知道、知道……你不是！"说着，他又伸手想拿回那只扳指，那可是父皇留给他的遗物；况且，他现在不想和夕莲有任何瓜葛。夕莲往后一闪，惊讶道："干什么？你想要回去？"

司马昭颜冷冷说："父皇的……遗物！"

夕莲摇头摆手说："不行的，送出来的东西，岂有要回去的道理？再说，你是皇上，君无戏言呢！你经常说的！"话音还没落，昭颜忽然起身与她抢夺，夕莲大呼道，"你出尔反尔，你才是坏人！"

昭颜从未与人如此大动干戈，使足了力气，他就不信治不了这个娇蛮的丫头！夕莲再厉害也不过是女子，抢了一会儿便没力气了，索性将扳指捂在胸前背过身去了。昭颜便从后面紧紧箍住她，夕莲挣扎着要逃开，重心不稳往地上栽了下去，昭颜也连人带被跟着翻了下去。气喘吁吁的夕莲被他压在身下，摇头晃脑道："不抢了不抢了，累死了……"

昭颜也喘着粗气，艰难吐出几个字："蛮横、无礼！"

他滚烫的气息喷洒在夕莲脸上，似乎将她的脸也烘暖了。她脸颊浮出两抹红晕，呆呆盯着他的眼睛，那样乌黑的瞳孔却又清亮透澈，将自己完完全全照了进去。她丝毫没听到司马昭颜说的话，光顾看他眼中的自己，狼狈中透着些许似乎是不合时宜的风韵。

若是换了从前，司马昭颜该满心欢喜，可如今，却害怕看她这样的神色，他禁不住。他赶紧从她身上起来回到床上去，夕莲也浑浑噩噩爬起来，手心攥着那白玉扳指，犀利的目光却瞥见混乱的枕边有一个黄色的吊坠。

她眼疾手快夺了过来，司马昭颜暗叫不妙。她恍然大悟道："原来在你这儿！我早年丢的吊坠，怎么会在你那儿！？"

昭颜吃力解释说："以前，在你家捡的。"其实他觉得是偷的，毕竟有机会却一直没还给她。

夕莲似乎接受了他的说法，欢喜说道："这是母亲留给我的遗物，竟然找回了！既然我寻回了玉坠，那么这个扳指就还给你吧！"夕莲大方地将刚才还费力抢夺的扳指还给他，昭颜迟疑地接过来，难道……他们就这样，再无交集了吗？从前，他还能睹物思人，今后呢？他垂下头去，如果真的没有缘分，再强求也是一场空。不然就当她是姐妹、亲人或是朋友，这样他的日子才不会枯燥、不会难熬。

他正想着事，却见夕莲已经爬上床了，和衣躺在他身边，笑意盈盈说："我们讲和啦，你不许打发我走。其实，我只想陪你说话，太医说，要为你排忧解难呢！"

昭颜掀开被子盖了一半在她身上，俯看她的睫毛被烛光打下斜长的影子在眼睑一闪一闪。

夕莲出于顾虑愣了一下，这样和他睡在一起，似乎不太好……毕竟她只和予淳哥哥这样睡过。但司马昭颜身上有一种让人安神的气息，她朝被子里挤了挤，笑眯眯道："快躺下睡吧，你病好了才能上朝呢！皇上，记得你是皇上哦！"

昭颜不觉宠溺一笑，心满意足躺下，刻意与她保持着一段距离。

几日按时服药下去，司马昭颜好了许多，只是咳嗽不止。琴儿怀有身孕，司马昭颜不敢大意，二来也是为了避开夕莲，所以一直歇在文阳宫。夕莲却不想一人待在德阳宫，因此天天两头跑，倒也不亦乐乎。

她迈入宫门时，见一小队宫女被遣去别处，于是问福公公，福公公答："人多坏事。现在啊，文阳宫里只留了绝对可信的宫女内侍，外人休想进去。"

夕莲似懂非懂地点点头，进了内殿，见琴儿正喂司马昭颜喝水。她愣了愣，从前都是福公公喂的，第一次见别人伺候他，她还真不习惯。

"皇后金安！"琴儿中规中矩地行礼，夕莲忙扶起琴儿来，责怪道："都说了免礼，你有身子了，今后别这样，我还不愿意说那么多平身呢！"

已是五月天，夕莲着了件轻薄的纱衣，玉簟的冰凉贴着肌肤渗满全身。纤巧的玉足上挂了双进贡的木屐，腿一摇摆，木屐也一晃一晃的。她眉头紧蹙，一副少有的认真模样。司马昭颜笑问："如何？"

夕莲撇撇嘴，赌气说："不玩了……你还说自己一直输，结果这么快就赢了！"

琴儿将水果盘递到桌上，笑道："皇上和福公公下棋一直输，可福公公陪着上头两位先皇下棋三十余年，棋艺恐怕是天下都无人能比。"

夕莲恍然大悟，眼睛滴溜溜转了两圈，问："我若下赢了福公公，岂不是天下无敌？"

昭颜笑道："试试？"

夕莲扬扬手臂将衣袖撩了下去，伸手抓了颗杏，一面说："我才不自取其辱呢，以后啊……我和琴儿下棋！"

琴儿诧异道："我不会呢！"

夕莲眯起眼笑着说："所以才和你下嘛！"

昭颜无意间瞥见她小臂上一点朱红的守宫砂，怦然心动。夕莲随手递了颗杏到他嘴边，见他目光呆滞，问道："你怎么了？又发呆！"

他缓过神来，咬住黄杏，唇若有若无擦过她的指尖，刹那间白净的脸都红透了。夕莲好奇地看着他问："你热吗？"

琴儿见状赶紧扇了几下扇子，牵强笑道："皇上一向怕热。"

夕莲用胳膊撑起下巴若有所思，记忆中，他好像是畏寒的，怎么又怕热呢？看来他的身体真需要好好调理。

福公公在外面候了许久，见棋局完了才进来，手上托了本奏折，呈给司马昭颜，夕莲抢先接过来看。

福公公说："是右相大人偷偷送进宫的折子。皇上病时，东太后已经重揽大权，原左相辛大人的位置已经由户部陈大人接替。陈家与卢家刚结亲不久，现在是一气连枝，右相那派已经完全丧失了控制局势的能力。"

没想到小小一个陈家，起势也能如此之快，看来当时应该为卢予淳选一名毫无背景的民间女子。司马昭颜隐约觉得，卢予淳注定是他的心魔，挥之不去。

夕莲一门心思看完折子惊叹道："南方水灾严重，北方却快旱死了，他们不去治水反而要设坛祈雨？"

司马昭颜接过一看，眉尖紧蹙，祈雨明摆着就是无用之功，除了安抚人心，毫无用处！右相大人建议的改道漓江、引水入田，反而更加利民。由于南方水灾，已经从国库拨去大量库银，却丝毫没有成效，那些官员，究竟在做什么？

夕莲在旁朗朗念道："水若不加疏导，性恶，奔泻万里、盲目肆虐；加以引导则性善，变得有节有理、滋润大地。大禹治水，三过家门而不入，于是就有了中原沃野千里。我们应当效仿大禹，自古灌溉为农耕之本，是有百利而无一害的民生大计。改道漓江、引水入田，是造福子孙后代的空前壮举……”

琴儿在旁坐着，手抚着微微隆起的肚子。司马昭颜深深看了她一眼，猛地打断夕莲说：“朕去治水。”

夕莲“啊”了声，折子都掉了。福公公也瞪大了眼睛问：“皇上说什么？”

“改道漓江！朕、亲自……勘察，一个月。”昭颜坚定地对福公公点头，而后转头对夕莲说，“琴儿……就交给你。”

琴儿担忧道：“治水很辛苦，皇上，还是责令大臣去吧？”

司马昭颜已然做出了决定，朝中值得信任的大臣越来越少，他必须下漓江，一面勘察水道，一面去寻找足够硬朗的新晋官员与卢太后对抗。

福公公知道皇上的决定也是经过了深思，虽然此行危险，他却是很欣慰，小皇帝终于长大了，自己调教多年，工夫真的没白费。若这次成功了，那就离扫除外戚的目标更近了一步。他的心情许多年不曾如此愉快过，满脸笑意对琴儿说：“琴妃请安心养胎，这可是咱们大褚国的储君啊！”

夕莲摆摆手说：“不用担心，有我呢！本宫从今起坐镇文阳宫，连只蚂蚁都别想爬进来！”

她说得神采飞扬，眉尾高挑，昂首挺胸，俨然大将风范。司马昭颜微笑注视着她，把她的一颦一笑、一举一动都深深刻进心里，在他离宫的日子里想念她时，还可以聊以慰藉。

南下漓江的队伍浩浩荡荡，一路留下滚滚尘土。到达离金陵不到一百里的梁州，停驻了一天，又继续前行。福公公忧心忡忡回报司马昭颜：“百香院确实出过一名叫金玉兰的歌姬，这是从老鸨那要来的歌，她最常唱的……”

司马昭颜接过纸条，却是那首《卜算子》，他猛地将纸揉成一小团，问：“后来呢？”

“听说跟一位当地官员私下交好，都谈婚论嫁了，忽然被人赎走了……中书令大人欧敬之，多年前就在梁州任过县令……”

“被他赎走了？”

“不，赎她的人，却是卢太师。应该就是那时，替她伪造了户籍，收为养女。老奴查过卢府，原本只有个公子，有一年忽然冒出个小姐，说是庶出的。”

“他们为何？卢太师今何在？”

“卢太师一手提拔了欧敬之，又待他女儿坐稳后位、儿子当上大元帅之后，忽然告老还乡，想必是怕功高震主，招来无妄之灾。”

司马昭颜感到问题越来越棘手，究竟卢太后当年生的孩子是谁的？西太后自尽之后，她曾言之凿凿的证据却无迹可寻，想来也被东太后捷足先登了。可是更大的问题是，卢太师送养女入宫为后，分明是在皇上身边安插自己人，卢太后果然不负所望爬到了今日的地位，真是奇货可居。

“这些旧事的知情人极少，老奴觉得最大的突破口，反而在韦娘身上。皇上，不如回宫之后找她详谈。”

司马昭颜颔首，如果这后面有一起极大的阴谋，那么他应该先将外戚扫出朝堂，还是擒贼先擒王直接对付始作俑者？

琴儿认真临摹着夕莲的字帖，虽然不尽认识，但写的字还是有模有样。

“先生夸你进步神速，还真是！”夕莲啧啧不已，琴儿谦虚笑笑，她总是平淡如池水，不起波澜。夕莲轻轻摸了摸她的肚子，心中愉悦，从前她总是附在韦娘软软的肚子上听，希望听见生命的动静。现在她日日守在琴儿身边，眼看她肚子一天天大起来，竟觉得很神奇。

韦娘进来轻声唤道：“皇后娘娘，太后传您去用膳。”

夕莲忽然心慌起来，上次太后说的话她还没消化，今日不知又要拿什么来吓她。她看了眼琴儿，有些不放心，便叫她先别写了。

“琴儿，你也去用膳，韦娘在这陪着你，我一会儿就回来。”

夕莲交代了几句，稍作打扮便前去太后殿赴宴。不知为何忐忑，每次在见到太后的时候总是很紧张，即便是笑都不敢太真实。尤其是西太后仙逝之后，夕莲好害怕得知她们的恩怨，害怕听说那些残酷的争斗。她只想静静地在宫里度过这一年，不，只有九个月了，然后和予淳恩爱地过一生。

卢予淳在水榭一方抚琴，依旧是那样的风度翩翩、气质悠然，却如明珠蒙尘般被忧郁笼罩着。夕莲远远立着，脉脉的目光贪恋着他每一刻的姿态。

卢太后放下半笼绡帐，温柔笑道："放心吧，韦娘不行，她藏不住心事极易被发现；夕莲就不同了，司马昭颜绝对相信她。"

她自是有一种成熟的风韵，淡淡的却很迷人，依旧窈窕的身子微微往后一靠，被一大片炽热包裹住隔着薄纱的肌肤。她微微眯起眼睛唤了声："离晟……"

这样的娇醉无限，唯有她了。他狂吻上她的耳垂，一面轻声说："玉婵，你还真舍得……夕莲，可是你和欧敬之的宝贝呵……"

卢太后背对着他挤出满脸淫邪的笑："那还不都是为了你么……"话音未落，她被他迫不及待地扑倒在窗边的榻上，一阵假意承欢的娇声隐隐泄出。

卢予淳手下一曲终了，夕莲眼中已然湿润，撞上他隐含悲愤的目光，心像裂了条缝隙般溢出疼痛。她知道太后为了让他们相见，已经遣去所有下人。她想冲过去扑到熟悉的怀抱里大哭，却又时时铭记着自己的身份，她不能……起码现在不能……

卢予淳一步步走近，夕莲双眼已经被泪水迷蒙，只是一面小步朝后退着，一面轻声啜泣："不要……过来，不要过来……"

予淳猛然箭步冲了上去，将她紧紧搂在怀里，用力亲吻她的脸颊。一阵耳鬓厮磨中，夕莲拼命躲开他的吻，惊恐叫道："不要，这是宫里！予淳……放开我！"

"夕莲，我想你……夕莲！"予淳将她紧紧箍住，冰凉的泪蹭在她额上，"都怪我，让你受委屈了！若不是我带你去扁州，根本不会发生这样的事，你不会被他抢走……他这个白痴，他玷污了你……他日夜都将你困在身边、折磨你……"

夕莲蓦然停止了挣扎，原来她的予淳这样脆弱，原来他的爱和自己一样浓烈，他还会嫉妒、会吃醋……夕莲笑了，轻轻抚摸他的发，柔声道："没有，我没有……予淳，我依旧是你一个人的……"

卢予淳欣喜地捧起她的脸，不可置信地问道："真的？可太后说……"

"你相信我，皇上对我很好，从没碰过我，是太后误会了。"她羞涩低下头，娇柔浅笑，卢予淳如释重负般将她拢在怀中。

"他还答应我，一年之后就放我出宫，现在已经过了三个月呢！"

卢予淳一怔："他亲口答应？"

"嗯，予淳，只要等九个月，我们就能在一起了……"

予淳轻轻摩挲着她的手心，说:“九个月？这几个月，我怎么熬过来的？夕莲……他要出去好一阵，我可以经常来看你么？”

“不！”夕莲脱口而出，仰头望着他说，“若是被人发现……”

话未出口，予淳的吻落了下来，那样狂热地席卷了她所有的意志。他拥有世上无双的俊美容颜，连手指都散发着迷人的气息，他一面吻着她一面含糊道:“只是见见面而已……”

夕莲身心俱软，迷糊应了声:“嗯……”

卢予淳强压住炙热的欲火，将夕莲往外一推，歉意道:“对不起，夕莲，我……”似乎他们这样相对只会燃起更多的欲望，他狠狠一咬牙转身说，“我先走了！”

夕莲恍惚靠在栏杆上，低头喘气，她又一次为自己感到羞耻，怎么可以做出这样的事……

回到文阳宫，夕莲失魂落魄的样子让韦娘忧烦不已。她担心的事情终于发生了，夕莲正慢慢被牵扯进那些无法辨清是非的恩怨中。她现在甚至怀疑，卢予淳究竟值不值得夕莲托付终生，尽管他曾信誓旦旦，可关于爱情的誓言，连自己都不信，如何叫他们坚守？

连着一段时间，太后几乎隔两日就召皇后去，韦娘几乎每次都告诫夕莲千万不能在宫中乱了分寸，而夕莲总是惶惶不可终日。

琴儿微微挺着肚子在回廊上走着，手里拿着皇上派人传回的信件，远远见皇后倚在栏杆上遥望西天，那绚烂的晚霞，耀人眼目；缓缓降落的夕阳，是淡淡的橙色，衬在景色的最底层，和她的侧影浑然一体。从前，皇上也喜欢站在那儿看夕阳、看晚霞。

“皇后娘娘，皇上来信了。”琴儿朝她灿烂笑着，多想知道信上写了什么，可惜自己识字不多。夕莲心里纳闷，都快回来了怎么反倒来信了？看过之后，她惊讶说:“还要一个月呢！皇上再过一个月才回来！”

琴儿隐隐有一丝失落，轻声问:“还说什么了？”

“叫你好生养胎！”夕莲边看边说，“还说给我们运了荔枝来，还有叫我……叫我回家看看？”夕莲惊喜欢呼道，“韦娘，我可以回家了！我可以回去看我的莲花了！”

韦娘在不远处问道:“那琴妃怎么办？”

夕莲咯咯笑着说："我只回家一天，他才不会那么大方呢！韦娘就要守着琴妃娘娘和小皇子了哟！"

韦娘焦虑不安，夕莲一个人回家，她不放心。可是琴儿这边更加危险……她不敢想象会发生什么，只盼着司马昭颜早日回朝。

夕莲照看琴儿还真尽职尽责，吃饭睡觉散步整日地陪下来。琴儿在小憩，夕莲便贴在她肚子上认真听着动静，虽然太医说再过一个月才有动静呢，可她却总是很心急。听了半晌，她满足笑笑，直起腰来对韦娘轻声说："我明日就回来，韦娘好好照看她。"

十二·幽会

夕莲回到相府，却远远没想象中亲切，因为她现在不是相府的千金小姐，而是大褚国的皇后。所有人都退避三舍，连父亲与她说话都毕恭毕敬。夕莲赌气把自己关在房里。是不是没有韦娘在，连家都不像家了？

她对着菱花镜发愣，忽然冒出个主意，翻箱倒柜找了身从前的旧衣裳，鹅黄的长裙配着腰间背后几道浅绿丝绦，像俏皮的仙子。将长发随意挽起，乌黑的云髻上任何点饰都没有。她对着自己笑了笑，很满意。

迈出房门，丫鬟们都愣了一下，才忙不迭俯身行礼。夕莲拎起裙角飞快跑起来，一面朝她们喊："你们别跟着我！都别跟着哦！"

池边的柳树垂着长长的枝条，有的都触到地面了，夕莲在池边的白玉阶梯坐下，望着满池妖冶的莲花。父亲对母亲的爱，都倾注在这里了，那样浓烈的色彩，或许让人一生都难以忘却。

夕莲找了根树枝，拨过来一朵莲花，从茎处掐下。小小夕莲和她的巴掌差不多大，散发出清幽的香气。她的眼睛微微眯了下，笑容尚未展开，眼睛忽然被蒙住了，陷入骇人的黑暗。她知道是谁，可是她无法像从前一样雀跃呼唤着他的名字。

自从在宫里见了几面，夕莲心里总是惶惶不安，她应该避免见到他的。

“夕莲，你不高兴？”卢予淳在她身旁坐下，望着她那双惑人心智的丹凤眼，情不自禁吻了上去，吻在她眉间。有人说，眉间是通往心脉的地方，夕莲心中一动，红了脸撇过头去：“你不该来的。”

卢予淳将她揽在怀里，从她手心拈起那朵娇嫩的莲花，别在她乌云般的发髻上，这才是她的夕莲，娇俏可爱。不可否认，她的皇后装扮另有一种让人莫敢仰视的肃然，让他越发涌起征服的欲望。

他将她的素手捂在胸前，沉吟道：“手如柔荑，肤如凝脂，领如蝤蛴，齿如瓠犀，螓首娥眉，巧笑倩兮，美目盼兮！”

夕莲静静靠在他怀里，感到他的气息炙热，猛地弹开了，她紧张地对上予淳温情的目光，低声说：“我们不该这样的……”

予淳叹了口气，望着眼前一片开得热闹的莲花，心底却落寞极了。他从怀里掏出一个精美的荷囊，巴掌大小，散发出一种薄凉的气味，夕莲拾起来闻了闻，好奇地问道：“这是什么？”

“听说皇上咳嗽剧烈，一直未见好转，这是我父亲从南离寻来的配方，时常闻一闻，能活血醒神、止咳化痰。”

夕莲又使劲嗅了嗅，予淳挡住说：“你不能嗅，这是给男人的。就说是韦娘替你做的吧，别让他怀疑到我们……放他枕下，你千万别拿着玩，对女子身体不好。”

夕莲喏喏应着：“他都歇在文阳宫里了，可能等琴儿生产之后才搬回德阳宫。”

“那等他回来，给他随身带着，能闻见就好。”

夕莲点点头，也不知司马昭颜的咳嗽怎么样了。南方湿气重，希望他无恙吧……

静谧的深夜，夕莲躺在床上却总是左顾右盼，似是哪里不对劲又说不出来。叫丫鬟上来点了三次灯、吹了三次灯，她发觉不关灯的事。难道自己睡了十几年的床还比不过德阳宫那张龙床？她懊恼地闭上眼，却怎么也不能入睡，眼前忽而是司马昭颜痴痴的笑颜、忽而是予淳哥哥温情的面容。闭上眼再睁开眼，她似乎觉得四周的纱帐应该是明黄的，而不是淡粉。折腾到子时，她终于跳下床大喊：“来人！起驾回宫！”

中书令也被惊动了，披起衣服匆匆赶到辇车前，夕莲满脸倦色解释道：“父亲，我睡不着，我还是回宫去找韦娘好了。”

中书令迟疑地上前握住夕莲的手：“孩子，在宫里，万事小心……”

那话中似有千万句隐含的意义，夕莲猜不透也看不破，她还是喜欢从前的父亲。或许，等自己从宫里回来了，不当皇后了，父亲能像从前那样宠爱她吧。

韦娘在见到夕莲的那一刻，悬着的心才落了地，她总是做些让人胆战心惊的事。琴儿已经熟睡，夕莲蹑手蹑脚在屋里转了一圈，才放心舒了口气。

韦娘埋怨道：“半夜跑回来做什么？你太任性了。”

夕莲紧紧挽着韦娘的胳膊撅着嘴说：“我想你嘛！没有韦娘，夕莲什么也干不了……”

韦娘止不住笑了，搂着夕莲说：“那先凑合在这睡会儿，现在回德阳宫太晚了。”

夕莲应了，随手脱去外衣，那只荷囊掉了出来。韦娘拾起一看，绣工精美，用的丝线都是贡品，一看便是皇家之物。夕莲忙夺了过来藏在首饰盒里，说：“这是予淳哥哥叫我给皇上的，可以治咳嗽！但是他说女子不能用，对身体不好。”

韦娘感觉太阳穴像被针扎了一般，默默看着那首饰盒也不说话，只是帮夕莲梳头、换衫。

夕莲没一会儿便沉沉睡着了，韦娘轻手轻脚走去从首饰盒里取出荷囊，一股薄薄凉凉的气息钻入鼻孔，直接蹿入胸腔。真是用来活血通络的药材，她将荷囊打开，拈了一小撮出来用手绢包好，再将荷囊放回原处。

酷暑难耐，夕莲整个身子都贴在玉簟上，“啊”地张开嘴，韦娘喂她一片蜜糖红藕，一面对她耳语道：“少和卢将军见面，皇上没几日回朝了。”

夕莲心里一沉，闷闷答道：“我没有……”

“今日还去看琴妃吗？”

夕莲皱着眉头看外头一片金灿灿的世界，有些发愁。现在文阳宫是密不透风，应该没事吧。她是真热怕了。琴儿有孕不能受凉，因此文阳宫里连块冰都没有。

忽然有一名太医求见，夕莲觉得莫名其妙，问：“太医来做什么？”

韦娘忙搪塞道：“我有些不舒服找太医问了问，你先在这歇着，我去去就来。”

夕莲没来得及问她哪里不舒服，韦娘匆忙出去了。她赶紧穿好衣服，蹑手蹑脚走到偏殿，躲在粗圆的柱子后偷看。

殿里没有灯火，只有窗户和宫门透进微弱的光亮，人影模糊，不过声音却很清晰。

“确实对咳嗽病有很好的疗效。”

“那么，这就是您重新配的药材吗？”

“是，都可以缝在香囊中给皇上佩戴，真是不错的办法！老夫从前怎么没想到……”

“多谢太医了。”

韦娘揣着那包药材匆匆穿过侧门，被躲在柱子后的夕莲吓了一跳，怀中的纸包“啪”的一声落地，夕莲眼疾手快捡了起来，扬声问：“韦娘，这是做什么？”

韦娘怔住了，没想到，她竟然会跟来。夕莲闻了闻，狐疑问：“这是荷囊里的药材？”

韦娘垂目解释道：“是，我叫太医瞧瞧皇上能不能用，然后重新配了一次。”

“为什么？”夕莲眉毛一挑，质问道，“为什么要换掉？你怀疑予淳哥哥要害皇上？”

韦娘嘴唇颤了两下，目光中有不可思议的心痛。她不明白，夕莲一向对自己乖顺有加，竟会为了卢予淳……夕莲紧接着冷冷说了句：“太医说了，这配方没问题。又不是吃的，不过闻一下，能害人么？”

韦娘低下头去，夕莲嗓子眼堵得慌，转身就走，韦娘看着他们长大的，怎么会忽然变成这样？自从进了宫，她就疑神疑鬼的，难道予淳哥哥的为人她还不了解么？越想越气，夕莲转身喊：“韦娘！韦娘！”

可是身后无人，唯有她的声音在殿内回荡。她慌了神，冲到宫门外，只见韦娘端丽的背影，从白玉石阶缓缓滑下，在一望无际的青砖地面上渐行渐远。她忽然就害怕了，害怕韦娘就这样从她生命中消失，她方才是怎么了？怎么可以对韦娘那样说话！可是，韦娘怎么可以丢下她就那样走了呢？她无缘无故觉得委屈，坐在门槛上呜咽起来。

一旁的宫女都不知所措，因为这个皇后的心思实在难琢磨。一个胆大点的上前轻声劝道：“皇后娘娘，不如回房歇会儿，此处阳光刺眼。”

夕莲猛地一起身，泪水涟涟朝她喝道：“要你管？去把韦娘给我找回来！”

几个宫女吓得赶紧应道：“是，奴婢遵命！”然后匆匆跑走了。

水榭前方搭了个台子，丝竹班子在艳阳高照下蔫了一般，曲调低迷。夕莲陪太后听曲，却时不时朝拱门瞟去，太后轻微的话语飘来："皇上都快回朝了，你还敢约他进宫。"

夕莲回头看太后，却见她眉眼含笑，指尖轻轻在胳膊上点着节拍，纯然一副陶醉的表情。让人怀疑方才的话究竟是不是她说的。一个青色的身影轻快走近了，夕莲回身一看，匆匆迎上去劈头盖脸问道："你给我的荷囊究竟是什么东西？"

予淳眉尖萦绕着淡淡的愠气，反问道："你认为是什么？"

夕莲理直气壮地说："我知道是药，不过韦娘去查了，她从来不做无谓的猜疑，一定是你藏了什么心思！"

卢予淳不可置信地问："韦娘？她查我？"

夕莲有些不悦，说："她查你自是有她的理由。"

"那你呢？找我来就是问这个？"

夕莲一时语塞，忽然一声惊雷响起，众人才发觉乌云不知何时已遮天，张狂了多日的太阳终于隐了去，此时乐班子忽然奏入了佳境，曲子凄迷高扬起来。夕莲蓦然发现在回廊的尽头，有一名身形窈窕的女子眉眼盈盈望着这边，不像是妃嫔。她想想还是先与太后告辞了，卢予淳抓住她胳膊问："叫我进宫，就与我说这几句话？夕莲，你究竟怎么了？"

夕莲轻声说句："小心点，这四处都是人。改日再谈。"

沿着池边的回廊行至拱门处，那女子俯身行礼，夕莲淡淡从她面庞上扫过一眼，也是温婉贤淑的模样。出了宫门，她随口问旁边的侍婢："方才还进了名女子是何人？"

"娘娘进去后，卢将军携夫人进去给太后请安了。"

夕莲纳闷了，问："哪个卢将军？他有夫人？"

"回皇后娘娘，当然是卢予淳将军，他的大婚可是轰动金陵的喜事啊！两个月前那夜里的烟花，娘娘也看到了，真是美极了。"

夕莲怔住了，卢将军大婚？予淳大婚？两个月前的烟花……她双眼发昏，几乎站立不住，一旁侍婢急忙扶住她："娘娘这是怎么了？"

又是一声惊雷，大雨就那么下起来，瓢泼一般。

青砖地面被冲刷得太过干净，只剩她零碎的悲哀和着雨水一股股渗入道道砖缝中。

幸好下雨了，不然，她要如何掩饰哭泣的面庞。

宫女侍婢纷纷上前搀扶着她上了辇车，心急火燎往回赶。但凡宫里的人都清楚，皇后是太后和皇上同时宠爱至极的人，这样淋了雨，恐怕人人都逃不过罪责。

她几乎忘记了自己身在何处，只是静静走着，如游魂一般。那些泪水和雨水在苍白的脸上肆意纵横，任谁也看不出。韦娘急忙叫人准备了热水，轻轻捧起她的脸，"夕莲，怎么了？"

"他成婚了？"夕莲的眼光波澜不惊，出奇地平静。

韦娘心口一紧，搂住她说："时势所迫，夕莲，别担心，他是喜欢你的……"

夕莲一闭上眼，就能看见予淳魅惑的笑靥，他是喜欢自己，可是他不能喜欢别人，她不允许。难怪那女子给她一种怪异的感觉，原来竟是在旁观自己的丈夫与别人幽会……

韦娘一面替她脱去湿透的衣服，一面说："皇上明日就回朝了，夕莲，别再这样！"

夕莲狠狠咽下泪水，她能怎样？曾经以为彼此都是唯一，现在竟然各自成家。她想知道，待她出宫之后，要以什么身份与卢予淳在一起？看来，是自己把一切都想得太简单了……她彻底晕迷，宛若身在云里雾里，只是伸手紧紧攀住韦娘的肩，怕自己要陷入万劫不复的深渊。

司马昭颜回朝那夜，雨下得尤其大，没人迎接他，整个金陵阴霾而寂寥。

他心一急，就止不住咳嗽，本来打算第二日起程，但接到夕莲生病的消息，他迫不及待要回宫了。福公公在旁劝道："应该没事的，不过是受了凉。"

昭颜口里一直只念着一个字："快！"

马蹄在空旷的御道踏起朵朵银色的水花，除了天上厚重的乌云，可能没人知道他心里的阴云有多重。他离开的这两个月，却有两辈子那么长。从来不知道，在午夜梦回时，她眼角斜挑含笑的模样居然清晰得没有一丝紊乱，原来这就是没有尽头的思念，和夜一样深远。

琴儿挺着肚子在德阳宫门守候张望，远远听见车轮滚滚的声音，朝内殿大喊："皇上回来了！"

司马昭颜顾不得打伞径直跑上阶梯冲了进去，匆匆对琴儿说了声："你歇着。"而后脱去湿透的外袍，进内殿更衣。他怕更多的冰凉雨水打湿了床边空气，从头到脚擦一遍，换上干温的衣物，才在床边坐下，握住她滚烫的手。

韦娘朝后退了退，将那一方天地留给他们。

怎么淋了雨，就病成这样？昭颜自从八岁那年，就惧怕发热。他现在好怕夕莲病过之后和自己一样，变成一副白痴模样。他轻轻摸了摸她的额头，说："夕莲，我……回来了。"

她懵懵的睫毛动了动，张开，又合了下去，喃喃说："我好热。"

韦娘拧了条湿凉帕子进来盖住她的额，司马昭颜一把抓住她的手腕，压低声音问："只问一句话……我和夕莲……究竟是不是……是不是姐弟？"

韦娘惊诧抬头对上昭颜凌厉的目光，迟疑道："皇上怎会这样认为？"

司马昭颜认真看着她问："我喜欢她，可以吗？"

韦娘的面容恢复惯有的慈祥和蔼之色，颔首道："可以。"她决定做一回叛徒，不管这答案是否会掀起更大的风波，现在却只想看他们好好在一起。纵使明知道未来好不了……

胸中巨石缓缓落地，司马昭颜长松了口气，脸上又现出了痴傻的笑意，真是东太后骗他的……夕莲是谁的女儿，已经不重要了。他命人放下帘幔，准备就寝，福公公愣了一下，赶忙说："皇上，不能同寝啊！皇后玉体违和，若传染给皇上，可就大大不妙了！"

不妙？昭颜朝他笑了笑，他觉得很妙，即使一起生病了，那也算同甘共苦。

福公公苦笑，在对皇后的问题上，皇上从来都这样，那么，也只好罢了。

他将她滚烫的身躯拥在自己怀里，就这样实现了多年的愿望。

她的腰身纤细，不盈一握。

睫毛盖住了狡黠的眼睛，连表情都娇弱无力。她似是感受到这个怀抱的温度，能为自己滚烫的身体寻到一丝淡如泉水的清凉，于是拼命往里钻，脸颊紧紧贴在他胸膛。

司马昭颜闻着她的发香，心神荡漾。

漫天的雨下了整夜，声音小一阵、大一阵，远一阵、近一阵，就如明黄帐中的昭颜细数着八年来淅沥的心绪，缠绵悱恻。

第二卷　伤秋

一 · 怅然

清晨，雨小了些，不过还未下尽兴。想来是南方的乌云都跟着他北上了，司马昭颜侧头看着窗外的朦胧景致，期盼这雨能缓解北方的旱情。怀里的人儿动了动，昭颜嗓子一阵难受，撇开头去咳了几声。

夕莲感受到剧烈的震动，忽地睁开了眼，轻轻拍着他的后背说：“还在咳嗽？要不，试试韦娘做的荷囊，里面装了些药材，太医说对止咳化痰很有好处。”

当她发现自己正躺在司马昭颜怀里，怔住了，难道生一场病，连脑子都糊涂了吗？怎么可以和他越界相拥……她立即往里侧缩了去，带有几分敌意问：“楚河汉界呢？”

昭颜缓了缓气息答道：“你生病呢……”

他的亵衣熨帖着身子，似乎那上面还有隐约的泪痕。夕莲一阵心悸，想起来自己的病因，嘴里泛苦。予淳哥哥已经有了妻子，那自己又算什么？即使将来出了宫，也不能和他相互依偎一辈子……

她转头看司马昭颜问：“我睡了很久吗？”

"我回来这两天，你……一直睡。"

她的眼睛好像恢复了灵气，眯起来问："那我睡觉的时候哭了吗？说了什么吗？"

昭颜摇头，傻傻地对她笑着说："没有。"

他当然不能说自己趁她脆弱无助的时候，偷偷吻了她通红的双眼。当听见她在梦呓中念着卢予淳的负心，看见她为那份逝去的爱痛苦流泪时，他的心像针扎一样疼，疼过之后却是别样的幸福。或许从此之后，她会一心一意做他的皇后。

夕莲狐疑地盯着他痴痴的笑脸，指着他胸襟问："那……这一大片是什么？"

昭颜深思一番，认真答道："口水。"

夕莲的脸刷一下通红，低垂着头嗫声道："你胡说……"虽然自己睡觉有时流口水，可怎么会流到他身上去了呢？真是羞死人了……

极少见她如此娇羞难堪的模样，昭颜脸上浮现一丝戏谑之色。

司马昭颜接过韦娘递上的荷囊，一种薄凉的气息沁入肺腑，顿时觉得胸中舒畅不少。

夕莲浅浅笑着对他说："以后就放一个在枕下，带一个在身上。"

她笑容里藏了些忧郁，眼波荡漾，昭颜听话地将荷囊收好，内心是如获至宝般的欣喜。

夕莲手里捏着予淳送的那只瘪塌的荷囊，心里也是空落落的，随口问了句："这几日你都没去看琴儿呢！我们去看看吧！"

福公公在一旁插嘴答："文阳宫有御前高手保护，很安全。"

司马昭颜想想说："晚上去。"

一想起东太后说的那些幽暗肮脏的往事，他丝毫没有安全感。这是他的第一个孩子，他害怕母后曾经害死的那些婴儿的鬼魂会来报仇，一报还一报是冥冥中有定数的。

眼看着窗外乌云散去，夕莲的心情却沉重得难以负荷，她必须找点事情做，来填充苦闷的思绪。

韦娘见状，上前说："雨停了，不如去走走。去荷塘那边吧，荷花不久便要败了呢，还能开几日。"

夕莲淡淡答道:“好。”

亭子周围的荷花，开得眼花缭乱、妖媚动人，夕莲穿着淡绿薄衫，幽幽立在亭边。司马昭颜静静陪在一旁，看雨后荷叶上的水珠被风吹得四处滚动，有的“滴答”一声落入水中，有的会被弹到另一片荷叶上。

夕莲忽然想起某日，予淳就坐在池边，别了一朵小巧的莲花在她乌黑的云髻上。她心血来潮指着一朵玲珑的小荷花说:“我想要那朵花。”

福公公正想吩咐侍卫，司马昭颜却毫不犹豫趴在池边，吃力拨过那花茎，右手使劲一掐，却被茎上的倒刺刺破了手掌，鲜红的血珠在荷叶上滚了一路，“扑通”落入水里，却未在绿叶上留下任何痕迹。

福公公看着心疼，却不敢声张。

司马昭颜将花茎在池水里涮了涮，拾了片叶子将茎上的刺都打磨掉，才递给夕莲。她定定望着巴掌大的荷花，语气狡黠说:“你帮我戴上。”说着，侧了脸将头往昭颜那边靠了靠。

司马昭颜愣了半晌，几乎觉得这一切都是梦境，他亲手在她发髻上插上了第一朵花。

“好看吗？”她巧笑倩兮，如和煦的阳光一般，照在他身上，温柔绵软。

他望着她痴痴笑了，他的狐狸精，能不好看么？任凭皇宫里多少的妩媚女子在身边流连，他却永远只记得遥远的八年前，绽放在夕阳中飞扬的眼角眉梢和狐狸般狡黠的笑容。

在德阳宫用了晚膳，司马昭颜正要往文阳宫去，夕莲忽然提出要去观星台，支支吾吾解释说:“中秋时我在生病，都错过了，现在去看看吧！而且，你要在琴儿那儿住好几个月……”

昭颜似乎从她话里听出一丝醋意，满心欢喜地点点头。

夜空没有云雾的遮盖，星辰都无比清晰。

月华如水泻满平整的青砖地，远远望去竟如湖水一般，仿佛风一吹，地面都要皱起涟漪来。

夕莲仰望着深蓝天幕，眼神空洞，或许只有那弯狡黠的月才明白她的心事。

昭颜调准了位置，将夕莲拉过来。

他给她看的不是星座，而是月亮，弯弯的、淡黄色，四周笼了圈朦胧的光晕。她笑笑说："中秋的月才好看呢。"

昭颜吃力答道："再看、看，它在笑。"

夕莲又凑上去仔细看了看，惊讶道："真的，就像嘴角弯弯翘起！"

昭颜咧开嘴笑了，忽然又背过身去咳嗽。夕莲从他腰间摘下荷囊，司马昭颜也刚好伸手去。她被他柔和的手掌握住了，似乎有那么一瞬停滞，他迅速松了手，夕莲却感到他手心里有道粗糙的口子，连忙一把抓住他的手腕，对着月光仔细瞧了会儿，问："是结痂了吗？你伤着了？"

昭颜摇摇头，说："没关系。"

夕莲瞪他一眼："怎么没关系？怎么会伤到手心嘛？"

昭颜撒谎说："剪指甲、指甲划的……"

夕莲心中忽然一阵悸动，她的手心曾经在那迷乱的夜里被指甲刺破了几处，那是印记、是一种甜蜜的苦楚，证明她是他唯一的女人……可是现在，她真的不知道该怎么办……

她抬起含泪的双眸，对上司马昭颜痴迷的目光，闻着他身上那种让人安神的气息，宛若一瞬间就找到了新的依赖，扑在他怀里嘤嘤哭起来。

司马昭颜深深吸口气，他不知道为了得到她而伤害她，自己究竟是不是做错了？谁让他喜欢她呢，这就是人的欲望，即使不择手段也要心安理得。或许以爱之名，所有的不可理喻都有了托词。他轻轻告诉她："夕莲，我喜欢你……"

夕莲抽泣的声音骤然停歇了，懵懂看着他嘴角晕开一个温情的弧度，眼睛弯弯闪着月一般的光辉。她呆住了，他的笑容何时变得清澈若此，不带丝毫杂质？

他渐渐低下头，用鼻尖触碰她湿润的脸颊，若即若离。

她感到一种从未有过的柔软传遍全身，就像被蛊惑了般神智不清，无力地合上眼睛。

昭颜抬起颤抖的手托住了她尖削的下颌。他的唇，试探性地在她唇上轻点了一下，而后是两下、三下……最终，紧紧吻住再也不愿意放开。

他们将身外的一切都掷入虚无的秋夜，在幽秘芳华的气息中下沉、下沉，仿佛连大地都在下沉。唯有彼此鲜明而具体地停留在浮生中，除去对方，别无他物。

他的手掌温柔而有力地抚上她的锁骨，手心结了痂的伤疤擦过吹弹可破的肌肤，褪开轻薄的纱衣，握住她圆润的肩。早在八岁时，他就想亲吻她的肩。夙愿达成的这一刻，他紧闭双眼，用舌尖记忆下她的触感和味道。

一阵强烈的战栗，夕莲忽然惊恐地睁开双眼，她似乎忆起了一种身体被撕裂的疼痛，害怕地将他推开，声音颤抖道："不要……"

司马昭颜身体一僵，然后听话地将她外衣拉上，他脸上发烫，羞涩地低着头躺回自己的位置，几乎不敢正视她。

夕莲浑浑噩噩，也不知这一切是如何发生，只是心里极度恐慌，心虚得厉害。方才她好像忘记了自己是予淳的女人、忘记了明年春天她就要出宫了，与司马昭颜再无瓜葛。

"该回去了。"她强作镇定说，"你快去陪琴儿吧……"

昭颜应了，起身离开，一面走一面傻笑，笑得都合不拢嘴。福公公扶他上了车，表情也是格外的愉悦。

到达文阳宫时，琴儿已然安睡，司马昭颜掏出精绣的荷囊，藏在枕下，这是她体贴的心意啊，他会时时刻刻带着、时时刻刻记着。

正打算躺下，福公公忽然轻声来传，一名御前侍卫有事禀报。

昏暗，所有的宫殿都不外如此，即便是点了灯，也逃不过昏暗的本质。

司马昭颜漏夜坐在书房的桌前，耳畔一直回响着悚然的话语。

"皇上离宫六十二日，期间，卢元帅父子进宫觐见太后七次，卢将军夫妇进宫觐见太后两次，每次太后都传了皇后娘娘前去用膳。太后殿过于严密，其中发生何事都探听不到。"

蝉鸣声彻夜未消，一阵强、一阵弱，渐渐好似都化作了西风的呜咽，一浪一浪朝他袭来。他不愿意相信，她居然背着自己在宫中与卢予淳私会……这是讽刺，还是羞辱？

福公公为他披上薄衾："皇上，秋风起了。"

司马昭颜黯淡的眸子凝视着天边的鱼肚白，声音沙哑："她心里，只有他。"

其实他一直知道，她的快乐悲伤全都来自卢予淳，与自己没有丝毫干系。他的喉结动了动，一年已经过了半年，明年春天，他要用什么理由留住她？昨夜在观星台乱了分寸的情动，让他第一次体验到面对爱情时的羞涩，那样的甜蜜或许再也不会有了吧……

殿门映出模糊的光亮，一名婢女慌张跑了进来，跪在地上哆哆嗦嗦说："皇上，快去看看琴妃娘娘，她流了好多血！"

司马昭颜顿时从椅子上弹了起来，他担心的事终于要发生了吗？为什么他们在自己回宫之后才下手？！他疾步冲入内殿朝满室的人大吼："太医呢？！"

"已经去催了！"

福公公急得直跺脚："这时辰恐怕还在睡觉！"

琴儿面色惨白，气若游丝，身下已是一大片汪洋的血水。司马昭颜紧紧握住她的手，额上青筋尽显，他细吻着她手上冰凉的血脉，希望可以暖回她来。琴儿一直没出声，只是隐忍地发出粗重的喘息，浑身止不住地颤抖。她想知道，床前的男子究竟是更担心孩子还是更担心自己，她好想自私一次，舍弃孩子，好让自己多活几年，陪在他身边。可她说出口的却是："皇上，一定要保住孩子……"

太医擦擦满额的汗珠，急切道："才七个月，即使生下来了也难以存活；况且，娘娘身子孱弱，恐怕……恐怕……"

福公公喝道："恐怕什么？！"

太医趴在地上带着哭腔说："怕一尸两命啊……"

"你们之前怎么照料的？七个月都过来了，突然出这么大的事？等着吧，别说一尸两命，没了一个，都要你们抵命！"

"事出突然，必有原因。目前最迫切的是需要皇上拿主意，剖腹取子，或许还有一线生机！不然，娘娘也是熬不过去的……"

司马昭颜面无表情，麻木地应付着眼前的时光，心里毫无知觉，就是胸口冰凉凉一大块。

良久，琴儿发出平生唯一一次嘶吼："救孩子！不然来不及了！"

司马昭颜松开了她的手，背过身一步步朝外走去。杀鸡取卵，真的有生机？他明知道没有，还让她承受非人能忍的痛苦。他蓦然发现，自己与母后一样，天生长了副狠心肠。

手心结的痂被他用力抠了下来，鲜血染红了指甲，顺着指尖滴在光洁的大理石地面上，零星点点，凝固成浓郁的暗色。

琴儿望着熟悉的轮廓渐渐被昏暗吞噬，在心中默默祈祷。此生注定不能伴他终老，至少，让她为他留下一条血脉，迫使他在对着欧夕莲痴笑时，偶尔会想起她模糊的面容来，只是偶尔就好……

万丈光芒自厚重的云朵后迸射，肆意铺陈在清冷寂寥的每一个角落。皇后的辇车叮当响着，急促朝文阳宫驶去，在金色光洁的地面上拖曳出斜长的影子。

夕莲接到消息前，做了一个噩梦，全然忘记了梦中的内容，只剩下狰狞的模糊印象和满面泪痕。她下了车便从台阶一路小跑上去，宫外已跪了一大片人，神情悲痛。他们不是在哀悼逝去的人，而是在为自己即将奔赴死亡的生命感到不幸。

夕莲冲了进去，一股刺鼻的血腥味钻入肺腑，司马昭颜背着手站在窗前，通往内殿的长廊被帘幔遮盖得严实。她想进去看琴儿最后一眼，可昭颜抓住了她的胳膊，声音沙哑地说："别去……"

他眼窝有深深的黑晕，让人看不清眸子里的悲哀。夕莲听说了，为了留一线生机给孩子，琴儿选择剖腹了，她不敢想象帘幔后面是如何的狰狞，或许和她的梦境一样。也不知为何会有心碎的感觉，夕莲忽然落泪了，上前抱住他，轻声安慰："不要自责，这不怪你，琴儿不会怪你的。"

司马昭颜也渐渐拥住她，一种漫无边际的孤独感将他侵蚀。纵然现在她在他怀里，但始终不会停留太久。他对未来的所有信心，在见到那具幼小尸首的一刹那灰飞烟灭，他知道注定逃不过，逃不过的……

西风萧萧，将天空的云拨得一层层如海浪般延绵不绝，这样舒爽的好天气，正阳宫前却是一派肃穆。

卢太后穿了身素白的衣衫，眉目清冷，贴着高高的宫墙边，一面走一面对身旁的夕莲说："真可惜了，本来还盼着大褚国能诞生一位储君，怎么这么不小心呢？"

"还在查呢，之前一直安然无恙。"夕莲小心回着话，她对太后远没有最初的亲切感。

卢太后漫不经心地说："皇后，你先去，哀家有话和韦娘说。"

夕莲狐疑看了韦娘一眼，自己先往前走了。

琴儿被火化了，棺木里装着她和孩子的骨灰。她依然是冷寂的，任凭肆虐的风一层层袭来，也不会反抗。

灵堂一侧的偏殿，窗户紧闭，只从缝隙中透进阴森惨白的光线。司马昭颜接过太医递上的荷囊，浑身就像被灌了铅一般沉重，耳旁是呼啸而过的风声和嗡嗡的鸣响。

“皇上，这是太医院出库的药材没错，配方也是老臣查过的，确是能治疗皇上的咳嗽病。可是，这阴凉至极的配方，其中一味主药是麝香，过量的话会有催产功效……皇上怎会将荷囊放置在琴妃娘娘枕下？也怪老臣，没顾虑到这点。可也明确交代过韦娘，这是女子忌用的啊……”

太医的声音听起来那般遥远，好似隔了一个苍穹的距离。司马昭颜用力捏住荷囊，几乎要将那些邪恶的气息全都揉进手心里。是他，亲手害死了琴儿母子……

福公公脸色凝重，在一旁说：“皇上，或许，她们被人利用了。皇后不是有这样心机的人。”

她究竟有没有心机？为什么突然关心起他的身体？为什么心血来潮叫韦娘为他绣荷囊？为什么叫他将荷囊放在枕下？因为她对他了如指掌吧……曾经那样欢天喜地收下她的心意，怎料背后却藏着险恶的心机！他怎会爱上这样一个女子？像狐狸一样奸诈狡猾的女子！

二 · 噩耗

也不知怎么忽然间刮来一阵沙尘，夕莲被吹得迷了眼睛，几乎要掉下泪来，便躲在屋檐底下避一避。她嘀咕了句：“金陵怎么会起沙尘？”

一名宫女轻声询问：“皇后娘娘，往偏殿进去吧？外头风大了。”

夕莲点点头，迈入幽暗的殿内，吩咐宫女都在侧门候着，自己穿过回廊朝灵堂去了。司马昭颜几日未眠，她有几分担心，脚步匆匆，裙摆自地面逶迤滑过，悄无声息。

忽然一个人影迎面而来，夕莲几乎怀疑是自己的幻觉，予淳怎么会在这儿？可容不得她多想，卢予淳已经一把将她推入旁边一间昏暗的房，直勾勾地盯着她问：“我给你那荷囊呢？”

夕莲愣愣看着他说：“在我寝宫。”

"毁了它，知道吗！"

夕莲似乎没听见这句话，匆匆推开他："你怎会在这里？大臣都在正阳宫外候着，你怎么能跑后妃灵堂里来？快些走吧！"

卢予淳嘘了声，拥住她悄悄说："记住把那荷囊毁了，不然你会有麻烦。"

夕莲鼻子一酸，嗫声道："有什么麻烦也无所谓，反正，你心里早已没了我！"

予淳脸色大变："何出此言？夕莲，现在不是任性的时候，我得走了！"

夕莲拖住他的宽袖，委屈喊道："你都成亲了！却从未与我提过！"

卢予淳惊讶回头凝视她问："皇上赐的婚，你不知道？你以为我想娶她吗？君命难违！夕莲，今生今世，我唯一想娶的女人是你，永远不会变！"

赐婚？皇上赐婚？夕莲踉跄往后退了几步，司马昭颜，究竟是对他太仁慈了！他明知道自己和予淳两情相悦，却一次次破坏！先立了自己当皇后，百般讨好，然后给予淳赐婚，叫她断了念头！

侧边的门，"吱呀"一声开了。惨白的光，映着昭颜的脸孔，阴森无比。

卢予淳表情僵住了，半晌，慢慢朝他跪下。

夕莲忽然笑起来，声音还是那样清明悦耳，在寂静的大殿里，回声却是悚人的。她朝司马昭颜步步逼近，唇贴着他的颈窝幽幽说："一年之后放我走？你真会哄我开心啊……当初我怎么没看出来，你是这样有手段的人？或许，我八年前就不该救你，让你腐烂在莲花池里，给我的夕莲当肥料！"

司马昭颜面部抽搐了一下，猛地一把抓住她的手腕，指节泛着青白的颜色。他不过是想得到她，仅此而已！一个皇帝，要得到一个女人何需要手段、找借口？他拖着她往灵堂走去，胸中只有一腔汹涌沸腾的热血，似是要从七窍喷出来，将眼前所有用来祭奠的白都染成刺眼的红。

夕莲也不反抗，被他拽着跌跌撞撞往前走，只是担心跪在身后的予淳会是什么下场，他们私自见面，无论怎样都是重罪……

司马昭颜将夕莲狠狠推到琴儿的灵柩前，嘶声咆哮："跪下！"

夕莲冷冷盯着他反问："凭什么？"

昭颜抑制不住内心的狂怒，押着她的胳膊将她按了下去，抬脚死死踩住她的小腿。夕莲惊呼了一声，双膝发麻，咬牙切齿地朝他嚷道："随你处置，反正今生，我都是予淳的女人，永远也不会屈从你，永远不会！"

昭颜怔住了，几乎感觉不到自己的心跳，他在她光洁的手臂上一遍遍找寻，守宫砂呢？她的守宫砂呢？！她是卢予淳的女人，她是卢予淳的女人了……仿佛听见心脏爆裂的声音，他的唇骤然失去了血色，为什么对她的尊重竟成了纵容？为什么给她的真心就这样被利用？原来所有的一切都只是他一相情愿而已！

他静静凝视着琴儿的灵柩，喉咙里发出沉沉的声音："都下去……"

福公公浑身一激灵，轻声招呼内侍都退了出去，宫门紧紧闭上，只剩下最原始的幽暗。

夕莲吓得大声哭喊："你要干什么？韦娘！韦娘救救我！韦娘……"

他闭上眼，再一次看见了遥远的八岁，一只狡黠的小狐狸救了他一命，给了他温暖，却取走了他的心。他要将心找回来、将温暖也一并找回。可惜，终究是徒劳，就算剥了狐狸的皮，她也不会再施舍丝毫的温暖，而那颗心……已经被踩得粉碎了。

他怕今后再也没有这样的愤怒和勇气，于是将她死死攥在手中，体会她在挣扎反抗中带给他的细微幸福。他以为，只要得到她，他便幸福了。于是在这样诱人的幽暗中，爆发出最原始的狂野和欲望。他为琴儿报仇了，用世上最邪恶的匕首刺破她的身心，将她打入永劫的地狱。如果这就是爱情的话，那么他就快得到了……

一声凄绝的惨叫之后，她再无动响。眼角滑落最后一滴泪，然后，目光如沙漠般贫瘠干涩。满天星光，纷纷坠落；一池娇艳的莲花，全都枯萎……她斜挑的眼角渐渐萎靡，直到失去意识，如死了一般。

他一直是背对着她的，这样也好，让她无法看到自己丑恶狰狞的脸孔。

可是心为什么痛得难以忍受？

他在黑暗中细细回想她神采飞扬的眉眼，任凭年少无知的爱恋在律动中逐渐腐坏。他们未来所有美好的结局，都被他自己践踏。

黄浊的眼泪，淌在她优雅的背上，肆无忌惮。

一切都结束了，他知道，再也没有未来、再也没有爱情、再也没有夕莲……他哭着，将自己的手指穿入她的指缝间，十指纠缠，最后一次感受狐狸的温暖。

他轻声告诉她："夕莲，我喜欢你……"

她微微开启嘴唇，声音虚弱："司马昭颜，当年，我为何要救你……"

他止住了抽泣，慢慢离开她的身子，肌肤相接的触感，纵然让他心中生出万分不舍，也再没有退路。

他替她悉心整理了衣物，慢慢拭干眼角，打开宫门对福公公说："送，乌……镜台。"

福公公凛然跪倒在地，低声道："皇上三思……"

司马昭颜面无表情地说："卢予淳，革职、发配……南洋。"

韦娘靠在不远处的宫墙上，身子一点一点往下滑，乌镜台……比冷宫还可怕的地方，她的夕莲，要怎么活下去？她绝望的眼神投向司马昭颜，可他的面容，冷得让人心惊。她似乎意识到了，夏日已过，夕莲的灿烂开到了尽头，往后，只有颓败和煎熬……

卢太后走进偌大的灵堂，夕莲就侧躺在正中央，像只濒死的狐狸，连苟延残喘都不会，只是瞪着眼睛。她的眼神是凝固的，看不出丝毫生机，卢太后颤抖着伸手探了探她的鼻息，微弱得叫她落泪。

卢予淳被人押着往侧门出去，即使这样，气质也永远是那样的温雅。他只是冷冷扫过司马昭颜，随即朝卢太后摇摇头。

卢太后压制着内心的愤怒，几步上前对司马昭颜低声问："你在做什么？！"

司马昭颜仰头望着宫门对面冉冉升起的红日，平静答道："淫乱……后宫，谋害……龙子！"

福公公解释说："这样已是从轻发落，皇上会秘密处理，给卢家留下名声。"

"那夕莲呢？"卢太后激动地指着殿内奄奄一息的娇弱身躯，面容都扭曲起来，"你不是喜欢她么？怎么舍得送她去乌镜台？你根本不知道乌镜台是什么地方……"

卢太后语气忽然一转，哀求道："你回头看看她，冷宫不行么？就算打入冷宫也好啊……"

昭颜心底猛地一抽，他不敢回头看，不敢看……他又用力抠手心的伤痂，让疼痛和鲜血刺激自己的意识。冷宫怎么行？冷宫还是在宫里，离他不过两里的距离，他会不由自主地朝她走去、不由自主地原谅她，就像被蛊惑了般……只有乌镜台，与世隔绝的地方，才能断了他的念想。

卢太后绝望的神情闪过一瞬，之后又恢复平静，她背过身稍作整理，与皇帝一同迈下了阶梯。遗漏在灵堂的夕莲，被人抬了起来，就像一具冰凉的尸体，随琴妃的灵柩一起出殡，只不过琴妃往正门出去，接受众人跪拜；而她，沿着后殿的回廊绕了许久，才从一扇隐秘的宫门出来。

重新见到阳光的一刹那，她的眼睛被刺痛了，紧紧闭上，再也不愿意睁开。

韦娘跪在阴冷的殿内，泪滴在大理石地面，发出细微的声响。每一响，都让司马昭颜心跳停止一拍。

昭颜坐在暗处，手指发颤地捏着那朵黄玉莲花，他后悔当时偷偷拽下了她颈上的挂坠，让他日不能思、夜不能寐。与她的强行欢爱，丝丝触感还游走在身体的每一道血脉，席卷了他原有的高贵血统。原来，只要有她存在，他便一直卑微着。

韦娘跪了一整夜，纹丝不动，声音微弱地重复一句话："夕莲真的不知情……"

福公公则不停地质问："谁知情？究竟谁在背后操控？你说出来，夕莲就可以摆脱谋害龙子的罪名！"

韦娘却不回答，始终重复着那句话。

司马昭颜疲倦地摆了摆手，叫人将韦娘拉走。即使这件事夕莲不知情，但她和卢予淳的事，却是不容置疑的罪状，否则，他怎会送她去乌镜台？

韦娘见侍卫上来了，忽然扑倒在地哭着恳求："送我去乌镜台！皇上，送我去吧，夕莲在那里会死的！她会死的！"

福公公叹道："乌镜台是皇家禁地，韦娘，不是谁都可以进去伺候的。"

"我知道！"韦娘抬头盯着阴暗中让人看不清面容的司马昭颜，一字一句说，"我愿意失去所有的一切，只要让我陪着她！"

昭颜摇摇头，侍卫将韦娘拖了出去，哭喊声逐渐消失，大殿里恢复了死寂的安静，静得让人害怕。他觉得夕莲说得没错，他是一个有手段的人，最终却还是用强行的方式得到了她，他幸福了吗？

他的指尖滑下一滴殷红的血。福公公心惊，上前询问：“皇上，怎么伤口还不好？”

司马昭颜摊开手心看，那处被荷花茎刺破的地方，已经溃烂了，就像他的初恋，永远是心底一块不会愈合的柔软之伤。

他声音沙哑，问：“我错了吗？”

福公公轻声答道：“皇上怎么会错？”

他嘴角抽了抽，笑着说：“那她错了吗？”

福公公无言垂下头。

司马昭颜站起身来，踉跄了几步，喃喃道：“她错了，是罪人……”说完，他朝内殿稳稳走去，该好好休息了，明日上朝。

寂寥的黑暗中，夕莲睁着眼睛平躺在床上。只要一闭上眼，那些来自体内深处的疼痛就会纷至沓来，让她痛到感觉不到心跳。无法想象出司马昭颜平日痴痴的笑颜，是怎样变成邪恶狰狞的脸孔，她捂住双眼，压抑地哭了，因为在这个绝对安静的地方，所有的声响都是异物。

夕莲幽幽下了床，四周一个人也没有，她径自走出了空荡荡的宫殿。更深露重，夜风呼啸着裹上她的身子，她腿一软，随风跌倒在地上。她从地上拈了根发黄的小草，冷笑：欧夕莲从不是娇弱女子，司马昭颜，你且等着吧……

也不知从哪儿冒出来的侍婢，七手八脚将她抬进屋子里去，她们安静得只有脚步声，来去匆匆。夕莲已经一天一夜没合眼，直到望着天边发白，抵挡不住疲倦，才渐渐入睡。

辰时，侍婢准时送来了膳食，然后退下了，丝毫未惊动熟睡的皇后。辰时一过，她们又撤下早膳，同样悄无声息。

夕莲睡醒时，侍婢刚好在收拾晚膳，一切仍旧没有声响，只见夕阳笼罩在她们身上的光晕，如画卷一般。夕莲怀疑自己听力是否出了问题，于是开口说了句：“我饿了。”

声音虽然虚弱，却很刺耳，没人理会她。夕莲下了床，摇摇晃晃走到桌边，端起一大碗热汤“咕噜咕噜”全灌下了肚，顿时觉得身子暖起来了。她曾经以为自己会死呢，结果这么容易又活过来了。

她擦擦嘴，问："这是什么地方？"

没有回答，那些侍女只是静静站在一旁，垂着头，眼中无光、表情木讷。夕莲提高声音喊道："说话啊！为什么不说话！？"

可终究只有她自己的声音在空荡的大殿回响。她打了个寒战，难道，这就是冷宫？

一名侍婢上前，替她夹了菜，又退下去。夕莲将碗往地上摔得粉碎，尖声喝道："你们说话啊！难道都哑巴了吗？"

余音在梁上绕响不绝，就像在嘲笑她的声嘶力竭。这究竟是什么地方？大殿空荡荡的，除了桌椅，连一个摆设都没有。

夕莲快步往殿门冲了出去，四周的草木树林被轻雾覆盖，透过林子，能看到白茫茫一片水域。她往水的方向跑去，到达岸边时惊得停止了呼吸，四周全是水，四面八方全是水！她在一座岛上！

这就是司马昭颜的手段，将她软禁在这里，与世隔绝！

她无力瘫坐在草地上，掩面哭泣，哭着哭着又笑了。

她朝缓缓落入水中的夕阳大笑，笑它终究抵挡不住黑夜来袭，笑她自己即将陷入永生的黑暗，比死亡还可怕。

三 · 爱殇

司马昭颜立在池边，荷花早已开败了，只剩下一池枯黄萎靡的荷叶。

朝堂上的针锋相对，让他精疲力尽。卢太后咄咄逼人，硬是将他新提拔的官员压了下去。卢元帅坚持集军权于中央，拒绝分散手中兵权。三位顾命大臣，已是力不从心了。

他手中把玩着莲花吊坠，想起不久前的某日，他就站在这里，为她插上了第一朵花……宫里的每一处，都晃着她娇媚轻扬的身影，挥之不去。司马昭颜盯着手心的黄玉莲花，好一会儿，咬紧牙关往荷塘里远远一掷，连落水的声响都听不到。

她是罪人，他没做错，所有后宫中犯这种罪的女人，都会被送往乌镜台。

他匆匆逃开，不愿意再停留一时半刻。仓皇回到德阳宫的御书房，随意翻开桌上的《左传》，一张折叠工整的宣纸飘扬而出。昭颜愣愣展开它，是那两首《卜算子》。他心底一窒，颤抖着伸向烛台点燃了它，看火光跳跃出那一瞬间的色彩，是夕莲的颜色。纸都快烧光了，他没察觉，直到手指灼热，他才回过神来。

福公公看着心惊，连忙上前说："今日事务繁忙，皇上疲惫了吧，不如先就寝。"

司马昭颜表情呆滞地点点头，又往寝殿逃去。

窗边一角的桌案上，还有她的首饰盒、菱花镜，他撇过头去朝里侧躺着，手不由自主摸向枕下，摸到了柔软的红绡，再往远处移动，摸到了她的匕首、曾经以死要挟的匕首。他浑身一激灵坐起身来，大婚那日，她说"宁为玉碎不为瓦全"的话语还清晰如昨，她会不会……会不会真的就玉碎了……

司马昭颜慌忙唤了福公公进来，嘱咐道："派人，看着她……每日来报！"说完，他松了口气，却丝毫没有睡意，短短几个月，他已经习惯了与她同床共枕。现在，他又回到了从前，独自拥着冰冷的蚕丝锦衾，听着一道道更声，揣摩自己的未来会是什么样……

夕莲抱着双膝坐在岸边看日出，她太苍白，需要阳光的润色。自从到了这个地方，她一直穿着那身素白的孝服。这里，除了风声和偶尔的鸟鸣，再也没有别的声响。她或者对着日渐枯黄的花草喃喃自语，或者一天到晚都不动一下嘴唇。

只有用膳的时候，才会有侍婢出现。其他时间，她都觉得自己像个游魂，披着满头青丝、拖曳着衣裙，赤脚在青砖地上走来走去。那些砖是冰凉凉的，缝隙中还长了杂草，百无聊赖时，她便趴在地上拔草。她会将草连根都抠出来，嘴里轻轻念道："司马昭颜，你要等我啊……司马昭颜，你等着瞧吧……"

晨曦映满了她的双眸，那样熟悉的眼神，跳跃着狡黠，可她背过身去，才发现刚才不过是假象。她垂目绕着岸边走了会儿，忽然就跳了下去。

司马昭颜凝神看着奏章，不出一个时辰，它们就要被送去太后殿，他的时间很宝贵。福公公急匆匆跑进来在他耳边轻语道："皇后在乌镜台落水了……"

昭颜胳膊一抖，摞得高高的奏折被撞塌了，所有的军国大事，轰然倒地。她最近的表现都很平静，怎么突然落水了？他紧张地望着福公公，想从他眼里寻找一线生机。

福公公倒吃了一惊，安慰道："皇后水性极好，皇上是清楚的，已经救上来了。"

昭颜匆匆出了书房，迎面撞上韦娘，她双眼布满血丝，憔悴不堪，连着两个月，她隔几日便会来。她像往常一样拉着司马昭颜的衣摆跪求："让我去乌镜台，皇上，夕莲她受不了的……"

他扶起韦娘，送夕莲进去已是后悔万分，怎么忍心再将韦娘也送去？福公公叫人将韦娘拉了下去，低声劝道："别天天来瞎闹了，你去又能怎样？皇上忍心将你用刑之后再丢到乌镜台去吗？"

"我愿意受刑，只要让我陪着她……"

"糊涂！"福公公悄悄在她耳边说，"事情还有转机，何必要孤注一掷？"说完，福公公赶紧跟上昭颜的背影，留下发怔的韦娘跪在原地。转机？为何她看不到转机在哪里？

望着波光粼粼的水面，他如何能记得当时落水的地方在哪里？可是他必须找回来，他觉得冥冥中有定数的，他扔了她的莲花，因此她也要扔掉自己的性命！

他承受不住。他怕，今后再不会有这样的魄力，因此要一次用个干净，于是命人将荷花池里的水全部放掉。然后那双明黄色的靴子，奋不顾身踩进深深的淤泥；还在溃烂的手心，认真地摸索着泥中每块石头。

日渐西斜，他身上的龙纹已经被污泥遮盖，神情却依然倔犟。他不知道究竟是谁让谁受了伤，只是在听到她消息的那一刻，真的好心慌。

一名侍卫举起乌黑的手大呼："找到了！皇上，找到了！"

司马昭颜激动地朝他走去，却因腿陷得太深，被绊倒在泥潭里。福公公连忙搀他起来，替他擦去脸上的淤泥，蓦然发现，他迎着夕阳的眸子里，有一种晶莹湿润的东西熠熠发光。福公公兀自擦了擦眼角对他说："何苦呢……想她，就去看看吧……"

昭颜接过黄玉莲花，深吸了口气，朝下人吩咐道："荷花……都清理掉，种、种上……夕莲。"

福公公怔了怔说："可是，现在不是适合栽种莲花的季节；况且今年已经过了花期，不如明年开春再种。"

昭颜望着远远的西天呢喃了句："来不及了，快种……"

夕莲昏迷时的梦境很奇怪，总是看见一个女人，挽着高高的发髻，穿着和她一样素白的衣裙，出尘脱俗的气质，却像鬼魅一样徘徊在她床边。她的嘴一张一合，像是在说话，但是没有声音。这里的人全是哑巴，没有声音……

她一心要溺死，却还是被人救了，从此，她被禁止去湖边。

那个梦里的女人，大概就是她自己吧，若干年后，她便是那样了。

她又趴在小院里，找寻砖缝里的草，可惜，全被她拔光了，一丁点儿都不剩。枯黄的树叶，在西风中缓缓飘落，宁静中向她诠释一种叫颓败的结局。她张开手，从自己纠葛的发间插入，用力往下梳到发尾，落了一大把青丝，缠绕在指间，风一动，便追逐落叶去了。

司马昭颜刚下了船，天就下起雨来，雨点冰冷刺骨，打在脸上像针扎一般。这样寒冷的夜里，他成了大褚开国以来第一位上乌镜台的皇帝。

福公公一手打着伞，一手提着灯笼。火光摇曳不定，照着地面深深浅浅的水印，像是泪痕一般。到院门口，司马昭颜挡开福公公的伞，自己提着灯笼进去了。

灯火在他手上，颤抖、跳跃，夕莲远远看见了，知道是他，便也就那样站着。

夜空划过一道闪电，一瞬间亮如白昼，他才发现，她就站在墙边，如瀑青丝从两旁垂直泻下，遮住了大半脸颊。他手一抖，灯笼掉了，迅速燃起熊熊火光，映得他满面红润，也只是一瞬间。

她苍白得与墙的颜色无异，单薄得像一幅壁画。裙尾拖曳在地上，一只赤脚露在外面。昭颜几步冲上前将她扛了起来，不顾她如何尖叫挣扎，将她按到床上，双手捧起她的脚，贴着心窝。

她的脚，就像冰块。他使劲揉搓，希望能将它们融化。

夕莲幽幽看着他，不发一言。她的脚被渐渐暖回了，昭颜替她盖上被褥，在她空荡荡的目光中，寻找一丝神采。终究什么也没找到，连恨都没有，她眼晕浓重，脸颊凹陷，再也不是那只骄傲任性的狐狸精。

昭颜紧紧抓住她细弱的手腕，轻声说："对不起……"

夕莲置之一笑，接下来却是令她窒息的强取豪夺。她惊叫着、谩骂着，丝毫不顾忌什么，因为他们之间，已经没有任何需要害怕的东西了。她朝他肩上狠狠咬下去，舌尖泛着甜腥的味道，让人恶心，她胃里一阵翻腾，紧紧捂住嘴。

昭颜肩上的血，滴在她苍白的躯体上，开出一朵朵阴暗的花，如果她想要他的血，尽可拿去，他毫不吝啬。他愿意用自己的鲜血，换回这只狐狸精的神采飞扬。

夕莲压抑地哭了，这种屈辱的境况，叫她如何再坚持肆无忌惮？昭颜俯下身子在她耳边说："怀上孩子……你就、依然……是皇后！"

夕莲终于意识到，那一线生机依然在他手上……正如自己经常说的，他是皇上啊……

她的手心渐渐贴上了他的背，从他身上汲取温暖。

外面的雨越下越大，雷声阵阵。她压抑的哭声渐渐低迷，转而绽放出迷乱声息，宛如开出了夕莲花的光辉，散发着阵阵幽香。这百转千回的梦境，终于实现，他细细亲吻她的每一寸肌肤，记下珍贵的时刻。

外面的世界都在溶解、消退至百里之外。唯有她，变幻出姹紫嫣红的迷蒙色彩，宣泄着世上最诱人的情欲。在模糊的疼痛和激烈中，她十指痉挛，在他背上抓下长长的血痕。

他知道，此生再也挣脱不出这般情爱。即便她仍然不爱他，不过，她起码愿意妥协了。假意承欢，那又何妨？

夕莲像只幼兽，蜷缩在他怀里，疲惫地舔着伤口。为了从这地方出去，别无办法。后背紧紧贴着他炽热的胸膛，那阵血腥的气味还氤氲在四周，她只觉得一阵恶心，强忍住干呕的声音，慢慢转过身去拥住他说："你还会来吗？"

她的声音那样凄楚，昭颜轻轻拍着她的后背："来，过几日……"

福公公说，送去乌镜台的妃嫔没有回宫的先例，除非，怀了龙胎。他决定让她回来，不管从前，只要未来；无所谓她的过去，只要她的未来……

偌大的床上，被褥凌乱，夕莲安然躺在正中央，青丝散乱。她浑身酸胀，嗓子疼得说不出话，想起身去倒杯水，却被床边蓦然发出的声音吓了一跳。

"要喝水吗？"

夕莲惊讶地望着说话的女人，已经过了风华正茂的年岁，那种出尘脱俗的气质让她一眼认出来，是她先前在梦中看见的女人，原来那不是梦！

夕莲赶忙爬了起来："你是谁？"

“前些日子你昏迷的时候，都是我在照顾你。我住在岛的另一边，如果这里的人会说话，那应该称我为……林太后。”她语气波澜不惊，嘴角微微上扬，像在讲些无关紧要的事，却又能听出沉积多年的抱怨，“先皇一生，将真心真爱给了卢玉婵，虚情假意给了辛丽怡，而我，十五岁当了他的皇后，到最后连个名分都没有……”

“这是什么地方？一直没人告诉我这是什么地方。”

“乌镜台。”她淡淡答道，递给夕莲一杯水，“后宫犯了重罪的女人，就会被送来这里。”

夕莲贪婪地将杯里的水喝光了，骤然发现自己衣冠不整，才想起昨夜司马昭颜来过，一阵心悸。

林太后反问夕莲：“你又是谁？”

“我叫夕莲。”她是夕莲，不是皇后，从一开始，她就不愿意当司马昭颜的皇后。

“别再干傻事了，死在那湖里，被万千鱼儿啃噬，尸骨无存。那样的下场，更可怕……”林太后眼里闪过一丝恐惧，紧紧闭了眼睛。

夕莲忽然为自己的懦弱感到不堪，狡辩道：“我没有寻死，我只是想从这儿游出去，不过，被抓回来了。”

林太后笑了，摸着她的头说：“游不出去的，等你游到头就会发现，那堤岸，高高的、光滑无比，像座绝壁，没有出路。”

夕莲懵懵点了头，脸上浮出两抹红晕，轻声道：“太后，夕莲想先行沐浴。”

林太后微微颔首道：“是了，承恩之后，是要沐浴的。”

夕莲失声问：“你怎么知道？”

“看你今日的精神头，可比前些日子强多了，这个皇上真是和先皇一样痴情。”她似笑非笑地回头看了夕莲一眼，轻飘飘走了出去，“我在外面走走。等你洗完，我再来诊脉。”

夕莲不断蘸水用力擦拭胸前的血渍，可是，它们好像涔入了肌肤，留下星星点点的淡红的印子，怎么也洗不去。又是一阵恶心，她趴在桶边呕了会儿，却什么也没吐出来。她脑海中凛然冒出来一个念头，该不会是……她浑身颤了一下，立即穿上衣服出去找林太后。

林太后坐在床边凝思半晌，才松开手，温和朝她笑着说：“恭喜你。果真是了。”

夕莲心底一窒，她祈盼着一个孩子能将她从这里带出去，可没想到来得如此之快……他是在怎样的境况下诞生的，是在那间冰冷幽暗的灵堂！她忽然恨起他来，怎么能不恨？他是天下最卑鄙的伪君子！夕莲眼神恶狠狠，说：“我不要这个孩子！”

林太后摇摇头笑着说：“你不明白，失去孩子，会很痛苦。”

“可是我生下他，会更痛苦。我会想起，他来的那天是我一生中最阴暗的日子……”夕莲浑身颤了颤，最阴暗的日子已经过去，那么将来，会不会渐渐光明起来？

林太后侧头盯着她说：“你的神情倒让我想起位故人，她也不要皇上的孩子，自己偷偷拿了麝香堕胎，还嫁祸给我。所以我在这里了，但她也不见得好过。有时候，人未必清楚自己要的究竟是什么。夕莲，你想出去吗？”

夕莲默默点头。

“不要孩子很简单，我那儿就有药材，可是，当你再想要孩子的时候，就难了。你要放弃这珍贵的机会？”

即使不要这个孩子，下一个孩子，同样是他的，同样是充满恨意。夕莲眼睛微微眯了一下，在心里反复记下了麝香这两个字，她想可以先留着他，等自己回宫了再下手也不迟。

林太后轻声叹道：“人有很多种活法，你为何要选最累的那种？”

夕莲怔了怔，答道：“我不累。”

林太后失了神，喃喃地说：“连回答都一模一样……”

夕莲好奇地问：“和谁？”

她睨着夕莲轻声说了个名字：“卢玉婵。”

“太后？”夕莲心里咯噔一下。

“是吗？她当上太后了，意料之中。”顿了顿，她又问，“那辛贵人呢？”

夕莲想起了西太后是被逼死的，又听林太后的意思，连她都是被东太后害的，心中寒意凛然地答道：“前些日子已经仙逝了。”

林太后笑了：“她当然斗不过，自作聪明的女人，可能到死都不明不白。”

夕莲浑身发冷，她不想听这些，于是换个话题问：“太后平日都做些什么？如何打发时日？”

“养花、弹琴、学医，总是能找到事情做的……”可是林太后似乎对宫里的形势比较感兴趣，又问，“当今皇上呢？可勤于政务？”

夕莲淡淡答了句："一个白痴，能做什么？"

"白痴？"林太后惊讶极了，"听说，他三岁就能识千字，即便多年来不长进，也不会是白痴。"

夕莲眼里又流露出些许同情说："八岁那年，他头脑发热，烧坏了脑子。"

"烧坏脑子？现在是怎样的状况？"

"不会说话、不能写字……反正，看起来就是呆傻的模样，不过头脑还是清楚的。"他傻傻的笑容在夕莲脑海中一晃而过，她打了个冷战。

林太后凛然站了起来，一手紧紧拽着衣袖说："我先行回去！"然后脚步匆匆离开。

夕莲穿上了鞋子下地，在经历过昨夜的温暖之后，她的脚开始畏惧冰冷。空荡荡的殿里，她一个人坐在那静静梳着头，一梳梳到尾，将脱落的发都扫除干净。手轻轻放在腹部，如果韦娘知道了，会是什么样的表情？一定很欣喜，她那么善良，可是她能理解吗？夕莲在心里念叨：我不要给他生孩子……不要。

天气骤然转冷，夕莲裹着锦衾坐在火炉旁，虽然窗门都紧闭，可风还是无孔不入地涌进来，将火苗都怂恿得动荡不安。她从未如此想念过司马昭颜，莲花池里最美丽的相遇，现在，却落得这样狰狞的下场。她恨他，却要心心念念盼着他来，将她接回宫去。曾以为自己是贞洁烈女，原来她的骨气，也不过如此。

宫门忽然重重打开了，寒风肆无忌惮地裹上她的身子。夕莲拽紧了被子，探头张望，模糊的光亮中一个人影徐徐走来。没一会儿，宫门被关上，风又被挡在门外尽情呜咽起来。

夕莲看身形知道是林太后，便扔开锦衾站起来朝她行了个礼。

林太后连忙拾起来替她盖上，温和地说："这里是苦了点，不过熬几日你就可以出去了。好好养胎，皇上极其珍视你和孩子的；况且，诞下龙子，也是光耀门楣的喜事呢！"

夕莲垂着头，头发将视线都遮住了，闷声答道："恐怕，这个孩子，除了司马昭颜，谁都不想要……"

林太后怔住了，眼里波光转瞬："为何这样说？即使你心里有他人，但一朝进宫做了皇上的女人，就再不该有别的念想。”

夕莲微微抬头，火光洒在脸庞上看起来还有几分血色，只是表情沉凝得可怕。林太后见她如此，摇摇头说：“孩子，你知道吗？这样下去，会迷失自己的本性。上天既然如此安排，你就得学会欣然接受。”

“不是上天，是皇上，我们的一切都在他手上！”夕莲狠狠说道，“我明白得太迟了，太迟了……”说完，她的神采又黯淡下去，睫毛下的双眸如冬日的坚冰。

林太后袖中的手不由得攥紧了，一面打量她的神色一面问：“你恨皇上把你囚禁在乌镜台？可是他既然要放你出去，定会加倍对你好的……”

夕莲打断林太后的话沉沉说：“我恨他恩将仇报，仅此而已。”

林太后倒吸了口凉气，夕莲此刻的神色语气，像极了当年的卢玉婵！她不由得失声问：“你是谁？”

夕莲懵懂地望着她答：“我叫欧夕莲。”

“欧？欧敬之是你什么人？”

“我父亲……”夕莲看着林太后嘴唇煞白，狐疑问，“太后怎么了？”

林太后衣袖一甩，忽然站了起来，紧紧蹙着眉盯了夕莲好一会儿，冷冷地说：“如果真要恨，你不该恨皇上，因果报应而已，你好自为之吧！”

夕莲惊讶于林太后的反常，目送她清丽的背影消失在拐角处。难道她和父亲也有宿怨？为何叫她不要恨皇上，究竟是什么样的因造成了现如今的果？

火炉里的火苗被吹得塌塌扁扁，夕莲眯了眯眼，蓦然发现地上多了封信。她拾起来一看，信上写着“福公公亲启”的字样。这是林太后落下的？夕莲也没多想，正要收起来，宫门忽然又被推开，林太后匆匆走来上前夺过信件，低声道：“乌镜台的人妄想报信出去，是要治罪的，哀家糊涂了。”

夕莲站起来平静道：“若是需要我传信件，请太后放心，一定不会泄露出去。”

林太后警戒的目光只是一闪，随即又恢复温和，叹道：“我在这儿已有十八年，不知父母是否健在，兄嫂是否安好。福公公也算是伺候过我的人，我只是希望，能得到家人些许消息……”说着说着，眼角落下泪来，“可是，若叫外人得知我传信给福公公，恐怕我们都难逃罪责……”

夕莲安慰道：“放心，太后悉心照顾夕莲好些日子，夕莲理应帮忙的。不过是一封家信么，我会悄悄交给福公公，绝不会给太后带来麻烦。”

林太后兀自抽泣了会儿，脸上挂着忧伤离去了。夕莲将信放在枕下，忽然庆幸腹中孩子的降临，使她不至于像林太后一样，要在乌镜台度过余下几十年光景。

四 · 回宫

御书房被几个大熏炉烘烤得温暖怡人。司马昭颜押了份折子在掌下，那是他新提拔的刑部官员上请严惩擅自圈地的朝廷大员。虽然大褚律法中严令禁止圈地，但朝中官员尤其是皇亲国戚从来是肆无忌惮，被占了地去的百姓有苦难言，只好举家南迁，导致金陵周边及北方大片土地荒废、人口逐渐流失。

他不能让这份奏折落到卢太后手里；不然，顾大人就会同前面两位官员一样站在风口浪尖被众人合力击倒。联名上疏，还有几分希望，只是需要右相大人相佐。司马昭颜抬头想叫福公公宣右相进宫，却发现福公公带了一名宫女候在门边，好似有几分面熟，他颔首道："进来。"

行过礼后，福公公上前轻声提醒："皇上先前吩咐的事奴才查过了，这是太后殿的婢女，因家中老父身染恶疾，急需银子救命……"

昭颜毫不犹豫地说："赏！"

宫女感激谢恩，欣喜答道："奴婢定当知无不言！"

福公公遂开始问："皇后去太后殿时，你可都在伺候？"

"都有奴婢伺候。"

"皇后都在那儿做什么？"

"听曲。"

"太后不是召她去用膳么？"

"偶尔用膳，大多时间在听曲。"

"那卢元帅和卢将军呢？"

"卢元帅和太后是自家人，经常在书房里待许久，或许是聊家中事务。卢将军时常抚琴，皇后就在水榭一方的座上听着。"

福公公瞧了瞧皇上的神色，低声问："他们……可有不轨？"

宫女脸吓得苍白，慌张答道："虽然奴婢们都被遣下了，不过隔着池塘还能看见，他们一直在水榭台上不曾进屋。最多，也只是互相依偎……”

福公公脸色阴沉地盯着她说：“若是欺君，别说银子，你的小命都没了！”

宫女连磕几个头带着哭腔求道：“奴婢不敢啊！家中老父还等着救命钱呢！”

司马昭颜眼里流露几分同情，点头示意福公公：“好了，赏吧。”

“谢皇上！”宫女喜极而泣，边擦眼泪边要退下，福公公再次附耳警告她说：“切勿透露，不然，太后不会放过你！”

司马昭颜心中生疑，暂时也不管折子的事，风风火火地去寝宫找韦娘。

韦娘呆呆坐在夕莲从前经常躺的椅子旁边，手轻轻拍着丝绒枕，就像在哄小夕莲入睡。昭颜慢慢朝她走近，身影挡住了从窗棂透进来的光线，韦娘的双眼一时适应不了黑暗，头脑发晕往地上栽去。

司马昭颜蹲下身去扶她，不过短短两个月，她好像苍老了许多，乌黑的髻上几条银白的发线跃然而出。她抬头望着他，不知不觉眼眶又噙满了泪。昭颜感到一阵心酸，夕莲对自己来说，是美好、是幸福，可对韦娘来说，却是整个世界。

韦娘颤颤巍巍站起来，开口又说：“夕莲她不知情……”

福公公从旁打断：“够了，皇上有话问你！”

韦娘咽下了眼泪，垂目应道：“皇上请问。”

昭颜轻声朝她问：“夕莲……的守、宫砂，怎么回事？”

韦娘紧张地瞪大双眼，昭颜蓦然发现她的眼睛和夕莲长得极相似，只是眼底的气韵大不一样。韦娘一面摇头晃脑一面胡言乱语：“皇上还是发现了么？这也不怪夕莲，是我，是我做的……若是要判欺君，那也是我！”

福公公挥挥手屏退了宫女侍婢，代皇上发问：“什么欺君？你做什么了？”

韦娘止不住地落泪，一个劲念道：“是我在进宫前就给她点了颗假的，是朱砂！我给她点的，不关夕莲的事。她太傻了，什么都不懂，我每天替她点……她还不懂事啊！是我的错，不该放任他们在一块儿胡来……是我害得她如此！”

昭颜愣愣站在那，心里不知是什么滋味。

原来，还没进宫前，她就已经是卢予淳的女人了……究竟是自己抢了别人的新娘？！因为这样，卢予淳恨他、太后恨他、夕莲更恨他，所以他们害死了琴儿。难道，这一切还是他的错吗？

韦娘哭着念着就晕了过去，福公公连忙唤人进来。

昭颜失神地往书房慢慢走去，一路上的宫人行礼他都没注意。心中忐忑不安，他明白，就是把夕莲接回来，恐怕她也是恨他入骨的吧？因为他在琴儿的灵堂，在卢予淳耳边，强暴了她，只因她早就将贞洁给了自己的未婚夫，多可笑！

司马昭颜，你是一个强抢民女的皇帝啊……

书房被香炉熏得轻烟缭绕，是他特意让内务府送来的莲香。没有她的日子，他只能靠焚香才能闻见几丝她的气息。

雕着精细花纹的盒子里，静静躺着一支紫玉笛，浸透在烟雾中，似乎沾染了仙气。这是六岁时，父皇送给他的礼物。既然自己的手不能抚琴，那么就学吹笛子。他的夕莲爱听曲，他便吹给她听。即便缘分已经破碎，未来毫无希望可言，他总是要试试的。

司马昭颜举起笛子在唇边吹了吹，清幽的笛音飘旋而出，他很满意，抿嘴笑了。

福公公不知何时进来的，在皇上身旁微微笑着问："皇上，要学笛子？今日可去乌镜台？"

昭颜忽然放下笛子，拾起桌上的奏折，沉吟道："不去，秘、宣右相大人。"

眼看着白昼越来越短，夕莲努力等待着她的希望，在每天日落前还存有侥幸；余晖一过，便又陷入孤寂的夜。院子里落了一层枯叶，踩上去发出"咔嚓"响，然后，干燥的叶子粉身碎骨。她沉溺于这种毁灭的感觉，于是将院里的落叶都踩了个遍。夜空忽而传来一声大雁的悲鸣，夕莲满怀怨恨抬头凝视，它破坏了自己原本愉悦的心情。

不知过了多久，司马昭颜沉闷的声音打破了她与夜空的僵持："秋夜，星辰少。"

夕莲低下头来，不看他，兀自往房里走了进去，昭颜紧紧尾随。她的身影飘荡在前方，优柔摇曳，那头乌黑浓艳的发变得灰蒙蒙，失了光泽。他多想救回这只狐狸精，让她的皮毛恢复往日光彩，却只是妄想而已。

床边只有一盏残灯，照着她模糊不清的面容，昭颜不知该如何开始，经历过上次的意乱情迷后，他在她面前更加胆怯。夕莲斜斜盯了他一会儿，清冷道："接我回宫吧，我怀孕了。"

昭颜惊喜地扳过她的身子，让她正视自己，一面傻笑着："真的？"

夕莲微微点了头，嘴角挂着混沌的笑意："是啊，就在灵堂的时候……"

他的心好像被扎了一下，他们的孩子竟降临在撕心裂肺般的相互憎恨中，会不会一出生便带着愤世嫉俗的脸孔？他害怕了，不顾一切紧紧拥住她，就像要把她和自己糅为一体。不过至少他又有孩子了，而且是夕莲的孩子！

方才在路上还怕她拒绝、怕自己狠不下心，原来上天是很公平的！只要孩子生了下来，夕莲一定会宠着他，好好当着皇后，不会再想离开皇宫！一定会的……

夕莲被箍得喘不过气，挣开他的怀抱："什么时候回去？"

望着她微微有点鼓胀的腹部，昭颜面颊蓦然掠过两抹绯红，笑答："现在，就回去！夕莲……我们有、孩子了！"

夕莲摸了摸腰间的信，木然起身说："走。"

昭颜抬头看她寒如坚冰的目光，耳旁好似响起心碎的声音，他还得强行微笑。原来比心碎更痛苦的，是亲手将碎了的心一片片黏起来。他扶着她从这座荒芜的宫殿走出来，融入深秋的夜色。

福公公在岸边候着，远远见两个身影自秋风中相扶而来，心中竟无端端生出暖意。他先满心欢喜道了贺，随即伺候他们上船，夕莲往前迈了一大步，忽然感到头皮一阵刺痛，身子也被牵绊住了。回头一看，自己的一缕头发，和司马昭颜的发纠缠在一起。都是夜风作祟，她狠狠扯了几下，却是越来越紧。

福公公愣了会儿，忙说："还是回宫再处理吧。"

夕莲也不答话，径直走到船头坐着，昭颜也只能跟着她。深夜水面上起了大雾，西风渐渐转北了，昭颜担心她的身子，轻声问："冷吗？进、进去吧？"

夕莲摇摇头，昭颜便一把揽住她："当心、当心孩子，你……不能受凉。"

夕莲的头望着另一方，正好背着他，反问道："受凉会怎样？孩子会没了吗？"

昭颜认真点点头。

夕莲脸上浮现一丝恶作剧般的笑意，继续问："如果我不小心落湖里去，孩子会没了吗？"

昭颜将她搂得更紧了，答："当然，水冰冷，要小心……"

夕莲转过头，神情凄楚地对他说："上次，我也掉湖里……"

昭颜的心猛地一紧："我知道，对不起……我……"

夕莲忽然笑起来:“什么我啊我的,你是皇上,是朕!”

昭颜恍惚望着她的笑颜,有些愣。

“皇上,真不愧是皇上……”夕莲又撇过头去,望着无边夜幕。

司马昭颜不明白她在说什么,只是紧张地搂住她,手拽着她的袍袖,一刻也不敢放松,直到上岸,他的胳膊有些麻痹了,指关节发酸。他皱了皱眉头,夕莲淡淡说了句:“抓那么紧做什么,我又不会跑。”

福公公心酸得厉害,叹了口长气。

夕莲感到一阵从未有过的狂热,她忽然喜欢上了这座皇宫,雕梁画栋、鳞次栉比。她下了辇车便快步冲进了寝宫,身后紧紧跟着司马昭颜。她欣喜呼唤:“韦娘!韦娘我回来了!韦娘……”

张望一周,她没发现韦娘的身影,一转身,刚好又撞进司马昭颜怀里。她朝他厉声喝道:“你跟着我做什么?!”

昭颜愣愣拈起他们俩之间打结的那撮头发,夕莲拉着他往床边走去,从枕下摸出匕首,手起刀落,几根发丝飘飘洒洒落在锦褥上,分不清是谁的。夕莲转身走出去继续喊:“韦娘,我回来了!”

司马昭颜僵在床边,半晌,从枕下摸出那条红绡,悉心摆好。

夕莲正喊着,一名侍婢上前禀告:“韦娘身有不适,已经歇下了。”

她也不顾自己的虚弱,径自朝韦娘的卧室去。福公公看看皇上又看看皇后,最终还是朝司马昭颜低声询问:“奴才去传太医为皇后诊脉,韦娘这一阵时好时坏,可否请太医看看?”

昭颜想了想,点头许了。虽然太医为宫女诊脉,有违宫规,但是韦娘若有何事,夕莲恐怕会迁怒于他。

夕莲趴在韦娘床边,看着她蜡黄的脸色,泪就不由自主地落了下来。韦娘突然睁开了眼,一把抓住夕莲的手呼唤道:“夕莲!夕莲!”

“韦娘,我回来了……”夕莲坐在她身旁,抚摸她削瘦的脸颊,“韦娘,你怎么了?”

韦娘空荡的双眼忽然有了神,真切地感受到夕莲就在身旁,这不再是做梦了！她激动地坐起身来，一遍遍打量夕莲，终于将她拢在怀里，轻声抽泣道："真的回来了！夕莲……你受苦了，都是我不好……"

夕莲本想无所顾忌地在韦娘怀里号啕大哭，但她一想起那些阴暗的日子，就再也没有悲伤，唯有怨恨。她轻轻拍着韦娘的肩，哄她睡觉。身后忽然传来福公公的声音："皇后娘娘，太医来了，请回寝宫接受诊脉。"

夕莲头也不回地说："先让他来这里，给韦娘看过之后，再给我看。"

福公公侧头看皇上的意思，司马昭颜默许了，上前对夕莲说："先，回避……"

她仍然是一袭白衣、披头散发、目光晦暗，他满目心疼拥着夕莲躲在屏风后，让福公公出去应付。

她在他怀里，轻易能想起来曾经受的屈辱和折磨，所有的旖旎过往，都化作了阴狠的咒怨。夕莲知道，司马昭颜还没看透他们的结局，因为他是个白痴嘛……她似笑非笑侧头问他："皇上，你说孩子怎么样才安全？"

昭颜冷不丁想起了琴儿，那汪洋的血水、她死时的眼神、幼小的尸首，那是根刺，在他心里生了根。只觉得心中一阵凄凉，他知道这个孩子不容易保住，因为连她都不想要，他只能答："朕……保护你们。"

"那可要好好保护……"夕莲笑了，脸色煞白如纸，那笑容也分外虚假。

太医前脚刚走，夕莲就从龙床上下来了，懒懒地说："今日我去韦娘那歇息。"

昭颜还在发愣，福公公上前阻拦道："皇后娘娘，太医方才还说了要奴才们好好照料，您现在的身子，十分虚弱，还是安心在寝宫吧。"

夕莲面无表情地说："韦娘好了，我才回来。我不在的时候，她生病了也没人照顾。现在我回来了，韦娘若是不好起来，我不会放过你们！"

最后那句话，恶狠狠的，福公公都吓了一跳，韦娘之所以病成这样，是之前一直拒绝服药，皇后怎么可以怪皇上？昭颜默默咽了口气，独自往龙床走去。帘幔缓缓被放下，一层层，逐渐遮盖了他的身影，宛若戏台上的幕布，宣告着一个悲凉故事的结束。他很想知道，究竟他们之间的故事算不算是爱情？

福公公心里梗得慌，朝宫女们发火训道："还不去看着皇后？若是龙胎出了闪失，都别活了！"

昭颜静静躺着，想象着红绡的另一方有只狐狸精在朝他笑，他满足地闭上眼：夕莲，好好睡吧，睡醒了一切就会好起来的。

夕莲紧紧蜷缩一团，眉头蹙着。韦娘一心疼她，总是止不住地落泪。轻轻揉着她的额头，哼着她爱听的曲子，一遍遍轻唤："孩子，别怕，都会过去的……"

渐渐地，夕莲紧绷的面容松弛下来，攥起的拳头也被韦娘舒展了。韦娘终于放心了些，打算翻个身，突然发现夕莲腰下压着什么东西。抽出一看，是封信，清丽的字迹写着：福公公亲启。

夕莲从乌镜台回来，这是谁的信？乌镜台……韦娘深忧不已，还是拨开了蜡滴，抽出信纸匆匆扫了一遍，顿时目瞪口呆。她双手颤得厉害，将信装好，左思右想，绝对不能让福公公得到；但若告诉太后，恐怕林皇后就有难了……

她还是先将信藏进了柜子，一颗心惶惶不安，难以入睡。直到天亮了，炉子里的火还剩微弱的热量，夕莲有些冷，抱着韦娘娇声说："好冷，韦娘，夕莲冷……"

韦娘起身叫婢女加了些炭火，在火炉边徘徊半晌，猛地将自己的手绢扔进了炉子，一股烧焦的气味迅速蹿了起来。夕莲半睡半醒埋怨道："这是怎么了？走水了么？"

韦娘快步跑到床边对她说："夕莲，我见你带回一封信，本想拿去给福公公，谁知不小心绊了一下，信连着我的手绢都掉炉子里了……"

信？夕莲立马醒了，林太后的信！她冲到火炉边只看见还未烧尽的手绢，惊呼道："怎么办！？"

夕莲见韦娘面带愧色垂着头，又挥挥手说："没关系，我可以传口信给福公公，不过是林太后想打听家人的消息，我一会儿就转告他。韦娘，刚才绊哪儿了，疼么？"

韦娘轻声答："没事。"

焦臭味越发浓郁，夕莲拧着鼻子拉韦娘往外走。火炉里冒出一股黑烟，红黄的火苗蹿了一下，又恢复了木炭的微微蓝光。韦娘回头看了眼衣柜上的锁，才放心迈了出去。

五·怨怒

今年的秋天，一晃而过，似乎只是一低头的工夫，树枝已经秃了。风越是肆虐，来回过往的宫人们衣袍越是裹得紧，其实，这样的道理，谁不懂呢？坐在辇车上的昭颜，嘴角扬了起来，嘲笑自己的浅薄。曾经自以为气度不凡，却不过和北风一样，为了让别人妥协，不断示威，只引来不断的反抗。殊不知只有春风那样的和煦，才能吹出千重万重的花瓣。

回到德阳宫，他意外地发现夕莲乖乖喝下了药，正倚在躺椅上小憩，怀里搂着银熏笼。极少见她这般安宁的仪态，他反而有几分惴惴不安。韦娘捧着香炉从内殿出来，见司马昭颜下朝了行了个礼，站定后说："这是中书令府送来的香，是皇后最喜欢的，从前带来的都用完了。"

昭颜点点头，韦娘将香炉放在夕莲身旁的一方小茶几上，缕缕莲花清香袅袅而出，沁人心脾。原来，她一直用这种香，他从前没注意，还以为是她与生俱来的体香。

"皇上……"韦娘大胆抬头对司马昭颜说，"皇后现在怀了孩子可不能大意，她任性不懂事，若是惹皇上生气了，还请您依着她。太医也说，皇后要调整心绪，万万不能激动。"

昭颜颔首应道："嗯，一切……都依她。"

夕莲睡得不深，听见动静就醒了，微微睁开眼见司马昭颜在旁边，也没作反应，闭上眼继续睡。每次看见他痴傻的表情，夕莲心中汹涌着波涛万千，表面上却懒得对他怎样，连一个眼神，她都不愿意浪费在他身上。她深知让一个人难过的方法，不是打骂，而是冷漠。就像她一个人在乌镜台的日子，连鸟啼虫鸣都珍贵得可怕，整日只有风声，呜咽的风、哭啼的风，没人看她一眼，更没人和她说话！她不能送他去乌镜台，那么，就让她自己成为乌镜台吧……

司马昭颜看了她好一会儿，猛地想起他宣了右相大人在御书房候着，于是匆匆离去了。

虽然闭着眼，但她能感到光线被挡了，明明听见他才走了不久，怎么又回来？她更加懒得睁眼，便转了个身背对他躺着。不久听见韦娘轻微的声音说：“皇上刚走。”

“何时回来的？”卢太后惯有的语调传来，夕莲一激灵翻身起来了，直愣愣望着云鬓光亮的太后。林太后的话犹在耳畔，她不由得对卢太后生出几分惧怕和戒心。

韦娘答：“前日回的。”

卢太后上前握住夕莲的手，声音有几分颤抖：“你在那儿，受苦了……但绝不会白受！我会让他加倍奉还！”

夕莲抽手回来，淡淡地答：“如何奉还？他是皇上。”

“皇上又如何？”卢太后一挑眉，反问，“你甘心么？予淳还在千里之外的荒芜之地苦苦煎熬，他却在强迫你为他生孩子？”

听到予淳的消息，夕莲心绪顿时激动起来，急忙问：“予淳哥哥怎么了？他怎么了？”

“他被发配南洋，那是荒凉无比的地方……整日做苦工，吃得连猪狗都不如！海风无休无止呼啸、海浪日夜拍打礁石，还有奴役他的人粗鄙的呼喝声，司马昭颜就是这么对功臣之子、国之栋梁吗？”

夕莲泫然涕下，早知道司马昭颜不会放过他，却没想到他这样狠！她才不要给他生孩子，她才不要这个孩子！她强压住哭声，声线颤抖着低声念着：“我不要这个孩子……”

韦娘惊讶地张大了口，卢太后没听清，反问一句：“你说什么？”

夕莲努力平复呼吸，瞪着她狠狠吐了几个字：“我不要给他生孩子！”

卢太后也怔住了，韦娘握住夕莲冰冷的双手，劝道：“夕莲，别激动，不关孩子的事，这个孩子是无辜的……”

卢太后接过话冷静地说：“虽然我也不想看到这个孩子出世，不过，你的身子最重要，你经不起堕胎的……不仅仅是疼，而且，可能送命。”

夕莲什么都听不见，四周都很安静，她好像看见了予淳，他脸上被海风吹了好多口子，血就那么淌满了他俊美的面庞，后面还有人朝他挥着鞭子，一下下，就像抽在她心上，不一会儿就血肉模糊……她惊恐地瞪大双眼，疯了一样尖叫："我不要、我不要！给我麝香！我知道，麝香可以杀死他——"声嘶力竭之后，她眼前一黑，无力地倒在韦娘怀里。

韦娘吓得手足无措，一个劲地哭喊："夕莲乖，你别吓韦娘，你怎么了……"

卢太后冲出内殿朝侍婢大喊："传太医！快传太医！"

撩起半笼床帐，她脸上虚浮的一抹怒色，让司马昭颜心惊肉跳，该不是卢太后说了什么？太医说，这头四个月要极其小心，今日便差点出了事。他暗自懊恼，以后，他得寸步不离，不能让他的第二个孩子也惨遭毒手。

他蹑手蹑脚走出去，轻声问韦娘："太后……做什么了？"

韦娘垂目摇头，答："是皇后不小心绊倒了。"

司马昭颜颔首道："进去吧。"

韦娘迈着小碎步匆匆赶去，坐在床边静静抚着她的额头。

昭颜朝四周的婢女瞄了圈，朝书房走去。福公公已经打探清楚，便跟在皇上身后一面走一面低语道："当时里面没人，外面就听见皇后在叫不要，还有什么麝香……"

司马昭颜打了个寒战，麝香，这个词对他来说太敏感。自从琴儿之后，麝香已经被禁止在后宫出现，就连香料用材的麝香也不行。为什么她叫不要，还关麝香什么事？忽然感到一阵头疼，他用力按着太阳穴，福公公提醒道："太后来的时候，恐怕看见了右相大人的轿子，出去的时候，刚好又碰上顾大人进宫。"

方才和右相谈到一半被打断，既然顾大人来了，一同讨论吧。昭颜深深吸口气，迈进御书房。

建署九年的第一场雪，来得毫无征兆。司马昭颜在沉思中，偶然一抬头，就走了神。下面的大臣纷纷回头顺皇上的视线望去，鹅毛大雪纷纷扬扬，有的散落到了殿中，一触地便化作水，沾湿了地面。

司马昭颜脑里忽然冒出一句诗：散入珠帘湿罗幕，狐裘不暖锦衾薄。他畏寒，一直如此，九年了。福公公小声提醒："皇上，宴会。"

昭颜回过神来，侧头对卢太后说："一切、听从太后。"

卢太后清朗的声音在大殿徐徐说道："因今年夏季的天灾，朝廷赈灾款和漓江改道的拨款，耗费大量库银，现时国库并不充盈，所以腊八祭典一切从简，众位爱卿也要严于律己，切勿铺张。”

众臣俯首应旨。

太后轻声问：“皇上，还有事么？”

司马昭颜颔首说：“宣。”

福公公双手捧着圣旨上前高声宣：“制曰：圈地行为，例属大褚律法严禁出条，朝中权贵却视之虚设。今，罚以中书令、左相两位大人各一年俸银，望众臣引以为戒！建署九年诏示。”

卢太后脸上挂着冷冷的笑意，罚俸禄？任他去罚，也成不了大气候。

“退朝——”

司马昭颜朝下面神情愤慨的顾大人摇摇头。纵使这处罚轻了些，也不能解救流民于困境，却很轻易通过了，没有遭到太后党的反对；至少，他们成功了一小步。

顶着风雪，他双手埋在狐裘下紧紧握着。不过一盏茶工夫，地上已经落了薄薄一层白雪，衬着青砖的颜色，斑驳参差。远处的宫墙被雪花乱舞成茫茫一片，清冷而寂寥地将热闹隔离在外，一隔就是两百年。

听福公公说，在民间，每年第一场雪，孩子们都会从温暖的家里跑出来玩雪。昭颜不明白，屋子里那么暖和，雪地里那么寒冷，为什么他们要从温暖的地方跑到冰天雪地去。

不知不觉已经到了，白皑皑的阶梯顶上，晃着她火黄的身影，四周有几个穿着淡粉的宫娥，看样子在玩雪，昭颜皱紧了眉，疾步冲上去朝她们喝道：“胡闹！”

夕莲侧头瞥了他一眼，振振有词地说：“我在教我的孩子堆雪人。”

昭颜二话不说拉她走，夕莲使劲甩开他的手，阴冷地笑道：“你拉我呀，这地上可滑了！摔没了孩子正好！”

韦娘气喘吁吁跑了出来，给夕莲换了一个银熏笼，对司马昭颜说：“皇上，娘娘也在屋里憋久了，奴婢在这看着，不让她碰雪，没事的。”

司马昭颜沉着脸往宫里进去了，福公公例行公事问了一圈人，回来朝他禀告：“皇后娘娘依然不死心，还在找麝香。上午，拿了首饰做赏金，大家都避讳着呢，没人敢接。”

昭颜的手紧紧攥了起来，心中凝结的血块越来越大，她何时才能打消念头？

孩子都快四个月了，她怎么就不心疼？手心忽然传来一阵剧痛，浑身禁不住直冒冷汗。福公公紧张地盯着他张开的手掌，几个月前那个细微的伤口，已经成了乌黑一片，一次次结痂，又一次次溃烂，他不忍再看，垂目询问："上药吧？"

司马昭颜默许了，闭上眼，再睁开眼，凝视许久。他发觉这伤口就像他们之间难舍难弃的缘，明明早该结束，他却死死抓住不放手，甚至不惜用钻心的疼痛为代价。最终他会留下它吗？还是随之一起毁灭？

福公公一面替司马昭颜上药，一面问："皇上，林太后的口信，很是蹊跷。家人远在西蜀，况且，为避免两国纷争，先皇用丧事掩过去了，西蜀也知道她早已不在人世。已死之人，怎么还能传口信回家？"

在乌镜台十八年，思乡心切吧？司马昭颜想了想，不如给她去封信，将西蜀国的近况告之与她，也不碍事。

雪越下越大，有的落在她睫毛上，结成闪亮的冰晶。司马昭颜方才进去之后，她便再也没动一下。韦娘叫侍婢拿了把伞，替她撑着。雪花无声，只有宫女们铲雪时发出一下下"咯嚓"的动响。

夕莲半眯着眼，看渐渐堆起来的雪人憨态可掬，不知为何，那傻傻的笑脸，让她浑身发冷。她猛地举起银熏笼狠狠砸了过去，将刚砌好的雪人头击得粉碎。几名宫女顿时跪了下去，噤若寒蝉。

韦娘望着夕莲阴狠的目光，心凉了一大截。她从乌镜台回来，就没笑过了。她的眼眸，深藏着怨气，恶狠狠地抛向所有跟司马昭颜有关的事物。韦娘心痛地拉起夕莲的手，那双纤纤素手苍白、颤抖，她的表情，已经无法回到从前。

"夕莲，进去吧，雪太大了。"韦娘和煦的话语在她耳旁轻轻拂过，夕莲听话地点点头，平和地说道："韦娘，我想睡会儿。叫他们别把阶梯上的雪铲了。"

韦娘回头望了眼，雪已经落了厚厚一层："可是，明天早上也是要扫尽的，不然皇上怎么上朝？"

"那就留一晚，我喜欢看雪。"她淡淡说着，看似漫不经心，韦娘蓦然发现她此刻的神态像极了卢太后。难道一切真是注定的吗？她们母女怎么走了同一条路……

内殿被几个熏炉烘得温暖如春，盆栽绿意盎然，叶子在阳光下油亮。只是好不容易才长出的几个花骨朵被狠狠地掐掉了，静静斜在泥土里。那花苞的颜色妖媚，在这个季节看来尤为珍贵，她却等不及要毁了它。

司马昭颜在盆栽旁边立了许久，才转身去看她。床褥上铺了层精美的羊绒织锦，夕莲朝里侧躺着，泛着柔光的绸缎熨帖在她玲珑身段上，厚实的锦衾滑到了半腰。这些天来，她始终是背对他的。

昭颜坐在床边轻轻替她拉上被子，目光触及到手边一大片乌黑的发。他迟疑了会儿，小心翼翼抓起一把在手中，俯身亲吻。从大婚那日开始，他能做的也只是趁她熟睡了偷偷亲吻她的发而已。

福公公在帘幔外轻声传道："皇上，乐师来了。"

司马昭颜嘴角歪歪笑了笑，掸了掸袍服，一些细细的羊绒微妙地从衣襟凌空飘旋至宽袖，或者到袍尾，不肯离去。他刚抬了脚，却低头瞥见夕莲的金丝履已经被雪水湿透了，不禁有几分担心，回头去掀开被角察看她的双脚。

夕莲感到足底一阵凉意，忽地睁开了眼，侧头望着司马昭颜，一种由衷的厌恶从她心里涌上来，布满双眸。没一会儿，她又转过头去继续睡，每每看见他，她就愈加坚定要放弃这个孩子的信念，若生出来才发现和他一样是个痴子，那大褚国可就真成了天下的笑柄。

昭颜心底一窒，垂目替她掖了掖锦被，轻声走出去。

德阳宫里灯火通明，美味佳肴铺陈开来竟是缤纷满目。夕莲恹恹喝了口汤，眉尖紧蹙："不想吃。"

韦娘忧心不已，替她夹了另一道菜："多少吃点儿，养好身子才行。"

夕莲撇开头冷清地道："这些我都不爱吃。"

昭颜转头对福公公说："换。"

福公公退出去传了人进来，将所有的菜都撤下，没一会儿又换上了全新的菜式。这一阵总是这么折腾，御膳房也学聪明了，备上百余道御膳菜式，以应付那位刁钻皇后的脾气。撤下的菜也不浪费，皇上都会赏给当差的宫女内侍们。能吃到一筷子都没动的御膳，可是几世修来的福。如今在德阳宫当差可是羡煞旁人的美差。

夕莲淡淡扫了眼新呈上的菜肴，正想开口，听得韦娘在旁柔若无声地说了句："不要太过分。"

她也就作罢，极不情愿地接过侍婢递上的银盘，懒懒地说："一会儿我要出去赏雪，你们把外头的灯点上，多点些。"

宫女们纷纷应了，司马昭颜想起什么，附在福公公耳旁低语一阵。

晚膳后，福公公领着一名内侍进来，夕莲好奇地探头看他托着方形的木盘上，立着一双精巧的厚底靴。福公公笑容可掬地道："皇后娘娘，请换上鹿皮靴，保暖而且不易沾湿。"

夕莲拿起来仔细瞧了瞧，皮质细腻光滑，鞋头尖尖的向上翘，像游牧民族女子穿的鞋。最有意思的是靴筒后方挂了只小铜铃，一动就响。见她有几分爱不释手，司马昭颜宽了口气，到底是个孩子，讨她欢心好似并不太难。

夕莲顺从地穿上鹿皮靴，双足被裹得刚刚好，里衬还有些茸毛，柔和温软。她表情也随之柔和下来，站起来跺几下脚，铜铃在裙摆里叮铃铃作响，她心里滑过一丝温暖，随即又冷下来。这样大的雪，这样寒冷的冬夜，不知予淳哥哥怎么样了？

宫门一开，纷乱的雪花争先恐后往温暖的殿里飘了去，触地化水，不久便干涸，落得尸骨无存的下场。

"雪下得这样大，你总是不听话。"韦娘搀着夕莲，脚步一深一浅踩在雪里，"咯咯"地响。

风肆虐，夕莲头上的金凤步摇被吹得直晃，垂珠在头上乱敲，她不耐烦地伸手将髻上的发饰都扯了下来，随手一扔。后面的侍婢赶忙俯身捡起，小心翼翼端在手上。夕莲转身看了一眼，她们的手都冻得通红，遂说了声："这么冷捡来做什么，扔了吧。"

几名侍婢面面相觑，福公公连忙唤内侍上前接了下来，送回寝宫去。

司马昭颜也披着狐裘，陪她在华灯照耀下赏雪。四周都是光，雪好像要在灯光中融化。顺着白玉阶梯望下去，雪落了厚厚一层，像一个平滑的坡，没有台阶的痕迹了。

远处的景象丝毫看不清，夕莲却直勾勾盯着前方，忽然从韦娘手上取了伞，说："你们都回去吧。"

韦娘惊慌地看着她神情不明的侧脸："你要做什么？"

夕莲回头朝司马昭颜嫣然一笑，眉毛轻挑："皇上在这儿陪我就行。"

昭颜远远望着她的笑容，万分珍惜，于是对福公公点点头，自行往前去了。

内侍和宫女纷纷退到屋檐下候着，韦娘的眼皮跳得厉害，有种不好的预感。她越是担忧，目光越是片刻不离前方的两个身影，身子渐渐往前倾了去，不知不觉已经完全站在风雪中。

夕莲打着伞，昭颜握住她裸在寒风中的手，接过伞柄，轻声说："我来。"

夕莲飞快将手收回，丝毫不想在他手心停留半刻。

"腊月了？"

"嗯。"

"雪下得真好。"

"是。"

"昨天我教她们堆了个雪娃娃。"

"嗯。"

"可是我不满意，难看。予淳哥哥堆的雪人才好看，他还会将梅子碾成汁，蘸在雪人脸上一边一朵飞霞，像害羞的小姑娘。"她眼里闪烁着一波秋水，笑容暧昧，"他的画画得可好了，他最爱画梅花，他说：梅花香自苦寒来……"

司马昭颜陪她笑了笑，手掌的绷带下传来一阵剧痛，直直痛到心里。

夕莲的笑容转瞬即逝，幽幽垂头道："可是，你为什么要那样对他？"

她总是拥有某种神秘的力量，能让他神智不清，于是在他毫无防备的情况下一脚踏了下去。

雪花簌簌，那些依稀的往事在她眼前一幕幕飞快闪过。耳旁是呜咽的风，逐渐演变成海风呼啸，她不能看着予淳受苦，也再不愿怀着司马昭颜的孩子活着。

时间似乎静止在一刻，夕莲面容惨白昏倒在雪地里，她闭眼之前，看见一袭闪耀的明黄也跟着扑了下去。

福公公惊呼出声："护驾——"

众人踉跄走下去，侍卫闻声而来，只见双目紧闭的夕莲，稳稳躺在昭颜身上，雪坡上拖曳出一道深深长长的痕迹，台阶依稀露出了棱角。

他紧紧箍住她，嘶声喝道："传太医！"

六 · 条件

夕莲不可置信地睁开眼，见深蓝的夜幕中雪花纷纷扬扬，居然安然无恙？她想起方才摔下来的一刹那，司马昭颜扑上来抱住了她……

夕莲感觉到他臂弯的力量，才知道自己躺在了他身上，于是死命挣扎，愤然叫道："放开我！"

昭颜沙哑的声音在她耳后铿锵道："休想！"

德阳宫门前乱成一团糟，叫太医的慌忙跑去传太医，眼疾手快的先扫雪。为避免打滑，福公公又命人找了条地毯从阶梯一直铺到宫门口。

昭颜不让别人插手，亲自抱起夕莲往台阶上迈去。这一段长长的距离，他分外紧张。夕莲在他怀里很安静，落定时，她明明听见他吃痛的一声闷哼。他向来不是怕疼的人，听声音后背一定伤得不轻，却执拗地要抱她上去。

福公公举着伞一路跟随，雪花还是在伞下乱舞纷飞。夕莲的视线越来越模糊，眼前的雪景渐渐变得像三月的柳絮、四月的槐花，落英缤纷、优柔缠绵。

她撇过头，带了几分鼻音说："放我下来。"

昭颜低头看她，却看不见她的脸，他一阵心疼，问："哭了？哪……哪里疼？"

"我没事，我不要你抱着！"

昭颜置若罔闻，夕莲想直接跳下来，却又怕他用力时更会牵扯了伤势，眼看就要进了宫门，她也便作罢，静静倚在他怀里。

昭颜将她安置好，放下帐幔，托起她的右手搁在床沿，方宣了太医进来。

"有惊无险，今后可要万分小心，这一胎再经不起折腾了……"

夕莲躺在床上，能隐约听见太医在外面对皇上低语，她趁机掀开帘子轻声唤近处的福公公，福公公赶到床边询问："娘娘有何吩咐？"

"皇上受伤了，叫太医也给看看。"夕莲匆匆说完这句话，放下帘子躺好。福公公吓了一跳，皇上又受伤了？怎么得了！听见他急急忙忙出去了，夕莲松了口气，心却一阵乱跳，做贼似的，她却不知自己在害怕什么？竖起耳朵听了半晌，没声音了，她偷偷拨开帐幔一角，往外瞄去，已经没人了。

夕莲往里侧挪了挪位置，躺在属于自己的地盘，手不由自主地抚上了小腹。现在她能真切感受到一个小生命的存在，他影响了她的美感，让她变得能吃能睡，韦娘也再不会禁止她吃宵夜了。她忽然心存愧疚，喃喃自语：“不是我不想要你，我不是针对你的……你知道你是怎样降临的？我不敢要一个天生就满怀仇恨的孩子。”

可她费尽心力也赶不走他，面对这样顽强的生命，她狠不下心了，难道真要生下来吗？

帐幔被挑开，朦胧的灯光忽然清亮起来。夕莲又背过身去，不愿看他。司马昭颜忿然扳过她的身子，盯着她一字一句地说：“只要孩子顺利出生，什么条件朕都答应，一切都依你！”

他的声音沉厚有力，夕莲对上他深幽的双眸，不再是从前那样涣散无光，反而让人无端端感到冷厉。

昭颜下定决心，就算要他做牛做马也无所谓，无论从情感还是从政治上，他都极度需要这个孩子！夕莲的嘴角扯了一下，似乎想也没想，脱口而出：“放了予淳。”

昭颜心底一窒，手上不由加重了力道，死死捏着她的双肩。

“放他回来，我会听话。”夕莲感到肩上一阵强压的疼痛，紧闭了眼。

昭颜松了手，呆呆答道：“好……接他、回来，但……不能复职！”

夕莲长长舒了口气，能回来就好，不受苦就好，官职又有何所谓？总算为他做了点事。她似乎看见予淳在对自己笑，那样的温柔，让她面容上多了几丝愉悦。

司马昭颜默默睡下，望着她的后背，伸手替她拉了拉锦衾。他想钻进她的被窝，拥着她，抚摸她肚中的孩子，这一切，就在梦中实现好了。

衬着一缕笛音，御书房越发显得清简淡雅。紫玉笛在司马昭颜手中，仿佛有了生机，虽然不成曲调，但也懂得呜咽了。偶尔会有一两声啼转像鸟鸣，引得窗外三两只鸟儿也跟着附和。

书桌上端端正正摆放着顾大人的折子，昭颜当然知道，他说得在理。漓江改道一旦中止，便难以再继续，太后不会同意再从国库支取一半的库银来完成这项工程，明年开春一定会想方设法推托。可是寒冬腊月，工人们有的冻死、有的落水淹死，司马昭颜心有不忍。

昨日与右相大人夜谈后，福公公忍不住说，成大事者不拘小节，他们日日居住的这座皇宫，也是牺牲了多少血肉之躯才建造完成。

昭颜苦笑着答："难怪……宫里阴森。"

笛音停止了，昭颜侧头问："朕，是否……无用之人？"

福公公和蔼答道："皇上心怀仁慈，乃社稷之幸、百姓之福。"

他一字一句慢慢说着："大权旁落，外戚横行，是否社稷之幸？圈地肆虐、官场腐败，是否百姓之福？父皇……叫我善待天下，又该如何善待？"

福公公连忙劝慰道："皇上纵有惊世之才却不能外显，未尝不是潜心修炼的好时机。若是早年就锋芒毕露，恐怕……"

"怕是、已成了……冤魂。"司马昭颜又托起笛子，认真吹了首新学的曲子，断断续续，本是欢快的旋律却被吹成七零八落。

怕夕莲受凉，司马昭颜命人重新做了一副夹层帐帏，外层是明光锦，迤在地上；里层复帐用白缣，不再是刺目的明黄色，帐顶悬着一朵灿烂的金色莲花。但他们之间仍然横着一道红绡，无法逾越。

夕莲察觉到他醒了，直接说了句："腊八祭典我不去。"

昭颜转头看着她的背影，问："为何？"

他们是大褚国的皇上和皇后，他们是夫妻，理应一同祭天神、祭先祖。一国之母不参加祭典，他如何向众臣交代？

"我不去。"她转过身来斜斜看着他说，"你说只要我乖乖将孩子生下来，其他一切都依我。"

昭颜点点头，淡淡地答："君无戏言。"

起床、洗漱、着衣。昭颜穿戴完毕正打算上朝，坐在菱花镜前的夕莲忽然转头喊道："等等！过来！"

司马昭颜朝她走去，只见她明眸浅笑从韦娘手里拿过一小盒兰膏，眉毛轻挑道："你帮我梳发。"

福公公目瞪口呆，看皇上盘腿在她身后坐下，拿起梳子，蘸了些兰膏，颤抖着从她发根梳到发尾，丝毫不马虎。皇后那一头秀发，得梳到何时啊？福公公急了，轻声提醒:“皇上,上朝了呢。”

夕莲侧头,冷冷地说:“你们都下去。”

福公公无奈,和满目担忧的韦娘一同退出内殿。

昭颜心无旁骛,静静地为她梳发。兰膏使发润泽、柔顺,能让她的青丝恢复光泽,何乐而不为?况且他是如此喜欢她黑缎般的发。

夕莲面无表情看着镜中的司马昭颜,他怎么能平和若此?这样被差使,却如同在享受一般。她迟疑了会儿,双目低垂轻声问:“予淳呢?你下令了么?”

昭颜的手顿了顿,又继续梳:“嗯,几日……就、就回了。”

“好了,你去上朝吧。”她蓦地站起来,从他身边匆匆掠过,唤道:“韦娘,我的熏笼呢?”

昭颜也起身,朝外走去。夕莲叫唤了几声,韦娘神色仓惶进来应道:“方才听宫女们说,御膳房好像出了点事,福公公过去了呢。”

御膳房能出什么事?夕莲不禁看了司马昭颜一眼,他眉头紧锁,大步前去。夕莲忙不迭想要去凑热闹,拿起束带往腰上胡乱一系,嚷嚷:“韦娘,快,帮我梳髻。”

寒天雪地,德阳宫的膳间外跪着两名宫娥,瑟瑟发抖。福公公站在屋檐下,口里训斥道:“还不说是哪个宫的?受刑也不怕?你们自己跟天借了胆子呢?还是你们主子?”

司马昭颜见雪已经在化了,恐怕她们再跪下去,膝盖便不能要了。既然她们身上没搜出毒物,况且御膳都无恙,便叫她们先起来。福公公愣了愣,从旁提醒道:“皇上,擅入御膳房,可是重罪。”

司马昭颜反问:“可问了她们……为、为何而来?”

“问了,她们不说。”

两名宫女紧紧靠在一起站着,低低垂着头。夕莲也挺着肚子过来了,好奇地问:“这是怎么了?”

福公公应道:“不知两个小宫女偷偷跑到御膳房做什么,恐怕是对娘娘的龙胎不利啊!御膳房所有食材老奴会命人撤换,娘娘放心。”

那两名宫女一听,顿时紧张万分,带着哭腔低声道:“福公公,不是的……奴婢绝不是要害皇后娘娘,奴婢死也不敢啊!”

夕莲探头打量她们,面色蜡黄,嘴唇冻得发紫,就像是受了多大的苦。

福公公喝道："那你们来做什么？！"

其中一个胆大点的扑通跪下，哭着磕了几个头说："其实我们是来这偷些吃的……奴婢也是被逼的！主子下命令，不敢不从……皇上，奴婢罪该万死，却真是逼不得已！"

另一个也跪着，趴在地面上不敢吱声。

夕莲抢先问："偷吃的？哪宫的主子吃不饱？"

"奴婢们伺候的是辛昭仪！"

司马昭颜怔住了，辛欣？她又玩什么花样？夕莲瞪着眼说不出话了，上回她抓伤自己之后，就再没见过，难道竟沦落到怂恿侍婢来御膳房偷食物？

"她们俩先关起来！"

福公公又看了看天色，催道："皇上先去上朝，奴才会安排处理此事。"

司马昭颜若有所思，擦过夕莲身旁时说了声："快回去。"

韦娘搀着夕莲轻声道："快回去歇着吧，雪融天最冷，这些事都不用操心。"

夕莲走了没几步又停下来，心里总是不甘，遂又返了回去，对韦娘说："我要去问几句话！"

韦娘拿她没办法，只好跟着。

柴房里冷风无孔不入，两个丫头被捆起来扔在一角。

夕莲一进去，整个柴房好似亮了起来，之前的灰蒙一扫而光。

看守的侍卫有几分担心，福公公方才交代了谁也不许靠近，但皇后要进来，他们也无权阻挡。

两名宫女泪汪汪地跪在她跟前磕头求饶，夕莲赶忙叫韦娘扶了她们起来。表情温和地问："辛昭仪为何逼迫你们来御膳房偷食物？"

"分给我们昭仪的食材越来越差，有一顿没一顿的……眼看着要过腊八，昭仪也是想多备些好东西来祭祖。"

夕莲诧异道："辛昭仪正五品，分发的食材都是有规定的，尚膳局怎么能如此对待？"

"不止是食物，还有炭火、过冬的衣物都领不到。我们昭仪还有旧衣穿，可怜刚进宫的雨丫头，连件御寒的冬衣都没有。宫里就生一炉火，这冬日可怎么才熬得过去……"

夕莲伸手探了探那名瘦弱些的宫女身上的衣物，惊呼："这不是要冻坏了么？！"

"自从西太后仙逝，从前伺候过太后的宫女内侍以及辛昭仪和几个从前与西太后来往密切的主子，都是同样境况。宫里一向就如此，奴婢不敢有怨言。只望娘娘帮奴婢们求情，今后即使饿死，也断不敢再来偷东西了！就算是赶我们出宫去也好，只望饶我们性命！"

夕莲带了几分怒气问韦娘："怎么会这样？怎么说她们都还是皇上的女人，尚膳局、尚衣局都不过是奴才！怎可以这样欺负人？"

韦娘吓得赶紧抚着她的后背说："别动气，皇后千万别动气，这些事，你不用管。福公公回来自然会处理。"

夕莲愤愤道："不行，给我把尚膳监找来！"

合阳宫，早已不是半年前那般模样。十二名嫔妃，他一人未宠，到头来，她们的不幸怎么都要算在他的头上？司马昭颜一步步朝深宫里走去，大殿虽燃烧着熊熊炉火，却冷清得可怕。各殿的人都未察觉到皇上的驾临，直到他拐进了后花园，一名女子穿着火黄的狐裘"咯咯"笑着莽撞地冲进了他怀里，一园子的人都傻眼了，半晌才躬身请安。

昭颜懵懵看着眼前的女子道："平身。"

她笑得很灿烂，如果夕莲也能这样笑，他情愿折寿十年。

福公公咳了两下，高声道："怎么前殿无人当值？个个都玩疯了吧！"

昭颜失神问了句："你叫什么？"

"臣妾秦献珠。"她眼神里有几分俏皮和纯真，可惜掩不住过于大胆而鲜明的欲望。

昭颜伸手拉着她的衣襟，贴近她问："为何穿这个？"

她毫不避讳地答道："因为皇上喜欢。"而后莞尔一笑，面上两抹飞霞。

昭颜发现，夕莲的怒容都比眼前虚假的笑容动人许多，遂绕过她，继续往前走。

辛欣的殿中一股阴冷的风穿堂而过，福公公都禁不住打了个寒噤，高声道："辛昭仪，请出来迎接皇上！"

听得里面一阵纷乱的脚步声，几名宫女乱糟糟地跑了出来，慌张行礼道："皇上万福，昭仪身有不适，正卧床休息。"

司马昭颜兀自走了进去，辛欣的肠子有几道弯他都知道。内殿虽生了炉子，空气却还是冰冷的。帘幔半拢半垂，在微弱的火光下显得异常暧昧。他如她所愿，挑开床帐，嘴角含笑地欣赏她难得一见的柔媚姿态。

他在床边坐下，斜睨着她问："饿吗？"

辛欣点点头，目光晦暗："你知道东太后是怎样的人，我能活着就不错了。"

他感到好笑，为何她现在才有自知之明，又问："冷吗？"

辛欣掀开锦衾一角，露出胸前一大片赤裸的身体，娇笑道："你说呢？"

司马昭颜撇开头去，不屑道："白费心机。"

辛欣坐起来，也顾不得什么，雪白的双臂紧紧环住他的腰身。

"你喜欢她，可以只宠她一个，不过她如今身怀六甲，你很长时间没碰她了吧……皇上，这样可不好……"说着，她的手不安分地往下游移，"表哥……就让欣儿来伺候你，好不好？"

昭颜浑身一僵，在经历过夕莲之后，他好像再也受不起诱惑。那些来自她的触感、娇喘会漫无边际涌上来，将他淹没。她的躯体深深印在他脑子里，每一寸都清清楚楚。她手腕的粗细、锁骨的宽度、胸肋的位置，在上次缠绵中被他记下了，因为他怕这辈子再没有机会。

他有几分狂躁，能听见自己粗重的呼吸，辛欣的肢体如水蛇般缠得他透不过气来。其实辛欣只差一步就成功了，可惜这里没有莲花香，所以他粗暴地推开她，大步离去，回头扔了一句："本性难移！"

七 · 言欣

太后殿，香炉里点着御寒丸，一室温热，夕莲脱去了狐裘坐下，随口问道："为何这殿里尤其热？我那儿也点了御寒丸。"

卢太后慢条斯理地答："这是西域进贡的，你们宫里用的是从西蜀国购来的。贡品当然要好用些。皇后有什么重要的事来找哀家？"

夕莲正了正神色，语气淡漠地道："今日撞见两名可怜的宫女，都是辛昭仪的人。不知太后为何要针对西太后的旧人？”

卢太后笑了两声，问：“你听说了些什么？这宫里，嚼舌根的还真不少呢！”

夕莲心里有怒气，却不便发作。尚膳监虽然不敢直说，但她已然明了，若不是太后放了话，任他们奴才多大胆子也不敢亏待主子。从前侍奉西太后的宫女内侍，都被遣去做最肮脏卑贱的工作，有几个已经熬不住苦头，寻了短见了。

“皇后，那些奴才的事，有福公公去管，你就不用操心，好生养胎吧。”

虽然她对辛昭仪没好感，但昔日的千金小姐，怎么能受这样的委屈？夕莲提了口气严肃道：“太后，臣妾斗胆请求，提前放她们出宫。辛昭仪贵为昭仪，却受如此冷遇，吃不饱穿不暖，倒不如让她回家。还有那些侍女们，犯了什么错，只因伺候过西太后，便不把她们当人看了？”

卢太后似笑非笑地望着她，微微摇头说：“人世间就是这样，弱肉强食，宫里更是如此！怪只怪她们当初有眼无珠，跟错了主子。皇后若要打抱不平，天下的不平事何止千千万？”

夕莲一口气咽不下去，猛地起身直勾勾盯着卢太后说：“不过是批了他们提前出宫而已，并不是什么难事，臣妾自行处理！”

卢太后望着她执拗的神态，苦笑道：“为何你总是要与我作对？我对你不好？”

夕莲愣了愣，恍惚答道：“太后对夕莲很好，可是……对别人呢？”

“别人是谁？西太后？辛欣？还是司马昭颜？”卢太后笑了几声，“忘了？他是怎么对你的？怎么对予淳的？”

夕莲脑中闪过乌镜台上的一幕幕，心里似针扎一般，但司马昭颜究竟是放过了予淳。她长长舒了口气道：“他已经下令放了予淳哥哥。”

卢太后惊诧不已：“怎么可能？他会放了予淳？”

“嗯，已经派人去接他回来了，但不能官复原职。”

卢太后眼光流转，定定望着茶水发了会儿愣，幽幽地说：“你太天真……”

夕莲轻灵一笑，反问：“天真？自乌镜台出来，我已经不是从前的夕莲了。”

卢太后望着她的笑容，感到一阵毛骨悚然。她如何不知道乌镜台是怎样的地方，她亲手送进去的妃嫔，疯的疯、死的死。夕莲能出来，终究是司马昭颜放不下，夕莲是他的致命之伤，也是她自己的。看着夕莲不再纯真的面容，她心底有几分落寞，情不自禁伸手捋了捋夕莲耳旁的发，唤道：“夕莲，夕莲……”她忽然又想起什么，神情一怔问，“你在乌镜台还遇见什么人了吗？”

“嗯，有个女人自称是林太后，还多亏她照顾我。”

卢太后惊疑地望着夕莲问：“她没和你说什么？”

“没多说什么……”夕莲本想全部瞒下来，却忽然生出了戏谑的兴致，话锋一转说，“只说，先皇一生，真心真爱给了太后您，虚情假意给了西太后。她十五岁嫁了他，到头来连个名分也没有。”

卢太后脸上顿时失了血色，目光游移不定，言不及义地胡乱道：“她胡诌，先皇是极宠爱辛贵人的，关我什么事？他封我当皇后，不是出于真心……先皇他没有真心的……”

夕莲极少见她如此神情，恶作剧般的胜利感让她心情愉悦，她目光狡黠，眉毛高扬笑道：“臣妾先行告退。”

司马昭颜正等着和她一同用午膳。夕莲从外面回来，身上还带着一股雪水的味道，清新怡人。他有些意外，已经许久没见过她眉眼清扬的神色了。见她温顺地接过盘子，没有挑菜的毛病，在场的人全都松了口气。

昭颜微笑看着她，温和地道：“多吃，补……补身子。”

夕莲喝完汤，眼睛转了几圈，问：“皇上，那两名宫女呢？”

福公公答：“已经放回去了。”

夕莲叹道：“放她们出宫吧，辛昭仪也是，有太后在，她们的日子不会好过。”

昭颜深感意外，这样的事，在宫中实属见怪不怪。宫女们出宫可以酌情提前放，不过若要放辛欣出宫，是有违宫规的。她有品级，是皇上的女人，就算出宫了，也没人敢娶。

“她从前也是相府千金，现在却连温饱都要看人脸色。”

昭颜想起今日辛欣的作为，若有所思道：“她若得宠了，日子便会好过些。”

夕莲心里咯噔一下，得宠？司马昭颜若宠幸她……对啊，皇上宠幸她，一切就都解决了。可是，自己进宫以来，他未曾临幸过任何人。第一次听他堂而皇之提及这个话题，夕莲心里很别扭，当即把筷子往御桌上一扔，冷冷地道：“好啊，你去宠吧！”说完，转身离席。

司马昭颜有些莫名其妙，赶忙追上去。

留下一圈侍婢不知所措，这满桌御膳，该撤了吗？福公公也左右为难，想想还是先放着。眼看皇上追着皇后进了内殿，韦娘有意无意地放下了最外层的帘幔，眼里噙了几分喜气，被福公公尽收眼底。皇后好像生气了，韦娘在笑什么？

夕莲赌气坐在镜前，拔下一朵珠花，“啪”的一声拍在案上，侧头冲昭颜喊道：“你跟来做什么？我要午睡了！”

昭颜见她生气的模样，心里居然舒畅了几分，平平地答道：“我也午睡。”

夕莲用力拔去了发簪，浓密的发倾泻而下，凤眼怒瞪：“你还是快些去找辛昭仪午睡吧！”

昭颜斜睨着她，傻傻笑了，她在吃醋呢？还是干醋！他忽然从她身后抱起她来，朝龙床走去，夕莲惊呼：“放我下来！我不要和你睡！你去找别人吧！”

外头的侍婢忍不住“哧哧”地笑，福公公瞪着她们，故意清了清嗓子，侍婢们都垂着头不敢出声了，福公公却背过身去眉开眼笑。

夕莲挥舞着胳膊在他身上乱捶，猛地听见他一声吃痛的呻吟，夕莲停住了闹腾，盯着他的神色。后背的伤还没好？难道伤得很重吗？

昭颜将她放下，凝视着她的双眸慢慢说：“放她们……出宫，你、写手谕……便可。”

夕莲感到他的气息带着某种安神的味道，她情绪平复下来，懒懒地说：“知道了。”然后转过身去躲避他的目光。昭颜望着她微微隆起的腹部，不由自主地伸了手去，刚触到束带，夕莲警觉侧了头，眼角余光瞥了他一眼：“你干什么？”

昭颜缩回手来，轻声说：“用、用膳吧，孩子需要……”

夕莲想起方才满桌的佳肴，吞了吞口水，却懒得动弹，掀开锦衾钻了进去：“我累了，不想起来。”

司马昭颜想了想，命人挑了几道夕莲爱吃的菜，放置在托盘里，呈在床头。

闻见香味，夕莲忍不住爬起来。韦娘拿起银勺悉心喂她，脸上洋溢出许久未见的幸福笑容，感觉回到了从前无忧无虑的日子，只用守着她的小夕莲，把她喂饱、哄她睡觉。

司马昭颜在一旁看着，白缣帐映得她肌肤胜雪，黑发如缎。脸庞比从前胖了些，身子也丰腴不少。看着她狼吞虎咽的样子，他不禁笑了。只希望她继续保持这样的温顺，一直到孩子出世，等有了自己的孩子，她一定会忘掉从前的伤痛。然后，他们还会有第二个孩子、第三个孩子……

夕莲正倚在窗边晒太阳，一手捧着书卷。书页好似被阳光烘出了缕缕墨香，凉凉的、淡淡的，舒爽怡人。忽然一阵袅袅笛音飘然而至，夕莲好奇地问："咦？谁在吹笛子？"

"回娘娘，是皇上。"

他何时会吹笛子了？夕莲按捺不住，随着笛音寻了去。

"皇上、皇上……"福公公进来唤了好几声，昭颜才回过神来，放下了笛子。

"皇上，卢元帅已经从扁州动身了，带了一万五千精兵，比传令的多带了一万。"

"卢予淳，到哪儿了？"

福公公脸色一沉道："本来两日内应该到金陵了，可是，刚才传来消息，他在路上……私逃了。"

私逃？恐怕是被人救走了吧……司马昭颜倒吸了口凉气，拳头愤然捶在柱子上，吐了几个字："尾大不掉。"

卢家满朝权贵、手握天下兵马，先皇在位时，怎会放任他们培植势力直至羽翼丰满？卢太师刻意摆出隐世脱俗的高姿态，实际上一直在为子孙筹谋，先皇怎会看不出来？

"皇上，主校场离皇城太近，不如听右相大人的意见，启用西郊校场。卢予淳，奴才会加派人手搜寻。"

司马昭颜颔首，西郊校场多年不用，需要好生修葺。又是一笔巨款，太后如何能同意？

夕莲不知何时来的，一手扶着腰朝他走来，开口就问："予淳哥哥怎么了？我听见了，你说他怎么了？"

她眼眸里含着殷切和关心，还有质问。昭颜死死攥住拳头，面色平静地答道："他在路上……逃跑了。"

夕莲慌了神，听着自己的心"咚咚"乱跳。她不明白，逃跑是什么意思？不是说接他回来么？予淳哥哥马上就可以回家了，为何还要逃跑？

她紧张地盯着昭颜问："怎么会逃跑？"

司马昭颜已经习惯了她这样的眼神和语气，却一时答不上话来。为什么，她总是要用卢予淳来破坏他们之间的和睦？

福公公接话答道："他打伤了几名侍卫逃跑的。"

"侍卫？还有侍卫押着他么？"夕莲的声音颤抖起来，眼里渐渐湿润，望着司马昭颜痴呆的表情冷笑道，"还以为你真会放了他……原来不过是另一种手段！如果他不逃跑，你还打算将他关起来么？"

司马昭颜坦然答道："软禁在家。"

夕莲虚浮地笑起来，嘟囔了一句："你真的是白痴吗？还是装的？"而后迈着绵绵的步子离去。

"你真的是白痴吗？还是装的？"

她的话为何像惊雷炸得他脑里轰然一片，天崩地裂也不过如此。

司马昭颜无力地靠在朱漆大柱上，身子一点一点往下滑。繁华荣辱、功名利禄，统统是过眼云烟。苍茫大地，一世年华，他想要的不过是一个她而已。

他这样容易知足，偏偏上天从不让他得到半分幸福……

福公公见他脸色苍白、额冒虚汗，吓得大呼："皇上、皇上您怎么了？要传太医吗？"

夕莲还未走远，听见福公公的叫唤声，感到心尖骤然缩紧了一下。她将方才的不快抛到九霄云外，匆匆折回去。只见那袭刺眼的明黄斜倚着朱漆大柱，目光黯淡，奄奄一息。

夕莲一心急，跪在他身旁，双手捧着他的脸唤道："皇上、皇上！司马昭颜！"

她手心的温度覆在他脸上，迅速黏回了他分崩离析的神志，昭颜粗喘了口气，对望上夕莲那双凤目。他看得痴了，她那一汪清泪，楚楚动人，是为他吗？

福公公几乎被吓走了一半的魂儿，擦了把汗道："快扶皇上进去休息吧！老奴去传太医！"

昭颜握住她的手，放在唇边吻了一下，嘴角晕开惯有的傻笑。

夕莲手一抖，猛地抽了出来，尖声喝道："你吓死我了！"

望着她负气离去的蹒跚背影，昭颜心底涌起莫名的温馨。她紧张他，好像是吧……

冬日洒下冷清的光辉，光秃的枝丫被北风带走了湿润，树皮皲裂、脱落，连空气中都飘荡着干燥的木屑味道。

夕莲穿着鹿皮靴在曲径上慢悠悠地走着，司马昭颜在前头。听见叮叮铃铃的声音远了些，他便停下来，近了些，他又往前走。见他如此这般走走停停，夕莲冷冷地道："你先往前去吧，在我眼前晃什么？"

昭颜对她这样的冷言冷语已经麻木，如若她忽然温和起来，那才叫人不安呢。眼看着明黄身影渐渐走远，夕莲又叫唤："等等！"

昭颜听话地止步回头。

"手谕我颁下去了，她们今日出宫，皇上……"夕莲眼前晃过辛欣接旨时怨毒的眼神，心里像扎了根刺，"我做错了吗？她为什么恨我？"

司马昭颜望着她迷茫的表情，答："世事，没有……完全的对、错。"

夕莲盯着他摇摇头，对就是对，错就是错，她从不觉得世间有模棱两可、无法判断的对错。例如司马昭颜，就一直在做错。若不是太后告诉她予淳安然逃脱的消息，她绝不会让他好过。

夕莲刚出浴，身上带着幽暗的莲花香，肌肤在轻纱覆盖下，散发出几丝濛白的热气，悠悠然腾空升起、消散。烟霞色的衣裙，衬得她满面春光。

她在镜前坐下："韦娘，给我试试新进贡的九回兰膏。"

昭颜双脚不听使唤地走了去，接过韦娘手里的器具："我来。"

夕莲清冷地看着镜中的男子。他为她梳发的动作极其轻柔，因为要极力控制手的平稳，所以神情格外专注。他的面庞在明耀灯盏下，被龙袍映出一层浓郁的金黄光辉，如雕刻的金像般，线条分明、眉目俊朗。夕莲在融融暖光中逐渐卸下了防备，微微阖上双目。

昭颜见她脸上仇怨的表情褪去了，柔声道："岁首朝会，一定、要去。"

夕莲斜挑的眼角透着一股戏谑之意："不去。"

"不行。"他语气淡然，态度却是坚定的，似乎容不得半分反驳。腊八祭典，皇后未出席，就引起了朝臣不满；若这次岁首大朝会，她再不去，恐怕会掀起一场风波。

夕莲低头摸了摸肚子，口吻慵懒："我得安心养胎，你说过，一切都依我啊！"

昭颜放下梳子，往前倾了倾身子说："一定要去。"

夕莲转了个身，顺势将赤裸的右脚伸向前去，刚好搁在司马昭颜面前。她捋了捋耳边的青丝，眉毛轻扬道："好啊，你帮我修指甲。"她不知道这称不称得上搔首弄姿，不过她对风流韵事的感悟能力比从前多了几分。他想要她，却得不到，应当是很痛苦的吧……

内殿无人，只有灯烛炉火款款照耀。

只要能触到她，哪怕是脚底，他也情愿。只是……昭颜稍稍皱了下眉，自己手指发颤，如何能替她修好指甲？万一伤到她怎么办？

夕莲面露得意之色：“那我不去了。”正要收回脚来，却被司马昭颜一手握住了。她一惊，难道他真要替她修脚趾甲？他就这样言听计从？脚心传来一阵粗糙之感，有点痒，她使劲收回腿，坐直身子愠怒道：“为什么这样听话？我说什么你都听？你是皇上，到底有没有气概？！”

昭颜心平气和道：“朕说过，一切依你。君无戏言。”

夕莲凤目圆瞪正打算发作，无意中瞥见他手心发黑的一块疤，方才就是那只手握住了她的脚。夕莲稍微俯了身子去看，只觉得触目惊心，失声问道：“你的手，怎么了！？”

昭颜握了起来，答：“没事！快、快好了……”

夕莲瞧见自己在他眸中的倒影，方觉失态，为他紧张，值得么？她迅速恢复了冷漠的神色，跺脚起身，自顾自上了床。

昭颜问了句：“不修了？”见夕莲没反应，苦笑了会儿，也上床休息，又念了声，“一定要去。”

八 · 新年

皇城御道两旁，设了高约十丈的灯轮。灯轮披锦挂绸，以金银点饰。数万盏灯，如百花齐放的火树，金碧辉煌。新年时，宫女们也可以着罗绮锦绣衣，戴珠翠、施薄妆。

昭颜在御座上，夕莲和卢太后各坐一旁观赏胜景，往下依次是各级妃嫔。台子上，咿咿呀呀唱着杂戏，宫里难得如此热闹，乐声与宫嫔的嬉笑声飘于夜空。焚香燃鞭炮之后，皇上赐宴，妃嫔依次上前祝酒，道吉祥话。

按宫中惯例，这一夜是要守岁的，直到初一五更时，皇上率百官上祖庙祭告，然后出席大朝会，筵请外藩使节。夕莲因有孕在身，先行回寝宫歇息，昭颜有几分担心，便叫福公公也跟回去。

寝宫里，几名宫女正忙着换帘幔，不想皇后会这么早回宫，顿时慌了手脚。

夕莲好奇地问："这是做什么？"

"回皇后娘娘，这是西蜀国使臣送来的新年贺礼，皇上吩咐奴婢们尽快换掉德阳宫所有的帘幔。"

夕莲轻轻挽起一条，触感丝滑，色彩如夕阳照耀下的霞光。叹道："多好的材质、多美的颜色！"

"是西蜀皇宫御用品烟霞锦。"

夕莲兴致勃勃转了一圈，发现床帐里层加了幅羽帘。

"这是凤羽帘，据说是西蜀女帝御用的。"

夕莲在床前拨弄着羽帘爱不释手，可是西蜀国为何送如此贵重的贺礼？或许大褚的使臣也带去了重礼吧。

福公公和蔼笑道："皇后喜欢便好，这是皇上挖空心思弄来的。"又转身对侍婢说："天色不早，伺候娘娘就寝，不能误了明日的时辰。"

侍婢应下，搀了夕莲先行沐浴。

岁首大朝会仪式在正殿举行，皇上、皇后郑重出席，座后设仪仗、羽扇，侧堂屏后奏雅乐。鸣鞭卷帘，百官在御前列队，向皇上贺岁，诸国使臣献礼朝贺。

整天保持一个姿势下来，夕莲腰酸得慌，却连眉头也不敢皱一下，面上维持着和煦的笑容。终于熬到赐晚宴时，众人的视线转向台上的乐舞和百戏，夕莲才有机会歇歇气。昭颜伸手在她身后轻轻拍了拍，嘴唇微启道："辛苦了。"

夕莲不动声色背过手将他的手打下，声音从微微笑着的嘴里挤出来："以后再也不来了！"

昭颜笑了，万盏灯烛下，他们像一对幸福的眷侣，笑容粲然如蓝幕中散开的烟花，转瞬即逝的美丽更让人分外珍惜。他从八岁起便讨厌新年，唯独这次满心欢喜。

仪式结束后，亥时已过，夕莲昏昏欲睡，坐在镜前任由侍婢卸妆。新换的帘幔一条条垂着，宛若霞光，轻不胜风。人一过，翩翩然。昭颜脑中迷醉，穿过旋舞的流苏帐，将她抱起来，夕莲在他怀中眯着眼念了一声："好美……"

他就知道她会喜欢，微醺的面庞不由多了几分得意。

夕莲半睡半醒，望着茸茸的羽帘，脸上浮现一丝难得的俏皮，娇声道："这个真好看！"

昭颜微微眯着眼拥紧她，一手抚上她的肚子。他从不知道，原来喝了酒以后，胆子会变大呢……怪不得人说酒能壮胆。

夕莲眨了眨眼，歪着脑袋问昭颜："西蜀国女帝御用的，怎会轻易送人？你怎么弄来的？"

他想也没想便答："西蜀与……与大褚……交好多年，只因早年联姻……"

"怎么联姻？"

"当年……西蜀有难，向我大褚求、求援，便送了、小公主……来联姻。也就是从前的……林皇后，朕、从未……见过……"司马昭颜从没在夕莲面前说过长句，现在却一发不可收拾，直到夕莲惊醒、睡意全无，他还在呢喃着，"是被东太、太后设计陷害的，一直在乌镜台……你见过她，还帮她带了口信……"

夕莲惊疑不已，林太后居然是西蜀公主？

西蜀与大褚交好多年全靠她的维系，可她却一直被困在乌镜台。上次林太后叫她带口信给福公公，说她想打听家人的消息，可她的家人都在西蜀皇宫才是！难道那封信里会有别的要事？

夕莲挣出司马昭颜的臂弯，想越过他下床去找韦娘，无奈自己身形臃肿了不少，行动不便。

昭颜似乎已经深深入梦了，却侧身揽住夕莲，温柔细语："听话、夕莲……夕、你也要听话，千万……不要学你母后、那样顽劣……"

夕莲懵懂地望着他微微张合的唇，不明白他在说什么，只觉得方才还惶惶不安的心忽然恢复了宁静。也罢，明日再找韦娘问问。

一大早，夕莲还在睡梦中，韦娘就被太后传去了。夕莲内心对高深莫测的太后是极度恐惧的。她总觉得，若是不小心惹了她，背后随时会被插上一把刀。太后单独召见过韦娘好几次了，每回说了什么韦娘都是敷衍她。

夕莲不耐烦推开侍婢："好了好了，不用珠钗了！"

"娘娘，束带还没系好！"

夕莲又停下，任侍婢将一切打点妥帖，迫不及待地往太后殿去。

凛冽的风一层层裹上身子，宫人们都缩着脑袋行色匆匆，夕莲不由自主用两片宽袖挡在腹部。寒风在太后殿前戛然而止，夕莲皱着眉回望一圈，嘴角露出一丝嘲讽，难道连老天都惧怕强权？

她进入太后殿无需等通传，侍婢一路小跑先进去通报，她径自穿过正殿。冬日暖阳透过窗棂，光线所及处，都能看见细微尘埃的浮动。她一路走过，那些尘埃便疯魔乱舞，如她的心绪般。

走到这条回廊的尽头，右拐就到了，夕莲脚步匆匆，这时候迎头撞上了一人。她惊呼出声，看清是韦娘后心头大石总算放下了，紧握住她的手问："太后又找你来做什么？"

韦娘近日劳累，双眼浮肿，笑容还是一如既往的温和："没事，大年初二来请个安。"

夕莲狐疑地盯着她问："上回呢？她总是找你做什么？"

韦娘略略垂了头，轻声道："没事，夕莲，你多来陪陪她。太后……她需要人陪伴。"

夕莲抿嘴摇头。

韦娘双眉微蹙，心中叹了口气，携了夕莲沿着回廊慢慢往外走。每经过一扇窗，一明、一暗，照在她们身上光影轮回，如朝夕相依的流年，总有走到尽头的那一天。

见侍婢远远在殿前候着，夕莲趁廊里无人，轻声问："林太后从前是西蜀公主？"

韦娘淡淡答："是吧。"

"那为何要打探家人消息，应该都在西蜀皇宫才是。可惜信件不小心烧毁了，也不知道是否有要事？林太后对我有恩，我应该帮帮她的。韦娘，我再上乌镜台去问问好吗？"

韦娘睫毛颤了几下，按住夕莲的小臂，低声道："别闯祸了，林皇后当年风光大葬，天下皆知。况且，乌镜台不是你随便能去的。进去的人，只有你一个出来的……别想了，好生顾着自己吧！"

夕莲恍然明白了，为何乌镜台的人都不会说话……

隔着一道高高的红木墙，卢太后面带寒霜。她与夕莲并排走着，只隔了一道墙的距离。她好像永远也不可能冲破那阻碍，去牵住夕莲的手。高耸的云髻上垂珠轻轻晃了晃，她语气如常："给哀家盯紧乌镜台。"

她身边最年长的宫女应道："是，奴婢去安排。"

新年之后最热闹的节日便是上元灯节，夕莲永远也忘不了，正是一年前与司马昭颜在华灯下的偶遇，酿成了这一生的错误。恰好不久后有校场阅兵，规模宏大，司马昭颜事务繁忙，夕莲便和韦娘一同在寝宫里窝着。

"从前你最爱这日了，烟花异彩，你喜欢各式各样的花灯、喜欢糖葫芦……"韦娘轻轻抚着夕莲的额头。

夕莲枕在韦娘腿上，笑容明媚："是呢，父亲不让我吃糖葫芦，不过，予淳哥哥会偷偷给我买的！"

无意提到予淳，夕莲的心忽然空落落的。每年的上元灯节，他们在花灯丛中穿梭，灯光如薄纱，朦胧而又细腻。他第一次吻她的时候，在一朵莲花灯下，她纤细的手指拼命揉搓手中的绢帕，紧张和羞涩来得那样甜蜜。

"去年元夜时，花市灯如昼。月上柳梢头，人约黄昏后。今年元夜时，月与灯依旧。不见去年人，泪湿春衫袖。"她不知道，诗一出口，那种刻骨的相思便从心底开花，蔓延至眼角眉梢。夕莲幽幽闭了眼。

韦娘看时辰该传膳了，可她凝眸望了眼远处的宫阙，问道："去给太后请安吧？陪她晚膳，今日怎么也是上元灯节。"

夕莲懒懒坐起身来，满不情愿："我不喜欢她，我们俩一起用膳便好。"

"夕莲，太后是极宠你的……"

"我不要她宠，她害了许多人，心肠必定不好。"韦娘的气韵如白玉般圣洁，可是她为何总是帮着太后？夕莲表情不悦，"韦娘，你和太后究竟什么关系？"

韦娘神情一怔，摸了摸夕莲隆起的腹部，叹道："人之初，性本善。她也是没办法……夕莲，不要这么说她。我与她认识多年，涉世之初，她何尝不是天真烂漫的明媚女子？只是，造化弄人。"

夕莲反驳道："造化如何弄人，她也不能害人。"

韦娘顿了半晌："不是这样……夕莲，你不能懂。"

“怎么不懂？韦娘说给我听，我便懂了。”

长长的沉默后，韦娘用温和如常的口吻缓缓讲述起陈旧的故事：

太后本出身名门，大家闺秀，性子却桀骜不驯。因为一次和家人闹别扭，任性离家出走。她哪里知道人心险恶，她哪里知道这样绝色的女子独自在外是多么危险的一件事？才貌双全的她，被人设计卖入教坊……你知道教坊是男人寻欢作乐的地方，她就在那时遇上了改变她一生的两个男人。

也是上元灯节，她卸下了平日浓媚的装束，打扮得像一名普通人家的女子，期盼那些稀奇古怪的面具下，藏着一张让人心动的脸。她真的遇见了，一见钟情的刻骨铭心，你能想象吗？那夜有多美……那名气质脱俗的男子，就站在华灯下书写对联，笔迹潇洒、文风俊逸。她沉浸在对方的才情中，无法自拔。

那男子是当地有名的官家公子，并不知她是教坊的艺伎，也倾心于她，二人按捺不住相思之情，时常幽会。公子也是真心待她，得知她落难教坊后，并未嫌弃。太后当时年纪还小，情窦初开，难免把持不住……二人有了肌肤之亲，更加难分难舍。只是公子家里家世显赫，断不能接受一名艺伎，于是将公子遣去国都考取功名。

他们一别，就是两年。期间，太后的琴技进步神速，并以一曲《卜算子》闻名天下。一夜独自在湖边水榭抚琴，她遇见了第二个男人。虽然只是一面之缘，她甚至想不起那人的具体容颜，却记得融融月光下，他的笛音，天下无双。

公子回来后，当了名县令，他决定不顾一切要娶她为妻，这时，她却被召进了宫……

夕莲惊呼道：“那吹笛子的人是皇上！？”

韦娘颔首：“是，她和你一样的不情愿；况且当时的后宫嫔妃众多，需步步为营，一个闪神便是性命之忧！夕莲，你比她幸运许多，太后不是蛇蝎心肠，她只是为了自保。”

夕莲懵懂地点了点头，又问：“那她的公子怎么办？”

韦娘眉梢轻颤，喘了口气答：“至今未娶。”

夕莲黯然，至少，她的公子还为她孑然一身。她的予淳却早已被迫成婚，受尽磨难，也不知此时身在何处。上元灯节，注定成就一场场寂寥的独角戏。

夕莲哭了起来，肩膀一抽，韦娘的心便要碎掉一块，不一会儿，她泪流满面。只因放不下心中的执念蹉跎了多少时间，连烛光都能闻见泪的苦咸。他们已经够可怜了，她从没有埋怨，只是期望夕莲能幸福、期望一切不要再重演。

她朱唇微启，柔若无声："夕莲，你要珍惜。"

上元灯节一向是取消夜禁的，此刻的金陵城繁华如梦。司马昭颜从校场回城，强压住疲倦，弃了马车，行走在喧闹的人流中。去年的今天，到处都是白皑皑的雪，他才从高高的楼上看见了醒目的夕莲。说起来，他也算是救了她一命，可是她从不放在心上。

御道两旁，充斥着形形色色的小摊。远处的官府大戏台有官家教坊作乐、演杂戏，顶上盘旋了一条草编的巨龙，用青幕遮笼，密密麻麻缀着无数灯烛，远远望去游龙通体闪耀。它将四周照映得亮如白昼又有何用，真正身处其中的人何曾察觉到它的存在？

一名老妇人挂着满身青面獠牙的面具忽然蹿到司马昭颜身前挡住了去路："公子，买一个吧，揭开你面具的女子，就是你天定的妻子！菩萨会保佑你们过上好日子的……"

福公公惊得推开她，"护驾"险些喊出口，昭颜及时拉了拉福公公的后襟，轻声道："莫惊了……百姓。"

老妇人依旧在喊："公子，买一个吧！"

她目光混浊，脸上褶皱似树皮一般生硬，昭颜点头说："好。"

老妇人哆哆嗦嗦取了一个下来，笑眯眯地说："这个好，是麒麟！"

昭颜欣然接下，福公公赶忙掏了银子递去。老妇人喜出望外，一面谢恩不已，一面又取了个面具下来："公子真是贵人啊！这个送给公子吧，遇见心上人了就送给她！"

昭颜本想婉拒，可低头瞥见时不禁眼前一亮。这面具是只娇媚可爱的狐狸，他心花怒放捧在怀里，笑呵呵对福公公说："像不像她？"

"公子有心上人吧？那小姐可真有福气！"

望着老妇人和蔼喜庆的笑容，昭颜却笑不出来了。他也想成为她的福气，却伤得她如此彻底……恐怕他在她身上留下的罪恶痕迹，是她挥之不去的梦魇。

他累了，这条路太漫长、太心惊，所以还是选择上了车，以最快的速度回到她身边去守着她。

九 · 醋意

夕莲每每用完膳都犯困，眼看着肚子就这么长大了。

她在躺椅上微眯着眼，手边摆放着司马昭颜送的花灯，五色琉璃为灯罩，在她脸颊上映出缤纷的光。这一切美轮美奂的暖意几乎要将她内心的坚冰都融化，听完韦娘说的故事，她忽然理解了司马昭颜那句话：世事，没有完全的对错。

昭颜背着双手嗫声走近，夕莲闻到了他的气息，眼皮懒得抬一下。

“这么晚才回，要传膳么？”

“不、不用。”昭颜移动了几步，躬下身子正对着夕莲的视线，傻呵呵地笑着，“我带了好玩意儿……给你玩。”

夕莲见他背着双手，支起身子来斜睨着他问：“什么好玩意儿？”

昭颜将两个面具都递了出来：“看！”

夕莲惊叫一声，然后咯咯笑起来：“好丑哦！”

虽然从前也看见满街都是这种面具，不过予淳不喜欢，她也不屑。没想到拿在近处瞧，竟觉得很稀奇，她夺过狐狸面具，不由分说地戴上，一面叫唤：“你看我丑不丑？滑稽吗？”

昭颜见她喜欢，心里高兴：“不丑、漂亮……漂亮！”

夕莲晃了晃脑袋：“你也戴上！”

昭颜很快也戴上了，声音从面具里发出来，嗡嗡作响：“好、好看吗？”

夕莲笑得花枝乱颤，拍着手欢叫：“好滑稽！”

昭颜在她身旁坐下，俯身逗她，模仿野兽“嗷嗷”的叫声。

他的麒麟面态端正威严，夕莲一面笑一面伸手去揭他的面具：“麒麟才不是这样叫呢！”

面具缓缓被揭去，昭颜愣住了，老妇人说的话应犹在耳：揭开你面具的女子，就是你天定的妻子！

他眼里闪耀出异样的光彩，或许那句话是真的……

一刹那，夕莲的呼吸滞住了，看着他流光溢彩的笑容，怦然心动。不知从什么时候开始，他长了一副这样明媚的脸孔。她手一松，面具掉落在地，晃晃悠悠。

"怎么了？"昭颜察觉她的异样，关切询问，并伸手去摘她的面具。夕莲猛地用力捂住，生怕被他发现自己滚烫的脸颊："没怎么！我……我去沐浴！"

昭颜俯身捡起面具，望着夕莲逃似的背影茫然若失。

校场阅兵，是三年一度的盛事，从前都是由两宫太后检阅，今年是皇上亲政后的首次阅兵。

其实去了几次军营的司马昭颜心中明了，士兵对他这个皇帝是不屑一顾的。他不是能征善战的军事家，他的心血也从未耗费在军中。

卢离晟自小随军，而立之年便承接了卢太师的军权。虽然辛太后为了牵制卢家的势力，特意从官职中罢黜了太师这个职位，卢家还是照样掌控了天下兵马大权。卢元帅在军中和民间的威信极高，不是自己一道圣旨便能左右。

昭颜坐在高高的台上，茫然看着下面黑压压的阵块，听着震耳欲聋的鼓声。他似乎永远也不可能亲自指挥大褚国的军队，必须假手于人，这个人应该选谁呢？

他手下文臣居多，朝中武官几乎都是早年卢太师的门徒。若真在主校场进行阅兵，发动兵变简直易如反掌，只不过名不正言不顺，卢家也不太敢轻举妄动。

远在城外的鼓声震天，在宫里都能隐约听见几分，韦娘听得心慌慌，夕莲却心无旁骛绣着花。她难得能静下心来绣花，韦娘也不知她哪里冒出来的念头，说要给孩子绣肚兜。看着她莽撞的针法，韦娘更加心慌，恨不得一把夺过来自己绣。

一名宫女托着一方木盘进来请安："娘娘万福，这是太后命奴婢送来的信件。"

韦娘起身迅速取下："好了，退下吧。"

夕莲眼有些花了，打了个呵欠，恹恹道："她有什么直说好了，还写信做什么？"

韦娘迟疑地打开，扫了一眼又匆匆合上，还没来得及开口，信被夕莲抽走了："给我瞧瞧她整日找你说什么悄悄话？"

信上没有称呼、没有落款，唯有以苍劲熟悉的笔力写的一首《诗经·式微》。

式微，式微！胡不归？微君之故，胡为乎中露！

式微，式微！胡不归？微君之躬，胡为乎泥中！

那墨色浸透了纸，似是要滴出来一般，夕莲的手猛烈抖了起来，轻声呼道："予淳，你在哪里？你在哪里……"

胡不归？胡不归！

"夕莲，给我！"韦娘夺了信去弃之炉火中，夕莲望着那一瞬燃起的火光，泪如雨下。曾经的山盟海誓、那些刻骨铭心的爱再也没有了，他们注定对抗不了皇权！从前傻傻祈盼过，如今总算清醒了，一旦进宫，便再也没有后路可以退，她只能听天由命……

"韦娘，我要去求他，不能这样对予淳哥哥！只要让他回来过上从前的日子，我什么都愿意做！"

韦娘紧紧捂住夕莲的嘴："夕莲，他没事，如果真的有事，便不能给你写信了！他只是告诉你，你们今后可能没机会见面了……"

夕莲的泪水止不住往下淌："是这样的意思吗？他想告诉我，他永远也回不来了？我去求皇上也不行吗？"

"他是皇上，你不能一而再、再而三地违逆他！江山是姓司马的，予淳犯的罪注定了他永远不可能回朝！"

夕莲怔住了，脑里萌发出一个可怕的念头，如果江山易主，他是不是就能回来了？她为这个念头惊恐不已，捂住脸喃喃起来："大逆不道，大逆不道……我不能这样想！"

她的日子就要这样过下去吗？心甘情愿地睡在司马昭颜身边，夜夜缅怀一去不返的纯真记忆……

日暮时分，司马昭颜才回了寝宫，风尘仆仆，迫不及待地进了浴房想一洗疲惫。映入眼帘的是一片旖旎春光，她的背脊中间那道弧度，优雅如初。热气腾腾升空缭绕出各种妩媚的形状，迷乱了他的意识。

听见侍婢的请安，夕莲才警觉转身盯着他问："皇上进来为何没人通传？"

昭颜邪邪笑了，皇上与皇后共浴，似乎是合乎常理的事情。他径直朝里走去，一面说："更衣。"

夕莲凤眼怒瞪，走也不是留也不是，见他衣裳就要褪尽，赶紧闭了眼。

偌大的浴池，他们一人一头似乎也互不干扰。夕莲面容清冷，心里默念着式微，越念越凄楚。殿内忽然飘荡起一阵空灵的笛音，夕莲一怔，定定望着濛濛雾气中的司马昭颜，他双手举着横笛，神情专注。

这曲叫《采莲子》，也不知他是不是别有用意，夕莲粗暴打断他："我不要听！"

昭颜停下了，手颤得厉害，他极少如此为自己争辩："我……用心学的，送给你！"

夕莲冷嘲热讽道："用心？你以为用心就能学好么？没天分，再用心也是枉然……"

她眼角依旧斜斜上挑、眉尾高扬，冷冽的目光似是要刺破他心底最脆弱的东西！昭颜蓦然发现她原来是如此的尖酸刻薄，自己就算再退让、再卑微，都永远消不去她心头之恨！

他木然起身，夕莲紧紧捂住双眼，听着他身上的水滴滴答答落了一路，听着他在附近窸窸窣窣穿好了衣物，她才松了口气。转头看，已经无人了，空有一室的流苏帐，纹丝不动。

司马昭颜猛灌了酒壶中最后一口酒，呛得双目通红。书房里充斥着闷人的莲香，他忽然烦躁不堪，站起来摇晃了几步："去……观星……"

今夜无月，无风，宫人点着灯在前方领路，昭颜眼前只有昏黄一片。他不知道这样的夜里，去观星台做什么。或许只有那里还留了些美好的回忆吧……于是迈着深深浅浅的步子，朝回忆中的她徐徐而去。

空气还是冰冷的，吸下去好像有无数小冰凌狠狠扎他的心。恍惚间，耳旁忽然传来遥远的声响："皇上万福！——"声声回荡。

他举目张望，不远处的宫门口站着几名宫装女子，面容模糊。

福公公道："皇上，合阳宫。"

司马昭颜正准备收回视线，继续往前走，脚却像被钉住了。灯盏下，一名身穿火黄狐裘的女子分外惹眼，昭颜嘴角挂着嘲讽的笑意朝她走去，问："天……不冷，穿这个、做什么？"

她目光坦荡答："因为皇上喜欢！"而后娇柔浅笑。

昭颜眯了眼睛，其实，女子笑起来都差不多，为何他非要看夕莲笑？

“你叫……什么？”

“臣妾秦献珠。”他看不出她故作纯真的眼底究竟藏着什么。其实这样的女子多好，会讨好、会假笑、会耍媚……

他伸手捏住她的下颌，和夕莲一样的尖削：“朕觉得……冷，扶朕进去。”

秦献珠眼里闪出一抹难以掩饰的狂喜，搀过摇摇欲坠的皇上。

福公公愣了会儿，赶忙朝身边内侍低声吩咐：“今日记档，合阳宫千行殿秦昭仪！”

春寒料峭，夕莲还是忍不住要出去寻他。不过是去了观星台，怎么两个多时辰还未回？她临出门前又问了句：“确定是去了观星台么？”

“是，娘娘，奴婢听福公公说的，步辇去的，未用车。”

夕莲身形臃肿，挪着步子小心翼翼上了辇车。她抬头看了看，今夜没有月亮，星星也稀疏得很，他去观星台做什么？车帘的铁挂钩撞击着镀金铜杆，声音清脆，在清冷的夜里洒下一路欢快的叮当声。车轮却“吱嘎吱嘎”闹得人心里烦躁，远远瞥见合阳宫门前的仪仗和羽扇，夕莲诧异喊道：“那边那边！拐弯！”

迎头匆匆走来一名内侍，行礼道：“皇后娘娘，福公公正巧让奴才回德阳宫禀报，皇上今夜在合阳宫就寝了，由秦昭仪侍寝。”

夕莲淡淡笑道：“秦昭仪？哪个秦昭仪？我去瞧瞧！”

“皇后娘娘，不可啊！这……不合规矩……”内侍的声音在夕莲灼人的目光下越来越微弱。

夕莲的笑容渐渐凝固，她似乎意识到这是真的。不是他在故作姿态么？不是他想激她的伎俩么？侍寝？他临幸了别人……皇上临幸嫔妃，不是再正常不过的事么……

她脑里一片空白，口里念：“去看看……看看。”

辇车继续前行，她控制不住急促的呼吸，孩子猛地在肚子里踢了一记，从背脊传来一阵凉意，好像是冷、好像是疼。韦娘发现她面色苍白，紧张问：“怎么了？哪里不舒服？传太医吧？”

福公公大概接到消息了，出来候在宫门口，恭敬地道：“皇后娘娘，皇上已经就寝了，若没有要事，明日再商议吧？”

夕莲咬了咬嘴唇，也不知哪里来的力气，喝道：“谁说没要事？”

她大腹便便下了车便要往里进，福公公一干内侍却死死挡住宫门。

"皇后娘娘，不能进，这是宫规。"

夕莲气得浑身发抖，腰部忽然一阵剧痛，双腿发软瘫了下去。韦娘惊呼："怎么了？动了胎气？快传太医啊！"

福公公傻眼了，赶紧吩咐奴才去叫太医，一面叫人将皇后扶进去。越想越发慌，这皇后若有个三长两短，可要人命了！

昭颜听见福公公的唤声，勉强支起身子，头痛欲裂。锦衾滑至腰间，凉意袭来，他惊觉自己居然一丝不挂！侧头打量身旁的女子，不是夕莲……那么，他这是在哪里？

"皇上！皇上！"福公公急急唤道，"皇后出事了，暂且安置在中林殿！"

"她怎么了！？"

"恐怕是动了胎气……"

司马昭颜打了个寒噤，慌忙抓起衣服胡乱一穿，来不及穿鞋便往外冲。她怎么会到合阳宫来？该不是自己酒后糊涂宠幸了别人惹恼了她？她在乎吗？她真的在乎吗？

这是他曾经住过的寝殿，床帐还是一片晃眼的明黄，夕莲躺在其中，双目紧闭，脸上没了血色。昭颜踉跄扑倒在床沿，急切问道："太医！有无大碍？"

"略略动了胎气，还好还好……皇后娘娘千万要控制情绪，老臣去命人煎药来。"

太医前脚刚走，夕莲猛地坐起身来拽着枕头直直往昭颜头上砸去，一面哭喊："你走！我不要看到你！衣冠不整的你在这儿做什么？！"

福公公大惊失色，却见皇上赔着傻傻的笑脸替皇后擦眼泪，一个劲地道歉："朕错了！夕莲，我错了……别哭、别哭了……"

韦娘在旁按捺不住焦虑，大喊道："别哭了，不然，你肚子更疼！"

夕莲立即停止了号啕，边抽泣边说："真的很疼，他踢我……"

昭颜闻言心中惊喜，附耳在她腹部倾听，夕莲一脚踹在他敞开的胸膛，将他踢倒在地："你走开！你身上还有别人的香气，我讨厌你！讨厌！"

福公公扶起皇上，捏了把汗，硬着头皮上前道："皇后娘娘怪老奴吧，是皇上饮酒过量认错人了，将秦昭仪错认成皇后！是奴才的错，不该让皇上喝多！皇上心里只有皇后娘娘一人而已！”

昭颜转过身对福公公挤眉弄眼：“明明知道……朕喝多了，认、认错人，都不加以……阻止！罚！”

福公公反应迅速，立刻跪倒在地，使劲往自己脸上扇了两耳光：“奴才知罪！望皇后娘娘饶恕！”

夕莲一惊，顾不得自己梨花带雨的花脸，要下床去扶福公公：“福公公，不要如此！快起来！夕莲受不起！”

韦娘几步上前按住她：“你别折腾了，我这条命都要被你折腾了去！”

福公公瞟了眼皇上的眼色，继续演苦肉计：“娘娘若一直生气，奴才便一直跪着，直到娘娘消了气为止！”

夕莲使劲摆摆手说：“我不气，不气了，公公请起来吧！”

福公公心里谢天谢地爬了起来，司马昭颜面带愧色朝他笑笑，福公公面带忧虑道：“皇上，这样容易受凉，老奴去提靴来。”

夕莲垂目一扫，发现司马昭颜赤着脚，现时的地面应当冰凉刺骨吧？一想起他刚从另一名女子的被窝里爬出来，她气不打一处来，喝道：“去哪儿？不许去！”

她板着脸，昭颜却依然赔着笑，总算不闹了，他在床边坐下，挥手退下所有人。昭颜意识到自己犯了错，她生气了，简直是大发雷霆。她怀着孩子，他却宠幸了别人……似乎对于帝王来说，这很正常，不过他想做一名普通的丈夫，只宠着自己的妻子。

他诚心道歉：“对不起，我……真的……”

“别说了！”夕莲扭过头去，“你的呼吸都带了讨厌的香气！”

昭颜蓦然发现，她心里其实是有他的，不然为何三番两次醋意大发？或许连她自己都不知道吧……她竟然如此霸道，不让他碰她，也不让他碰别的女人……司马昭颜心花怒放，又愁容满面，这回可不知怎么才能化险为夷！

汤药不一会儿就呈上了，韦娘递到夕莲嘴边，她执拗撇过头：“我不喝！”

韦娘快愁死了，望了眼身边的福公公，福公公也摇摇头，对于皇后他们总是无计可施。

屋里安静得出奇，似乎大家都不知该怎么办了。这时，司马昭颜猛地捧起她的脸，不由分说吻了下去！还是那样的柔软，和记忆中一样香甜，他吻她的机会为数不多，于是用尽了力气。

夕莲大惊，挥舞着拳头在他身上一顿好砸，他的舌狂野地侵入了她的口，完全打乱了她心跳的节拍。

一旁的韦娘惊讶地瞪大双眼，福公公却眯着眼笑。

霸道的扫荡后，昭颜松开了夕莲，冷着脸问："喝不喝？"

夕莲惊魂未定擦擦嘴，慌乱点头应道："我喝，我喝！"

可再对上司马昭颜的双瞳，她的脸止不住发烫，赶紧将汤药一饮而尽。搁下碗，昭颜又屏退了左右，夕莲紧张地盯着他问："你又要做什么？"

昭颜掀开锦衾钻了进去。夕莲下意识往里缩了缩，方才他在众目睽睽之下那样对她，她心有余悸。司马昭颜从不是随便的人，难道一夜风流之后就性情大变？夕莲一想起来就恼怒，背着他躺下了。

昭颜伸手握住她的肩，夕莲扭了几下，哽咽道："你别碰我……你去找那个秦昭仪吧！"

"夕莲……"昭颜心中一紧，急急将她搂住，在她耳边柔声道，"我错了，我再也不会……保证、只要你，除了你，谁也不要……"

他的气息从她的耳后拂过脸颊，痒痒的、麻麻的，夕莲无端端觉到心酸，转身埋在他赤裸的胸膛上哭了起来。司马昭颜是皇上，从前他也有琴儿，现在有别人了，她为什么感到这样难过？甚至有一种被遗弃的委屈……她怕什么？失宠？她从来没想过要得到他的宠爱，或许过去的一年，她已经习惯了、已经在他的脉脉温情中迷失了自己……

"夕莲，我喜欢你……只喜欢你一个……"

夕莲懵懵抬起头，满面泪光。予淳也说喜欢她、说她是天底下最美的女子、说这一生能得她相伴是最大的心愿……可是，"只喜欢你一个"这句话他没说过。

她带着浓浓的鼻音反问一句："就我一个么？"

昭颜拭干她的泪痕，认真答道："嗯，我只喜欢你，只要你！"

他的心跳很快，几乎要蹦出胸膛，君无戏言的承诺他说过很多，但关于爱情的誓言，却是第一次……昏暗的灯光下，夕莲痴痴看着他，忽然说了句："君无戏言！你若是要了别人，我才不给你生孩子！"

昭颜将她紧紧搂住，内心充满感激，她不恨他了，能等到这一天，上天总算待他不薄！

夕莲在他怀里闷哼了声，嚷嚷："他又踢我了！"

昭颜欣喜地伏在她肚子上侧头听，仿佛在听世上最顽强的生命动迹，这个小生命是他的希望、爱情的希望、大褚国的希望……

福公公领了人抬着几个大熏炉进来，见皇上正聚精会神趴在皇后肚子上倾听，便没请安，放置好后悄无声息地退下了。

十 · 麝香

窗外，几枝桃花悄然抽了新芽，绽了花苞。夕莲深深吸着早春陌生的气息，蓦然发现天气已经暖起来了。在合阳宫大闹了一场，夕莲事后方知自己失态，堂堂皇后争风吃醋的谣言传遍了朝野。尽管夕莲一直在否认："我没有吃醋，韦娘，我不是在争风吃醋！"

韦娘也只是笑着。

除了合阳宫那一夜相拥而眠，夕莲还是警惕地与司马昭颜保持着距离。虽然窝在他怀里也挺舒服的，但是……

她的脸颊莫名浮现出红晕，嘴角浅浅弯了上去……那日醒来，她痴痴盯着他的胸前的肌理，竟忍不住伸手去触摸，一直游走至他腰间，轻轻环住了。如今他的腰可比自己的窄多了……

"笑什么呢？"

夕莲敛去了娇态，俯身请安："臣妾恭请太后金安！"

太后一怔："免礼。"

夕莲被阳光衬得精神焕发，不似前一阵那般死气沉沉。太后在她身侧坐下，问："找我有何要事？"

夕莲目光迟疑垂下，盯着自己的手指尖，嗫声问："那信……是他送进宫的么？"

"是元帅所托。"

“他在哪里？”夕莲急切抬目与太后相对。

“躲在一处安全的地方……”太后嘴角抽了一下，双眼微眯，“司马昭颜如此工于心计，我们小看他了！”

这话让夕莲吓了一跳：“太后为何这样说？”

“以后你就知道了！”卢太后满心不悦，盯着夕莲一字一句地说，“你别忘了，他是敌人，即使他对你千依百顺、万般讨好，也不能自己乱了分寸！”

夕莲肩膀骤然抖了一下，浑身发冷。虽然恨他，她却从未当他是敌人。他不是白痴么？怎会工于心计？夕莲辩解道：“我自有分寸，予淳哥哥究竟在哪里？”

“军营。”

夕莲惊得张大了嘴，他就混在军营里？前些日子的校场阅兵，他岂不是就在司马昭颜眼皮底下？

“大隐隐于市。”

卢太后呷了口茶，前边几名侍婢正在挂一幅新装裱的山水画，她看得出了神。

夕莲一时兴起，挺着肚子上前仔细瞧了瞧，墨迹清新华润，定是刚作不久的。墨香里夹杂了一种薄凉的气息，有几分熟悉。她凝神想了会儿，实在想不起，随口问道：“这是什么味？”

卢太后回过神来：“墨香吧？”

“不是，另外一种气味。”

卢太后惊觉这画非宫内所作，急忙拉开夕莲：“是麝香！”

夕莲懵了，记得林太后说麝香可以用来堕胎……她喃喃地问：“怎么会有麝香？”

“墨块中都会加入少量冰片、麝香作香料，无妨。只不过宫中的墨都是特制的，不会采用麝香。”

夕莲眼睛转了转，略带试探问：“这不是宫里的画？”

卢太后不应，只说：“这样少量没事的……夕莲，你六个多月了，日子不远了。先安心将孩子生下来，予淳的事，你别操心了。”

夕莲若有所思地点点头，满腹疑虑正要退下。卢太后忽然又叫住她，迟疑再三启口道：“卢家，添丁了……是个女孩。”

夕莲傻傻地反问一句：“卢家？”

太后转过身去叹道：“予淳，当父亲了。”

宛若晴天霹雳，夕莲一个不稳往后摔去，侍婢及时扶住。她失魂落魄走出太后殿。

予淳当父亲了……她本该伤心欲绝，却提心吊胆地想起另一件事——那阵特殊又熟悉的气息！她闻过，还留下如此深刻的印象……因为那是予淳给的啊！一路上，她闭紧双眼努力回想，脑海里闪现出一连串可怕的画面！不由倒吸了口冷气，冲入寝宫连连呼唤："韦娘！韦娘！"

韦娘总是惶惶不安，一听到夕莲这样心急火燎，更加焦虑，皱着眉问："又怎么了？"

夕莲喘了会儿气，一手撑在腰间："那个荷囊、荷囊……我放哪里了？"

韦娘眼前发昏，几乎站不稳，怎么又提及荷囊的事。

"韦娘？怎么了？那个荷囊呢？"

韦娘神情恍惚："早先就被皇上搜去了……你要它做什么？"

夕莲无力地坐下。她没记错，就是那种味道……为什么？予淳为什么要这样做？

司马昭颜戴着面具悄悄走了进来，本想逗夕莲玩，却见夕莲和韦娘都是一副恍惚的表情。他不解地问道："你们……怎的了？"

夕莲被突如其来的嗡嗡声音吓得惊叫了声，面色惨白。昭颜立即摘下面具，三两步上前扶住她，急切问："夕莲，怎么了？"

韦娘也醒过神，诺诺道："没事，皇上……"

夕莲却死死抓住昭颜的手，眼里有几分惊恐："那个荷囊，那荷囊里是不是有麝香？"

昭颜脑里"嗡"的一声炸开了，她不知道？她竟然真的不知道么？

豆大的泪滴就那样从她眼里滚了出来，像断了线的珠子，她抓住昭颜的手，声音颤抖地问："琴儿是怎么……是被麝香害死的吗？"

昭颜默默点头。

夕莲承受不住，双目紧闭，泪更加汹涌而出。是她害死了琴儿，居然是她最信任的人利用她害死了琴儿和那个即将出生的孩子！

司马昭颜将她揽在怀里，心痛得无以复加，原来她从来都不知情！他报错仇了，还将她伤得那样彻底。满室的流苏帘幔浸透在融融烛光中，如一道道黄浊的泪。悔之晚矣，他早在琴儿的灵堂就已经沦为不可饶恕的罪人……

“为什么、为什么要骗我……”夕莲的拳头像雨点般捶在昭颜身上，大肆号啕，“为什么利用我？为什么要害琴儿……琴儿是我害死的，是我害死的！我要下地狱……坏人一定会下地狱！”

昭颜紧紧钳住她的手腕：“夕莲，夕莲！别这样……你还有孩子，当心孩子……”

夕莲一怔，转而小声啜泣，泪滑过脸颊，湿了他的衣襟。

“夕莲，原谅我……”

司马昭颜轻轻拍着她的后肩，像韦娘那样悉心。

“是我……该请求原谅的那个是我……”夕莲一面呢喃，眼前不断浮现年少岁月的点点滴滴。那些欢乐、那些笑声明明都是真的，可结果为何是假的？他的孩子都出世了……他还利用她对付司马昭颜，让她变得十恶不赦！

昭颜静静拍着她，直至她疲惫入睡。

一旁的韦娘才终于松了口长气，戚然起身出了内殿。她受够了，这样的煎熬究竟何时才能到头……

昭颜命人打来热水，亲自拧了锦帕，轻柔地替夕莲擦去满脸的泪痕。他强求的两次欢爱，折损了相互的尊严，扭曲成那样丑恶狰狞的脸孔，她会原谅吗？她能忘记吗？

他渐渐褪去她的衣物，为她擦拭胳膊、后背、腿脚……还有高高隆起的肚子，他笑了笑，至少他们还有个孩子呢！他伏在她肚子上，轻轻唤着“曦”，这是孩子的名字，他早就取好了，他叫司马曦。

“琴儿、不要！”夕莲又从噩梦中醒来，泪水涟涟。

“没事，是做梦……”昭颜轻声安慰，“别哭，他会不高兴。”

夕莲望着床顶的金色莲花，不敢眨眼，好似一闭上眼，就能看见一片血红。琴儿是剖腹的，一定流了好多血！她闻见了，那样腥……

昭颜的下颌顶在她额头，轻声道：“夕莲，不怪你，是他们要害、害人，不是你。”

“是我害的，琴儿一定会怪我……”她止不住颤抖，抬头对上昏暗中他熠熠发光的眼眸，“还有你，你也怪我是不是？所以你……将我送去乌镜台，我活该的，应该在那里关一辈子！”

"不。"昭颜一手捧住她的脸,"不是、不是你的错!"

如果当时他不那么冲动,认真查过以后再处理,或许他们不会落得这样……

她的脸在暗处,飞扬的眼角却折射出悲痛的悔意。

帐外只有一盏灯,透进朦胧微弱的光,他听着自己狂烈的心跳,低头覆上她的唇,汲取莲香。

他想弥补,乞求她原谅、乞求她遗忘……

他摸出枕下的红绡,遮住她的眼,因为那目光太晶亮,照得他羞涩无比。

夕莲轻喘,止住他探入她衣襟的手:"不要……当心孩子。"

"我会小心……"昭颜无所顾忌地笑了,反正笑得再傻,她也看不见。触到她的身体,他几乎抑制不住迫切的欲望,却又想为她带去更多的欢愉。

夕莲招架不住,迟疑地问:"真的可以吗?"

他自小在御书房里窝着,几乎将大褚书库中所有的书都翻了个遍,历代传下的这类书尤其多,他轻咬吻她的耳垂:"放心,我比你……还在乎他。"

意乱情迷……她第一次体会到那种坚硬的节奏如此奇妙,在她身体里泛滥、泛滥成灾。不知究竟哪处来的潮水,将她淹没得快要窒息,于是发出呼救般的呻吟。她微微抬起手臂、张开五指想从空中抓住什么……

柔若无骨……仿佛连大地都失去了依托,他在柔若无骨中堕落、在莲花香气中迷失。他全心全意要从她身上磨灭曾经的罪恶,烙下新的印记。要向他们的孩子证明:看,你父母原是相爱的,他们是如此深爱彼此……

她的呼吸急促到了极致,禁不住一阵战栗,任性哭喊着,"昭颜、昭颜!救我!"

他低吼出声,身子僵直,十指插入她的指缝紧紧交缠。

床帐中弥漫着一股新的味道,夹杂了他和她。

红绡下,她的眼眶湿润通红,手指还紧紧扣在他手背,渐渐平复声息。

"皇上,娘娘怎么了?!"

帐外响起福公公急切的声音,昭颜堵住夕莲半张的嘴,哭笑不得:"没事,出去。"

他的声音因情欲略显低哑,福公公当即反应过来,暗自懊恼,自己在皇帝身边当差多年,竟犯这样的错误!也不答话,悄悄退了出来。

夕莲自己扯去了红绡，直愣愣地望着昭颜，他额前几缕发散落，略湿。

她怯怯地说："放开……"

昭颜抿嘴一笑，抽身而出。夕莲不知如何面对他，索性将脸埋了起来。

他从后面搂住她，拥衾共枕，方才的欢愉还在身躯四肢游走。他温暖的手掌覆在她腹部细细摩挲，夕莲舒心地闭上眼，感受后背一大片炽热的肌肤，原来这就是肌肤之亲……她浑浑噩噩睡去了，很香甜。

司马昭颜走出御书房，脑里还在回想右相大人说的话，迎头撞见在门外踟蹰许久的福公公。

"有事？"

福公公笑眯眯地应道："哎，皇上，方才太医来为皇后请脉了。"

昭颜停下脚步问："她怎么了？"

"没，皇后很好，胎儿也很好！"福公公笑答，又支支吾吾，"只是，太医提了点意见……"

福公公说话一向迂回，昭颜猜，这话一定非常难说出口："说吧。"

"呵呵……太医大人只是建议，皇后虽然身子底不差，不过怀胎中还是不要太激烈的好……"福公公轻声说着，不敢直视司马昭颜。

"哦？"昭颜嘴角含笑，"太医……怎知？"

福公公赔笑道："昨夜不是记档了么……"

司马昭颜斜了他一眼："记档？孕中记档？"

福公公捏了把汗，还是如实道："是奴才告诉太医的，奴才有责任向太医院报告皇后的情况……而且奴才也关心龙胎，这个……皇上可以招幸嫔妃，广施福泽，让皇后好好养胎……啊，不！"福公公只是顺着太医的话说，忽然反应这话不对，赶紧闭了嘴。

昭颜笑得双肩抖起来，向来精明的福公公也有糊涂的时候，招幸嫔妃，不是找难受么？他拍了拍福公公的肩："放心，朕、自有分寸。"

福公公长吁口气，皇上少年老成，懂的事也格外多，希望他真的有分寸吧！

夕莲整日都躲在内殿，自从太医说了那句话，她羞愧难当，再也不想出来见人了！她一手捧着没绣完的小肚兜，心烦意乱，捏着针无从下手。

“为何不用膳？”司马昭颜的声音从外面传来，夕莲将手里的东西一扔，匆匆爬上床去，一边盖上被子一边对韦娘说：“我睡着了，就说我刚睡着！”清晨她也是装睡，等司马昭颜上朝之后才起来。

昭颜掀帘而入，探头看了看，问韦娘：“她……怎么了？为何不用膳？”

韦娘只好答：“刚睡着。”然后退下了。

昭颜拨开羽帘，见她的眼睫闪了几下，温柔地说：“起来用膳。”

见她没反应，昭颜俯身在她唇上轻啄，夕莲猛地睁开眼，红着脸推他：“不要，你去找别人吧！”

“别人？”

“秦昭仪、什么昭仪的都行，反正别来烦我！”她横眉竖眼，嘴撅得老高。

昭颜揽过她的肩：“君无戏言，忘了？我只要你一个……”

夕莲满脸委屈地转过头正对他：“太医说了，我要劝皇上广施福泽，让皇室子嗣兴旺才好！反正秦昭仪你也要了，不如再多要几个！”

昭颜听出几分醋意，忍俊不禁，夕莲怒视他：“笑什么？”

“没有……”他清了清嗓子，“孩子，饿了。”

夕莲摸了摸肚子，饥肠辘辘。

“我也饿了……”他话音刚落，细碎的吻便落了下来，柔和地掠夺、委婉地索取。

夕莲一面躲避一面忙不迭含糊地应道：“好……我去用膳……”

夕莲垂目坐在桌前，小口吃着东西，似乎觉得所有人看她的眼光都不对劲，再看司马昭颜似笑非笑的表情，脸颊就莫名其妙地红了起来。昭颜无意中瞥见，发现他的狐狸精除了飞扬跋扈还有如此羞怯的模样，惹人垂怜。

昭颜见她拘谨，便屏退了左右，只留亲近的人伺候：“这菜……是西蜀……御厨做的，尝尝。”

夕莲点点头，听到西蜀，她忽然想起林太后的事，迟疑地开口说：“林太后对我有恩，我想上乌镜台去看看她。”

昭颜感到意外，乌镜台不是能随便去的，宫规里连皇帝都不能涉足。

夕莲见他迟疑，索性放下筷子，照实说：“上次林太后托我带封信出来，可惜不小心掉火盆里烧毁了……我想去问问她是否有要事？”

“信？”昭颜诧异，“不是口信么？”

“那口信，是我照她的意思说的，不过后来我想想，或许信里还有别的事。”

昭颜颔首道：“让福公公、去处理。”

福公公应声，夕莲又补上句：“有什么事别忘了告诉我。”

十一 · 逢生

水面上星星点点散布着圆圆的莲叶，韦娘撒一把食，红鲤鱼争先恐后浮上水面。夕莲在亭内坐着休息，她纳闷，这荷花池几时成了莲花池？

她随口念道：“风乍起，吹皱一池春水。闲引鸳鸯香径里，手挼红杏蕊……”

“斗鸭阑干独倚，碧玉搔头斜坠。”

夕莲侧头浅笑，接着念：“终日望君君不至，举头闻鹊喜。”

她的发髻松松挽成，未施脂粉，一副慵懒模样。昭颜取下她手里的杏花，别在斜髻一侧。他贴着她在长椅一头坐下，夕莲顺势往后靠在他怀里。

韦娘倚着池边的栏杆，惬意微笑。

“好容易放了晴，没两日又要下雨的，金陵的雨季总是这么长。”夕莲抚着肚子，孩子五月份出生，恰好是莲花开得最灿烂的时候。

“下雨……挺好、雨中的莲花，很美。”昭颜捏住她的手，在她耳旁轻语，“我要为你、写一首曲子，叫……《雨中莲》。”

夕莲耳朵痒痒，躲了一下，嘻嘻笑起来：“你会写曲子？好呀！”她又侧头问，“这池子怎么种上了莲花？”

“嗯。”昭颜的下巴贴着她额边，“是夕莲花。”

“啊？”夕莲惊喜，夕莲花是父亲请人培育的，除了相府，别处都不能见到。

“从你家，要来的……种苗。”

夕莲心里幽然划过一丝惆怅，许久不见父亲了，不知府里的夕莲是否依旧生机盎然？

“皇上，我想回家看看。”

昭颜摇头，坚决地道：“不行。”

夕莲撇撇嘴，眉尾高挑："司马昭颜，我要回家！"

昭颜笑笑："召你父亲……进宫。"

夕莲这才给他好脸色，欢快地道："好，我下午就要见他！"

昭颜拥着她，表情如饮了酒一般微醺，原来绝处还可以逢生。待到夕莲花开的时候，他们的孩子就要降临了，如果是个女孩，绚烂如她，他会竭尽全力去宠爱；如果是个男孩，会被立为储君，为大褚皇室带来一线曙光。

福公公匆匆忙忙闯进书房，急切唤道："皇上！"

司马昭颜放下笛子，惊疑地看着福公公，问："怎么了？"

"那信，有问题！"

昭颜凝眉，林太后的信？福公公先前暗中联系林太后，林太后的回信也早已从乌镜台送了回来，他看也没什么要事，信中无非要求修葺寝宫，便交给福公公处理。修葺的工匠已然安排妥当，只等雨季过去，这会子有什么问题？

福公公捏着那信纸，展开呈上："奴才左思右想不对劲，上内务府去查了一番。果然，乌镜台的纸都是每年年初送去的，产自金陵，纸质普通。而这纸却是梁州贡品！这信根本不是林太后所写，恐怕是让人截了信或者调包了……"

调包？这种事，不用猜也知道谁做的。为何要调包，莫非林太后手里有什么把柄？昭颜闭目思量，近期，兵马有异动，几个州郡的军队都由卢元帅私下颁调令。若不是还有探子密报，恐怕这一切都人不知鬼不觉了。堂堂一国之君无法掌控军队，难怪世人说他是白痴。

昭颜决定："抽空，上……乌镜台。"

夕莲与父亲相对，却很是尴尬。

茶水换了几盅，香炉冒出的轻烟都渐渐稀疏了。有一句没一句的客气话，让夕莲郁闷至极。她不明白，为何不能像从前一样肆无忌惮向父亲撒娇耍赖。或许从入宫的那一刻，不，从嫁为人妇的那一刻起，她就不是女儿了，而是一个女人。

欧敬之端起茶到嘴边，又放下，欲言又止。不过一年而已，夕莲变了许多。她将为人母，而他要有个不期而至的外孙了，只是……她比他想象的远远要幸福。面色红润，眼眸灵动，不是他想象中那般忧思烦闷。他犹豫了，夕莲的幸福，应当比自己的更加重要啊！

“太后驾到——”

夕莲失神打翻了茶杯，太后这时来做什么？

韦娘和中书令相视一眼，俯身行礼。

卢太后依然是波澜不惊的表情，目光盯着夕莲的肚子，平平地道：“都免礼，皇后，最近饮食可好？临盆的日子不远了。”

“劳烦太后操心，臣妾安好。”

看她毕恭毕敬的态度，卢太后眼神里有几分落寞：“早前听说皇后出了点意外，哀家忙完这阵才来看看，没事吧？”

夕莲疑惑：“什么意外？”

卢太后嘴角冷笑，“皇上真是不懂怜香惜玉，都七个月的身孕，还逼迫你侍寝……”

“太后！”夕莲气急打断她，猛地从座上起身，“臣妾稍有不适，先行休息！”

虽然此处尽是自己人，她还是觉得颜面无存，拂袖而去。韦娘望着中书令摇摇头，跟了去。

卢太后站在原地发愣，明明是出自关心，为何夕莲总是这样对自己？难道在夕莲心里，她居然比不过司马昭颜么？

欧敬之望着夕莲扬长而去的背影叹道：“你总是这样？知道夕莲的性子与你一样，硬碰硬能有好结果么？”

“她从来不听我的话，他已经把她哄上天了！你都不管！”卢太后负气将茶杯使劲往地上一摔，“现在怎么办？她都向着司马昭颜了！”

欧敬之苦笑说：“连摔茶杯的动作都一样……岚儿，我们应该让她幸福。”

卢太后失神念道：“若不是司马昭颜，她早已经得到幸福了。司马家的人非要和我过不去……天意？”

“岚儿，放手吧。”欧敬之语气中带了几分哀求，“我觉得夕莲现在很幸福。”

卢太后浑身颤抖，牙缝里狠狠挤出一串话：“她哪里幸福？我放手，你们就好双宿双栖吧！你知道这些年我怎么过的？卢离晟那个混蛋……”

“岚儿……”欧敬之急急揽她入怀，“别说了，我听你的，都听你的！”

夕莲越想越难受，为何她和司马昭颜的私事会传得沸沸扬扬？她对韦娘辩解道：“他没有逼迫我侍寝，韦娘，太后为何那样说？是不是宫里的人都这样说？”

韦娘宠溺一笑：“何必在乎别人怎样说？我看到你们和和美美的就高兴。肚兜呢？继续绣吧，静下心来。”

夕莲这才展了笑颜，斜眼瞟向龙床，司马昭颜对她宠爱至极，她怎会没感觉？为了她和予淳之间子虚乌有的未来，自己挣扎反抗了一年，最后却还是……也罢，他对她好，这就够了。

乌镜台四周的水域清澈广袤，一想起来夕莲曾经一心要溺死，昭颜就心口发疼。沿着弯曲的卵石路，一片春意盎然的篱笆后，极不协调地坐落着一座大宫，如果这后面是个茅屋或者竹楼，风景反而会惬意许多。

没有侍婢通报，福公公在宫门外大喊了句：“林太后，皇上驾到！”

里面只有回音，有些骇人。福公公正打算再喊一声，惊觉侧边的树林里透过一个苍白的人影，如鬼魅般幽幽走来，悄无声息。福公公下意识地挡在皇上前面，俯身请安：“奴才恭请太后金安！”说完，眼角不停瞄去。

“福公公，多年不见，我们都老了啊……”她云髻高束，笑若春风，福公公松了口气，笑道：“奴才是老了，娘娘可没变，还是这般模样。”

林太后在昭颜身上打量一圈：“这位是当今皇上？”

昭颜颔首。

林太后忽然伸手抓住他的手腕把脉，闭目凝眉，口里说：“事隔半年才来，皇上还真是不爱惜龙体！”

福公公吓得面无血色，失声问：“此话怎讲？”

“我信上写得明白。”

昭颜迅速答：“信丢了，究竟何事？”

林太后松了手，目光惊疑：“信丢了？难怪我见公公的回信莫名其妙，原来根本没收到……那夕莲，是否可信？”

福公公顾不得什么，急忙问：“皇上龙体怎么了？”

“蛊毒！”林太后柳眉紧锁，“或许你们不太清楚，西蜀国的蛊毒天下闻名，第一次从夕莲口中得知皇上的病症，我就有所怀疑，如今诊过脉更加肯定了！就是蛊毒作祟，不过下毒之人似乎留了一线生机，不然，皇上熬不了这么多年。”

昭颜只觉得指尖颤抖的寒意渐渐蔓延至心尖，原来自己顶着一副痴傻的皮囊全是被人所害！他眼前蓦然浮现出登基那日卢太后的笑意，阴森邪恶。

十二 · 生辰

福公公呆若木鸡，居然让人在他眼皮底下害了皇上！

"蛊毒的诡异让人费解，皇上不如问问远在西蜀的皇叔，他们查起来方便多了。"

昭颜诧异，反问："皇叔？"

福公公解释道："陈年旧事了，二皇子他已经被皇族除名，称不上是皇上的皇叔。"

"这话可不对，再怎么，身上都流着司马家的血。"林太后摇头笑叹，"一个个都是情痴……他为了姐姐，甘愿抛弃所有，姐姐她真好福气。西蜀皇室对蛊术也是避之不及的，蛊术的鼻祖是清云岭，皇上小心查探，只要找出是何种蛊毒，总有解法。"

既然是毒，总是能解的，司马昭颜心头压了多年的大石忽然轻了许多。若他恢复正常了，就再也不用担心夕莲厌烦他的痴傻，没人会再叫他白痴皇帝了！

"皇上，此去西蜀路途遥远，还恐信使出意外……"

"派使臣。"昭颜语气坚定。生死天定，想不到下蛊之人会手下留情，是他命不该绝吧。

林太后若有所思地道："卢玉婵本就是西蜀人，虽然没证据，不过我知道。"

昭颜不由和福公公相视一眼，看来这个局早就设下了，事事都在他们掌控之中。先皇一向英明，怎么偏偏留下了这么个烂摊子？

"我实在爱莫能助，只能乞求菩萨保佑皇上龙体健康、大褚国运昌隆。"林太后面容清雅，举止端庄，目光平淡不起波澜。昭颜心生佩服，在乌镜台十八年，还能平和若此，非常人所能及。

回宫的路上，昭颜脑里回想着林太后问的那句话：夕莲，是否可信？

夕莲若知道信的内容就会避免提起林太后，那信，是如何掉火盆里的？若是及时拾起来，还是多少能救回一半。他不由轻轻念了一个名字："韦娘？"

大褚国为西蜀女帝送生辰贺礼的使臣队伍在细雨霏霏中缓慢出发，浩浩荡荡西行，或许在雨季结束之后才能回朝。这一段日子对司马昭颜来说是舒心的等待，所有的美好都将回归，他或许再也不用惧怕寒冷和黑暗。

夕莲闲得慌，窝在御书房一角看书，时不时抬头看看昭颜，他只需要盖玺印，折子还是照常送去太后殿。她不禁想起从前帮他批奏章的日子，也是春天，也是沾衣欲湿杏花雨。那时候的自己，仿佛纯真得耀眼。她低头看了眼肚子，又扫了眼书，忽然心血来潮，对司马昭颜喊道："呀！孩子该取名字了！"

昭颜失笑，指了指侧边墙上新挂上的一幅字，夕莲歪着脑袋看去，是个"曦"字。

"曦？"夕莲又低低念了几遍，曦：从昭字的意、夕字的音，别具匠心。她侧头看昭颜，巧笑倩兮，"司马曦？你何时想的？"

昭颜放下玉玺，含笑不语，他不好意思说，早在她进宫之前，便暗自幻想，取了这名。没想到真有一天用上了，他在她身旁坐下，用心抚上她的肚子，唤道："曦，要听话。"

夕莲懒懒地靠在他肩头，撅着嘴说："我不想大过生辰，累得紧，就不用操办了吧？"

"皇后的生辰，应当……普天同庆。"

"我不要普天同庆，我只要你陪我……"话刚出口来不及收回，夕莲心中一惊，自己何时竟有了这样直接的想法？

昭颜愣了一下，双臂拢得紧了些，应道："好，我陪你！"然后在她脸颊轻啄了一下，顿时晕开了一朵绯红的云彩。他情难自禁，低头含住她嫣红的唇。

福公公垂头闯了进去，没注意皇后也在，对着皇上日常坐的位子请安行礼。

夕莲一惊，急忙推开昭颜，起身朝外走去，髻上的步摇发出轻微铃脆的响声。福公公转身，见皇后面带飞霞匆匆而过，方知自己又触霉头了。于是窘迫地低着头，"皇上，老奴来得不巧……"

"无妨。"司马昭颜抿嘴而笑，"何事？"

“丁大人回报，清云岭地势险要，毒物遍生，常人难以进入，目前还在请求女帝陛下给予帮助。现已得知清云岭的主人姓郧，叫郧云姬，平日常在民间行医，行踪不定。”

“行医？”这是个意外，本以为行蛊术之人只懂害人而已。

“其实蛊术与医术密不可分，皇上，待丁大人找到那位郧云姬，便是守得云开见月明！”

司马昭颜长吐了口气，神情却依然肃穆。是否来得及？卢家恐怕等不及了啊……

看似简单的生辰宴，却是煞费苦心。既要排场简单，又要讨皇后欢心，福公公愁白了头发。最后算下来，这一场为皇上皇后准备的简单晚宴，也花费了不少银子。

有一台精致的戏楼只五尺见方，雕梁画栋不比真的差。顶上设数根长竿，以彩绸缠绕，各种木头雕刻的小人用细线悬于竿上，戏台后有专人操作，各种宫装女子旋转舞动，宛若飞仙。

夕莲拍手称道：“这舞姿倒不逊于真人呢！”

福公公心里嘀咕，可不吗？这是多少工匠连夜赶出来的呢！

本是夕莲的生辰，昭颜却酩酊大醉，那酒是她亲自为他斟的，能不喝吗？他的视野色彩缭乱，一手搂着夕莲，踉跄往内殿走去。若不是窗外隐约飘进来的细雨沾湿鬓角，他还以为身处明媚的百花丛，流连忘返。

夕莲轻声埋怨道：“怎么喝成这样？还以为你多能喝呢！”又转头吩咐，“这里的窗户怎么开了，下着雨呢，关上！”

昭颜痴痴笑着，摆手道：“不要关，这雨……多好！雨停了，莲花……就开了。”

夕莲愣了会儿，是啊，雨季过后，莲花该开了，莲花开到最灿烂时，曦儿就要出生了……

司马昭颜往床上倒去，紧紧拉着夕莲的手放到唇边亲吻：“你的手……真美……”

接着便将她拉入怀里，迷糊寻着她的唇。

夕莲推开他，嗔道：“早知道就不给你喝酒！醉成这样！”

昭颜目光痴缠，笑道：“为君……沉醉……又——何——妨？”

夕莲用指尖戳着他的额头，略带嘲讽地答道："只怕酒醒时候，断——人——肠！"

话音刚落，昭颜猛地起身揽过她，一手扣住她的后脑，激烈地为他苦涩的舌尖寻找丝丝甜意。夕莲一时身心俱软，如置身云里雾里，任由衣襟松散、娇喘四溢……直到孩子在腹中动弹了一下，她顿时醒过神来，低呼："等等！停下……"

昭颜已经迷乱，纯然只剩被烈酒浸泡过的情欲迸发，不过他还是听话地停下了，笑得一脸憨痴，为夕莲盖上锦衾。夕莲脸上发热，于是背过身去，不悦地道："若叫太医知道了，又要我难堪！"

昭颜嘿嘿笑着，手又不安分地在她胸前游走，夕莲径直"啪"一响打下去。昭颜的唇贴在她的后背，隔着一层薄绸嗅着她的气味，一面呢喃道："就让我抱着你、抱着你……"

夕莲掰着他的手从胸前移开："不许乱动。"

身后没答话了，剩下均匀的鼻息，夕莲小声嘀咕："睡得还真快……"忽然想起方才他痴缠的目光，心中一动，又念了句，"为君沉醉又何妨？只怕酒醒时候断人肠。"

卉木萋萋，窗前竹叶繁茂。

夕莲眯着眼在窗边的榻上打盹，耳旁时不时传来韦娘和太后的轻声谈话，夹杂着风吹竹叶沙沙的声响，困意更甚。

太后传韦娘，说要画什么花式，夕莲非跟着来了。见她们一直谈论针法、花样，她实在乏味得很，想睡又不敢睡，也不知心里究竟在担心什么。实在撑不住了，眼皮疲倦地耷拉下来，忽然又一个激灵睁得大大的，生怕错过了什么。

卢太后侧头瞟了她一眼，吩咐道："皇后的茶水凉了。"

侍婢紧接着上前换茶盅，却不小心打翻，洒在夕莲的袍袖上。夕莲惊叫而起，明知道是太后要支开她，却没办法不去换衫，只好跟着侍婢进内殿去声声催道："快些，随便给我一件！"

卢太后睨着她的背影拐入内殿后，不冷不热地说："她还真紧张你。"

韦娘低眉不语。

"你可知道他最近都在做什么？若早知你和夕莲有一天要进宫来，真该让你们学学权谋之术。"

“我不管其他事，我只需好好照顾夕莲。”韦娘嘴角含笑，“若早知有一天夕莲要进宫，当初我就该带她远走高飞！”

“你……”卢太后一时气堵，“难怪夕莲这样，都是你教的！”

“我愿意为你做任何事，可是夕莲走到今天这步，难道不是被你害的？”

卢太后狠狠地道：“那是司马昭颜命大！我们没有退路了，也不知是不是你上次出了什么岔子，这回，要万无一失！”

韦娘一惊，绣花针扎进了指尖：“什么？”

“他已经查到清云岭了，你说我们能怎么办？来不及了……”卢太后托起韦娘的手，用丝绢轻轻拭去血珠，“再帮我最后一次，韦……”

夕莲不习惯生人伺候，便教她们都在外候着，刚褪去外衣，蓦然一只大手捂住了她的嘴！呼叫未出，被死死堵住，夕莲挣脱不开，身后的人低吼了声：“是我！”

夕莲呆住了，熟悉的面容跃入眼帘，心里涌出一股惊喜，脱口而出：“予淳哥哥！你回来了！”

“夕莲……”卢予淳目光落在她肚子上，牙关紧咬。

夕莲猛地护住了腹部，往后退了两步，鼻尖又萦绕着那股血腥的味道，她挥之不去的梦魇……她嘴唇颤抖，努力瞪大双眼不让泪流出来：“你为什么要害琴儿？你利用我，为什么要利用我？”

卢予淳的脸比从前粗糙许多，五官却因凌厉而少了几分俊美，他双手紧紧捏住夕莲的肩，嘶声道：“现在无法解释，今天我只是来看看你的，夕莲，你……”他目光又落了下去，恨意凛然，“他还是得逞了！为什么？！”

他咆哮，双目通红，十指爆发出积蓄已久的怒气，似是要生生揉碎她的肩骨。

她的泪还是滚出了眼眶，无力地唤道：“放开我……好疼……坏人！我不要见到你，不想见你！”

予淳失魂落魄地松了手，身体靠在墙上一点点往下滑，泪也顺着脸颊滑下，滴在唇上比海水还苦涩：“我失去你了……已经失去你了是吗？为什么不等我，哪怕再给我半年时间！”

“你好好照顾妻儿吧……”夕莲泪眼呆滞地说出这句话，穿起外衣踉跄而出。

他弹了弹身着的内侍衣袍，流泪狂笑：“罢了罢了，就当我白等你半生年华！”

最后那句话让她的腿似灌了铅一般迈不开。从她六岁起，他等了她十年，一个人的一生，能有多少个十年……她回身朝屏风轻声念了句："罗带同心结未成，江头潮已平。"

她对他的爱恋，已经在琴儿的血海里遭受了灭顶之灾。

"韦娘！走！"夕莲面无表情地从卢太后旁边擦身而过，她感觉呼吸都在颤抖，只能用冷脸来掩饰自己的心绪。予淳、予淳这个名字还能在她心湖激起千层浪，如果不是他害了琴儿，她也不会怀上司马昭颜的孩子……她咽喉紧抽，额上冒了层细密晶莹的汗珠，再等半年又如何？难道要卑微到给他当妾吗？

她突然想念起司马昭颜，只有他的气息、他的笑颜能安抚她的心神。她寻到书房去，紧紧抓着他的手，宛若抓住了救命稻草，在他怀里没有惊涛骇浪了，他给她的世界只有安宁。

昭颜诧异，笨拙的手指触到她眼角，有点湿，他轻声问："怎么了？"

"害怕。"她声音哽咽。

"别怕。"昭颜拍拍她的后脑，心跳莫名加速，其实他也害怕。从不妄想与她相依为命，但至少现在还有她陪伴。他胆怯了多年，不习惯变得强大，即使胸怀天下也不足以弥补致命的缺陷。这一次，真的是生死一线……他紧闭双眼，闻着熟悉的莲花香，为了夕莲和曦儿，只许胜、不许败。

苦等了十几日，总算有了消息，昭颜捏着信，愁眉紧锁。

阳光中浮动着无数尘埃，默默流转，室内安静得出奇，直到响起夕莲清脆的声音："皇上，我和韦娘去莲塘，莲花开了呢。"

昭颜才缓过神来，对她笑笑，"去吧。"

夕莲在门口磨蹭了一会儿，看看福公公又看看司马昭颜，小声问："你不陪我去吗？"

福公公和颜悦色解释道："皇上事务繁忙，请娘娘体谅。"

夕莲点点头，"好，我去了。"

昭颜望着她暖黄的身影蹒跚离去，心中百味杂陈。

已经查到了清云岭传人邬云姬的行踪，丁大人回报，邬家上一代传人邬清玮早在二十二年前就已莫名失踪。据邬家祖辈人介绍，司马昭颜所中的蛊毒极有可能是幻生蚕。一般中毒之人一年之内毙命，他却活到现在还安然无恙，或许是下毒之人留了几分余力。可是幻生蚕的制毒解毒方法，向来只传庄主，邬清玮失踪之后，幻生蚕已失传。

这意味着他的毒，无人能解。昭颜突然觉得上天对他不公，忍了这么多年，本以为马上可以解脱，却还是给他一场空！他怒吼一声将书桌掀翻，墙上的字画被狠狠拽下来撕得粉碎，压抑多年的愤怒终于得到一时半刻的发泄。

福公公看在眼里，痛在心里，大声劝慰："皇上，皇上忘了先皇的遗言吗？一字记之曰——忍！"

"忍、忍有何用？！"昭颜声音沙哑、变调，父皇只预见了外戚的横行，何尝预料到堂堂太子会遭人迫害？不能再忍了、不能再忍了，"朕，要除卢离晟！要废太后！要换掉、换掉他们所有……所有的官员！"

"皇上！"福公公心急如焚，"万万不可，上次阅兵时，您也看到了卢元帅的力量，除了两支御林军，其他军队部将尽在他麾下！先皇所说的忍，并不意味着僵硬地去忍耐悲苦，而是化解悲苦，从而将其转化为风雨后的彩虹，这才是忍的真谛。"

昭颜一怔，呼吸渐渐平复。解不了毒，他便要一辈子做一个碌碌无为、昏庸无能的白痴傀儡皇帝，直到曦儿长大，他或许可以成为一代明君。可卢家的野心昭然若揭，各州军队蠢蠢欲动，恐怕他们等不到那一天……

这一输，便断送了江山，他要怎样才能赢？

十三 · 祸乱

水面上浮着淡淡的雾气，稀疏的莲花若隐若现。夕莲扶着栏杆，手指无聊地在栏上来回滑动，看明丽的阳光洒在她手上，金灿灿的。她想起司马昭颜说她的手很美，于是自己仔细瞧了一番，十指尖尖、柔嫩洁白，她嘴角晕开一个浅浅的微笑。

韦娘在身后说了声："太后来了。"

夕莲收住了笑容，转身望着徐徐走来的卢太后，小声嘟囔："她来做什么？"

"皇后是该多晒晒太阳，对孩子好，将来啊，活蹦乱跳。"卢太后微微笑着，仿佛想起了什么甜美的旧事。

夕莲客气地答："是，臣妾也希望他将来身体强健。"

卢太后笑道："男孩体魄强健点好，女孩或许柔弱些较惹人怜。"

"这就是个男孩。"夕莲也没多想，随口答道，"将来，他就是皇帝。"

太后眼里露出一丝避之不及的惊诧："谁说是男孩？"

"我啊。"夕莲拍拍肚子，歪着脑袋说，"我是他母亲，当然由我说了算！"

卢太后失笑，在石凳上坐下，一面嘱咐韦娘："虽然到了夏日，不过皇后还是不要坐石凳的好，太凉。"

"奴婢谨记。"

"韦娘，你煮的花茶格外香。"

韦娘忙过去拎起桌上灵巧的琉璃壶，为太后斟茶。

清澈的茶水略带淡红，汩汩流入茶盅，夕莲自顾自转头看莲塘，平静的水面被鱼儿啄起一圈一圈的水纹，在阳光下波光粼粼。她眼有些花，又扭回了头，刹那瞥见韦娘手一抖，往手心里攥了什么东西。

她垂目思量，韦娘和太后的秘密还真是多，索性装作没看见，嚷道："韦娘，我有些热，回去吧！"

韦娘应声，向卢太后告退，搀着夕莲出了凉亭。

卵石路不太平整，夕莲假装没走稳，晃了几下往地上摔去，韦娘一紧张便松了手，手里一小团白白的东西落了地。夕莲乱挥几下衣袖扰乱韦娘的视线，一面往地上坐了下去，一手在地上乱摸，嚷嚷："好痛！好痛！"

韦娘慌了神，连忙唤侍婢去传太医。凉亭里的太后也赶了过来，焦急地斥道："你们怎么伺候的？"

夕莲攥住了那小团纸，一手摸着肚子说："刚才好像狠狠踢我了，现在不痛了。"

众人皆松了口气，太后忧心："回去还是让太医来看看。"

几名侍婢手忙脚乱去扶夕莲。

韦娘这时才发觉手上东西丢了，在地上扫了一圈后，对上太后疑惑的目光。卢太后也在地上匆匆寻了圈，方才人多杂乱，旁边又是灌木丛，还真不知丢在何处了。眼看夕莲站了起来，卢太后贴着韦娘迅速说了四个字："时不我待！"

床幔放下后，夕莲迫不及待地展开纸团，上面只写了句诗："野火烧不尽，春风吹又生。"

司马昭颜匆匆掀开羽帘，急切地问："你怎样了？"

夕莲将纸条重新揉了起来，压在枕下，朝他笑道："没事啊！"

昭颜仔细打量了她的神色后，方松了口气，早知太后在那儿，他无论如何也要陪她去的。

"临盆……在即，别、别乱跑了。"

夕莲温顺地点头，一手拽着他的衣袖："听说，皇上大发脾气了？"

昭颜面带状色，这宫里眼线颇多，他该控制好自己的，这么多年都忍过来了。

"你不开心么？"夕莲支起身子来，青丝泻满后背。

她的眼角恢复了高挑的神采，凤眼微眯。昭颜揽住她，傻笑着摇头，又问："我早朝时、你……去书房了？"

"嗯，我去写了写字，还教曦儿认字。"

昭颜捋了捋她颊旁的发，轻声慢念："宿昔不梳头，丝发披两肩……"

夕莲霎时红了脸，当时随手写的，怎么被他瞧见了？

昭颜眼里噙着笑意接着念："婉伸郎膝上，何处不可怜……"

夕莲嘟着嘴辩道："我随手乱写的！"

昭颜伏下去听动静，孩子没出世，这个母亲就教他些什么东西啊……将来，可别再生出个情痴。

临盆的日子越来越近，夕莲却寝食难安。这时，韦娘又提出要回相府一趟，让夕莲莫名地担忧起来。韦娘说是习俗，生产之前一定要先去祭祖。夕莲满腹疑虑，韦娘最近几日精神恍惚，有时整整一个时辰都在发愣。卢太后写的那句诗是什么意思？夕莲猜不透，心情更加烦闷。

昭颜也发现韦娘走后，夕莲整日心绪不宁，只能尽力安抚，偶尔找些丝竹班子来为她解闷。

夕莲恹恹地听着曲，忽然叫停了，愁绪万千，就凭她自己怎么能理清楚？她想了想，小心翼翼地问司马昭颜："野火烧不尽，春风吹又生，是否有特别的意思？"

昭颜对她突如其来的发问感到意外，这诗意思简单明了，除非是别有暗指，否则只有用的人才明白："怎么？很重要？"

夕莲咬了咬嘴唇，目光落在昭颜憨憨的面容上，迟疑半晌启口道："是太后说给韦娘听的。"

昭颜一窒，神色惊变。

夕莲心里一慌，连忙问："怎么了？你知道她在说什么？"

他脑里纷乱一片，面上还是尽量笑着："没事，你休息。我去……书房。"

夕莲半信半疑，目送他出了寝殿，口里随意念声："继续。"

丝弦钟鼓的鸣响轻叩，嗡嗡在殿里回荡，朦胧不清。

司马昭颜眼里布满血丝，随福公公一同带人去了韦娘的寝室。

韦娘、韦娘……天网恢恢，一定会留下什么证据！只要证明她就是邬清玮，他的毒就可以解了！

翻箱倒柜，室内一片狼藉，如暴风骤雨席卷了一般。

"皇上，这个……"福公公递了封信过去，眉头紧锁。

昭颜启开一看，正是林太后写的信，夕莲说烧毁了的那封……早知韦娘是卢太后的人，却没料到她竟然是关键所在！野火烧不尽、春风吹又生，不就是告诉她斩草要除根么？邬清玮、韦娘，她当年到底是狠不下心，所以他才逃过一劫吧……

收起信件，命人将房间收拾如故，他浑浑噩噩回了御书房。

屏风上花鸟鱼虫栩栩如生，一首风流狂草斜斜相衬。再美，它也是假的！

一名内侍匆忙来报："韦娘入宫了，从东门进的，皇后娘娘说要派人去接。"

司马昭颜猛地起身，福公公下令："回话说皇上派人去接了。"

"是。"内侍细声细气答了以后退下了。

夕阳斜斜透过窗棂，拉出他们二人修长的影子，在长廊上匆匆映过。

夕莲坐立难安，眼皮跳得厉害，心一阵一阵地发慌。方才明明说皇上已经派人去接了，怎么这么久还未回？司马昭颜也不在御书房，夕莲有些莫名的着急，她派去打听的侍婢匆匆回来禀告："韦娘刚走过合阳宫，正巧碰见皇上的步辇，他们上观星台了。"

“观星台？”夕莲一转头，被夕阳刺痛了眼睛，几乎要流出泪来。腹部忽然抽了一下，一阵隐隐的痛。她勉强站起来，撑着后腰走了几步，“我去看看。”

“娘娘，临盆的日子就这几天了，皇上千叮万嘱要皇后好好歇着，不能乱走。”

夕莲抚着胸口深吸口气：“无妨，我闷在这儿好几日了，出去走走。”

天边橘红的云彩渐渐变淡、渐渐变暗。

华灯初上，夜抹浓妆。

昭颜仰头望了望，灰暗的夜空还没有星光。

福公公问：“怎么？还不说？”

韦娘语气依旧和煦：“奴婢能说的，都说了。”

“朕、从未当你是……外人。”昭颜真诚的目光落在韦娘柔和的面容上，“真的、需要你。”

“皇上，我或许在坚持一些无谓的东西，但……我没办法。”

福公公抑不住悲愤，斥道：“你在坚持什么？用巫蛊之术迫害皇上，已经是死罪！你背后的人是谁昭然若揭，皇上私下问你，是皇上仁慈！若交给刑部，你要丢了性命的！你是西蜀人，就可以眼睁睁看着大褚的覆灭？而这一切，都是你造成的！”

“公公！”昭颜打断他，“起码……她当初、放了我。”

韦娘轻灵地笑起来：“我后悔，若当时能狠下心来，事情不会像现在这样，夕莲……也不会受苦。”

福公公狠狠叱道：“解药！配方是什么？快说吧！你现在不说，我们也迟早是有办法问出来的！”

韦娘置若罔闻，幽幽地说：“我也不好过，看着一个无辜的人备受煎熬，看着两个相爱的人互相折磨……我了解夕莲的，她已经爱上你了。”

“皇上，昭颜……”韦娘目光里闪现出一丝哀怜，“好好对夕莲。”

她的眉眼与夕莲是如此的相似，司马昭颜又是一阵恍惚。

韦娘猛地转身朝观星台边沿飞奔去，福公公唤之不及，昭颜惊吼出声：“拦住她！”

夜凉如水，她仿佛在水中哭泣，无声无形。

裙袂飞扬，她站在栏杆之外，纤指轻落在光润的白玉上，来回游走，就像在抚摸谁的肌肤，心中情愫依然。

只差半寸，昭颜就要触到她的手腕，用力捞了一把，终究是来不及。

她松手，双臂高高举起，有一种飞仙的美感。往后坠下的一刹那，她仰天笑问："流尽半生清泪，空为谁？"

司马昭颜面色苍白，死死捂住心口。

韦娘——你可知道，你这一走，夕莲如何能放过我？！她如何能放过我！

一声沉闷厚重的撞击声，整个世界都死寂得可怕。

夕莲呆呆望着远处熟悉的素色衣袍，一步步走近。

韦娘，已经不成形状。身旁的侍婢纷纷惊叫出声，死命拖拽住夕莲的衣袖，尖锐的声音不断喊着："皇后娘娘，请回避吧！请回避吧！"

夕莲便站在那儿，看一摊黑发下涌出的血浆沿着青砖缝隙流过来，像一只骷髅手的形状，掐住了她的咽喉。

听见台底下纷乱的声响，昭颜颤颤巍巍探身出去，绝望之树就开始在心里疯长，长得那样繁茂昌荣，遮天蔽日。

夕莲臃肿的身影，如木雕般一动不动。直到那只血迹斑斑的骷髅手似乎掐得她心脉尽断，才发出声嘶力竭的尖叫，刺破夜空，响彻云霄。

之后，她仰起头，极力瞪大双眸望着台上的司马昭颜，张着嘴却没有喘息。

天塌了、地陷了，没了韦娘，她的世界从此支离破碎。

她的目光空荡荡，身下已是一片湿润冰凉，流血了吗？也要死了吗？韦娘、韦娘……

"羊水破了！娘娘要生了！"一名侍婢吓得大声哭喊，连滚带爬奔去找接生姑姑。

周围的宫人们都乱作一团，福公公在观星台上大喊了句："来不及了！拉帷幔！就地生产——"

夕莲呆呆躺在厚实的锦缎上，一声不吭、纹丝不动。

汗如雨下，淌在她惨白的脸上如泪一般，鬓角的发全然湿透，汗水从下巴尖一滴一滴落入衣襟。只有从发青的指关节能看出，她其实用尽了全力。

接生的姑姑急得快哭了，在里头大喊："皇上，皇后一点劲儿也不使，这可怎么办哟？”

另一个也说：“不得了，这样孩子出不来！娘娘您就用点力吧，再痛也要生的呀！”

昭颜立在帷幔外，一样的纹丝不动。只有他们俩知道，这条路，已经到了尽头。孩子出来与否，于事无补。

“娘娘，小皇子急着要出来呀，您就使点力吧！其他事情容后再议，老奴一定给娘娘一个满意的答案！”

夕莲牙关咬得生疼，略松了口气，腰部顿时传来断裂般的疼痛。她惨叫了声，再也憋不住的泪汹涌而出。昭颜出人意料地要冲进去，福公公吓得扑倒在地，抱住他的靴子：“皇上不能去、不能去！妇人血气冲国运啊！”

昭颜迅速从靴子中把脚给抽了出来，疾步冲进了帷幔。

夕莲看着他，双目通红，脸孔抽搐了一阵，语气骇人：“你……都对她做了什么？”

昭颜握住她一只手，这么长的故事、这样曲折的阴谋，他要如何解释给她听？他只是傻傻地看着她答：“她、是太后的人，我只是……问了她话而已……我无心的……”

“你逼问她？”夕莲的面容因痛而扭曲。韦娘是卢太后的人，恐怕是自己泄露给司马昭颜的吧？是她说了那句诗，让司马昭颜脸色突变！他们生来就爱为权力争夺，为何要将韦娘扯进去？！她腹部一阵痉挛，却狠狠地忍了下去。

昭颜揽住她的肩，轻唤：“夕莲，孩子、孩子重要！”

夕莲发疯一般吼叫：“谁要给你生孩子！混蛋——”

她一激动，浑身血脉喷张。

“快出来了！能看见了！再使把力！”

昭颜扳过她的脸，嘶声吼道：“朕、命令你，用力！”

夕莲一把抓住他的胳膊，狠狠咬了下去，血流如注，顺着她的嘴角、下颌，淌满她的胸襟。昭颜笑了，她若想要他的血，尽可拿去！他体内的血全是因她而热，恐怕流尽毕生的血液也换不回她的原谅……

“啊——”夕莲终于熬不住这个新生命的迫切出世，就像是从自己身体切割出去了一部分般撕心裂肺，但剧痛之后却是一身轻松。

她没死，孩子是酱红色的，还在哇哇大哭，她愣愣地看着昭颜欣喜若狂地抱着丑丑的婴孩，高声呼喊："是皇子！皇子！"

帷幔外头响起一圈热烈的恭贺声。

就这样，生命来得如此快……她侧头望向观星台的方向，韦娘的血还没凉透，他的孩子就带着满身的罪恶诞生了！

昭颜一只胳膊还在淌血，他轻轻捧着婴孩送到夕莲跟前："抱抱他吧。"

夕莲盯了孩子一会儿，眉梢轻颤："拿走，我不想看到他！"

昭颜愣了一会儿，将孩子交给奶娘，侧头对夕莲轻声说："韦娘、朕会厚葬……"

听着他的脚步走远，夕莲无力地垂下头，抬手擦去嘴角的血迹，晦暗的眼里闪出一丝刀光剑影。

夜空一声轰隆巨响，雷雨将至。

第三卷　残冬

一 · 残赌

曦儿,你母后不是不疼爱你,只是她在生父皇的气,等你长大了,一定要哄她开心啊……

司马昭颜轻轻推着摇篮,这孩子,长了双和夕莲一样的眼睛。自从韦娘死后,昭颜有了心魔,他觉得在韦娘的尸首旁边出生的孩子会不会携带了她的怨气。她的魂魄也许一直不肯散去,死死守在这儿,不让他的孩子好过。

不,韦娘,朕知道你不是歹毒的女人……朕内疚。

他颤抖的手指触到韦娘的牌位，黄浊的泪无声滑下。他不想得到这样的结果,韦娘有苦衷为什么不能对他讲?为何要用这样激烈的手段来反抗?她怎么舍得夕莲,怎么舍得让夕莲痛不欲生!

“不许你碰她!”

昭颜收回了手,天窗惨白的光线照在他明黄的龙袍上,褪去了所有鲜艳的色彩。

她问他那日在台上都说了什么，他沉默。于是夕莲搬出了寝殿，住进韦娘的旧室。

韦娘出殡了，月子坐完了，她却依旧披着满身白色，只是嘴唇的淡红能看出她血气不差。

昭颜没有转身，只是那样站着。直到脸上的泪痕都干了，他才机械地离去。一个月了，他们没有正视彼此一眼。是不是这一生都要这样过？

这时候的夕莲花开得最灿烂，却再也无人观赏。

中书令府传来中书令病重的消息，夕莲愕然，父亲身体一向好，怎么突然就病重了？

夕莲刚坐上辇车，远远传来婴孩的啼哭声，她的心好似被什么揪住了，探着身子凝望那个方向。曦，对不起，谁让你是他的孩子……

欧敬之卧病数日，听见夕莲的声音才打起几分精神，支起身子来倚着床榻。闷热的天气，他却盖着厚厚的锦衾，还觉得冷。

“父亲，怎么突然就病成这样了？大夫都是干什么的？”

欧敬之望着她一袭苍白的衣裙，痛心地叹道：“夕莲，这是做什么？”

夕莲勉强笑了笑，握住父亲的手：“没什么。父亲，你是不是也想念韦娘？”

欧敬之的表情忽然滞住了，这来势汹汹的重病，是不是韦娘给他的惩罚？这些天来，他总是梦见郁郁葱葱的山林中，一名精灵般的女子发若流泉、衣若蝴蝶，她一笑的温和，令山水都沾染了柔软的颜色。

他曾对她解释：“清玮，可惜我最先遇见的那个人不是你。”

她却含泪浅笑：“没关系，我唯一遇见的人是你，这就够了。”

留她在身边，他如何能抵挡她的柔情？这样一个体贴的女子，只因为执著于曾经无意犯下的错误，宁愿牺牲一切来成全他们。他不止一次地对她说：“清玮，你叫我情何以堪？”

她笑得很坦荡：“我想看你们幸福。”

其实他知道，她的心一直在滴血。她最后回府的那一次，明明就昭示着她选择的结局，可是他怎么粗心到没有发现？原来那几日的缠绵，竟是她留给他最后的记忆……是他们逼死她的，是他们活活逼死她的！

“父亲？”夕莲发现他眼眶里噙满了泪。

欧敬之从思绪中回过神来，无力地念道：“这香，还是她制的。”

夕莲侧头看着青案上的香炉，轻烟未断，人已绝。

夕莲喏喏答了句：“韦娘制的香尤其好。”

或许悲痛到了极点，是哭不出来的，夕莲麻木应付着一日日流走的时光。看着父亲眼角的哀恸，她忽然恶狠狠地说了句：“我会让他得到报应！”

欧敬之一惊，按住夕莲：“你在说什么？”

“司马昭颜，是他逼死韦娘的！若不是他将韦娘叫上观星台去问话，韦娘不会……”

“夕莲！”欧敬之厉声打断她，“是是非非并不是那么简单，即使你亲眼所见也未必是真！我不希望你卷入这些事，不管太后、韦娘、皇上或者是予淳叫你做什么，你都不能盲目听从，凭良心，做事要凭良心！”

夕莲神情激动辩驳道：“凭良心，韦娘做错了什么？司马昭颜认定她是太后的人，就可以这样草菅人命？”

欧敬之凝思想了会儿，宫里传言皇上逼死韦娘，恐怕也是别有用心放出来的谣言。他若查出真相来了，应当极力保住韦娘才是。欧敬之对夕莲摇摇头：“夫市之无虎明矣，然而三人言而成虎。”他似乎又觉得不该对夕莲说这些，遂闭了眼，“韦娘和我说，皇上对你很好……恨比爱更辛苦，夕莲，好好照顾小皇子，起码你能过得开心些。其他事，都忘了吧。”

夕莲不语，轻轻为父亲盖上锦衾，轻声离去。

花园里都是熟悉的树木，仿佛连绿叶都能照映出这里繁闹的从前。秋千上已经生了苔藓，不过一年多时间，一切都变了。夕莲幽幽地推了下，秋千空荡荡地摇摆，只让人更加麻木。

“罗带同心结未成，江头潮已平。”熟悉的声音，依旧带着磁性。

夕莲震惊转身，再见予淳，心湖依然激起千层浪。

“真的已经平了吗？”卢予淳眼里带着淡淡的哀伤，用尽所有力气，却换来她的放弃。如果当初一切都不曾发生，夕莲现在生的孩子应该是他的。

夕莲嘴角扯出一丝惨淡的笑，斜挑的眼角却仍然带了几分习惯性的娇纵。在予淳面前，她没有需要遮掩的东西。

卢予淳从袖口掏出一个东西，递到夕莲面前。

修长的手指衬着朱红的同心结，耀得夕莲视线微晃。

"同心结我编成了，学了许久。"他托起夕莲的手，郑重其事地放下。

夕莲垂着双目，眼里已然湿润，手上不知该收该放，她嘴唇泛白道："有些事，做错了便难以弥补。"

"那要看你肯不肯相信我。"

夕莲抬头看他，陪着她度过了十几年无忧岁月的予淳哥哥，她当然相信！因为相信，才毫不犹豫成了他害人的工具！现在即使原谅他又有何用？一个是潜逃罪犯，一个是笼中金雀，难道还能有花好月圆的结局么？

予淳捧起她的脸，一字一句地告诉她："我不相信我会输，凭我年长他八岁，凭我在军中历练十年，我绝对不会输！只要你愿意陪我赌！"

夕莲懵懵问："赌什么？"

"江山。"

夕莲猛地退了几步，脑中纷乱，一些零碎的片段稀稀疏疏拼凑起来，居高俯瞰，才惊觉有一张巨网悄然撒下。她的声音有几分颤抖地问："我呢？在不在你的赌注中？"

"不！"卢予淳稳稳扶住她单薄的肩，眼里流露着怜惜，"这是意外，我已经追悔了千百次，若让你好好在家待着，根本不会让司马昭颜有机可乘！你知道吗？自从你进宫之后，我的生活就是一场噩梦！爷爷和父亲筹谋了多年，以前失去过一次机会，是因为我不愿意！我不愿被史官记作乱臣贼子，我不愿做这样大逆不道的事情……他们说，等我和你成婚之后，顺利生下继承人，便可取司马而代之！我是皇上，你是我的皇后！我一直在犹豫，千古忠佞后世人明眼能辨，我不想遗臭万年！可谁知，你进了宫……司马昭颜为我赐婚，我没办法，爷爷还命我为卢家延续香火。走到那一步，我再也无法抵抗，我只想着，等卢家的计划成功了，你就会回到我身边。琴儿的事，你应该明白了，我们针对的不是她，而是司马昭颜。他不能留后，皇位如果后继有人，我们就师出无名！"

夕莲愣愣地反问："你们这是造反。卢家权倾天下，还有什么不满足？"

卢予淳微微笑道："男儿顶天立地，唯一可以自诩骄傲的就是拳拳报国治世之心！即使我满腹豪情又有何用，一生空得一个将军的虚名，却要天天待在府里侍弄花草！司马昭颜自小苦读典籍无数，深谙帝王心术，他虽给了我将军封号，却从不给实权！还趁我成婚之际将我调回金陵，你可知将军一旦离开军营，还不如一介书生！将我留在金陵，不过是想牵制我父亲，削弱我们家的势力。至于后来将我发配南洋，我不怪他，他其实可以更狠一点，干脆斩了我！只是怕惹恼了父亲会迫使卢家提前向朝廷发难，其实整个皇室上下，除了他司马昭颜，再无一人！司马皇室已经没落了，发动政变轻而易举，他将我困在南洋，其实就是在向卢家施压！”

夕莲渐渐冷静下来，原来这里面太复杂，就凭她怎能全身而退？予淳完全是被逼到这一步的，她不能怪他……而司马昭颜呢？她眉头微蹙，当时为了予淳，她甚至几次三番以孩子要挟司马昭颜，他也答应了。

她问：“他后来不是放了你么？”

“那是他察觉到了大量兵马的异动，阅兵更是政变的好时机！为防患于未然，他将我从南洋绑回金陵做人质岂不是更好的方法？他紧紧抓住你，是用你牵制我们！他万分紧张你，完全是因为你腹中骨肉，可以为他赢得充足的时间来逐渐化解卢家的势力，保住他的皇位！”

夕莲忽然感到心尖生出一道愤怒的血脉，司马昭颜竟然是这样暗藏心机！原来她活的世界从来都不真实，无论是予淳还是昭颜，除去几分权谋、几分算计，还有多少是留给她的真心？只有韦娘，全心全意为她的韦娘……

那日她披麻戴孝去太后殿时，见卢太后一夜之间苍老了许多，两鬓居然飘出几根银丝，双目通红、喃喃自语。

“野火烧不尽、春风吹又生，究竟是什么意思？”

卢太后苦笑：“你何时也藏起了心机？还来质问我？”

“韦娘是被你们害死的。”

“是司马昭颜。”卢太后嘴唇抖起来，“韦娘是我的人，他早就知道！他为何还要装腔作势去问什么话？我多了解她，她就是死，也断不会出卖我！可是，我多希望她活着，哪怕是出卖我也好……”她紧闭双眼，两行清泪淌下。

那是夕莲第一次看见她的泪，她当时不明白，卢太后对韦娘明明是有情谊的，为何要利用她？现在一切都了然，为权势，他们都被蒙蔽了心智，他们都是疯子。

夕莲忽然想通了许多东西，粲然一笑："好，我陪你赌。"

她要看司马昭颜落魄，要他在她手里尝尝无力反抗的滋味，皇权不就是黄泉么？

卢予淳欣喜地拥住她："夕莲，我早知道，我们十几年的感情绝不是假的！"

"不过，我要司马昭颜在我手里。"

她语气阴森得不像她，予淳愣了，然后拥她更紧了。

换下一身苍白，夕莲恢复了耀人眼目的色彩。本该如此，夕莲花即使落败，也是火焰般热烈的。金步摇、玳瑁簪，长蛾眉、绛唇脂，内衬冰绡，外罩紫底银纹袍。她坐在上座，安然接受卢家人以宫礼请安。

"爷爷，不用拘礼。"卢予淳悉心搀扶着老太师。

卢太师花甲之年，却精神抖擞，眼里透着超然的精明。这些年独自一人躲在江南祖宅，却能运筹帷幄、决胜千里。他和蔼地笑道："礼还是必要的，即使将来是卢家的媳妇，但现在可是一国之母。"

夕莲微露笑意，颔首道："老太师客气了，夕莲自小在卢府玩耍，不是外人。"

卢元帅尽管刻意华服玉冠，还是掩不去一身暴戾之气。夕莲从小就怕他，听说他早在十八岁对敌北方外族时，就坑杀了俘虏五万余人，从此声名远播。

寒暄了几句，气氛有些僵硬。卢予淳似乎不习惯面对这样的夕莲，一直愣愣地望着她出神。

夕莲眉尾轻挑，直截了当地问："不知我能帮到什么？"

卢太师眯了眼，抚了抚胡须："阻止皇上立储君。"

夕莲脸色微变，早料到他们会打曦儿的主意，却不想自己心底竟渗出难以言明的绞痛。她没碰过他，甚至连一眼都没好好看过他。江山易主，他注定成不了君王，可是被亲生母亲这样算计，他将来会恨她吗？

夕莲挤出一个虚假的笑容："好，不过他到底是我的孩子，请不要伤害他。"

卢元帅接着扬声道："我们需要一个月时间来安排，还希望皇后能尽力分散皇帝的注意力，比如说让他耽于酒色、疏于朝政……"

"父亲！"卢予淳惊诧地打断卢元帅，"我绝不同意让夕莲做出这样的牺牲！"

卢元帅冷哼了声："孩子都生了，还怕什么牺牲？"

夕莲发髻上步摇垂珠突晃。

卢太师故意咳了一下，低声斥道："离晟，这是什么话？"

卢元帅不以为然："要成大事，何必在乎这些？"

予淳辩道："夕莲受的苦够多了，我不能教唆自己的女人以色侍君！"

"够了！"卢太师声音陡然威严起来，手里的拐杖重重敲了下地，"除了立储之事，还有一件，到时候皇后要想办法引皇上出金陵。这两件事好了，便只欠东风。"

夕莲盯着案上袅袅轻烟下的香炉，郑重地点头。

韦娘，夕莲要为你报仇，要让他尝尝，被人逼到无路可走是一种什么滋味。

简陋的马车吱吱嘎嘎从坑洼不平的路上驶过，一路上灰尘扬起。

卢离晟脸色铁青，满心不悦道："好好的官道不走，偏要绕到这穷乡僻壤来。"

"你岁数大了，脑子反倒糊涂了！皇后回府了，中书令府四面八方都会安插眼线，这道理予淳都懂，你……"

"有眼线又如何？本帅还怕他不成？"

老太师气得撇头不看他，一面训道："和皇后那样说话，万一惹她个不高兴，我们不是前功尽弃么？看来你是在军中待得太久，说话也鲁莽了！"

予淳眉头微蹙，低声对老太师说："爷爷，我不能让夕莲做出如此牺牲……"

卢离晟冷笑道："儿女情长，英雄气短！"

予淳俊美的面庞多了几分刚毅，抬头正视卢离晟："英雄都是重情重义的，若为了功名前途要无所不用其极，我不屑！"

"哼，重情重义的英雄？看看楚霸王，下场怎样？大丈夫，就不能为情所累！"

"所以对于母亲的死你从来都不内疚吗？！"予淳神情愤慨，攥紧的拳头朝壁上狠狠砸了下去，车厢一震。

卢离晟愣了一下，多年了，予淳一直对母亲的死耿耿于怀，他们父子的间隙也越来越大。可是对于功利和女人之间的选择，他从来不曾犹豫过！他语气稍稍缓和："予淳，女人与江山，孰轻孰重？卢家多年的苦心经营，最后都背负在你身上了。我们成功了，皇位是你的，天下是你的，何必在乎一些细枝末节？反正事后我们也不会亏待夕莲，收入后宫封个品阶都随你便！"

予淳胸前剧烈起伏，挥帘喊："停，我要下去透透气！"

卢离晟还想说什么，被太师止住了："随他去，让他好好想想。"

老太师眯着眼，有些困意，嘴里嘟囔："听说你又纳了一房小妾？常年在外，府里养那么多女人做什么？晦气！学学你大哥，夫妻相敬如宾、和和睦睦。"

卢离晟轻蔑一笑，不语。

天下女人无数，可是他再也找不到第二个邬清玮。世间只有她的温和才能化解他的戾气，只有她的笑靥能冲破他表面的冰霜、触到他心底的柔软。可是自始至终，他都只能躲在暗处默默看着她，他猜，这么善良的女子，一定有致命之伤！

于是他逼迫她："要么你跟了我，要么我就要了她！"

她掩口而笑："你何时有了捉弄人的兴致？"

她竟以为他是说笑的，他却是当真的……

"人已经死了，别去想了。"太师闭目养神。

卢离晟撇过头去，语气轻淡："没想。"

二十年，该想的都想透了。如果他当时只当那句是说笑，如果他早就狠下心来强占了她，如果他没拿邬清岚逼迫她下蛊……如果，时光能回到初见之时，他宁愿舍弃一切，在那小村庄里窝一辈子。

"也不知玉婵是怎么跟她说的？她不肯下蛊就罢了，居然去寻死，这女人，一直死脑筋。"

卢离晟苦笑一声："是啊，死脑筋。"

福公公刚吩咐侍婢将皇后的膳食送去，夕莲下颌微扬迈入了寝宫。昭颜愣住了，她傲气依然，浑身装扮极尽奢华。她曼步走来，在昔日的位置上稳稳坐下，目光扫了膳桌一圈，骄横如常："那里太简陋，我住不惯，给我把东西都搬回来！"

福公公马上应道："是，奴才马上派人去搬！"

她有意无意瞥向司马昭颜，只见他双目低垂，神情平淡。这些日子，他未曾正视她一眼！是心虚？是愧疚？还是自己为他生完孩子之后，再也没有价值了？想起韦娘死时的眼神，她心底一僵，韦娘的哀怨和委屈，她都会悉数还给他的。

一夜无言，殿内沉默得只有帘幔飘翔的声响。

夕莲难以入睡，望着床顶的莲花，不知为何心生厌恶，想着明日一早就叫人拆了它。

司马昭颜猛地弹了起来，满头冷汗，他又梦见了韦娘的血浆将皇宫染得猩红。他转头看身边，不是空的，夕莲回来了。

夕莲被他的脸色吓着了，半晌，支起身子来侧目盯着他问："是噩梦吗？梦见韦娘了吧？"

她有一丝幸灾乐祸，不过转瞬想起了自己的噩梦，琴儿的面容让她冷不丁打了个寒战。她慌乱躺下，尽量平复自己的心跳。

司马昭颜依旧一言不发，默默躺下又睡着了。夕莲心中自嘲，以为他无论如何都无法抗拒自己，却不料他能与她共寝却忽视她的存在。这一个月时间，难道要她投怀送抱……夕莲冷笑，她绝不会向他撒娇耍媚！女人对付男人，总是会有办法的。

淡红纱帐轻笼，水面花瓣零星。

昭颜对她的到来好似没有诧异，夕莲在池边坐下，探足试试水温。青丝乱散，左肩的纱衣滑下，露出玲珑锁骨。他还是没看她一眼，夕莲拉着脸下了水，心中挫败感越来越强，猛地冲梳头的侍婢发怒喝道："疼死了！"

昭颜面色如常，起身、擦拭、着衣，默默从她身旁走过。

夕莲越想越气，为什么一个人前后反差竟如此之大？从前他对她的千依百顺、万般宠爱都是假的吗？身后忽然伸出一双手将她从池子里捞了起来，不由分说给她裹了条纱绢打横抱起！夕莲不由惊呼："你做什么？！"

昭颜淡淡地说："做你所想。"

她看着他，眼前呈现众多缭乱杂芜的画面，大婚的朱红、夕阳的橘黄、夜幕的星光、灵堂的惨淡、乌镜台的昏暗……一幕幕最后汇聚成一只淌满鲜血的手，掐住她的咽喉。她紧闭双目，浑身禁不住战栗，韦娘……为了替你报仇，夕莲什么都愿意做！

她的背抵到了柔软的丝绒，司马昭颜熟悉的气息扑鼻而来，他在她颈间轻吮、啃啮，一手从枕下摸出红绡，遮住了她的双眼。

如果她的眸中真的充满柔情，他就不用多此一举了。白痴如他，也能看出她眼底究竟是什么，夕莲再藏心机也藏不住一向直白的眼神。

已经走到这一步，她只能紧咬嘴唇，从开始承受身心的强压，到逐渐迷乱迎合……她睁眼也只能看见暧昧的红色娇艳欲滴，仅仅靠听觉、触觉、嗅觉来感受这一场盲目的激情。

肌肤好似长满了细微的末梢，传递极致的敏感，她不由自主地在他身下挣扎、呻吟。她开始后悔了，司马昭颜总是能让她毫无招架之力！她不愿被他操控，不愿做一只待宰的绵羊，因此翻身而上，靠一双纤纤素手代替眼睛，在他身体上摩挲游走……

羽帘轻摇，不知是谁吹灭了灯盏，床前那阕屏风上人影不现，徒留一笔五言小楷风流正好。

夕莲醒时，发现红绡未解，昨夜就那么睡去了。抵死缠绵，一夜未绝。

摘下红绡后光线刺眼，她拾起薄衾遮在身前，转身惊觉司马昭颜还躺在床上，仍在熟睡！他没上朝？夕莲匆匆裹了身子跳下床，却感到浑身无力走不出几步，便在床沿坐着，唤侍婢。

昭颜听见动静也醒了，皱了皱眉问："什么时辰？"

侍婢答道："回皇上，快午时了。"

夕莲心中一惊，误了早朝，他会不会心中起疑？

"沐浴、传膳。"他平静如常，只是起床时盖着下身的薄衾滑落，夕莲脸红扭头，他面露尴尬。

福公公在帐外请安，又问："皇上，顾大人来过，说今日太后主持早朝，驳回了漓江改道第五次拟的折子，皇上需要传召大臣详谈吗？"

司马昭颜颔首，回头见侍婢搀扶起夕莲，嘴角似是缀了丝笑意。

二 · 绝路

夕莲花似是要与骄阳斗艳，其他植物都蔫了，唯有它们将热烈和张狂显露无遗。可是灿烂到了尽头，以后的日子只会每况愈下。

那夜之后，某些细微的触感会冷不丁冒出来，扰乱夕莲的心绪。她没再搔首弄姿，他也没再欲望勃发，日日沉默以对。

一名宫女悄声在夕莲身旁说："务必拖住皇上，三日之内不可上朝。"

夕莲忽然感到心跳乱了节拍，她又要做那样的事，或许以后还有很多……她要怎样才能不露痕迹？

窗外的蝉鸣一阵盖过一阵，闹得人心烦闷杂乱，她握紧拳头、又松开、又握紧。她闭目深呼吸，鼓足勇气却不知要如何打破这样沉默的僵局。昭颜，昭颜……她在心里默默念了许多遍，却不小心入睡了。

身旁有动响，夕莲惊醒，发现晨曦已经透进了窗。司马昭颜正半支起身子要下床，她顾不得什么，伸腿勾在他腰间，凤眼微眯，梦呓般唤道："昭颜……昭颜……"

昭颜怔住了，转身俯视她睡眼惺忪，撒娇耍媚。

"为什么要冷落我？"她伸臂环住他的颈，眼角眉梢遍布委屈，"你说你喜欢我，只喜欢我一个，现在连句话也不和我说……"

这句话说得太顺口、太自然，昭颜笑了，恐怕她自己也分不清何时是真情、何时是做戏。他一手揽住她的腰，埋首在她颈间，一手探入衣襟在她胸前揉捏："去喂喂……曦儿。"

夕莲柔媚的表情僵在脸上，木然答道："他不是有奶娘么？"

昭颜邪邪地笑了："那就喂我……"说完，他埋首下去，夕莲心口顿时传来一阵刺痛，用力推开他："你干什么？！"

"你是他母后，去喂他！"昭颜面部的线条在晨曦下不再柔和，反而多了几分让人无法抗拒的威严。夕莲怔怔望着陌生的他，眼底生出一丝惶恐，他还是司马昭颜吗？还是那个白痴皇帝吗？

反应不及，她被他强行进入，身下传来撕裂般的剧痛。

她死死咬住嘴唇，疼得浑身都蒙了层晶莹的汗珠，眼角渐渐湿润。

望着她煞白如纸的脸色，昭颜心疼了，她不是罪大恶极之人，他或许不该这样对她的……他又抽出红绡，蒙上她的双眼，细细吻过她的耳垂、颈侧、锁骨，轻轻含住了方才粗虐对待的那点嫣红，用舌尖去安抚，温柔吮吸。

她的面容逐渐恢复，冷汗被潮热轮换、苍白演变成绯红。疼痛隐去，她用力勾住他的腰身，迎合愈加流畅的动作，仿佛连指尖都充满了急于宣泄的欲望。

他忽然停住了，将她捧起，肢体交缠而坐，在她锁骨轻吻，在她耳畔慢念："婉伸……郎膝上，何处……不可怜……”

她娇喘未歇又迎来了更加狂烈的情欲。如瀑青丝泻在后背，有节奏地拍打。他愿意讨好她，哪怕用身体为筹码。他愿以最卑微的爱恋臣服在她脚下。

这殿与其他处所都不同，布置简洁，线条明快。

昭颜从摇篮里捧起孩子，脸上才展开了憨傻的笑容。夕莲看得有些呆，心底溢出一丝温暖和惊诧，她竟然怀念、怀念他痴傻的笑颜么？！

“来，抱……抱他。”

夕莲手足无措，刚从昭颜手里颤颤巍巍接过曦儿，他就“哇”地一声啼哭开了。夕莲吓得急忙唤奶娘，昭颜却制止了，淡淡地说：“他饿了，你喂。”

夕莲眼里恨意凛然，一想起他是司马昭颜强占自己的产物，一想起他出生时旁边就躺着韦娘温热的尸首，她心里的复仇之花便疯魔得很妖艳。不过她还是勉强笑了笑，解开衣襟。

奶娘在一旁说：“皇后娘娘第一次喂奶，肯定不习惯，离生产也有一个月了，奶水或许出不来、或许有些疼，不过以后就好了。”

夕莲颔首微笑，心底却是一片冰凉。

昭颜忽然开口：“左边。”

夕莲愣了愣，脸上忽然一阵发热，转身背对他。她第一次这样打量怀里的曦儿，他有了吃的便闭上了眼，一脸安详。其实他的脸孔长得像司马昭颜，那样真诚。夕莲感到左胸一阵痒、一阵麻，心里却无端端生出暖意，没想到幼小如他也能温暖母亲的心呢……她真的笑了。

从不远的琉璃镜中映出夕莲的倒影，站在她身后的司马昭颜长吐了口气。

春宵苦短日高起，从此君王不早朝。

昭颜渴望已久的生活，便是这样整日陪伴妻儿。曦儿对昭颜远远比夕莲亲热，夕莲不知道，自己在看着孩子的时候，看似冰凉的眼底还会闪过避之不及的温馨。就如她对他极尽温柔、关怀备至，可在转瞬间还是能看透眼底的恨意。

司马昭颜面无表情的脸，看到曦儿的一刹那恢复了痴痴的笑容，夕莲在一旁贪婪地盯着他，却不知何时，他的样子已经深深刻在了心里。他却知道，韦娘说得没错，她是爱他的……爱之深、恨之切，可惜所有爱恨都没有机会了。

他怀抱着曦儿，看似随意地说了句："立太子吧。"

夕莲一怔，眼神慌乱了几分，搪塞道："这么小，急什么？"

昭颜不语了，早已绝望的心，是不会再碎的。

夕莲娇笑着往他肩头一靠："快入秋了，还是这么热，不如，我们上骊山行宫去避暑？"

昭颜木然地点头："好，去吧。"

一声惊雷，司马昭颜从梦魇中醒来，衣襟湿透。

夜风吹灭了灯烛，闪电的光一阵一阵将寝殿衬得这样阴森。他侧目看着熟睡的夕莲，忽然就扑过去狠狠抱住了她。这些天的欢爱，甚至比不过观星台上她懵懂接受他的浅浅一吻，甚至比不过她真心待他时的一个温暖相拥。

夕莲被箍得喘不过气，嘟起嘴嚷嚷："你干什么……"

她又蹬了几下腿，在他怀里撒娇，皱着眉发出梦呓："好热啊……"

他不想干什么，只是拥她在怀。这样任性娇蛮的夕莲才能让他体会到丝丝细微的幸福。

闹过一阵之后，她静下来了。她一向睡得沉，雷声再大也不会醒，昭颜轻轻抓起一大把她散落在枕上的青丝，将脸深深埋了下去。

卢太后神色憔悴了许多，即便用脂粉也盖不住苍白。她眼色微动，欲言又止，终究还是挥挥手："他在里面，进去吧。"

夕莲微微颔首，冰绡水袖随风轻摇，宛若蝴蝶翩飞，只是心越来越沉。

卢予淳不敢正视她，将她轻轻拢在怀里："夕莲，对不起……"

往生如梦，他只期望今后，会有真正属于他们的美好幸福。胜者为王，从前的一切伤痛都将过去吗？还是败者为寇，他们要共赴黄泉？

夕莲脑里一片空白，目光滞在一处："我们很快就要出发了，你们打算何时动手？"

"立秋那日，有月蚀，是个好日子。辰时，皇上在骊山驾崩的假消息会四处流传，皇城北门兵动，我们毫不费力即可占领金陵。骊山在辰时也会有响应，就等司马昭颜落入圈套。"

夕莲牵强一笑："别忘了，司马昭颜要交给我的，你们不许伤他性命。"

"嗯……到时他是已死的帝王，我们将他囚禁在乌镜台。"予淳犹豫半晌，愧疚地道，"夕莲，你知道我早已成婚，所以事成之后，我只能许你除后位之外的任何要求。"

夕莲心里好像有小石子敲了一下，无力地笑道："好。"

她已为人母，还有什么资格当予淳的皇后？

卢予淳心底一窒，她不在乎……夕莲怎么可能不在乎？！她从前最在意的便是名分，她曾说过要做他的妻，若当不成妻，她死也不要做妾！原来她已经不在乎了么？还是她的心……他不敢想了，越想越心慌，只要夕莲是他的，一切都好。

透迤的骊山树木葱茏，远远望去如一匹苍黛色的骏马。日渐西斜，四周所有的景色都辉映在一片旖旎的晚霞之中。原来从金陵到骊山的路途，看似遥远，却也不过千里之遥。或许他希望路再长一点，她希望车再走慢些。

夕莲正襟危坐，脸上蒙了一层金辉，眼角微微上挑，眉尾扬起斜入发际，嘴唇薄巧，下颌尖削。她的样貌早已刻在他心上，没有丝毫的紊乱。昭颜半倚着，伸手拉了拉她的后襟。夕莲恍然回头，嘴角向上弯起一个完美的弧度，眼如秋水，乖顺地往他怀里靠了去。

"这里真的比金陵凉快许多，我第一次来骊山。"

"嗯，以后、每年都来。"

夕莲咽喉一紧，答不上话。

昭颜接着说："等曦……长大了，带他、一块儿来。"

曦儿，司马曦，母后对不起你。夕莲眼中忽然湿润，遂埋首在他胸前，司马昭颜，为何我们要落得这样的结局？你为什么要拦逼韦娘？韦娘不会丢下我的，韦娘不到万不得已，是绝对不会丢下我的……

"夕莲，怎么了？"昭颜轻轻握住她的肩。

"没……夕阳刺眼。"她放下帘幔，辇车内顿时暗了下来。

昭颜环住她的腰，脸上露出许久不见的宠溺微笑。她恢复得真快呢，小腹都平坦紧实了。

夕莲扭了几下身子，低声埋怨："在车上呢。"

"那又怎样？"他急切地将她压在身下。路上磨蹭了半个月，明日该是立秋了。

几株万年青傲然挺立，两座大殿灯火通明，莲花簇簇的湖面上横跨了一座曲折的回廊，亭台楼阁、垂柳拂岸。船舫内乐工弹奏，乐曲悠扬美妙自水面一圈一圈荡漾开来。

莲花汤，池形如莲花，夕莲的手指从水面撩过，凤眼微动。

殿内帘幔逶迤，轻烟袅袅，心字已成灰。她慵懒地窝在温泉里，洗去身上残留的欢爱痕迹。夕阳的余晖从窗棂上渐渐褪色，只留下大片紫金的回忆。睁开眼、闭上眼，那紫金的颜色挥之不去，那些纷乱的回忆根深蒂固。

今日立秋了，她抑制不住心弦颤抖，咽喉处紧绷得发不出声来。

刚出浴的夕莲冰肌玉肤，似花颜妖娆，昭颜轻轻揽着她的肩，游园赏景。

宫娥穿着彩蝶纱衣，手持宫灯在前方领路。水榭台上梨园弟子盈盈起舞，侍女轻移莲步敬献酒水。只是眼前的良辰美景丝毫入不了她的心，她微微仰着头，看着远远夜空中一座高耸的塔座。那是烽火台，她眼角抽了几下，侧目看司马昭颜微醺的表情，问："你说，褒姒有错吗？"

昭颜视线滞了一下，随即摇头说："没有。"

"骊山高不极，上有百尺台。妖姬博一笑，举火诸侯来。"夕莲狡黠一笑，倚在司马昭颜肩头，"若是要博我一笑，你会不会也烽火戏诸侯？"

昭颜斜睨着她道："你、不正在笑么？"

夕莲的笑容一时僵住了，她是在笑，却已分不清真假了。

亥时，北门兵动。

她盯着枕边人酣睡的神情许久，才悄然下了床，呆呆坐在镜前。

当司马昭颜知晓一切，会怎样恨她？他怨恨的眼神会是什么样的？乌镜台，他也要进乌镜台了啊……韦娘，这样对他可以解了你的怨吗？你流了那样多的血，需要他抵命才是！

她狠狠攥紧了拳头，一定不能输！她要看他落魄、看他绝望，予淳一定不能输！

镜中人凤眼一眯，就像只狐狸。

一双手蓦然落在她肩上，她浑身战栗，微微侧头问："怎么起来了？"

“夕莲……”他在她身后坐下，似乎想不出更好的话来对她说，于是又念了一句，“夕莲，我喜欢你……”

她飞扬的眼角骤然失去平衡，坠了下来。为何事到如今还要说这句话？司马昭颜、白痴皇帝，傀儡当了十年，任人摆布，却唯独对她死死不放手……他喜欢她吗？真心喜欢她吗？不，除去几分权谋、几分算计，他已经没有多余的真心可以给她了！

她笑容虚浮地看向他，却见他傻傻地笑着从背后抽出一支紫玉笛，清幽怡然的曲子袅袅而出。那旋律宛如暴风雨后，阳光拨开厚重铅云注入莲塘，顷刻蔓延到每个角落，令那些风吹雨打后娇弱的莲花少了几分艰辛，多了几分妩媚容颜。

笛音收住后，昭颜轻轻捏起她的下颌，暧昧一笑：“送你的，《雨中莲》……”

雨中莲？想起那四月的池边，清风沁凉，他捏着她细弱的手腕，在她耳旁轻语：“雨中的莲花，很美。我要为你……写一首曲子，叫……《雨中莲》。”

她指尖发颤，他还记得这个，到现在，他心里居然还记着风花雪月的事！她强压住杂乱心绪，敛去异样的神情，转身对他努嘴道：“你快去歇着吧，我想再去洗洗！”

他结巴地说了句：“好……你快……快点来！”

他的身影彷徨离去。夕莲伸手停在半空，口里却没发出声音。她想知道，司马昭颜对她的万般宠爱，究竟是真的沉迷于她还是如予淳所说仅仅是为了她的孩子……不过这都不重要了。明日，她就不是司马昭颜的皇后了，她要回到予淳身边，安心做后宫之中的一名嫔妾。

她换上一袭月白纱裙，悉心梳妆，等待一场政变，也是一场祭典。

也不知在池边呆坐了多久，山下传来震耳欲聋的马蹄声、呐喊声，渐渐逼近成短兵相接的嘈杂。她惶惶不安，踉跄了几步逃出寝殿，沿着曲曲长廊飞奔至骊山宫门。

漫山火把，如星光璀璨。成功了，他拿下了金陵！予淳成功了！

烽火台腾起滚滚狼烟，她掩面大笑，笑着笑着却无助到心慌。司马昭颜呢，她又要如何面对他？他要从她的生活里消失了、消失了……可是心口怎么会痛到无以复加！

身后忽然传来一阵激烈的"咚咚"锣鼓响，她转身观望，宫人们纷纷摸爬滚打叫嚷着出来了，骊山宫已是连天火光！她乱了心神，双眸中倒映出橘红的火焰，似是愤怒、似是绝望。她疯狂地在原地打转，瞪大双眼在人群中搜寻那袭明黄的身影。没有、没有……他去哪儿了！

夕莲在园子里疯了般奔跑，这是温泉，到处都是水，即使失火了也不会怎样，可是为什么不见他？！

直到看见寝殿门外奋勇扑火的侍卫，她僵直的身子跪倒在地。火舌悄悄爬上了宫殿的匾额。火势蔓延、扩散，映得漫天红光，像是万人敬仰的举世庆典。夕莲不顾灼热和热浪，一骨碌爬起来冲进宫殿嘶声呼唤："昭颜！司马昭颜——"

她清朗的声音湮没在爆裂的燃烧声中，通往内殿的长廊上横梁轰然倒下，她直愣愣望着熊熊火光，心却冻成了千年寒冰般再也化不掉。两名追进来的侍卫将她拉出去："皇后娘娘放心，属下一定竭力扑灭大火！"

她猛地拽住侍卫的衣袖，凄惶央求："皇上在里面，去救他，你们去救他！"

"皇后娘娘，快出去吧！火是从内殿着起来的，这里危险！也许皇上已经逃出去了！"不由分说，他们将她抬了出去，夕莲张开嘴，却喊不出声。司马昭颜，你在哪里？你在哪里！

燃了几个时辰，火被扑灭了，骊山宫已然化作一片焦黑的废墟。

夕莲蹲在不远处的草丛里，痴痴看着黑压压的蚂蚁在逃亡。她已经在纷乱人群里不停穿梭了几个时辰，都逃出来了，人都逃出来了、蚂蚁都逃出来了，他不可能会傻到被火活活烧死啊！

她忽然站了起来，头脑发晕，冲进余烟未绝的宫殿。

婢女情急喊道："皇后娘娘！不能进去！"

她顺利寻到了内殿，光秃秃的梁柱、空荡荡的屋顶，床前围绕着一大群侍卫举着火把。听见夕莲踩在焦木上"喀嚓"的声响，纷纷回头，为她让出一条路。一名侍卫首领轻声说："可能……皇上恰好熟睡中。"

夕莲摇摇头，强笑着说："不是他。"

她浑身战栗，凝神看着床上焦黑的尸首，幽幽拾起枕边的一支笛子，又伸手在他右手拇指处抹了一下，露出一截光润如初的白玉。

一瞬间，她扑倒在地，泪如雨下，哭得就像个孩子。

不知为何，心头像被剐去一大块，血淋淋、空落落的。

她知道，这样的疼痛，此生不会再有第二次。于是尽情尽兴地捶胸顿足、号啕恸哭。

当初晨的阳光渐渐漫过骊山宫的断壁残垣，他们抬着灵柩从门槛跨过，脚步沉闷，一声一声漏在青砖地板的缝隙中。伏在地上的夕莲听见动静睁开眼，却见一树万年青被大火烧得焦黑，永远不再长青。

迎着云海中冉冉升起的朝阳，撑起颤颤巍巍的身躯，她水漾的眼神再无法跳跃如狐狸般的狡黠，脑中的记忆越发清晰得可怕。往事的余音绝响，就在熊熊烈火中幻化成那曲《雨中莲》……

司马昭颜，你怎么可以就这样死掉？我们还有曦儿，他该怎么办……

三 · 回归

日暮西斜，山林肃静，只有车轮滚滚的声音。

夕莲跪坐在辇车上，旁边安放着司马昭颜的灵柩。她的脸背着光，神色昏暗不清。

直到夜空闪现出星光，她才抬头张望，想要从茫茫天际寻找答案。

韦娘、韦娘……我为你报仇了，为什么心却成了空的？

泪夺眶而出，她望着满天繁星，朦胧中好像看见了他的脸。如果他能听见，她想问：为什么她赢了，却像个输家？

其实她明知道答案……莲花池里最美丽的邂逅，上元灯火中惊喜的重逢，这是一场命运钦定的爱情。是的，这是爱情，只是她一直不愿意承认，自己爱上了一个白痴。她输了，赌一场，就失去了全部。

脑海中，一直徘徊着司马昭颜漆黑的双眸，痴傻呆滞，却真诚到能钻入她的心底。他一直是爱她的，她为什么要伤害一个如此爱她的人？他保护她、迁就她、爱惜她，他经常趁她睡着时偷偷吻她的发，其实她都知道……他最后留给她的那个眼神，充杂了矛盾纠结、彷徨和感伤，她又心软了，又对他产生了怜悯，她多想冲上去挽留他，可终究是狠下了心肠。

韦娘，为什么要丢下夕莲？为什么要让我恨他？恨自己爱的人，真的好辛苦……夕莲累了。

她从袖口抽出那把曾经用来要挟他的匕首，朝细弱的手腕切了下去。眼前一片泫然的模糊，血流出来，身体好暖，就像他在抱着她……

昔日的点点滴滴、一切关于他的记忆，就像剧毒，连轻轻触碰都能腐心蚀骨，直直将人的魂魄融解成悲苦。漫漫想起临行那日，风动莲香，他们在池边闲坐，昭颜一线笛音忽然抛高，宛如在向她倾诉着毕生的相思。她莞尔侧目，发现他原来是那样一名俊秀男子，站在薄薄暮色里，含笑凝视她……

"夕莲，夕莲……"

好像听见了来自另一个轮回的呼唤，夕莲急急睁开眼，脸上却洋溢着极度的失望。予淳心痛地捧起她的脸庞："夕莲，为何……为何要这样？我们成功了！"

夕莲垂目看手腕上缠了厚厚的白绢，轻轻问了句："骊山宫怎会失火？"

予淳一愣，答："是父亲事先安排的……"

夕莲不知哪里来的力气，朝予淳嘶吼了声："你答应我不伤他性命的！"

予淳的表情僵在脸上，她在悲伤，为司马昭颜，而他的肺腑也灌满了悲伤，疼得每一寸肌肤都在颤抖。难道做尽一切，换来的是她早已不在的心吗？他不信，一个白痴焉能夺走他的夕莲？他紧紧拥住她，吻着她的额头，不让她有悲伤的机会："改朝换代，难免如此，夕莲，我们现在自由了，自由了啊……"

夕莲麻木地停留在他怀里，不知冷热、不知饥饱。自由了，她终于获得了一直渴望的自由。

"夕莲，你至少为孩子想想吧，他才多大，不能失去母亲。"

夕莲浑身一颤，司马曦是司马昭颜留给她的唯一纪念了，他们的孩子，她不能丢下他！可是她要如何面对他？他是司马家唯一的血脉，是亡国奴……她笑了，一面流泪，她的世界已经溃不成军，天塌了，再没有人能替她顶着……

五天的归程中，她一直在发热。手脚冰冷，然而她的心肺像有火在焚烧。有时会半夜惊醒，浑身冷汗，心中无限惶恐，烛火黯淡，远不及她卷睫上连串坠落的泪光。

白天她就静静地躺在那里出神，予淳有一句没一句地和她搭话，她总感到无数碎片在脑海里嗡嗡震动，听不见其他声响。

她的眼睛有时会生出戏谑和狡黠，他从前习惯见到她这样的目光，而此时她的目光再也不是为他。他就静候在她身旁，他想，十年比一年，他一定不会输给司马昭颜。他们现在都需要时间。

一入金陵城，铺天盖地的白色席卷了她原本就惨淡的意识，原来这一切都安排好了……只有真正除去司马昭颜，他们才能心安理得地入主皇宫。原本备极哀祟的丧礼仪式，现在却无人哭丧，没有斋戒，没有祖奠，从骊山回来的骨灰，他们迫不及待地直接送进陵寝。这是多少人多少年的精心策划，她不过恰好是一颗充满复仇之心的棋子。

麻木了多日，她终于被耀眼的白色刺醒，心底的寒意漫过每一道血脉直逼指尖。她定定地望着皇宫的方向，曦儿还在里面，他们会将他怎样？想起卢元帅狰狞的面孔，夕莲止不住发颤，无力倒在了灵柩旁，贴着昭颜冰冷的棺木：“你告诉我，该怎么办……曦儿怎么办？”

御道两旁挤满了为昭颜戴孝的百姓，对着夕莲指指点点，议论纷纷。嗡嗡的声响越来越嘈杂，忽然有人高喊了句：“狐狸精！她是媚主惑君的苏妲己转世！”

卢予淳一惊，目光犀利地在附近人群中搜寻，厉声喝道：“皇上出殡，皇后悲痛欲绝，尔等皆是大褚子民，不聊表哀思，反而雪上加霜！”

“春宵苦短日高起，从此君王不早朝！她就是祸国殃民的狐狸精！”

这话根本不是普通百姓能随口说出来的，卢予淳剑眉紧锁，不知在暗处的人意欲何为。

四周的人又纷纷响应起来，议论声越来越大，最后演变成了集体的抗议：“狐狸精！不配当皇后，废了她！废了她！”

夕莲躺在棺木边，漆黑的发遮住了脸颊，使足力气才笑出声来。她是狐狸精，媚主惑君的狐狸精！他们为什么这样狠心，从前说司马昭颜是白痴皇帝，现在又说她是狐狸精？司马昭颜都不在了，她还要当谁的皇后？司马王朝都灭亡了，还废什么皇后……

皇家陵墓，第十一个位置是司马昭颜的，墓穴分主次，小一点的那个，应当是留给她的。她忽然想起一句话：生不能同时，死能同穴。之后，她恐怕没有机会与他合葬了。

卢予淳看了眼她幽幽的眼神，便不敢再看，他能看出她想干什么，便悄声在她身旁说了句："记住你是一名母亲。"说这话的时候，他的心也在颤抖，事到如今，他只能用这个来留住她了。

夕莲一怔，神色稍变，她为什么总是忘记？她为什么总是想着自己？原来她一直都如此自私！她侧目问他："你们打算将曦儿怎样？"

"夕莲，为了他好，还是送出宫吧……我能保他一时，可是……"

夕莲冷笑，瞥过卢元帅冷凝的脸："那我也出宫！"

"夕莲！"卢予淳紧紧拽住她的胳膊，"你答应陪我赌，现在我们赢了，为什么你却要弃我而去！？既然……你都已经爱上了他，为何又要答应我？"

夕莲深深吸了口气，心却一直是窒息的，这个问题，她自己也想知道答案。默默看着墓室缓缓落下的石门，她强忍着心脏抽搐般的疼痛，不肯让眼泪落下来。韦娘下葬的时候，她没有哭，是不想拿柔弱给司马昭颜看。现在她依然不哭，是不想拿懦弱给外人看，转身离去的瞬间，她在心底念了句：放心，我一定会好好照顾曦儿！

宫墙依旧威严高耸，通往正阳殿的御道上，白茫茫的绫绡在烈日下纹丝不动。

文武百官匍匐在地，汗水湿透衣襟。

夕莲机械地朝前走，那白玉阶梯上高高矗立的人影模糊。她好想回德阳宫，好想回去闻一闻那里是否残留了他的气息，是否能赐予她一点点力量。

司马王朝就这样灭亡了？没有战争、没有鲜血，没有压迫、没有反抗，一切好像理所当然。篡位夺权者心安理得，推波助澜者春风得意，忠心老臣即便想反抗也毫无办法。

看着卢予淳一步步迈上司马昭颜才能走的那道阶梯，漆黑的靴子，在刺眼的白玉上留下一点一点逐渐缩小的黑印，即使他已经走过去了，那黑印还带着光晕滞留在他身后。夕莲怀疑是他的靴子掉了颜色还是自己的眼睛已经受不住，她忽然想变成那抹沉重的黑色用力拖住他，因为她不想让任何人接受属于司马昭颜的参拜。

卢予淳刚刚站定，右相大人忽然出列大喊："恐怕一切不能尽如人意！"

卢离晟冷笑睨着他："不知右相大人有何高见？"

"皇上有后，司马曦才是理所应当的继承人！"

卢离晟狂笑了两声，猛地指向夕莲："不如大人问问她，司马曦究竟是谁的孩子？"

大臣纷纷投来异样的目光，夕莲目光空洞，如木雕般立在当地，连呼吸都止住了。她不知要如何辩解，即使再辩解又有何用？现在卢元帅只手遮天，她忽然想起父亲的那句话：夫市之无虎明矣，然而三人言而成虎。

卢予淳悄悄拽住卢离晟的后襟，低声吼道："父亲，你在说什么？！"

右相大人有一瞬的迟疑，不过还是从袖里掏出一道明黄的圣旨高高举起，大声宣布："老臣有诏书在手！皇上自小身体欠安，近来尤其劳累，自知时日无多，早已留下遗诏册立司马曦为太子，继承帝位，皇后欧氏为圣母皇太后，与三位顾命大臣联合辅政，直至太子成年！"

"不可能！这不可能！"卢离晟盛怒，几乎一路咆哮从宫门冲了下来。

夕莲仰望着阳光下的金黄，泪流满面，原来他早就知道、早就知道！霎那间，好像天又被谁顶起来了，她浑身发软，昏倒在地。

融融暖光中，奶娘抱着曦儿，轻声哼着曲子哄他入睡。夕莲呆呆望着她，问："你叫什么？"

"奴婢锦秋。"

"秋？"她反复念了几遍，自顾自地说，"秋不好，太萧条，不如叫春。"

"就是因为太萧条，奴婢的娘亲才希望能为秋日添抹锦色。"

夕莲抬眼看她，这个柔和似水的女人，眼神和韦娘一样充满爱怜，她的手指和韦娘一样圣洁如玉。夕莲托起她一只手，轻轻抚摸。

锦秋感到手上一热，几滴泪汇聚在手心，她关切地问："娘娘，怎么了？"

"曦儿以后就交给你了，他选的人……不会错的。"夕莲漆黑的云髻上只缀了朵小白花，整个人从未有过这样的清减。

锦秋不知如何安慰她，只轻声答："娘娘放心，奴婢会将皇上看得比自己的命还重。"

夕莲松开她的手，自己掏了绢帕替她擦拭："秋，你觉得我是坏人吗？"

"娘娘这是什么话？"锦秋放下已经入睡的曦儿，"娘娘，多开口说说话吧，这样对您好，对皇上也好。"

夕莲呆滞的目光又转向曦儿身上，说什么？她不知道自己该说什么。司马昭颜为她和曦儿安排了后路，暂且保住了司马王朝，可是将来怎么办？予淳受卢太后懿旨居摄政王，曦儿只是一个傀儡，境遇还不如当初的司马昭颜。一想到卢元帅阴冷的目光，夕莲就止不住心惊，她现在日日夜夜守在曦儿身边，希望他快些长大，又怕他长大之后，落得和司马昭颜一样的下场……她如今明白了，为何辛太后恨她入骨。如果一名帝王的致命之伤在一个女人身上，那名女子便是最锋利的剑、最毒的鸩酒！她可以令睿智的人变得愚笨，可以令警觉的人变得迟钝，司马昭颜就是因她而败。如果曦儿将来爱上这样一个女人，她也一定会阻止。

一名侍婢进来通报："摄政王求见。"

夕莲起身出了内殿，她的背脊依然挺拔，下颌微微抬起，即使输得一塌糊涂，姿态也应当是最漂亮的。

卢予淳身着明黄朝服，晃得她头晕目眩。

"夕莲……"予淳似乎想不出要和她说什么，于是就默默看着她。触手可及的幸福，被司马昭颜一道圣旨，生生将她又隔离在银河对岸。

太后说得没错，司马昭颜真不简单。他是如此卑微却又极度自信，他是如此真诚却又那样狂妄，他是如此单纯善良又是如此工于心计，他是如此向往光明但是自甘沉溺于黑暗……

他连自己的死都预测到了，赴死之前还不忘布局让他们往里跳。几乎派所有御林军翻遍了皇宫，也不见玉玺的踪影！没有传国玉玺，不能颁布圣令、不能昭告天下；没有玉玺，皇位不能禅让，名不正言不顺，卢家就算将来夺得皇位，但是对他国的文书，也始终只能以司马皇室的名义。因为除去传国玉玺，能代表统治地位的便是圣母凤印，从前攥在卢太后手里的权力，全都因为那道从天而降的圣旨转交给了夕莲！

夕莲，夕莲，究竟你有没有看清楚自己的心……她这样单纯无辜，如何敌得过司马昭颜别有用心的攻势？卢予淳突然紧紧捏住她的肩，一字一句地说："夕莲！你清醒一点好吗？是他拆散了我们！你一定知道，玉玺在哪里？！"

夕莲置之一笑："如果他信任我的话，就不会将圣旨藏在右相大人手里了。"

"他既然连你都不信任，更不配爱你！"

夕莲迷茫地看着予淳愤然的表情，眼前又闪现出司马昭颜留给她的最后一个眼神，充杂了矛盾纠结、彷徨和感伤。他早知道她出卖了他，却心甘情愿听她的话。他时常说："依你，一切都依你，君无戏言。"她忽然狠狠推开卢予淳，冲出了殿门，瘦弱的苍白身影溜下阶梯，往正阳宫的方向飞奔而去。

刚下朝没多久，大臣们尚在宫门外三三两两聚在一起商议，夕莲一袭白衣胜雪闯了去，冲到右相大人跟前，喘着急促的气息催道："大人跟我来！"

众人诧异，交头接耳，右相跟随夕莲进了正殿。

宫门关上，殿内阴暗，夕莲"扑通"一下跪倒在地，右相大惊，也急忙跪下："太后，这是……这真是折煞老臣了！"

"大人，请告诉我，皇上临去骊山前都与你说了什么？"

她看上去如此苍白孱弱，眼神却这样坚定。右相忧心忡忡，轻声劝道："太后，还是起来说话吧……您这样下去，如何能保护好皇上？皇上登基几日了，太后您一直称病不上朝，岂不是让先皇白费苦心？"

夕莲泪眼朦胧望着他问："您告诉我，昭颜……他拟圣旨的时候都说了什么？"

右相大人长叹了口气："只是叫老臣悉心辅政，不能让江山落入外戚之手。"

"既然如此，他为何还要去送死？！"夕莲按捺不住情绪的激动，失声痛哭。

右相大人垂目道："太后，听说在现场完全没有挣扎的迹象，福公公也在那场大火中失踪……这是卢家早已安排好的，先弑君再放火。皇上或许这样想，既然迟早躲不掉，那就只有忍受。"

忍受？忍受死亡？还是忍受她的报复？他欣然承受她对他的报复，是想为韦娘抵命吗？最后那一段时光，竟然是他知道自己时日不多，还要与她缠绵厮守……难怪人家说她是狐狸精，难怪人家说她媚主惑君！

右相大人急急地唤道："太后！太后！请听老臣一言，先皇肯牺牲自己，就是为了年幼的皇上！您当了太后，才能掌握实权，现在圣母凤印是在您手上啊！从前卢家独揽大权，数卢太后锋芒太甚，争权夺势从不手软！玉玺是被先皇藏起来了，为的就是太后您能回揽大权，专心辅政！待皇上亲政后，传国玉玺必定重现于世！臣等定当为司马王朝鞠躬尽瘁，死而后已！”

这一席话，宛如奔腾的江水呼啸而过，席卷了漠漠黄沙，夕莲心中顿时澄明清透，昭颜不仅不怪她，还留给了她权力、地位、人手和希望。他想告诉她：她的余生，就是要保证曦儿顺利亲政，恢复司马王朝昔日的辉煌。

夕莲扶起右相，眼里虽然湿润却透着一股毅然、绝然：“大人，助我！”

大殿阴凉，可身着朝服的夕莲汗流浃背，看怀里的曦儿热得小脸通红却瞪着大眼睛不吭声，她心里一阵暖意，侧头交待身旁的婢女：“扇风，轻点。”

卢予淳有一刹那的失神，孩子的小手忽然朝他挥了一下，他回过神来，清了清嗓子问：“听过尚书的上奏，不知太后是否改变想法？”

夕莲抬目对上右相，朗声道：“哀家依然同意右相大人的意见，此事已决，不必再议！”

“明公公，退朝吧。”她瞥了眼卢予淳攥紧的拳头，在百官此起彼伏声中抱着曦儿起身离席。

“太后，奴才打听清楚了，中书令大人确实还在卧床，这一病几个月了，也不见好。”

“再请太医诊脉吧，父亲可不能有事啊……”夕莲忧心地看着家的方向，这场变故中，一直不见父亲出现。她现在除了曦儿，就只有父亲了。

“明公公……”夕莲凤目微眯，“福公公临去骊山前，可与你说过什么特别的话吗？”

“奴才跟随福公公三十年，一向受的教诲是不该听的别听、不该问的别问，福公公也不会和奴才说什么特别的话，无非是闲聊流年。”

夕莲轻轻笑了声，她似乎还不明白人死不能复生的道理，总是希望能从别人口中探听到关于昭颜和福公公的秘密，她始终有心结。她不相信一个将死之人会慷慨到死了之后还想要保护害死他的人。

忽然想起某日，她就坐在这里替司马昭颜批奏折，风一起，她起身关窗。他念了一句：“沾衣欲湿杏花雨，吹面不寒杨柳风。”

可惜现在秋风瑟瑟，万物萧条。她想起锦秋了，于是大声唤着她，朝内殿进去。

锦秋连连答道："奴婢在呢，太后！"

"秋，你想想，秋日如何能繁花似锦？你叫锦秋，所以一定有办法是不是？"夕莲眼里透着微弱的光，丝毫禁不起轻风，宛若这光亮消灭之后便再也燃不起来。锦秋愣了会儿，大着胆子说："有，菊花。但是秋菊为悲，宫中一向不种的。"

"菊花？"夕莲歪着脑袋盯着锦秋，她家是从来不种菊花的，所以她没见过。

锦秋见夕莲一副孩童般好奇的模样，笑着答："菊花的花瓣长长的、尖尖的，有的是下垂，有的带卷，就像……就像烟花，闪白的光球爆开来的那一刹那，缤纷满目。"

夕莲想起观星台上姹紫嫣红的烟火，所以毫不犹豫地对明公公说："种菊花，我要种菊花！"

锦秋怀里的曦儿忽然"咯咯"笑了，夕莲惊喜地接过他，摸着他的脸蛋问："你也想看花是不是？母后觉得，秋天太落寞了，开点花才热闹呢！"

曦儿忽而又瞪大了眼睛，胖嘟嘟的小手使劲挥了几下，舌头伸出来舔了舔小嘴。锦秋怕他打着夕莲，捏住他的手说："皇上乖，饿了吧？一会儿就不饿了。"

夕莲心底一窒，耳旁响起司马昭颜威严沉闷的声音："你是他母后，去喂他！"

她额上微微冒出虚汗，锦秋连忙要接过孩子："太后，怎么了？您没事吧？"

"不！"夕莲紧紧抱住曦儿，"我来喂他……"

锦秋松了口气，笑容轻快地道："好。"

从前，都是司马昭颜在旁边看着，她从来都心不在焉，只记得曦儿半睁着眼睛一眨不眨地吮吸。现在曦儿顽皮了许多，小手一伸一抓，小脚也偶尔一踢，眼睛瞪得大大的，小嘴胀成一个小球使劲吞咽，不肯松口。均匀的呼吸声，伴着胖嘟嘟脸蛋凹凸凹凸，夕莲忽然落泪，她为何从未发现，他长了一副和司马昭颜一样明媚的脸孔。她为什么会恨他？恨自己可爱的孩子？恐怕她是世间最狠心的母亲！

"曦儿，对不起……母后错了……"她泫然涕下，锦秋却含笑看着她，如果先皇能看到这一幕，该多高兴。

四·振作

夜风沁凉，月光淡薄。

夕莲从御书房出来，眼睛一时习惯不了黑暗，扶着墙站了半晌，才敢迈出步子去。眼前一袭明黄的袍服，夕莲脸上闪过一丝避之不及的惊喜，随即又暗淡下去："摄政王可有要事相商？"

"是。"他的脸在灯烛下，映出含忧带悲的色彩，夕莲转身回御书房："那进来吧。"

御书房燃的不是她喜欢的莲香，而是司马昭颜惯用的香，夕莲也才知道，原来他身上那种令人安神的气息是来自西域的一种檀香。似乎只有在这样的气息中，她才能安心批阅奏折。

两人相对许久，卢予淳才轻笑了一声，开始了谈话："原来一切都变了，我们竟然无话可说。"

夕莲望着墙上一幅"曦"字发愣，柔声说："予淳哥哥，是夕莲错了。"

这一声"哥哥"，唤得他心底一阵柔软："夕莲，我知道你受苦了，如果你难受，就哭吧！从前你最爱哭鼻子，你忘了每次生病，你都要躲在我怀里哭的。"

夕莲从案上的锦盒里，取出那条同心结，放在他手边："予淳哥哥，夕莲错了。我不能陪你赌下去了，从前我看不清，是我糊涂。"

他猛地抓住她的手："你在说什么？你真的糊涂了，你要舍弃我们的幸福，去为司马昭颜挑起落败的皇室？"

"我只想让曦儿坐上属于他的位置！"夕莲狠狠甩开他的手，"他是我儿子！"

"可是……"予淳咽喉一紧，"如果你没入宫，他应该是我儿子！"

"可惜我入宫了……"

"夕莲，我不懂，我们都要赢了，你可以嫁给我，我们可以像从前一样过着无忧无虑的生活！"

"我答应你对付司马昭颜，不是为了和你重温旧梦……是为了韦娘。"夕莲幽幽地转身，看着窗外夜幕中高耸的观星台，“是他逼死了韦娘，我不过是想让他尝尝被人逼到无路可退的地步，看他是否会像我恨他一样恨我。想不到，他和韦娘一样，选择弃我而去。”

她朝予淳走近，一面摇头一面喃喃：“虽然你们不守信，但还是我傻，居然相信你们会饶他性命。将他送上绝路的人是我，予淳哥哥，我错了，就要承担错误……”

“夕莲！”予淳将她紧紧搂在怀里、拼命搂住，“他不值得你这样！他都算计好了，你是中书令的命脉，是我的致命之伤！他只有将你牢牢掌控在手里，才能牵制住我们的力量，他对你能有几分真心？”

夕莲贴着他的胸膛，却听不见他的心跳。她从来不知道变心原来这样容易，她从他怀里一点点挣脱出来，声音颤抖着说：“不管几分，我都不能骗自己，我爱他，我爱司马昭颜！”

她不知道，说这句话的时候会热泪盈眶。如果他还坐在这里，一定会欢天喜地，一定会憨傻痴笑……

夕莲留下一个怆然的转身，消失在苍凉的夜宫。

予淳拾起同心结，握在冰凉的手心，上天既然赐给他夕莲，为何还要收回去？同心结成了，为什么她还是回不来……他胸口一阵麻木，不知过了多久，抬头一看，已经回了王府。

寻着嘤嘤哭声，他曼步走去，屏住呼吸看粉嫩的小脸蛋一鼓一鼓地吸着奶水。他拍了拍陈司瑶的后肩，温和地说：“放心交给奶娘好了，你不用这样辛苦。”

“不辛苦！”陈司瑶仰头冲他甜甜一笑，“她是我的女儿，当然该由我喂她。”

卢予淳在旁坐下，一手掏出同心结，挂在摇篮边。陈司瑶一愣，随口问：“她怎么不要了？”

“大概是上天看我心不诚……”予淳苦笑了声，“瑶瑶，我真的学会以后，上天能知道吗？还能给我机会吗？”

陈司瑶大大的眼睛忽闪忽闪望着他，小心地问：“是不是为了名分？她那样不可一世，怎会甘心屈居嫔妾？”

卢予淳缓缓摇头：“她的心已经被司马昭颜蛊惑了，她的目光再也不会因我而闪耀，我比不过一个白痴甚至一个死人……”

“予淳！”她握住他的手，目光楚楚，说不清心中究竟是高兴还是难过。那同心结，是她为他编的，同心结回来了，是不是他的心也要回来？遥遥忆起出嫁那日，她怀着忐忑的心从颠簸了一路的花轿上下来，不知名的花香溢满四周，还有簌簌扑落的粉色花朵。她只能看见自己脚前那双黑色锦靴，一阵陌生男子的气息喷洒而来，他抬手，拂去她肩上的花瓣。然而他的手指那样冰凉，将她的隐忍都融化成眼泪。洞房花烛夜，她独坐到天明。

抹去往事的荆棘，她侧头看了眼熟睡的婴孩，强行微笑："既然她的心已不在，不如你回头找找，或许有另一颗心……"

她话才说到一半，他忽然起身："还有要事和父亲商量，你先休息。"

她愣愣地目送他离去，一手还捏着同心结。

风动纱帘，烛光一阵微弱，夕莲将头蒙了起来，她夜里总是害怕。长这么大，从没一个人睡过，现在她把曦儿搬到了身边，为自己壮胆。捏着挂在颈间的扳指，忽然想起在天牢的时候，她也是一个人，还有老鼠。那是她第一次看见老鼠，吓得抖如筛糠。她不禁失笑，捏着曦儿的小手轻声说："母后胆子小，曦儿，你要保护我哦，不然我会很害怕……"

他的枕头还在、气味还在，枕下红绡还在、匕首还在，一切都没变。

冷月皎洁，清凉的光辉铺洒下来如蒙了层重重的霜，冻结人间。他负手立在窗边，手心的汗水沾湿了黄玉莲花。他想知道，她是否也在想念他？不过这都不重要了。

"皇上何时起来的，为何不让下人点灯呢？"

"不必……"昭颜转身回到床边，"记住，在外面……叫公子。"

"是。"福公公瞥见他手心的莲花，轻声劝道，"木已成舟，皇上给过她太多机会，可终究，她还是帮了外人。"

昭颜淡淡答道："我……不会再……恨她。"

"明日就启程上清云岭了，皇上快歇着吧，老奴就在外头。"

"你也歇着。路还很远……"

福公公眼见昭颜将莲花又藏在了枕下，无奈叹气。

司马昭颜不知道，这个动作已然成为习惯，改不掉了。

前几天入宫密会了西蜀女皇和他从未谋面的皇叔，他以还林太后自由为条件向西蜀国借兵。女皇一开始勃然大怒，原来她的妹妹一直被软禁在乌镜台，枉她还年年祭拜！多亏他那个嬉皮笑脸的皇叔，劝了好几日，女皇才勉强答应。

昭颜亲见了他们一夫一妻的制度，心生羡慕，如果大褚后宫没那么多女人，如果一个帝王只有一个妻子，恐怕也不会有外戚横行吧？

不过重归帝位之后，他还是要借助后宫各方力量来巩固自己。他心血已经干涸，再也爱不上别人了，所以将来无论娶了谁，对他来说都没有分别。只是不知道再见夕莲的时候，心口最柔软的伤口会不会痛？

她那样狠心、那样决绝，他耗尽心血为她吹完那首《雨中莲》，也唤不回她被仇恨蒙蔽的心。他想，只要她有一丝的犹豫，他都会不顾一切地带她走，可惜她还是选择了仇恨！其实他能明白，韦娘于她来说比爱情重要得多，何况，她爱他尚浅。她心里还有个卢予淳，说不定，她正躺在他身下意乱情迷。不！他不能再想她！

一种微妙而奇异的触感，在她肌体蔓延，就像他的抚摸轻绵如诗。手指过处，仿佛在她身上绽放出朵朵青涩的莲花，迷乱了她的喘息。她只能看见红色、满世界都是红色，还有耳旁他的低吼，宣泄着对她永不熄灭的情欲……

夕莲猛地惊醒了，按住自己狂烈的心跳，面庞上覆了层晶莹的汗。是他托梦吗？竟然像真的！她懵懵地望了望四周，已是拂晓了，身旁的曦儿还在酣睡中。她的指尖划过曦儿柔嫩的脸颊，轻轻地说："你父皇来过是吗？他……"只觉得一股冲鼻的酸味直逼上脑门，夕莲捂住嘴匆匆下了床，侍婢见状慌忙端来铜盆。

接过绢帕擦拭嘴角，她愣愣地望着刚呕出来的清水发呆，他真的来过，又带给她一个孩子？一种漫无边际的喜悦将她淹没得快要窒息，她欣喜若狂："快、快传太医！"

太医确诊了，她捧起曦儿，贴着他胖嘟嘟的小脸蛋亲热地唤着："曦儿、曦儿，母后要给你生个弟弟还是妹妹？妹妹是不是更乖一点呢？不过，我希望是个弟弟，长得像你父皇才好！"

"恭喜娘娘，这下，皇上有个伴了！"锦秋接过孩子，为他换襁褓。

夕莲掰着指头算了算，这个孩子应当在四月份出生，还有七个月。她生产期间，难道要予淳一人坐殿？不，车到山前必有路，昭颜在冥冥之中会帮她的……

清云岭实际上是一座山谷，据说谷里的清云湖畔就住着许多会蛊术的人们。清云山庄在峰顶，邬家人世袭庄主之位。邬家在西蜀国也算名门望族，只是带了几分邪气，与外族人老死不相往来。

由于皇家出面协商好了，司马昭颜一行人进清云岭还算比较顺利。没有遇到毒瘴、野兽，没有误食毒草，更没有中机关。只是地势陡峭，山路崎岖，必须徒步行进，登上山顶，已是日暮时分。

清云山庄几个大字刻在几块巨石上，随意堆放在一侧。后面便是滚滚云海，被万丈夕阳映射出浑然天成的气势，让人心境随之广阔。放眼望去，山庄内的房屋都是一片灰青色，也不见灯火。

昭颜只着了身青衫，罗带束发，俨然一名素雅公子、白净少年。福公公环视了一周，嘴里嘟囔："怎么没人呢？不是都说好了么？"

旁边一名持剑少年警惕地上前挡在昭颜面前，一副剑拔弩张的神情："会不会有埋伏？"

福公公瞪着他喝道："顾曜，退下，被主人看见就失礼了！"

顾曜挠挠头："父亲郑重交代了几十遍，要我一定保护好皇上安全！"

旁边的人掐了他一下，顾曜反应过来，改口说："保护好公子安全！"

"好了，别吵，扰人清静就不好了。看样子，这山庄里人不多，没安排人手来迎接公子啊。"

司马昭颜深吸口气，这景色令人心旷神怡，他微笑颔首："等吧。"

夕阳即将没入云海，这时迸发出来的光线才最强烈，昭颜被刺了眼，闭目转身。万籁俱寂的山顶终于传来一名女子的空灵嗓音："各位久等了！"

昭颜睁开眼，不知巨石旁何时站了名女子，被夕阳映照成张扬的金色，眼角微微上挑，眉尾高扬。只觉得脑子里骤然"嗡嗡"作响，他失声喊了句："夕莲……"

福公公也吃了一惊，赶紧拉住不自觉地要往前走的司马昭颜暗叫："皇上，不是她！"

夕阳沉入云海，周遭渐渐灰暗，接着山庄里陆续点上了灯。司马昭颜才看清那女子身着绿罗裙，青丝披肩，髻上唯有一支玉钗。她是那样悠怡自然，宛若一株生长在高山之巅的仙草，吞吐云雾芬芳。

但是那眉眼，竟与夕莲一模一样！他只能听见心"扑通扑通"好一阵乱跳，甚至忘记了自己来这里的目的。

"郇云姬来迟了，贵客请见谅。"

福公公迎了上去："邬庄主，这位便是我家公子，日后，还要劳烦庄主一段时日了。"

"不敢当，请直接呼我为云姬，庄里人都这么叫。"

福公公客气地道："那还是称邬小姐吧！"

"随意。"邬云姬眼里露出一丝探究，嘴角含笑地问还在发愣的司马昭颜："你刚才叫我什么？"

她的嗓音空灵，目光柔和，昭颜回过神来，略带歉意地笑道："认错人了。"

"难道公子的故人与我相貌神似？"她眼里灵光一闪，带着些许狡黠。

司马昭颜避开她精明的眼神："远看……有些像。"

邬云姬搭上他的手腕，就地把脉，猛地瞥了他一眼，而后闭目凝眉。片刻之后，她脸上挂着一丝嘲讽似的笑，说："病入膏肓。"

司马昭颜也笑了笑，问："能救么？"

邬云姬一本正经地说："这种蛊，实际上就是你脑子长了许多虫子，它们会扰得你永无宁日！我得在你额上开一个洞，把虫子都捉出来，可以暂时让你恢复正常，但是解毒的过程就比较麻烦了……"

福公公听得毛骨悚然，顾曜更是一阵反胃，躲得远远的。

"其他药材倒是好办，只要取得药引子，我就一定可以给你解毒。"

昭颜面色如常，颔首说："这样……甚好。"

邬云姬却斜睨着他反问："你不怕么？"

昭颜望着她"哧哧"笑了，原来她想看他笑话呢？他止住笑答道："中毒和、和解毒，哪样……可怕？"

邬云姬捋捋发，转身丢下一句话："明日再来吧！"

福公公愣了下，大喊："这么晚，可怎么下山？邬小姐可否借宿一晚？"

邬云姬侧头，凤眼一眯，笑道："本庄从不留男子过夜，不方便。"

她狡黠的笑颜，让昭颜有一瞬的恍惚，而后吩咐："福伯，就地露宿。"

卢后一手搭在扶栏上，身影微微发颤。她的神色在冬日清辉下依旧憔悴，衬着指甲上鲜明的朱红，纤手更显苍白。她轻轻捏了下曦儿的脸，笑容疲惫："真乖，他也不哭不闹的。"

夕莲不冷不热地答："嗯，他很懂事。"

“奶娘照顾得好吗？”

“很好。”夕莲抬目平视她，“和韦娘一样体贴、善良。”

卢后眼睫垂了下去，不敢与她相视，夕莲目光里的怨恨一目了然。人算不如天算，她绝对想不到有这样一天。她无力地苦笑：“你怪我？还在怪我？”

“夕莲不敢。”

“我后悔了，真的……”

她转头的瞬间，夕莲瞥见鬓上银白的发线。卢后年岁不过三十六七而已，夕莲心中一阵凄紧，哑声唤道：“太皇太后……为什么选韦娘？你可以将别人安插在皇上身边，可以叫别人去做坏事，为什么是韦娘？你究竟让韦娘去做了什么？野火烧不尽，春风吹又生，是什么意思？”

卢后不语，侧目盯着夕莲的腹部，问：“孩子多大了？”

夕莲的语气缓和下来：“四个月了。”

“想不到，你为司马昭颜放弃了予淳。你真要一个人肩负起这种混乱的局面？卢离晟，他随时可以弑君篡位，到时候，你连孩子都保不住。不如将皇位禅让给予淳，你依旧当皇后……”

夕莲冷笑打断她：“即使那样，他也不会放过我的孩子。太皇太后是替卢元帅来当说客？玉玺不在我这儿，他都已经搜了四遍德阳宫。”

“不！我只是希望你平安，平安就好。”卢后喃喃复念了几句，为什么事情会这样发展，完全失去了方向，难道她要将夕莲一个人留在这深宫，永远熬不出头？这么多年的钩心斗角，她已经累垮了，没有力量再撑下去……

“太皇太后近日脸色不太好，还是多歇着吧。”夕莲将曦儿交给锦秋，正欲离开，见明公公神色匆匆赶来，身后带了中书令府的管家。夕莲隐约感到一阵心悸，呆呆望着匐倒在地的管家：“平身，出了什么事？”

“回太后……大人他不知所踪，书房里留下了这些！”

一本奏折、一封信？夕莲急忙抽过来，摊开折子一看，惊呼：“不可能！父亲怎么会辞官！”

卢后面色惊变，夺过来反复看了几遍，骤然晕厥过去。旁边的宫娥纷纷涌来搀扶住她，安置在水榭内的榻上，夕莲脑中空白，愣愣地拆开信，父亲俊逸的笔迹如旧，写着一句：有花堪折直须折，莫待无花空折枝。落款是“敬之”。

夕莲懵懵地扶起管家，嘴唇一阵哆嗦：“父亲，他怎么会……管家，父亲不会丢下我的……”

老管家老泪纵横：“小姐……大人这几月病得厉害，前日精神头忽然好了，说要上街去走走，我多高兴啊，就应下了！谁知，竟然就这样走了再也没回来……”

夕莲无力地瘫倒，父亲去哪里了？他能去哪里？为什么要丢下她？现在真的只有她一个人了，只有她自己了……

“他信上说什么了？”卢后微弱的声音在她身后响起。夕莲缓缓转头，看见她眼里和自己一样盈盈的泪，愤然叫嚷道：“你哭什么！你凭什么哭，他是我父亲我父亲！”

锦秋吓得在一旁挽住夕莲的胳膊：“太后，当心腹中孩儿！”

夕莲仰头，生生将泪咽下肚子：“有花堪折直须折，莫待无花空折枝。这句话，是对你说的吧？你究竟做了什么？让韦娘走上绝路、让父亲离家出走！你究竟都做了些什么啊！”

卢后捏着信纸一角，泪化开了浓妆，滴滴混浊，脂粉下她的面庞暗哑蜡黄。她都做了什么？做尽一切，不都是为了能和他长相守……结果，就是这样了，她变得一无所有。上元灯火，为何要美丽得那么不真实？水月镜花，为何要给她一个虚妄的幻念？让她在后来的多少年里，都怀念那一刻初见的明眸。

“有花堪折直须折，莫待无花空折枝。这话，是说给所有人听的，包括他自己。”卢后用力撑起身子，背脊依旧挺直，螓首微扬。她输掉了一切，包括她自己。尽管早已发现他目光里的寂寞，早已知道他们之间微妙的快乐，她却不能放手。这一场爱情，或许从一开始就错了，他还是选择了郧清玮……难道，刻骨铭心的夕莲花，只能开出这样的结果？太可笑、太可笑！她胸腔一振，咳了口血出来。

五 · 孽缘

冬日暖暖，映照着一片绿意盎然的树林。吊脚楼的屋檐下，不知何时筑起了一个燕子窝，为寂寥的院落平添了几分叽叽喳喳的热闹。

室内缭绕着濛濛热气，昭颜整个人都浸泡在药水中，紧闭双眼。

邬云姬专心致志为他挑毒，这份痛不是常人能忍受的。见他疼得满头虚汗还一声不吭，她掏出手绢替他擦了擦脸，蓦然发现他的眉眼口鼻拼合出了一张让人心动的脸，其实他若不是中了蛊也是一名俊秀男子。

收回神思，她将一颗刚挑出来的黑色小豆呈在掌心："看，这就是逼出来的蛊。"

昭颜舒了口气，睁眼看，这豆子真是从他额上弄出来的？

"很痛吧？还得好几日才能挑完。"

昭颜捏着小黑豆，问："然后呢？"

"我只是帮你把蛊逼出来，但是毒仍然在体内。幻生蚕向来只传庄主，可是我接任的时候，上一任庄主已经失踪了。"

昭颜垂目："可你说……只要有引子，就能解毒。"

"不错，但是庄里还保留了上任庄主制的幻生蚕，所以我早就破解了！"邬云姬神情有几分得意，"解药的配方不难，只是幻生蚕是吸食主人的血长大，必须取得下蛊之人的血作药引，方能解毒。不然，就得隔一段时间驱一次蛊。"

昭颜猛地一颤，睁大眼望着薄薄雾气中的邬云姬，语气竟透露出几分无助："如果，下蛊之人已死，该如何？"

邬云姬怔了怔，问："你是说，上任庄主已经去世了么？你怎么可能知道？"

"她……已经、去世了。我认识她……"

邬云姬顿时无力地退了两步，在桌边坐下，手指间捏着的银针无声地掉落。

昭颜往前倾了倾身子，关切地唤了声："邬小姐？"

邬云姬眼里的泪簌簌扑落，半掩着面转身夺门而出。

正在小院里晒太阳的顾曜立马大声吆喝："哎哎，邬小姐怎么就跑了呢？！"

"啊？"福公公闻声而来，急得跺脚，"真是的，在山上风餐露宿好几日才答应下来治病，怎么一下就跑了？"边说着，他边进屋。

昭颜望着她留下的药箱若有所思，换上衣服，对福公公说："别催她，她、可能……需要时间。"

"可是我们的时间不多啊……她先前说三个月，现在这样子，半个月都过去了。"

"她，像不像韦娘？"

福公公惊讶地对上司马昭颜有几分愧疚的双眸："皇上的意思……"

“应该没错，所以她、听说……韦娘的死讯，那么伤心……”昭颜系上衣带，苦笑一声，“朕、愧对韦娘。”

福公公劝道：“皇上怎能将韦娘的死，归咎在自己身上？”

“她往……哪里去了？”

“西边。”

这里的空气湿润，河边草地枯黄但还夹杂了些绿色。木拱桥下三三两两的村妇正在洗衣，昭颜四处望了一圈，不见那袭绿罗裙。一名妇人挎着背篓往回走，笑吟吟对昭颜喊：“喂！你在找云姬吗？你们闹别扭啦？她往那边去了呢！”

昭颜对她感激一笑，朝桥上跑去了。

背篓里探出一只小脑袋，脆生生地问：“阿妈，他可是云姬姐姐的阿郎？”

“是哦，不然云姬给他住给他吃，还老往那儿跑？这公子虽然傻愣愣的，不过面善心慈，云姬中意的人，不会错哟！”

“云姬姐姐怎么哭了呢？”

“小情人闹别扭咯，嘿嘿……”

邬云姬坐在河边木桩上，裙角拖曳在地，与草色夹杂在一起。或许只有这方山水才能养育出这样灵气的女子。昭颜在她身后，不知如何安慰，只是每每想起韦娘，心里某个地方就会隐隐作痛。

邬云姬察觉到身后有人，回头冲司马昭颜怒嗔：“你躲在人家后面做什么？”

熟悉的怒容，竟让昭颜一时之间感到无比亲切，“夕莲”二字脱口而出。

“夕莲，又是夕莲！”邬云姬双目通红朝他哭喊，“为什么夕莲就这么重要？！”

司马昭颜被她哭得六神无主，好好的，怎么自己又唤了夕莲的名字？他忙上前安慰：“抱歉……邬小姐，请节哀！”

“她本该来看我了，三年才来一次，我好不容易才等到……”邬云姬望着司马昭颜慌乱的眼神，忽觉失态，转而小声抽泣，“夕莲究竟是谁？娘在哄我睡觉的时候，口里也叫着这个名字。她抢了我娘，让我成为一个孤儿……我还在想，如果今年娘还是不肯回家，我便去陪她……如今我真的孤单一人了，再也没有亲人。”

“你娘，很善良。”昭颜内心愧疚，几乎不敢直视她。欠韦娘的债，或许是上天给了他一个机会偿还，他鼓起勇气迎上她的视线，神情认真地道，“你不是孤单一人,还有我。以后,我,就是你兄长。"

邬云姬惊诧了一刻,盯着司马昭颜质问:"你年岁比我长么?不见得吧?我有十八了!"

昭颜愣了会儿,憨憨笑着答:"我快十八了。"

邬云姬忍住笑意,站起来拍拍他的肩膀:"还兄长呢?你得叫我姐姐……"前方树林里忽然闪过一个鬼祟的身影,邬云姬皱着眉嘟囔,"咦?谁在那儿偷看?"

司马昭颜转身,四周静谧无人。

白日愈短,福公公见昭颜进了院子,进屋点上灯。

昭颜对闲着无事蹲在院子里刨番薯的顾曜说:"不必老派人……跟着我。"

方才他与邬云姬在河边闲坐,她又察觉附近有人影鬼鬼祟祟,司马昭颜实在不愿让她得知自己身份。邬云姬大概也了解他的难处,从未问过他姓甚名谁。

顾曜一脸黑土,愣愣地望着司马昭颜走过去的背影,大叫:"父亲命我务必保护好皇……公子安全啊!"

昭颜转头对他一笑:"你还是……刨番薯吧!日后,冲锋陷阵才是你的任务!"

福公公伸长脖子望着昭颜登上木阶,吊脚楼"嘎吱嘎吱"地响。司马昭颜一见福公公就知他这喜忧参半的神色是有事禀告,心跳猛地一滞:"出事了?"

"皇后……不,太后有四个月身孕了!"

昭颜喜出望外,欢叫:"夕莲又有孕了!"但是转瞬之间,他又紧张起来,虎视眈眈的卢家人,如何能放过她腹中的孩子?那么,她很危险……

"局势紧张,目前看来,卢家取不到禅让帝位的诏书,还是不敢轻举妄动。太后这些天日日抱着小皇上临朝,再过几月,可就麻烦了,或许兼顾不了胎儿、小皇上和朝政三方面。"

昭颜焦虑不安,他不能照原计划舍弃夕莲,他怎么可以抛妻弃子?

"有几位大人在朝,还能坚持几个月,皇上还是安心治病吧!"

想起右相大人信誓旦旦的话语,他宽了口气,将计就计到了这种地步,那也只能再将就下去。虽然韦娘已死,不过邬云姬有她的血脉,也可以作药引解毒,所以邬云姬才自信满满可以为他解毒。想来前些天她死活不管他们,任他们在山庄门口风餐露宿,是因为听到夕莲的名字了,心里有计较。其实她和夕莲一样,小心眼。他不由展露了笑意，为韦娘照顾邬云姬，也可以让自己愧疚的心得到宽恕。

夕莲半卧在贵妃榻上，紧皱着眉喝下汤药，赶紧抓了几颗蜜枣往嘴里塞。卢后在旁笑道："看你最近爱吃甜，这一胎或许是个女孩！"

夕莲擦擦嘴，故意冷言相对："我父亲还没消息么？"

卢后霎时笑容褪去，眼色落寞。炉火熊熊，怎么也暖不回她的心。她这二十年，一直在为幸福抗争，到最后却发觉一切毫无意义。她在乎的人，统统弃她而去。

"没有……你好生歇着。"挂着一丝惨淡的神气，她强行迈着稳稳的步子离去，身后的夕莲抛下一句："太皇太后慢走，不送。"

她深吸口气，微微仰起头，耳上垂珠乱晃。夕莲对她如此，是她活该吧。当时若留夕莲在宫里，日后封个公主，恐怕现在也和予淳过得和睦幸福，不会落得现在这样。但是她怎能容忍欧敬之的孩子认贼作父？她这一生的不幸全都因为司马哲！天底下女子无数，他为何偏偏就看上了她？

她进了内殿，双目被寒风吹得湿润通红："都出去、关门。"

不顾熏炉滚烫，她双手紧紧按了上去，喉咙里嘶吼一声才弹开手，泪纷纷洒落。伪装了多年，假的也成真的，只有这样，她才能哭出来。

卢离晟从帷幔后冲出来，一把捞起她，低声斥道："你疯了！这是做什么？！"

她低垂着头，泣不成声，口里断断续续念着："混蛋……你这个……混蛋……"

"疯女人！"他强捏住她的手腕，看她被烫起泡的手掌，"难不成你也要学她？不过是叫你去弄死孩子，又不是要她的命！你们两姐妹怎么都是一副死脑筋！快叫婢女传太医！"

她哭着哭着渐渐狂笑起来，事到如今，他以为她还会任他摆布么？她已经没有任何东西可以被要挟了……她渐渐平复，娇弱无力地倚在他怀里："先扶我上床吧。"

卢离晟打横抱起她，脸色铁青。

"离晟……"她的面庞梨花带雨，带着几分哀怨，"我知道，这么多年，你心里只有她。可是我为你做了这么多事，你何曾把我放在心上了？"

卢离晟眼露不屑："你心里不也有个欧敬之吗？你为我做的事，全是为了有一天可以和他远走高飞！他走了，你才想起我的重要？"

“现在，只剩我们俩了。离晟……”

迎着她楚楚的目光，他心中一动，伸臂揽住她。一夜夫妻百日恩，虽然同床异梦，但怎么说也风风雨雨走过了这么多年，或许他的余生都只有她陪伴了。他轻轻揉着她的肩，脸上刚晕出一个弥足珍贵的笑容，猛地从肺腑发出一声嘶吼，打破了半世流年。

她手一抽，血流如注，接着又捅了一下。

卢离晟低头，捂住腹部的血涌，从牙缝狠狠挤出三个字：“邬清岚……”接着伸手掐住她细弱的脖子，“贱人——我死了也不会让你活！”

她拼尽毕生所有的愤怒，发疯似地挥舞着匕首，热血洒进嘴里，令人作呕，因为是他的血！也不知扎了多少下，她终于挣脱开来，望着瘫倒在地奄奄一息的卢离晟，嘴角弯起一个妖冶狂妄的笑。

“卢离晟！我躺在你身下这么多年，就等着这一天！这把匕首，我藏在枕下十年了！是你逼死了清玮、是你逼走了敬之！混蛋，恶有恶报，你死了会下阿鼻地狱！永世不能超生！”她说得神采飞扬，溅在脸上的血腥衬得她的笑容越发妖邪。

卢离晟死死瞪着她，狰狞地笑道：“你以为你不会吗？下了地狱，你仍然要躺在我身下承欢！哈哈……邬清岚，你人尽可夫！”

她在他身旁坐下，不顾血泊弄脏了裙袍。用刀尖在他脸上划了一道又一道，控诉着多年来压抑在心底的愤恨。他的血不用多久就流光了，她要让他在痛苦中慢慢死去。

卢离晟无力发泄，视线渐渐模糊，感觉不到疼痛，也感觉不到光亮。没想到他叱咤一生，却死在这个女人手上……他怎能让她好过？！他面无血色，虚弱地说出一句话：“你不知道吧，司马哲他是怎么死的？”

她痴痴地答：“不是你在敬献的酒里下了毒么？”

“毒，被他察觉了……他要灭我！”他用尽力气挤出一个狰狞的笑，“于是……我跟他说，你是如何对我耍媚、如何娇态万千，你的呻吟如何销魂、你的身段如何妖娆……”

她声音剧烈颤抖：“然后呢？”

“他心肺本就不好，一气之下，吐血身亡。他是被你活活气死的……”

手起刀落，卢离晟颈上多了一道口子，咽了气。

匕首跌落在地，“哐当”一声溅起几滴血。她身子疲软倒在不远处，双眸瞪得大大的，空无一物。也不知过了多久，她晃晃悠悠地站起来，绕到窗边，从柜底摸出一只小盒子。

精美的雕花上覆着厚厚的灰尘，轻风拂过，那些积攒了多年的灰尘纷纷四逃。她摸着盒盖许久，猛地打开，发现里面静静躺着一只锦囊，明黄刺眼。锦囊上唯有一只红褐丝线绣的鸳鸯，孑然一身。这个藏在他冕旒下的宝贝盒子，她一直不敢看。原来他留给她的遗物，竟是她永远绣不完的鸳鸯锦囊……她将锦囊捧在心口，歇斯底里。

遥想月夜湖畔，手持紫玉笛的男子衣袂飞扬，她的《卜算子》再悲戚切切，怎敌他一曲《醉花阴》天下无双！这场旷日持久的折磨，只不过是她在错的时间，遇见了错的人。除此以外，她还能用什么理由来埋怨上天？

听见动静的侍婢涌了进来，见到室内的血腥场面纷纷惊叫不已，殿内乱作一团。一名年长的宫女发现了角落里的卢后，急忙去扶她："这是怎么了？太皇太后！"

卢后紧紧捏着锦囊，侧头盯着卢离晟面容模糊的尸首，木然地道："卢元帅意图行刺，幸好哀家早有防备……"说着，她止不住浑身战栗，昏了过去。

六·流产

窗边的盆栽绿意盎然，给一片金华的寝殿平添了些许生机。

夕莲笑吟吟地替曦儿穿上她绣了几个月才绣完的肚兜，一面对锦秋说："你看我绣的，一点不好看，可是曦儿很高兴呢！"

"娘娘亲手绣的，皇上当然高兴。"锦秋将摇篮里的小熏笼换了，"还有一个月就过新年了，到时娘娘恐怕行动不便，岁首朝会就不必去了吧！腊祭都够累的。"

"怎能不去？那可是皇上最重要的日子。"夕莲紧紧搂住曦儿，盯着他细长的眼睛，她一直很介怀他的眼睛长得不像司马昭颜，或许她肚子里这个就像他了呢。

锦秋担忧道："可是，娘娘近日太过劳累，太医说……"

"太后！"远远传来明公公的呼叫，夕莲起身稍稍扶着腰慢慢走了几步，紧张地问:“何事匆忙?”

“出事了!”明公公喘着气答,“卢元帅在太皇太后那儿出事了,暴毙!摄政王盛怒,正在调动御林军!”

卢元帅暴毙?夕莲一时反应不及,天真地问:“摄政王调动御林军做什么?”

“卢元帅意图行刺太皇太后,反被诛了。摄政王恐怕是要逼宫了!”

夕莲懵懵地望着明公公问:“那……我们怎么办?”

香炉袅袅升起的轻烟,就像蒙在她心上的恐慌,不断波动,停不下来。没留给她任何思考的时间,卢予淳已经带人冲了进来。夕莲抱着曦儿,带着残留的一丝希望,喃喃喊了句:“予淳哥哥……”

他的目光愤怒如刀尖,像要狠狠剖开她的肌理一般。

夕莲开始胆战,殿内的气氛,好似山雨欲来,不,应该是一场暴风骤雨。

她无法窥破他从前温情的眼眸如今是怎样的冷绝。他魅惑不羁的微笑还浅浅萦在她心头,何时就成了这样一副不容违逆的神情?不,这不是她的予淳哥哥。她瞥了眼予淳身边内侍端着的药碗,极力吞咽下恐惧,对他粲然一笑:“予淳哥哥这是来做什么?”

卢予淳痛绝的目光,密密匝匝洒在夕莲身上。他只说了一句话:“杀父之仇,不共戴天。”

身后的侍卫一涌而上,在一片吵嚷哭喊中,他闭目回想万顷烟波、碧澈池水、似火夕莲,想起上元灯火、车如流水马如龙,她浓艳的颜色跳跃如火一般热烈……

曦儿在掠抢中戚戚啼哭,夕莲盯着那碗渐渐逼近的浓黑汤药,近乎绝望。这样一个艳阳天,她要怎样说服自己相信眼前的一切?她突然扑过去朝卢予淳跪下,拽着他的袍角小声哀求:“夕莲从没求过谁,予淳哥哥,放过曦儿、放过我的孩子。夕莲求求你,哥哥……”

热泪滚落一地,忆起儿时,她拉着予淳的衣摆央求他给她做纸鸢,他总是毫不犹豫答应的。他现在也一定会答应的。视线朦胧,她却执拗地仰着头,嘴里一直念着:“放了他,予淳哥哥,夕莲很难过……为什么这样对我……”

卢予淳始终紧闭双目、置若罔闻。耳旁夕莲娇弱的央求声被堵住,不一会儿转成剧烈的咳嗽,他微微睁开眼,见夕莲发疯似的推了灌药的内侍一把,瓷碗跌落，在地上砸得粉碎，月白的碎渣釉面，闪烁着尖利的光芒。

药效发作得如此快，夕莲紧紧蜷缩在地上，身子不断抽搐，腹中似是被捅了几刀，摧肝裂胆的痛。她满面泪痕，口里仍然在喊着："放了曦儿……还给我……予淳哥哥、求你放了他……"

她身下涔出的血源源不绝，卢予淳退开两步，目光呆滞。

夕莲面色煞白，下腹锐痛，她知道那是她的孩子在求生，他不愿意离开母亲的怀抱。可是他不知道，这样一个没用的母亲，连自己的孩子都保护不了……她浑身痉挛，意识陷入一片混沌。

卢予淳发疯似的冲了过去将她捞了起来，紧紧拥在怀里，朝一旁泪眼婆娑的锦秋吼道："哭什么！还不快传太医！"

夕莲昏厥之前最后念了句："曦儿……哥哥，别伤害他！"

室内萦绕满满的药味，水汽濛濛。昭颜坐在案前，额前两缕湿漉漉的发无意垂下，拂过眉尾。水迹沾在眉毛上，昏黄的烛光中却显得流光溢彩、眉目动人。郢云姬不由看呆了，直到觉得烫手，才反应过来，赶紧放下汤药。

昭颜接过她手上的一撮圆滚滚的黑豆，禁不住后怕。就是这些东西，藏在他身体里十年了。

"蛊毒暂时清除了，喝了这碗药，你就没事了！"

昭颜端起药，又停下来问："你的伤口没事吧？竟要取你的血来医治我，过意不去。"他说出如此顺畅的话语，自己反倒有几分羞涩。从前喉咙里总是含糊不清，加上极少开口说话，他的声音带点沙，不似别人那样铿锵或清悦。

郢云姬却觉得极好听，沙沙的、柔柔的，像细细的黄沙，甚至是能让人沦陷的流沙。她习惯性地捋着耳边的发丝浅笑："没事，不过几滴血而已！公子，病好了，是不是该回去和夫人团聚？"

昭颜怔了怔，仰头将药一饮而尽。他是要回去了，只是……

郢云姬猛地站起身高喊："谁整天在那偷偷摸摸？！"

昭颜疑惑，探身看了看，月色下除了顾曜蹲在那里种什么东西，他的人都出去办事了。看来从前郢云姬老说有人跟着她其实并不是他的人，那人是何居心："云姬，村里的人都互相熟识，如有外来人，应当很容易分辨，我去找村长打听一下，最近可来了外人。"

“除了你们，应该没人了。”邬云姬歪着脑袋，黑眼珠在细长眼眶里滴溜溜转了几圈，“不过，确实是从你们来了之后，才老有人跟着我的……是不是你的人啊，公子？可是你家仆中有人看上我了？”

她戏谑的语气让昭颜忍俊不禁，她狡黠的神情，让他目光渐渐迷离。邬云姬朝他狠狠瞪了一眼，没好气地说：“别这样看我！你那眼神，明明是属于别人的。你总是这样看我，我是云姬，不是夕莲！”

她负气离去，昭颜回过神来，赶紧追出去，诚心道歉：“对不起，云姬。你和她……真的很像！”

“像？像有什么用？我也不能代替她！”邬云姬无心快语，却泄露了心底的秘密，脸颊顿时绯红一片。低垂着头上了小桥。

昭颜一惊，清冷月光下，她的娇羞异常明了，他蓦然心慌起来。或许这些日子他对她关心过头了？他只是想代替韦娘好好照顾她而已。

竹楼四面透风，幸好西蜀的冬日不算太冷。解毒之后，司马昭颜不再畏寒了，即使盖着薄薄的棉被，也不如从前在宫里觉得那样冷。他摸着枕下的莲花吊坠，仿佛触到了她温热的躯体，何处都是醉人的柔软。一时燥热难当，他下床倒了杯水。或许是最后那些时日的放纵，让他愈加控制不住自己的臆想。在夕莲之前，他从不会这样。

院子里一阵扑棱棱振翅的声音，是信鸽回来了？昭颜听见隔壁的福公公出了门，便也去开了门。借着清冷的月光，他能看见福公公脸上凝重的阴郁。他轻声问：“什么事？”

福公公惊觉司马昭颜就站在门口，他眼里竟透露着那样的焦虑和担心。或许他自己都不知道，他的心早已被夕莲蛊惑，取不回来了。福公公走近答道：“卢元帅被卢后所杀，卢予淳举兵篡位了。”

昭颜心弦紧绷，早料到他们会篡位，只是卢予淳如此篡位，毫无借口，即使得不到民心得不到朝廷认可也在所不惜？这不像他：“曦儿还在位，朝上还有三朝元老，几位大人……”

“老臣全部被罢黜！右相大人已经殉国了！”

“右相！”昭颜紧紧抓住福公公的手，眼眶湿润，“朕内疚……”

“皇上……”福公公垂下头去，声音低迷，“小皇上被送进乌镜台了，幸好我们有准备，林太后会接应。不过皇后流产了……”

“什么？！”昭颜一声惊吼，不可置信地问，“怎么、怎么流产的？”

“被卢予淳下令灌了堕胎药。本来小皇上也难逃一死，皇后哀求许久，他还是放过了。锦秋跟去了乌镜台，明公公找了信任的人照顾娘娘，只是如今还昏迷不醒……”

司马昭颜浑身僵冷，好像被冰水从头到脚浇透了般，虽极力镇定自己，声音还是微微颤起来：“你们说她不会有事的，朕信了。可是现在她怎么办？孩子都五个月了，夕莲……她怎么办……”

“皇上！”福公公急忙去搀扶，“既然当初决定利用她稳住朝堂，这些事也早在意料之中，甚至再惨一点的状况。她不顾小皇上背叛大褚去帮卢予淳，我们都曾预料过。如今卢元帅已死，卢后已经不足为惧，就剩一个卢予淳了，比先前的情势好很多不是吗？”

“可是她没有背叛我……”昭颜感到眼前一片泫然的模糊，泪不再黄浊，那样清澈晶莹，流到嘴里却是极度咸苦的，“她一直在帮我们，她现在一定很苦，福公公，原谅她吧，我们原谅她吧？”

他在福公公面前流着泪，显得这样无助，其实早在骊山宫转身离开她的一刹那，他就想哭了。没出息也罢，他情愿没出息，就像他假装耽于美色、疏于朝政的日子，那些颈项缠绵、那些凌乱喘息都是真实的，如何能假装？那些潮热的残余体香、那些澎湃过后的倦苦，宛如他脑中的蛊毒，浅淡至极却又挥之不去！

“我要回去找她！”昭颜话音未落就冲进屋子，福公公心思一转，赶忙拉紧门挂上锁。昭颜只听见铜锁“咔”了声，满脸绝望转身扑向门边用力捶打，一面哽咽，“福公公，我不能看她死。”

“请皇上好好想想，想通了老奴才开门！”福公公何尝不是痛心疾首！先皇痴情，尚能自控。可司马昭颜自小异常，难以亲近他人，夕莲从他八岁时就占据了他的心，这份日积月累的情丝要用什么剑才能斩断？“还记得先皇遗言，要善待天下。皇上，请问您要如何善待天下？仅仅为了一名女子，您要回去送死？”

昭颜倚着门框一点一点往下滑，无力再争辩。这名女子是夕莲啊……她曾经救过他的命，她为他生了孩子。如果夕莲都不在了，那么江山对他来说便只是个枯燥的负担，他将过着机械麻木的日子，还会一直畏寒。

夕莲，夕莲……你能听见吗？不能有事，一定要等我。

被夕阳余晖笼罩的莲花池，暗香浮动，一叶扁舟缓缓而行。舟上迎风而立的男子身形修长，一袭袍子被印染成夕阳的颜色，他背着光，看不清面容。夕莲对他挥手浅笑，恍然之间舟上却没了人影，他落水了！她的心也像溺水了般沉闷挣扎，跃入莲池，搜寻他的身影。被层层花叶遮住的水面下，夕阳筛下来，光怪陆离。除了花茎，什么也没有，人呢？司马昭颜呢？

她急得想要大叫，池水猛地灌入了口中，呛得她浮上水面剧烈地咳起来。有人在拍她的背，她顾不得身体的疼痛惊喜地唤道："昭颜！"

跃入眼帘却是一张陌生的脸孔，方才自己吐了一身褐色药水，屋子里充斥着浓浓的药味。明公公欣喜地上前："娘娘终于醒了！谢天谢地！"

夕莲忽然想起什么来，摸了摸瘪塌的肚子，一阵晕眩。旁边的侍婢扶住她，"娘娘，快点进食吧，太医说幸亏身子底强才撑下来了！"

她虚弱地问："曦儿呢？"

明公公轻声答："娘娘放心，锦秋随去了乌镜台，会好好照顾……"

"乌镜台！"夕莲不知哪里来的力气惊叫，"不！不可以！"

"娘娘！"明公公低声伏在她耳旁说，"别担心，乌镜台还有自己人！甚至比宫里还安全！"

夕莲一窒，自己人？林太后么……明公公怎能确定林太后是自己人？难道这一切事先都安排好了？司马昭颜还有什么后招可以令王朝起死回生？

她摸了摸两道锁骨中间的扳指，如果他的魂魄一直没走、一直在冥冥之中帮她，那为什么不留住她的孩子？她多想看看这个孩子是不是长得和他一样……

"摄政王准备在岁首登基，朝中忠于司马皇室的老臣全被罢黜……娘娘！娘娘！"夕莲腰间剧痛难当，又晕迷过去。明公公急得乱转，逮着太医一顿吼。他心里明白，夕莲若是不好，恐怕远在西蜀的皇上也好不了！福公公连着三封传书催他报告皇后的情况，他怎么好说？怎么敢说！五个月流产，可是命悬一线，流产之后身子虚寒、腰脚冷痹，为了给她止血止痛，太医院都打算动用禁药五石散。不管怎样，先保住命再说……

明公公凝视夕莲毫无血色的面庞，可以想象千里之外的皇上也是这样的脸色，甚至更差……就算是欺君也要这么办了。他剪下夕莲一缕青丝，装进她闲时绣的荷囊里，又从御书房寻了张她前些日子写的字，附上一切安好的信件，统统绑在信鸽腿上。

信鸽咕咕叫了一阵才飞走，仿佛在抱怨一般。他苦笑了一下，这信鸽还真是辛苦呢，大包小包。不过治皇上的心病，全靠它了。

七 · 蛊毒

吊脚楼不御寒，屋子里多生了几盆火，木炭嗞响。邬云姬送汤药进屋，见福伯趴在桌案上睡着了，便放轻了脚步。她不知主仆俩怎么闹起别扭来了，只发现福伯这一阵对鸽子分外敏感，一听见鸽子咕咕叫或者翅膀扑拉的声音，便冲出来，然后失望而归。

昭颜看似熟睡，紧抿着唇，面色苍白。邬云姬打趣道："公子，你还不起来喝药，难不成叫我喂你？我还没喂过谁喝药呢！"

司马昭颜依旧没反应，邬云姬在他身边坐下，试了试他的额，已经不发热了，就剩下心病。这一场风寒来势汹汹，拖了半个月总算好了。她将药先放置在案几上，手探入棉被中把脉。刚按了下去，指尖忽然颤了一下，失声道："不可能！"

福公公惊醒了，发觉窗外鸽子叫得欢，急急忙忙出去。

昭颜皱了皱眉，恹恹抽出自己的手："身为女子，怎不知检点？"

"公子！"邬云姬一把拽起他，"这几天有人给你吃过特别的东西吗？"

"应该没有。"

"那上次的解毒汤药你都喝完了？"

"是你看着我喝完的。"

福公公揣着信件满心欢喜进了屋，听见邬云姬这么一问，心又跌了下去："公子他又怎么了？"

昭颜也不装睡了，眼神倒是很清明，定定地望着邬云姬。

"蛊毒复发了。"她这句话说得轻飘飘，却着实给了他们沉重一击。福公公急得大叫："不是说解毒了么？怎么会复发？这些天的食物都是我亲自试过的，没问题啊！"

邬云姬凝神想了会儿:“我的配方不会有错！要么,下蛊的不是我娘,另有其人……所以我的血作不了药引。”

福公公急了:“可是,这向来只传庄主的！不会有外人知道吧？”

“福伯,我得回庄里去查查！那药一定要他喝了！”邬云姬话还没说完,青绿的身影已经飘然拐了出去。

司马昭颜依旧对福公公不理不睬,平日的汤药都是邬云姬想着法子逼他喝下去的。他倒要看看这回福公公要怎么劝他喝药。

福公公笑容可掬地唤道:“皇上、公子,有好消息！明公公回信了。”

昭颜晦暗的眸中顿时有了光彩,欣喜地问:“夕莲可好了？”

“好了！”福公公递上荷囊,“这是娘娘亲手绣的,听说本来是想给还未出世的孩子,现在用不着了,明公公便偷偷拿来了。”

昭颜接过荷囊,熟悉的莲香在四周氤氲。捏了捏,里面好像有东西,他打开一看,是她的发、她黑缎般的发,他苍白无力的脸上忽然阳光明媚。

福公公看在眼里,喜在心里,又递上一张纸:“这是娘娘近日写的字,看样子恢复得很好啊！”

昭颜接过,她的字体依旧玲珑隽秀,他轻声念:“楼上残灯伴晓霜,独眠人起合欢床。相思一夜情多少？地角天涯不是长。”

她明明知道天人永隔,还念“地角天涯不是长”。

夕莲,你为何不早些看清自己的心？他眼眶湿润,心底的惆怅渐渐蔓延上眼角眉梢,斜斜望向窗外,清晨薄雾下的青松若隐若现,近处枯黄草地一片霜重。他和夕莲,究竟是谁负了谁？百转千回,他都不可能再与她破镜重圆……司马先祖在天之灵也绝不允许他原谅一个图谋他江山的女子！时至今日,他还能说出一句“只愿君心似我心,定不负相思意”么？

他端起汤药一饮而尽,平复心绪,岔开话题问:“那个跟踪云姬的人查得怎样了？”

“村长说近来没有迁入外人,经常进出村子的是些商人,从清云镇上来贩些东西。顾曜也去盯了一段时日,没有发现异常。皇上,还是先查查蛊毒的事？”

“等云姬回来吧！对于蛊毒,我们束手无策。”昭颜将荷囊顺手放入枕下,手留有余香,他怔了怔,眼里复又散发出一泓痴迷的目光。看着掌心那条生命线,早已被一道深陷的疤痕遮盖，那是夕莲、是他的命脉。回想起昨日梦境，浮云翩跹、往日缱绻，他对她还有誓言，难道他们所有过往的缠绵，真要成一生离别？他不甘！

他猛地举目盯着福公公，苍白的面容因激动而泛红："我要夕莲！即使你们要废了她，我也要留她在身边，哪怕让她做宫娥侍婢！"

"皇上，娘娘的性子，怎会甘心做宫娥侍婢……再说，若有她在您身边，恐怕皇上更做不到雨露均沾，如何为司马皇室多添皇嗣啊！"

"福公公！"司马昭颜牢牢拽住他的手腕，"朕会的，留下她，朕依然会履行一个帝王的诺言，对几位大人的承诺朕不会忘！"

"老奴不能做主……皇上，再议吧。"

昭颜神色复杂，只觉得心里空荡荡的，默默点头。

一室流苏帘幔如霞似雾，地炕烧得滚烫，在内伺候的宫娥都只着了轻薄的春衫。

夕莲半卧在榻上，神情慵懒，脸颊绯红。她手指捏不稳，酒杯"哐当"摔在地上粉碎。内侍静静上前收拾了，两名侍婢将夕莲搀起来："娘娘，起来走走吧？服药之后不能静卧。"

夕莲摇摇晃晃站起来，嘻嘻笑道："我不卧、不卧，给我点酒……"

侍婢小心地对她说："皇上吩咐过，只能喝三杯酒送药。娘娘，咱们先走一圈，然后用膳了。"

"我走，可是能走去哪里呢？"夕莲半仰着头望着帘幔，口中恍惚，"韦娘，韦娘，你说他对我好吗？这是他送我的烟霞锦……"她又跳了几步傻傻笑着指向龙床，"那是他送我的凤羽帘！是女皇帝用的哦！"

瞥见旁边的菱花镜，夕莲停下来盯了许久，摸着自己的脸庞问侍婢："锦秋，你看我今日气色好吗？跟抹了胭脂似的！"

"奴婢是玉茗，锦秋去乌镜台了。娘娘天生丽质，不施粉黛也美若天仙。"

夕莲又凑近一点认真看，慢慢摇头："嘴唇、不好看……我要点唇脂。"她胡乱抓起桌上的脂粉盒，摇头晃脑，"不好看，这颜色就像血一般！"

"娘娘，先走走吧，不然这药性会有损娘娘玉体。奴婢一会儿再替娘娘点唇脂。"

"嗯……好吧！"夕莲支起身子来，眯着眼笑，"这次太医开的药真好，我一点都不痛了！真的，身上不痛了、心里……更不痛了！咯咯……"

“娘娘不痛就好，身子会一天天好起来的。”

夕莲眼神迷离地望着一步步走近的明黄身影，忽然拍手欢叫：“司马昭颜！别躲了！我看见你了！”

满屋宫人跪地恭请圣安，卢予淳沉着脸问随行太医：“贵妃怎么还是疯疯癫癫的？五石散不是在减量么？”

“是，皇上，再过三日就可停药了。”

“先把脉。”卢予淳焦躁不安地坐下，北方边境之事够他烦的了，南离国又以新朝玺印与旧约不符为由撕毁旧约，打算出兵。本来他民心所向，却因为战事引起四面八方抗议连连。老太师也批他太过急躁，可是父亲暴毙，必须用整个司马王朝陪葬，他方能安息！

夕莲一手伸给太医把脉，另一手却捋着太医的白胡须，嘻嘻哈哈。

卢予淳不耐烦地吼了句：“她到底怎么样了？”

夕莲吓得缩了缩身子，眼神慌乱如受惊的小兔般怯怯。

老太医垂目答：“已无大碍，只是今后再不能生育。”

“什么？！”卢予淳心里一窒，不能生育，那么她今生都不能为他生孩子了么？为什么……这么残忍，上天竟对他这么残忍！经历了多少艰辛，他才让她重新回到自己身边，却一下就被切断了未来！

夕莲痴痴呆呆，宛若木雕。反正她今生再也不会为谁生孩子了，只是那个五个月的胎儿，去得太匆匆。她的意识一片混沌，不知怎么从枕下迅速抽出一把匕首，直直刺向卢予淳的心口！卢予淳轻易扭住她的手腕，刀子清脆落地。他凝视闪着锐光的匕首，冷冷地说：“你竟然用这把匕首来对付我。”

夕莲莞尔一笑：“它还没沾过谁的血呢！或许它渴了！”

“你和你母亲都是一样的疯子！”卢予淳愤怒之极用力掴了她一掌。“啪”的一声在殿内悚然回响。

一室宫人都跪下了。明公公脸色煞白如纸，磕头求道：“皇上，娘娘因为服用五石散，精神恍惚，偶尔发狂发癫，行为失常也是情理之中的啊！还望皇上恕罪！”

卢予淳稍稍压制住怒气，喝道：“贵妃疯了！禁足德阳宫！”

宫人纷纷谢恩，见卢予淳拂袖而去，才慢慢起身。

夕莲脸颊发痹，抬头抹掉唇边的血，神情恍惚地问：“明公公，他说我母亲？他说我母亲是疯子？”

"娘娘,快用膳吧!再不进食五石散会发出毒性!"明公公眼见她如此,心疼得厉害。之前他认为欧夕莲如谣传中那样骄横霸道、媚主惑君,谁想她竟如此傲然不屈,"娘娘,别做傻事了,您还有希望,小皇上、还在乌镜台呢……"

夕莲呆呆笑了:"小皇上,前朝皇上,还有什么希望……是我没用,保不了他的江山了。可是,他为何说我母亲?我连母亲都没见过,韦娘走了,父亲离我而去了,曦儿也不在身边了,我只有一个人、一个人了……"她笑着,落下泪来。

明公公心焦,脱口而出:"不,还有希望!娘娘不是一个人!"顿了顿,他垂头说,"娘娘先养好身子,或许今后有机会上乌镜台去看看小太子。"

"真的么?"夕莲举眸殷切望着他,"什么时候能去?以后,我要教他说话的。"

明公公不禁信誓旦旦道:"奴才担保,日后一定会让娘娘与小太子团聚!"

桥下寒风凛冽,冰冷刺骨。昭颜蹲在小河边洗衣,两只手冻得青白。河面上淡淡的雾气逐渐被晨曦穿透,潺潺流水也温和了许多,从他指缝间温和而过。他望着一片波光粼粼,轻轻念了声:"曦儿。"

路过一名妇人笑嘻嘻地唤他:"喂,怎么不叫云姬洗啊,小妮子不懂事啊?你得教教她!"

昭颜报之一笑:"怎么能麻烦云姬,我自己能洗。"

妇人心里高兴,眼见他病好了,可是个俊俏郎,配得上云姬!

远远传来邬云姬空灵的声音:"公子——!"

妇人见她朝这奔来,大喊:"云姬哟,你怎么能让他自己洗衣服呐?"

邬云姬撅起嘴来:"我都是自己洗,他怎么就不能自己洗啦?"

昭颜笑问:"怎么?找我有事?"

邬云姬兴奋道:"嗯!我抓到了那个跟踪我的人!他掉进我们布置的陷阱了!你快来,跟我一起去看看!"

昭颜刚起身,手已经被她拉住了。她的手心暖烘烘的,他心中一动,想起遥远的八岁夕阳中那只温暖的小手,不过一个掌心的温度,却注定要遁入他的一生。

邬云姬惊呼:"你的手好凉!"说着又握紧了些。

昭颜愣愣地跟在她身后,看着她方才奔跑时松了的玉钗,禁不住伸手想替她插紧。邬云姬一回头,玉钗从她发髻中脱离,恰好被司马昭颜捏在手里。

云姬愣了愣,喃喃地问:"你做什么?"

“我……”昭颜见她脸上浮现一丝羞涩，忙移开目光说，“刚好它掉下来，我替你接住了。”

她眼眸晶亮望着他，语气狡黠地说：“嗯，那你再替我插上吧？”说着，侧头往他那边靠了靠。

司马昭颜愣了半晌，她的侧脸，与夕莲如出一辙。他不由自主应道：“好。”说不清内心是怎样的突然，就如荷花池边，他亲手在她发髻戴上第一朵花。他眸中含喜替邬云姬插上玉钗，仿佛眼前巧笑倩兮的女子就是夕莲，就是他的狐狸精……

邬云姬低垂着头紧抿嘴唇，盯着他那只紧紧握住自己的手，忽然就甩开了，即使她真的能代替她又有何用，他心上篆刻的那个名字永远是夕莲！她牵强一笑：“快啦，去看陷阱里是哪个坏人！”

半山腰满是参天大树，枝叶繁茂遮住了光亮。在这样阴暗的地方设陷阱，恐怕谁都会掉下去。司马昭颜带着顾曜和几名侍卫将邬云姬护在后面，邬云姬两手捋着侧边的长发不悦地道：“别以为我会害怕，从小和蛇虫鼠蚁一块儿长大，恐怕你们谁也不如我胆量大。”

清云山庄的丫头们七手八脚把机关给撤了，灌木丛中一个黝黑的大坑赫然呈现眼前。顾曜朝里头大喊了句：“喂，贼人听着，我们现在拉你上来，要是敢轻举妄动，只有死路一条！”

邬云姬“扑哧”一声捂住嘴笑了，顾曜回头望着她挠挠头问：“邬小姐笑在下么？”

邬云姬清清嗓子说：“我要是你，我会先问完话再拉他上来！”

顾曜竖起大拇指赞道：“好主意！”然后又朝里头凶巴巴地喊道：“姓甚名谁，快快说！为何要跟踪我们邬小姐！？”

邬云姬瞪了他一眼：“谁是你们邬小姐？我乃清云山庄庄主！”

顾曜嘿嘿笑着答：“是了是了，在下说错了……”又回头喊：“为何要跟踪我们清云山庄庄主？快说！”

邬云姬又不高兴了，朝顾曜嗔道：“清云山庄何时成你们的了？”

顾曜傻愣愣地望着她，然后问司马昭颜：“公子，我又说错了么？”

昭颜一直竖着耳朵听坑里的动静，上前两步探身看了看，失笑道：“云姬，这坑也挖得太深了，不见底啊。这里真的有人么？为何一点声响都没有？”

“深了才逃不出来！肯定有人的，我的丫头们都看见人掉下去了！”

四周的丫头叽叽喳喳答道：“是啊是啊，我们都看见了！”

“这有何难？”邬云姬蹲下身子捡了块大石头，往里头一扔，坑里发出“哎哟”一声，她拍着手欢叫，“怎样？说了有人吧！”

顾曜惊得张大嘴：“这么大块石头，不会砸死人了吧？”

邬云姬捋着青丝，一脸无辜地说：“谁让他不出声的……”

司马昭颜示意大家别出声，用他沙沙的声音问了句：“你究竟是谁？若无恶意，请坦诚相对！”

半晌，终于传来一声闷闷的回应：“罪臣……欧敬之。”

八·闯陵

卢后的寝殿俨然成了一座冷宫，除了宫门口两名看守，再也看不见任何人。夕莲迈着匆匆的步子，时不时得停下来喘口气。明公公一直在旁边劝着：“慢点儿吧，娘娘别急……”

她不急，可是心里却为何那样发慌。听到卢后病危，她没有多难过，却慌得浑身发抖。如果连卢后也走了，司马王朝就真的一个人也没了！她扶着玉茗，忍不住哽咽：“正月里这样冷，竟然连个火盆都不给她……换了谁都要生病的……”

寒风穿堂而过，往日温暖明敞的寝殿，落魄成鬼屋般的阴森，不见灯盏烛光，不见香炉青烟。夕莲走得太快，被裙角绊了一下，玉茗搀起她来继续往前走。整个宫殿只有床边坐着的一名年长的宫女，见夕莲赶来了，禁不住号啕大哭：“终于来了！您终于来了，娘娘不肯咽气，就等着见您一面啊！”

夕莲颤颤巍巍走去扑在床沿，卢后煞白如纸的脸色刹那红润起来，眼角落泪。夕莲握住她冰凉的手，低声啜泣：“他怎么可以这样对你？你要撑住，我会想办法救你出去的！我受够了一个一个人离我而去，太后……”

“夕莲……”她的气息微弱得发不出声了，只是嘴唇努力张合，“你一定要出宫，去找你父亲……他去了西蜀国、一个叫清云山庄的地方……”

夕莲拼命摇头哭嚷：“父亲他已经不要我了！我不要去找他！我会命人来照顾你，再坚持一段时日，我会求他放过你！”

“傻孩子……杀人偿命，天经地义。”卢后淡淡笑了，宛如洁白的宣纸上落了滴清泪，那样晕开来，淡泊至极却又真真切切。

夕莲转身唤玉茗，从带来的食盒里呈上碗人参汤：“太后，喝了它能舒服一些。”

卢后虚弱地点头，她已经许多天没吃过热的东西，喝完参汤之后身子迅速暖了起来。人参能吊住她最后一口气，她支起身子半躺着，拉住夕莲的手轻声劝道：“找机会一定要逃出去，这宫里不是人待的……卢予淳不杀我，就是想折磨我、羞辱我。夕莲，不要去求他！以前是我看走了眼，原来他和卢离晟一样凶残，为了惩罚我，居然连你都不放过！”

夕莲一想到未出世的孩子，心里针扎一般痛。

“夕莲……”卢后手上一紧，人之将死，还有什么不能说？难道要带着一身罪恶下到地府去吗？她终是鼓足勇气说出来，“韦娘的死，我们不能怨司马昭颜。我想了许多、想了许久，从一开始，我就错了。是卢家，利用我威胁韦娘对当时的太子下蛊。司马昭颜不是白痴，他是中了蛊毒。”

夕莲惊呆了，喃喃地问：“韦娘怎么会下蛊？”

“韦娘，邬清玮，她是我姐姐……我为什么要恨自己的姐姐，就因为她抢了一个人的心！我太傻了，为了一己私欲，弄得所有人都不幸福……”她紧紧捂住脸痛哭起来，多年的泪终于得以尽数涌出、毫无阻碍，“我当时不明白，后宫佳丽三千，他为何偏偏要把我弄进宫？进了宫，我又不明白，为何他眼里那样的温柔不单单属于我，还要分给众多女子？爱情对一个帝王的女人来说太奢侈，敬之能给我的，是司马哲永远也给不了的唯一！”

敬之，她又这样称呼自己的父亲！夕莲失声问：“你和我父亲究竟什么关系？！”

卢后剧烈地咳起来，绢帕上染上触目惊心的猩红，她怕吓着夕莲，擦拭了嘴角偷偷扔在一边。她轻轻抚摩夕莲的脸，含泪笑道：“傻孩子，我是你母亲……”

“不可能……”夕莲一把推开她，眼里惊恐，“我母亲生我的时候就死了，父亲为纪念她，才种上了夕莲花！”

“是，夕莲花是南离黄莲与西蜀红莲交合培育出来的，是你父亲费尽心思请人培育的。夕莲花开的时候，他原要迎娶我，可是我却被卢家强行掳了去……为了讨好皇上，他们给我一个假的身份进宫。我不叫卢玉婵，我不是卢家人。夕莲，我叫邬清岚，我是你母亲！”

“那韦娘呢？”

“她是我姐姐，是你阿姨。”

夕莲怔了怔，猛地上前一步恶狠狠地拽住她的衣襟，愤恨随着泪汹涌而出：“她是你姐姐！你还利用她？司马昭颜到底逼问她什么事，她宁死也不肯说！”

“是蛊毒，司马昭颜要她解毒……可是卢家等不及要除了他。”

夕莲失魂落魄，轻念：“野火烧不尽、春风吹又生，是你要韦娘去杀害司马昭颜……”

“我恨司马昭颜，是因为他是司马哲的儿子……我以为，司马昭颜一死，卢家会放过我们，你也能摆脱他得到自己的幸福！可是清玮她还是下不了手！十年前她就留了一手，不然司马昭颜活不到今日……十年后她竟然更加心软了，若早知她会选这条路，我……我……”卢后一口气喘不过来，眼前发黑，似乎预料到了自己将奔赴更加黑暗的世界，她颤抖的手从枕下摸出一只锦囊，紧紧贴在心口，“夕莲，你唤我一声母亲可好？”

夕莲木然转身，轻轻抛下一句话：“你不配，韦娘才是我母亲。”

日暮西沉，远远的铅云越来越低，最后全部被黑夜吞噬。

黑夜意味着什么？是梦境流连，是相思无限？

是谁在夜幕中偷换了流年，是谁在日出前望断了天涯？

马车飞驰，穿过巍巍皇宫门、穿过灿烂的上元灯火、穿过无数人的热闹喧嚣。戏台上咿咿呀呀在演着贵妃醉酒，三千宠爱在一身，她也曾经得到过，只是从未珍惜。越到郊外、夜风越是肆虐，四面八方涌进来，一层层裹上她瘦弱的身躯。腰腹一片冰凉，夕莲却依然正襟危坐，怀揣着韦娘的牌位。

“娘娘，下雪了！”明公公勒住马匹，减慢了速度，“恐怕前面风雪更大，改日再去可好？”

夕莲微弱的声音无力地发出：“继续走，不要停。”

帘幕被夜风卷起，纷飞的雪争先恐后窜进来，玉茗按住窗帘，一手替夕莲弹去了肩上的雪花，细声细语对她说：“娘娘，这样大的雪，也没带个熏笼，可别冻坏了身子……太医交代万万不能让娘娘受凉了！明日或者雪停了咱们再来好吗？”

夕莲没应，抬眸看她：“你手冷吗？别管那帘子了，坐我这来吧。”

玉茗轻轻叹了声，挪了身子过去：“马车进不了皇陵，咱们也没带伞，娘娘，奴婢实在担心。”

夕莲长长的眼睫扑闪了几下，略启了唇：“可是我想他……”但没有发出声音。

“什么人夜闯皇陵！？停下！”

两名侍卫挡住了去路，长长的矛在月色下泛着青光直拦住马车，马匹受惊、锐声嘶鸣。明公公连忙掏出令牌：“是贵妃娘娘前来祭拜！这样大的风雪，可通融一下？贵妃娘娘身子不好……”

“贵妃？就是那个狐狸精？”守陵的侍卫带着嘲讽的目光往马车里瞥去，“既做了新皇帝的贵妃，还来祭拜昭帝做什么？猫哭耗子假慈悲！”

“放肆！”明公公不悦地喝道，“你们既忠于司马皇室，甘愿在此守陵，怎能轻信外界谣传？”

从木屋里又出来名侍卫，轻蔑地笑道：“卑职也曾在御林军当值，这位贵妃娘娘如何媚主惑君都是有人亲眼所见，可不是咱们信口雌黄！怀着身孕还跟嫔妃争风吃醋，是怎样的手段致使先皇专宠她一人，就不用我们多说了吧？哈哈……”

“就是，先皇痴傻，还不被她迷得七荤八素？听说，她就是狐狸精转世，光看样貌就有七分像……”那侍卫正说着，忽然停住了，愣愣地望着走下车来的夕莲。

暗夜风雪中，她如此瑰丽夺目，黛眉高挑、凤眼微眯，唇上泛着嫣红闪亮的光泽。

几名侍卫相视一眼，为首的一名冷冷说：“既是祭拜还穿金戴银、浓妆艳抹！如此不诚心，卑职不能放行！”

夕莲薄巧的唇努了一下，语气中带了几分自嘲说：“你们不知道么？狐狸精就是这个样子的，皇上就喜欢我这样子。第一次来看他，我不能让他失望。我有好多话要和他说，你们不放我进去，他会不高兴的！”

“哼！无论如何，马车不许进！罪妃要进去，必须三叩九拜！”

明公公大惊：“胆子不小！娘娘要祭拜先帝，何需你们下人多管闲事！”

玉茗也急了：“雪下得这样大，娘娘前些日子才小产，你们身为奴才怎么能这样为难主子？”

“小产！哈哈……”几名侍卫纷纷大笑起来，“这就是报应！那是当皇后的时候就与卢将军珠胎暗结，奸情败露便起兵篡位！据说，连那位当了几个月的小皇上也是卢将军的骨肉！”

明公公怒喝：“你们反了吗？！”

“也不知是谁反了，哈哈！”侍卫们肆无忌惮，整个陵园都笼罩在一片嘲讽的笑声中。

夕莲侧头望了望前方的路，生生咽下了泪。没什么好委屈的，一切都是她自己活该。

她毅然撇开玉茗用来搀扶她的手，端着韦娘的牌位径自朝陵园正门迈进三步，稳稳地下跪，头重重地磕在落了层薄薄白雪的青砖地上。如果这样的虔诚能感动上天，哪怕让她再触碰到他的指尖，她也愿意一辈子叩下去、永不停歇。

“娘娘！”玉茗一跺脚，冲侍卫大嚷，“给我把伞！快点！”

几名侍卫呆呆地望着夕莲单薄的身影拖曳着旖旎裙袍，在风雪中三步一叩、九步一拜徐徐前行。

明公公鼻子一酸，兀自背过身抹了眼泪。

侍卫默默回屋找了把伞，玉茗刚刚接过，被明公公夺了去：“我打伞，你去扶娘娘！”

玉茗应了声，二人匆匆赶了上去。徒留木屋漏了一地淡泊的光辉，和着几名侍卫落寞的倒影。

“娘娘，起来吧，他们都是没眼色的奴才！这样冷的天，您快起来吧！”玉茗夺了她怀里的牌位，“韦娘在天有灵，也不愿见娘娘这样作践自己！”

“不！”夕莲硬抢了回来，神情倔犟，“这不是作践，韦娘也明白，是我们对不起他！”

玉茗忍不住嘤嘤哭了起来：“就算娘娘在这儿叩死了，皇上也回不来呀……两里地呢，您的身子如何受得住？明公公、快劝劝娘娘啊！”

夕莲继续朝前迈了三步，下跪、叩首。如此反复，直到额上涔出血丝，浑身落满了湿雪，她依然强撑着身子稳稳朝前叩拜。

明公公悉心为她打着伞，深吸口气说：“娘娘非要如此才能让良心得过，奴才多说也无益。若娘娘有个三长两短，奴才也只能赔上性命才能向皇上交待，不然日后在阴间相见，皇上非要责怪奴才保护不周、治奴才的罪不可！皇上从前最爱说，皇后不好过，他就不好过，所以讨好皇后和讨好他一样重要。可是奴才尽力了，将娘娘看得和皇上一样重要，只是娘娘不如皇上懂得爱惜自己……"

"胡说！"夕莲再也忍不住，热泪滚滚洒在雪里，跌碎成无数的思念，"他若是真爱惜自己，怎么明知道是死路还走下去？！"

"因为引路的那个人，是娘娘您啊……"

"不是不是！我没想送他去死！"夕莲心里某道封固已久的坝被冲开了，悲伤就像海啸呼天抢地。她歇斯底里，扔下厚重的狐裘朝陵园深处一路狂奔。

不承认、她一直不肯承认自己做错了，可是她终归是错了！韦娘不是司马昭颜逼死的，她报错仇了！为何他一直都不肯告诉她韦娘究竟做了什么？是担心那阴谋会令她恐惧，是害怕那真相会颠覆了她内心的美好！

司马昭颜，我恨你……

她紧紧贴着冰一样的墓碑，泪淌在他的名字上，好似淌在他胸膛、沾湿了他的衣襟。

昭颜，我错了……你能回来吗？

她双臂攀着墓碑戚声哭喊："昭颜、我错了，你回来吧……昭颜……"

忧伤的皇陵伫立在黑暗中，无论风雪再凄紧、哭声再悲绝，它回应的都是沉默。泪倾泻而下，她就倚着墓碑，宛若倚在他温柔的怀抱，喃喃念着："你原谅我吗？如果你不能原谅，我怎么敢死？我怕死了之后，看见你恨我的样子……你为我种的夕莲才开一季，你写的《雨中莲》，我忘记了旋律……我不是故意的，只是怎么想我都想不起来！昭颜，你再吹给我听，雨过天晴之后，莲花是不是开得很美……"

雪花乱舞，她眼前一片模糊。好像回到了某个雪夜，他拥着她躺在雪地里，即便他受了伤，心意也是那样缠绵悱恻。她渐渐朝下滑去，宛若在苍茫中不断下坠，但是她无所畏惧，因为总是有他接住她、一切都无所畏惧……

一阵突如其来的心绞痛让昭颜躬下了身子，邬云姬紧张地起身，却止步不前，又坐下说："是毒又复发了，必须快快解毒……"

昭颜忍住痛问福公公："中书令大人还未醒吗？"

"恐怕是后脑的伤口失血过多。"福公公说着，瞥了邬云姬一眼。

邬云姬轻描淡写道："我怎会知道他是你们的朝廷命官啊？"其实心中十分恼火，她哪里想得到这性情温和的司马昭颜会是大褚国的皇帝。昭颜赔着笑对她说："云姬，其实不知道更好，我只是不想给你带来麻烦。"

"可是你已经给我带来麻烦了。"邬云姬又捋着长长的发丝，目光微嗔。

顾曜一进门就大声嚷嚷："今日是上元灯节，怎么这里一点也不热闹？"

邬云姬好奇地问："什么是上元灯节？"

昭颜心口的剧痛缓解了，但还是隐隐发疼。上元灯节，夕莲此时在做什么？不知他送她的面具还在不在……明公公上次来信说，夕莲已经被卢予淳册封为贵妃了，一切安好无恙。看到这句话，他已经不想再知道关于夕莲的任何消息，他轻易就能想到夕莲如何对卢予淳温柔浅笑，即使卢予淳迫她堕胎险些要了她的命，她还甘愿做他的妃！那么她写的"相思一夜情多少，地角天涯不是长"呢？究竟她对他的爱有多浅，这样快就回到了卢予淳身边……

侍卫在里屋大喊："醒了，大人醒了！"

一干人都匆匆往里进，纷乱脚步中却渗透了静默。对于中书令，司马昭颜没有十分明了的爱憎，虽然他和卢后有私、二人亵渎了先皇，但中书令的才干却是朝廷上下无人能及，因此才得先皇重用。只是不到一年，他的风华已经褪去大半，残留的那种气质是什么？忧郁，眼里满满的忧郁，连笑容都牵强得只剩下形式而已。

欧敬之笑着说："想不到还是被皇上发现了。"

"是被我发现的！"邬云姬上前劈头盖脸好一顿质问，"你跟着我做什么？没事就来跟着我、监视我！一个月了，你累不累啊？你们既然都认识，还鬼鬼祟祟地干什么？说吧，干吗要跟踪我？"

欧敬之含忧带笑地说："我只是想看看你，你是我女儿。"

众人都惊呆了。邬云姬失声地喊叫："什么？你胡说什么？！我娘说我父亲早就去世了！"

"我不会乱认女儿的。云姬！"欧敬之一阵头晕目眩，紧紧闭了眼靠在床头，"作孽……是我们为人父母太自私。害了你们两个！夕莲……我对她已经极尽宠爱。云姬，剩下的日子，为父想好好补偿你！"

邬云姬愣愣地立在当地，司马昭颜关切地揽着她往床边走去："云姬，先坐下，慢慢详谈。"

她苦笑，眼里透着几分失落，冷冷地道："又是夕莲，原来我的父母都为了她抛下我，她凭什么？既然都是你的女儿，你为什么要她不要我……"

"我和清玮，对不起她母亲……云姬，为了补偿她们母女，我们做得已经够多了，我再没有心力……你娘去世了，我才发现这些年来我们都太傻，为何不怜取眼前人？"

她声音颤抖地问："我娘怎样去世的？"

欧敬之睁开眼，无意中瞥向司马昭颜，他还以为他们相处多日，司马昭颜已经告诉云姬了。难道要他亲口说，她母亲是从高处坠下，粉身碎骨了吗？

邬云姬蓦然回首盯着司马昭颜："你知道？怎么从没告诉我？"

昭颜迎着她迷茫的双眸，艰难地吐出一句话："是我无意中，害死了她。"

"不！"福公公急忙辩解，"与皇上无关！皇上不能总将韦娘的自尽归咎在自己身上！"

邬云姬茫然环顾一室陌生的面孔，转身冲了出去！她宁愿不要父亲、宁愿过着自己平静的生活！就当做这一切从来没发生，绿色的身影飞快奔出了院落，昭颜赶紧命顾曜："快去！别让她出事！"

欧敬之力不从心，刚迈下床便止不住地头晕："云姬、云姬……我对不起你们……"

司马昭颜上前一步扶住欧敬之："中书令大人，难道卢予淳也削了你的官？"

欧敬之皱了皱眉，反问："卢予淳削官？难道我出来之后还发生了什么？"

昭颜凝视他道："卢予淳篡位了。"

欧敬之惊愕，他离开两个月，居然就政变了，他下意识地问了句："夕莲呢？夕莲怎么样了？"

昭颜发怔，福公公接话答："被册封了贵妃，应该没事。"

欧敬之垂下头，低声道："我是辞官之后私下离开，甚至没和夕莲说一声，那座皇宫我是真的不想再回去了……皇上，这些时日我也猜出了你在这儿的原因，可有一件事，你的蛊毒是清玮下的没错，只是那幻生蚕吸食的血是卢太后的，她真名叫邬清岚，是清玮的妹妹，所以云姬的血做不了药引。"

司马昭颜恍然大悟，难怪毒会复发，云姬还一直查无头绪。福公公问："这么说，还得回金陵去取得她的血才行？"

欧敬之点头："此行危险，却再没有别的方法了。"

房外一阵吵嚷，接着邬云姬被顾曜拎了进来，还一个劲儿叫他“卑鄙小人”。昭颜苦笑着对顾曜说：“叫你看着她，又没叫你抓她，放开吧！”

顾曜迟疑了会儿，一松手立即弹得远远的，邬云姬还是扑了过去，手里捏着什么东西往顾曜背后扎了去，顾曜大声号道：“我要死了！皇上救命啊！”

昭颜连忙拉住云姬问：“你对他做什么？”

邬云姬横眉竖眼，平日风度全无：“谁敢这么惹我们清云岭的女人，总得给点教训！告诉你们，这村上的女子没有一个不会带蛊，你们敢欺负人的话，轻则染病重则丧命，都给我当心点儿！”

欧敬之听罢，捂着脑袋呻吟：“会不会我也中蛊了？还是那石头太重了，恐怕我命不久矣……”

邬云姬见他脸色确实不好，便伸手去探脉，冷冰冰地答：“没事，多休息几日自会痊愈。”

“云姬。”欧敬之急忙拉住她的手，“女儿，是我对不起你和你娘，余生我会一直留在这儿陪你，补偿你！”

邬云姬露出一个恶作剧般的微笑，扬声道：“好啊，不过你得答应我一个条件。从今以后，不准在我面前提夕莲这个名字，你也不准再当她是女儿！”

“什么？云姬，她是你妹妹。”

“我不管，她霸占我爹娘多年，再说她自己不还有个娘么？”

欧敬之为难极了，夕莲是在他怀里撒娇长大的，他怎么舍得……

侍卫忽然送进来一封信给福公公，它来自刚飞回来的信鸽。福公公看过之后呈给司马昭颜，欧敬之见二人脸色突变，问出了何事。

昭颜猛地将信揉成一团，面无表情地说：“卢后病逝。”

欧敬之俊雅的眉眼顿时蹙成一团，悲恸到无以复加。“岚儿……”他低唤了声，便不知道还有什么可以说的了。

福公公急忙问：“卢后没了，那么毒怎么解？”

邬云姬好奇地问：“卢后没孩子么？取他的血便是。”

昭颜怔住了，半晌才说：“看来，我们必须回去一趟。”他侧目征求福公公的意见，“一方面为解毒，一方面为召集几位大人议事。”其实还有最重要的，他可以回去看她一眼。

福公公应了，且不管究竟他想回宫去看她的成分有多大，事关皇上性命便不能犹豫：“奴才马上命人准备，即日起程，日夜兼程七日可到。”

九 · 悔恨

大雪纷飞了几日，金陵一片白茫茫，银装素裹。

德阳宫满室温香，烟霞锦旖旎依然，分外妖娆。

夕莲额上冻裂的伤口已经结疤，凝脂般的肌肤上缀着细细碎碎的伤口。她伸手在旁边摸了一阵，握住他的紫玉笛，置在唇边吹出呜咽的声音。她不会吹笛，还是执拗地吹着，声声直颤。

听见附近沉稳的脚步声，她停下来侧耳问：“是谁来了？”

“我。”卢予淳的嗓音没变，带着磁性，他在夕莲身旁坐下，问玉茗：“太医方才怎么说？”

“身子受凉还需几服药调理，只是娘娘的眼睛可不能再哭了，不然……”

“知道了。”卢予淳挥挥手，屏退了宫人。

夕莲下意识地往后缩了缩，怯怯地问：“为什么要他们退下，你要做什么？要像对太后那样对我么？”

“夕莲……”卢予淳刚触到她的脸颊，她立即弹开了，浑身哆嗦。卢予淳鼻子里发出一声闷哼，沉沉地道，“杀人偿命，她用那样残忍的手段杀了我父亲，我怎能放过她？作为前朝太后，她的葬礼已经够体面了！”

夕莲轻笑了声，怯意全无，声音沙哑地问：“那你害了司马昭颜，怎么偿还？”

卢予淳猛地一把捏住她的手腕，许久才说：“他值得吗？值得你三叩九拜甚至把眼睛都哭瞎吗？如果输的人是我，你会不会也这样对我？其实你根本不爱他，你是在同情他，夕莲！”他将她的手按到自己心上，“这才是你爱的人，这颗心陪你跳动了多少年！”

夕莲用力将手抽回：“可是它不是因我而跳动，更不会因我而停止跳动。”

卢予淳疯了般扑过去搂住她，在她颈间狂吻，一手褪去她的衣物。夕莲平静得没有反抗，只从喉咙里发出模糊的呼声：“昭颜……”

卢予淳心底蓦然升起一阵寒凉，默默看着她从前温润娇柔的面庞，如今却比冰雪还冷。他狠狠攥紧了拳，负手大步离去。走出了几步又转身说：“本来我不想告诉你，不过现在我改变主意了，你母亲是悬梁自尽的，就在上元灯节那日。留在她裙摆上的血书写的是——夕莲，别和我走一样的路！”

怒躁的脚步渐远，那句话还一直飘荡在她耳旁，在黑暗中，她似乎更能想象到那日的情景。幽暗的寝殿渗着惨白的光，梁上轻绵的白绫似乎有一种飘翔的美感，她面带微笑宛若嫡仙，因为那个世界相比于宫廷是更加美好的所在。她死之前一直在问：夕莲，你唤我一声母亲可好？

不好，你就这样走了，我永远也不会叫你母亲……夕莲不明白，自己当时为什么要说那样狠的话，哪怕留给她一点点念想也好！夕莲自己摸索着下了床，刚进屋的玉茗急忙去扶她：“娘娘这是要做什么？”

“我……卢后葬在哪里了？”

“和临帝合葬了。”

夕莲心里忽然升起莫名的希冀，小声问：“那我以后是不是可以和昭帝合葬？”

玉茗一滞，清泪满眶：“娘娘不要说这样不吉利的话……”

“我要去皇陵。”夕莲摸着到了镜前坐下，“帮我梳妆吧。”

“什么？这样大的雪，您又要去做什么？”玉茗急得大叫，“明公公，快找明公公过来！”

夕莲自己从桌上抓把梳子，狠狠去拽蒙着双目的白绢，玉茗吓坏了，忙应：“好好，我梳！”

玉茗尽量放慢动作，焦虑不安。终于，明公公的声音自殿外传来，却吓了她一跳。

“奴才恭请皇后娘娘金安！”

“免礼，本宫来看看贵妃。听说伤得不轻。”

“有劳皇后娘娘挂念，此乃贵妃殊荣啊！”

夕莲被玉茗搀着上前行了个礼，陈司瑶忙伸手扶着她，触到她冰冷的手指，陈司瑶吓了一跳，“贵妃的手这样凉，是不是炉火烧得不够？”

明公公答：“是娘娘受凉了，一直没恢复。”

陈司瑶黛眉微蹙，坐下轻叹：“你这样下去怎么可好？就算不为自己考虑，你还有个孩子……”

夕莲喏喏道：“孩子，去了乌镜台，一辈子就荒废了……”

“贵妃，你想过没有，大权在谁手上。你若想孩子好，便顺着他就是了。”陈司瑶说话温婉，却还是激怒了夕莲，她冷冷地笑着撇开头去：“如果皇后是来替他做说客，就免费苦心了！”

陈司瑶一怔，这贵妃的性子还真如传说中那样横。她倒也不生气，笑着说：“我是为你好，我也有孩子。如果我是你，我会不惜一切代价救孩子出来，即使委屈自己甚至牺牲自己又怎样？”

夕莲似是有几分触动，疑惑地问：“可是他会放过我的曦儿吗？他现在已经变了，我不敢相信。”

“他是变了……不过你在他心里的位置没变，我是他枕边人，可惜他心里那个人是你。他说，你还是个婴儿的时候，眼睛细长微挑，脸还是胖嘟嘟的，并不好看，可是他喜欢。他第二次看见你，你已经五岁了，肌肤如瓷娃娃般细腻光润，梳着两个圆滚滚的发髻，下颌已经长尖了，笑起来像一只小狐狸。那时候起，你便爱缠着他，他为你做过纸鸢、糊过灯笼、抓过蛐蛐、画过画像……你美得让人无法不喜爱，他迫不及待要娶你，却还是耐心等到了你十六岁。二十五还未成家的男子，整个大褚怕也只有他一个吧？”

“这些我都知道。”夕莲的声线不自觉颤了颤，“如果没发生后来的事，我们会很幸福。可是没有如果！”

陈司瑶难以理解，质问：“难道当初值得你付出贞操的男子，竟比不过一个夺人所爱的无耻之徒？你根本不懂爱情，还是你早就变心了？”

夕莲哑然，片刻之后轻轻道：“我承认，是我变心，但司马昭颜不是无耻之徒。他没有强迫我。”

陈司瑶愠怒道：“他没强迫你？在灵堂发生的事对予淳的刺激有多大你知道吗？难道你也敢说，那个孩子是你心甘情愿生下来的吗？”

“是！是我心甘情愿！”这一句话，将所有过往的苦难都否定了，她微微扬着下颌，宛若雕花窗外茫茫风雪中怒放的一朵寒菊。虽然看不见，但她能想象出陈司瑶的表情，换了谁，也不相信她会对司马昭颜动情若此，甚至抹杀他曾经的罪恶。

陈司瑶不能理解，卢予淳输在哪里？她一心一意爱着的男子，怎会比不过一个白痴？转身离去的一刹那，她瞥见夕莲伸手捏着颈前的什么东西，面露微笑。

透着白布，夕莲隐约看见微黄的光亮。口中药味泛苦，可是她真的不想再吃苦了。

想了几日，陈司瑶的话音犹在耳，如果向卢予淳妥协，他真会放了曦儿，这办法未尝不可。于是她派人去请卢予淳，得到的答复却是，他已经安寝了。是啊，他是皇上了，每晚临幸嫔妃都是事先定好的。只是她这个贵妃独自住着宫里最大的宫殿却从未被临幸。但是外界传闻卢予淳金屋藏娇，她又名正言顺地扮演起狐狸精的角色。

“娘娘，就寝吧？”

“嗯。”她虚弱地应了声，每日都待在床上或榻上，睡与不睡几乎没区别了。她也看不到是白天黑夜，是天晴还是雨雪。她的手不自觉探入枕下，摸着凉凉的红绡，不一会儿就被她焐热了。这红绡，是他用来做楚河汉界的，也是他想与她亲热时，用来蒙她双眼的。她脸上微微发热，至今不明白为什么他非要蒙上她的眼睛，让她在回想的时候画面空白一片，唯有闭上眼睛能记起触感。没有他的黑夜如此漫长，或许再也看不见天亮了。

第二日，她继续派人去请卢予淳，答复依然。第三日、第四日都一样。夕莲浑浑噩噩才想起来问一句：“不能提前一日通报么？”

明公公语气颇为无奈：“这些日子皇上都在淑妃娘娘那儿，白日也在，好像暂时也没有离去的打算。”

“新封的淑妃？”

“是，叫秦献珠。”

夕莲微微点头，也没多问，摸了摸额头，疤痕少多了，只是脸色一定很差。

正准备用膳时，一名内侍通传淑妃娘娘求见。夕莲诧异，淑妃来找她做什么？自己这副模样只怕吓着人，于是叫人拉了面屏风，方宣了她进来。

秦献珠细声细语请了安，命人呈上了一盅汤，赔着笑说：“贵妃姐姐，皇上近日劳累，在我那儿住下便懒得动了。姐姐派人来请了好几次，妹妹实在不好意思，便来知会一声。这汤是我亲手做的，姐姐尝一口吧，就表示原谅我了！旁边那荷囊，也是妹妹的小小心意。”

她的声音细嫩动人，却有几分做作。夕莲平平地答道：“淑妃多心了，我只是有要事与皇上详谈，汤留下吧，我会喝。”

“嗯，一定要喝的，大补！”秦献珠扭着腰肢走到屏风跟前低声说，“姐姐，荷囊可是好东西！咯咯……妹妹告退了！”

她锐利的笑声让夕莲浑身发颤，她抓起荷囊嗅了一下，玉茗忙问：“她是不是不安好心？娘娘，还是扔了吧？”

“不，我喜欢这个香味。”夕莲将荷囊收进袖口，“汤就倒了吧。”

明公公狐疑地瞥了几眼，听得夕莲幽幽地说：“午膳的时候备壶酒，我气闷。”

简陋的厅堂之上，墙体斑驳，桌椅陈旧。一股冷冽的风穿堂而过，肃立的人却毫无知觉。直到为首的司马昭颜举起冉冉檀香对堂上供着的牌位拜了三下，后面的人纷纷照做。

他转过身，夕阳刚好斜斜铺洒过来，直挺的鼻梁在面庞上投下一片阴影。

“对右相大人的允诺，朕会铭记于心。我们以退为进，置之死地而后生，接下来的部署需要各位卿家的极力辅佐。朕的御林军已经全部被撤换，但好处是他们都被流放在辰州，容易集结。西蜀已答应借兵。军中密探来报，南离在边境滋事，北方各族也蠢蠢欲动，卢予淳无暇顾及一向无事的西蜀。为避免战祸殃及百姓，朕觉得，还是静候时机，一旦出击便要速战速决，务必将卢家在朝廷的所有势力一网打尽。”

一位老臣忧虑地道：“只是皇上，我们当中没有一人是武将出身……”

“诸位大人不必担心，皇叔已经答应挂帅上阵。”

“这样！？这样甚好，王爷从前可是所向披靡、屡立战功！”

众人纷纷称好，顾大人感慨：“他被皇族除名多年，没想到还能以德报怨，他可解决了我们最大的难题！”

“那么请问皇上，蛊毒的事怎么样了？是否将来都无恙？”

司马昭颜垂目答道：“尚未解毒，这次回来的重要目的，就是取她的血，解毒。”

“取血？谁的血？”

福公公咳了咳，放声说：“皇上解毒之事稍后由顾大人向各位大人说明，当务之急是想办法进宫见到……前皇后，取得她的鲜血做药引方能解毒。但是又不能被任何人发现，皇后对皇上太过熟悉，恐怕乔装也无法避过去，不知有什么好办法？”

众臣面面相觑，终有一位胆大点的开口说："有传言说当朝贵妃已经双目失明，皇上不必担心会被她认出。"

司马昭颜清朗的神情僵在脸上，结巴地问："失明……失明？什么！"

福公公也着实被这消息吓了一跳，忙问："是谣传么？明公公从未提过这事。何处得来的消息？"

"贵妃于上元灯节夜闯皇陵，不知如何受伤了。卢后出殡时，贵妃双眼蒙着白布臣等都看见了。呃……听说是哭瞎的，市井谣言虽不可信，不过空穴来风多少是有些依据的。"

哭瞎了……昭颜置于身后的手臂剧烈抖起来，咽喉紧得快要窒息。是啊，她失去了孩子，接着失去了母亲，恐怕这是她一生中最难熬的岁月，他却远远躲在西蜀，还想着如何利用她。他从紧窒的咽喉中慢慢挤出一句话："不是说她一切安好无恙么？失明了还叫安好？你们……这是欺君！"

福公公自知这话是对他说的，捏了把汗说："终归是传言，不如进宫求证一下……这么大的事，明公公不会没分寸。"

"进宫取血太过危险，不能派人取出来么？"

"必须要热血才行啊，这正是目前的难处。"福公公瞧了瞧昭颜的脸色，惴惴不安。

司马昭颜似乎平息了怒气，沉思半晌说："幸好她身边还有自己人，众卿觉得，趁宫廷宴会扮成艺人可容易混入宫廷？"

顾大人答："容易是容易，可最近两个月没有节日庆典。"

昭颜垂目道："有，五日之后，是她的生辰。"

几位大人互相使了使眼色，纷纷道："只要乔装易容，应该没问题。"

"是啊，不过最重要的是如何才能接近贵妃。"

"臣以为，还是要靠明公公在内相助。"

昭颜颔首："那是自然，关键还在宫里。此事就交予福公公安排，我们先商议边防之事。"说完，他意味深长地看了福公公一眼。

一直到夜深，众人散去之后，邬云姬才从漆黑的偏厅走了出来，烛火下厅堂昏黄。他们谈的所有内容她都听见了，对其中关于夕莲的部分，她义愤填膺。她盯着司马昭颜阴郁不明的表情问："原来你早就打算要抛弃她了？没想到你是这种人，我真后悔为你解毒。”

昭颜一把抓住她的手臂，沉沉地问：“你说我是哪种人？”

“她眼睛都哭瞎了，你们将来把她驱逐出皇宫，她能去哪儿？你还要依靠她的血来解毒，利用完她之后就扔了？这叫过河拆桥！”

昭颜苦笑一声：“你不是恨她么？”

“我恨她夺走了我的父母，可是同为女子，我能理解她的苦！方才他们一直在数落她的不是，说她和卢予淳狼狈为奸，虽然我不知道从前发生过什么，但是她如果真的和那个卢予淳过着神仙眷侣般的生活，为何会哭瞎双眼？而你们，却只会将亡国之恨强加到一名女子身上！红颜祸水啊、红颜祸水，那几个老东西就知道说这四个字！”

“云姬，他们都是我的重臣，不得无礼！我给过她太多机会，直到最后一刻，我还期待她能对我心软，我也会不计前嫌带她一起走，可她决意不肯回头。你知道在离去的刹那，我的心跌碎了一地，破镜难以重圆、覆水难收……”

郓云姬嘲讽道：“那我倒要问问，你可当夕莲是你的妻子？丈夫对妻子的情意，与皇位相比又如何？”

昭颜静默，松开了手。

“先前我见你对她情深意重，觉得你是个难得的好人，如此看来，你对她的夫妻情义还不如一个皇位！”郓云姬甩头就走，扔下一句话，“天下男子皆薄幸！尤其是帝王！”

昭颜一手撑在案上，身体摇摇欲坠。他并非薄幸之人，只是身为帝王，肩负的责任岂是郓云姬能明白的……如果他还有别的兄弟去挑江山，如果他可以选择，便宁愿和夕莲远走高飞，从此隐姓埋名不问俗事。目前他能做的，只是顺应大臣的意思，至于复位之后他强行藏夕莲在宫里，又有谁能阻扰呢……

德阳宫温暖如初，早春的轻风撩起烟霞锦，拂在夕莲娇嫩的面庞上。玉茗在一旁小心翼翼拿锦帕蘸水擦拭她的脸颊，不留神稍稍用大了力气，她倒吸了口冷气，又擦破皮了！夕莲眉头蹙了蹙，昏昏沉沉地支起身子来问：“我的眼疾好了，为什么还不让我摘去白绢？”

“娘娘再忍耐几日，太医说后期特别要注意，不能受强光刺激呢。”

夕莲嘴角微微扬了起来，悄声说：“去，把我的酒拿来。”

玉茗心惊胆战，跪下回禀："那酒被皇上收去了，也不知酒中如何有五石散，将娘娘害成这样！昨夜真是吓死奴婢了！幸亏太医赶到，不然奴婢都不知原来近日娘娘的反常是被人下了五石散！"

夕莲失魂念道："你是说，皇上？他不是一直没空来么？"

"昨夜来了，娘娘受五石散所害，有些癫狂，可能忘记了……娘娘最近饮酒过量，加上酒中有散，太医说幸亏发现得及时，不然性命堪忧。"

夕莲又躺了下去，笑着说："玉茗，其实酒是好东西呢！我很难受，你去帮我取点酒好不好？"

"奴婢不敢。"

"玉茗，你看我这样活着，和死了有什么分别。但是喝了酒，便感觉自己真真切切地活着，有精神、有力气。不然，我便如行尸走肉一般了无生气。"

玉茗眼中湿润回道："奴婢不能依娘娘，若皇上见娘娘这样，定要心疼死了！五石散已经侵入肺腑，娘娘若不保重自己，奴婢可怎么向皇上交代……"

夕莲恶狠狠啐道："谁要他心疼！？"

玉茗小声哽咽："奴婢说的……是娘娘心里那个皇上，他一定就在天上看着，纵使神仙看了恐怕也要心疼，何况是深爱娘娘的皇上……"

夕莲张了张嘴，没发出声音。他会心疼么？他应当恨她才对。他豁出性命去爱的女人，是这样自私而盲目，她从来都不聪明，只会傻傻地去爱、去等、去被人利用。他最后的那个眼神，她每每想起来都心如刀割、如何能不铭记在心？不然要怎样挨过剩下的日子……果然，可怜之人必有可恨之处。她的眼睛不能再流泪，便无可抑制地笑了。

明公公在屏风外禀奏："再过几日是娘娘的生辰，皇上问娘娘有何要求，要在哪里办？"

夕莲凝神想了想，问："如果在德阳宫办，他会来么？"

"应当会的，皇上说只要娘娘高兴便好。"

"那就在这里办，其他一切从简，明公公你安排便是了。"

明公公应了，又提议："奴才记得娘娘颇喜欢丝竹小调，听说最近京城来了一个有名的丝竹班子，或许可以请进宫来助助兴。"

"嗯，我不喜欢宫廷乐府的曲子，就请丝竹班子吧。"

“那需要在传令上盖娘娘的印章……”

“我的印章公公拿去用便是。”夕莲随口答，心里在寻思别的事。卢予淳怎么都请不来，这回才有机会，她总要为曦儿做点什么。

十·重逢

冰轮皎洁，月光如水似银，笼得周遭一片濛白。越是往深处走，光亮逐渐多了起来。司马昭颜扮成小厮，低垂着头跟在一支丝竹班子中间，脚步刻意放得惶恐凌乱。

依稀记得夕莲去年的生辰，他醉醺醺拢她在怀里念了句“为君沉醉又何妨”，她顺口便笑嘻嘻地对了句：“只怕酒醒时候断人肠！”

他深吸口气，赶走心中繁乱的牵挂，只能记住今日是来取她的血解毒的，别无他想。

德阳宫还是旧模样，他只匆匆瞥了眼，便坐在琴师一侧垂着头擦拭乐器，一面努力聆听殿内的动静。这时候他们应当在用膳，夕莲若真是双目失明，要如何用膳？他怎样才能见她一面，难道要眼睁睁地看着卢予淳在这儿过一夜，忍受这样的煎熬吗？正当昭颜心浮气躁，琴师忽然夺去他手中的松香：“我来擦，你去搬东西。”

昭颜这才回过神来，低头绕到后面去了。

明公公在殿门高喊了声：“奏乐——”

丝竹乐起，琵琶淙淙、二胡悠扬，曲调欢快中带着一丝惆怅。

若是仔细听，不难发现惆怅的正是那缕夹杂其中的笛音。

夕莲刚举杯到唇边，忽然顿了下来，轻声赞道：“这曲子真好。”

卢予淳轻轻抚着她的背：“夕莲，我为你弹奏一曲可好？”

夕莲慢慢摇头：“不用劳烦皇上了，若是叫皇上弹琴，还请丝竹班子来做什么。”

卢予淳目含微笑，夕莲的情绪总算平和了，近日来也不曾悲戚哭泣。他不禁伸臂将她搂在怀里，贴着她的耳旁道：“夕莲，是我不好，冷落你多时。我只是想叫你知道，一切都已成定局，你该自己想明白这些现实。我虽是皇帝，不过你依然可以唤我名字，只要你喜欢，像小时候唤我哥哥也可以。”

夕莲微微垂头笑了笑，叫他：“予淳哥哥。”

卢予淳紧紧拥住她，心中涌起莫名的暖意，盈满全身：“夕莲，就是这样，我们就应该是这样。过去的就过去了，我们还有许多快乐的日子在后面。”

夕莲从他怀里挣出来，举杯道：“那我先敬哥哥，为我儿时烧了你的头发道歉。”

卢予淳轻快一笑：“好，干杯！”

夕莲命玉茗斟满酒，又举杯：“还要敬予淳哥哥，其实你为我做的孔明灯我很喜欢，我一时任性踩坏了它，是夕莲不对。”

卢予淳不觉宠溺一笑：“那有何难？改日再做一个送给你便是。”

夕莲不胜酒力，脸颊上已经浮起红晕，伸手摸到卢予淳的衣襟，娇柔道：“哥哥，夕莲自小任性胡闹，给你惹了不少麻烦……我还要敬你，你为我做过的一切，我都记得！你为了要娶我，一直到二十五还未成家，夕莲耽误你了，对不起！”

“夕莲……”卢予淳握住她颤抖的手，深情款款吻在她额上，像从前一样。

夕莲又伸手向玉茗要酒，玉茗担忧地道：“娘娘是不是不能喝了……太医今日还说……”

“给我！”夕莲在桌案上胡乱摸着酒壶，“今天是我的生辰，当然要喝！”

卢予淳止住了她的手，温柔说：“那么只喝一杯了好不好？你的身子重要。”

夕莲摇摇晃晃站起来，卢予淳赶忙起身扶住她，夕莲咯咯笑了，在他耳边轻语：“皇上，不如去就寝吧……”

卢予淳嘴角晕开了一个轻绵的笑，打横将她抱起。他就知道，夕莲迟早要回到他身边！女人是无法忍受冷落的，尤其是夕莲这样被娇宠惯了的女子。

他迫不及待地落了纱帐，此时殿外的乐曲正入佳境，曲调高扬。

明公公目瞪口呆，怎么突然就妥协了？坚持了这么久，她为何要在皇上回宫的这一日妥协？！他恨不得冲进去阻拦，却只能眼睁睁望着一片旖旎的帘幔和着曲声妖娆起舞。

玉茗忽然推了把明公公，面色惊恐地指着桌案上的酒杯，慌张地道：“五石散，五石散！”

明公公急忙端起一看，果然，在杯底有尚未化开的粉末，气味确实是五石散！

无人能在他眼皮底下做出这样的事来！除非……他大惊，抬目与玉茗相视一眼，不可置信地问："难道真是娘娘自己服散？"

玉茗忙不迭地点头，带着哭腔道："我就说娘娘不大对劲，她下午一直在念叨小太子，上回皇后娘娘来，还劝她为了小太子着想不如从了皇上。看来这回，娘娘是真的下定决心了……都是我不好，怎么没发现她从哪儿弄的五石散！"

"糊涂，娘娘糊涂啊……今日怎么可以……"明公公痛心疾首走向殿外，瞧了眼没在乐师中的司马昭颜，喃喃自语，"真的没办法了，皇上，老奴尽力了。"

昔日的龙床上还带着司马昭颜的气味，她却衣裳半褪，任由他人爱抚亲吻。她感到心脉沉重到了极点，再也负荷不起，颤颤巍巍推开卢予淳轻声问："换个地方好吗？"

卢予淳的手指轻轻描过她的黛眉，语气却是不容违逆的："不，就在这里。"

从背脊传来一阵寒意，夕莲猛地摇头说："不，不要在这里！我们去偏殿的榻上！或者去你的寝宫……不可以在这里，他在天上会看见的！"

卢予淳将她按倒，冷笑一声："你还想着他？可是现在你在我怀里，不许想他！"

她打了个寒噤，不敢想象卢予淳现在的表情是如何的冷峻，只是怯怯地握住他的手腕央求："不要在这里，我不能……这样做，去哪里都可以，我都会乖乖听你的……"

"夕莲，你知道我已经等不及了……"

她意识到他膨胀的欲望已经无法退却，脑海里霎时一片混沌。

五石散的药性已经发挥，夕莲便只是傻傻笑着，那么就这样吧，只要能救曦儿，她宁愿就这样麻痹自己、陷入痴狂迷乱。

卢予淳捏着她细弱的脚腕，刚使了半分力气，夕莲惊呼一声，下意识地紧紧并拢双腿。原来司马昭颜的气息竟比五石散厉害得多，丝丝扣扣侵入她的每一道血脉，具有腐心蚀骨的力量！

"不、不要！"

卢予淳已顾不得那么多，撕下她腰间一大片衣裙。夕莲尖叫一声，猛地从枕下抽出匕首，卢予淳来不及反应，后肩传来一阵生猛的剧痛，顿时血流如注，染红了身下的明黄缎。

他用尽力气嘶声咆哮："你这个疯子！"

吼声传至殿外，打乱了乐曲，欢快的高潮散得七零八落。

司马昭颜焦虑万分地往殿门看去，不一会儿，卢予淳衣冠不整地冲了出来，背部的淋漓鲜血在昏黄光亮中呈现阴郁的暗色。

明公公忙追上去："皇上，这是怎么了？"

卢予淳盛怒之中，高声喝道："传太医去朕的寝宫，贵妃彻底疯了！今日起没朕的命令，不许她踏出宫门一步！"

昭颜愣在当地半晌，终于从室内传来一阵狂笑，打破了他的僵直。

明公公急忙进殿去看，一面吩咐宫人进去收拾。乐曲稀稀疏疏停了下来，乐师们都面面相觑，方才热闹的德阳宫顿时静谧无声。

夕莲拖曳着残破的衣裙冲了出来，疯疯癫癫地笑道："快啊，奏乐啊！我爱听丝竹之声！尤其是那笛子！是谁吹的笛子，真好！"

昭颜心底一窒，这就是他们说一切安好的夕莲么？这就是卢予淳金屋藏娇的贵妃么？她眼上蒙着厚厚的白绢……她颈上鲜红的吻痕似乎要将他的眼珠刺出血来，还有手上挥舞的匕首，向众人眉飞色舞展示着她是如何赶跑了卢予淳！

乐师恐惧于她手上鲜红的匕首，纷纷四散，唯有昭颜僵在那一动不动。夕莲跌跌撞撞摸到他身边的椅子，歪着脑袋笑嘻嘻问："谁吹的笛子？我要听笛子！"

昭颜眼里已然湿润，举起笛子，音律清幽而出。

夕莲怔住了，伸手摸到他的胳膊，走近一步轻唤了声："昭颜……"

众人大惊，不知哪里泄露了行踪。昭颜的笛音停下了，任由夕莲在自己胸前静静依偎。

"昭颜，我的手好疼……"

司马昭颜轻轻抬起她的手，发现她手腕上有一道口子，不大，却渗血了。

"我对不起你，好在他没得手，他被我吓跑了……我仍然是你的……"夕莲微微笑着，手抚上他的脸，语无伦次地道，"你从天上下来看我的吗？我以为你会恨我，再也不会原谅我。"

昭颜强忍着不出声，鼻子里有股酸涩。

夕莲抬头，用手指仔细摩挲他的轮廓，忽然碰到他的唇，温热的触感让她指尖一颤，一种熟悉的味道氤氲在鼻端。她踮脚将自己的唇凑了上去，一触即离的吻，昭颜还未察觉到她的温度，却已经承受不住她的重量了。她在他怀里急速跌落，昭颜几乎要呼喊出声，明公公及时大叫："娘娘昏倒了！快扶进去，别愣着了，你将娘娘扶进去，其他乐师先回去休息！”

昭颜会意点头，趁乱抱起夕莲进了内殿。

这里的一切布置都未变，他轻轻放下她，怒不可遏朝明公公质问：“这就是你所说的安好无恙？你可知这是欺君！”

明公公跪倒在地，泣然道：“奴才有罪，娘娘如此境况，奴才怎么敢如实禀告……”

玉茗也扑倒在一旁泪水涟涟：“这不是第一次了，娘娘她……她的眼睛坏了，不能再哭，便强笑，哪里知道她笑中含悲，更加难受。也不知何时开始服用五石散的，近来恍惚度日，偶尔癫狂发作！前几日险些丢了性命，五石散一时难清，娘娘的皮肤现在已经要不得了，一擦就破！”

昭颜失魂落魄坐在床沿，抬起她的手：“她的眼睛是怎么回事？”

玉茗哭着抢先说：“是去皇陵的时候！那些侍卫冷嘲热讽，要娘娘三叩九拜。冰天雪地，娘娘小产尚未恢复，却执意要进去，最后哭倒在墓碑旁。回来又听闻卢后病逝的消息，娘娘悲伤过度，差点哭瞎了……”

明公公狠狠拉了玉茗一把，斥道：“皇上今日不是进宫来听这些的！快拿刀子来！”

昭颜眸光一动，泪就滴了下来，凝噎道：“不用，她已经受伤了。”他俯下身，在夕莲手腕的伤口亲吻，然后吮吸。她的血是热的，幸好还是热的，他紧闭着眼，伏在她臂上哭泣。这条情路为何这样苦、这样长，他们何时才能走到尽头……

明公公急忙提醒：“皇上赶紧服药！”

昭颜取下腰间的小竹筒，仰头将苦药一饮而尽。

夕莲蹙眉哼着：“疼、好疼……昭颜……”

“皇上不宜久留，先回去，这里交给奴才处理！娘娘药性发作，不会记得今晚的事。”明公公话音刚落，夕莲蓦然坐了起来，紧紧抱住司马昭颜的腰哭喊：“不要丢下我！我知道我错了，我后悔了……真的，司马昭颜，君无戏言，你说你喜欢我的，你不能骗我！”

他想象着她被遮住的眉眼，手指轻轻抚过绢布，哽咽地道：“夕莲，我喜欢你，是的，君无戏言。”

夕莲破涕为笑，露出一口玲珑皓齿，傻傻地说：“我也喜欢你，真的喜欢！”

昭颜也展露笑颜，捏捏她的鼻子：“你要好好照顾自己，不要任性，等我回来。”

夕莲乖乖点头，脆生生地答道："嗯，我会的！"

昭颜扶她睡下，目不转睛地盯着她一颦一笑，贪婪到了极致。即使解毒了他也是如白痴一般迷恋她。夕莲喃喃自语了句："如果这个梦不醒来就好了……"

明公公急得直打转，昭颜自知不能再逗留，在她唇畔吻了下，目光触及枕边的紫玉笛，他不假思索地拿走了。即使是梦，他也该给夕莲留个希望才是。不管前面的路是怎样，他下定决心不放弃她，永不放弃。

夕莲，我会回来的，君无戏言。

昭颜，我知道你来过，是吗？

她几乎将德阳宫翻了过来，也没找到那支笛子。

"娘娘，快歇息吧，明日再找，都子时了。"

夕莲垂着头，低低应了声，便躺下了。

室内的灯灭了几盏，她眼前的光亮暗了下去，万籁俱寂。

如果昨夜是一场梦，为何梦醒了还会留下痕迹。虽然她浑浑噩噩，但还依稀记得发生过什么，玉茗撒谎，明公公也撒谎，他们都在掩饰。

夕莲自行摘去了遮蔽双目的绢布，好在灯光昏暗还不至于刺目。景象模糊，她揉了揉眼睛，下床摸到玉茗身边，累了一整天她应该熟睡了。夕莲悄无声息地拿走她的衣物，简简单单绾了个宫女的发髻，沿着墙角拐了出去。

丝竹班子应该歇息在德阳宫后殿才是，她寻了一圈，周遭黑漆漆的，没有人居住的迹象。一个值夜的内侍提着灯笼照了照，问："是谁？怎么到这里来了？"

夕莲一惊，忙低了头咳了两声说："我是殿内侍婢玉茗，今日娘娘不是找笛子么……我忽然想起会不会被丝竹班子的人拿了，便来看看。"

"姑娘说得在理啊，说不定有人顺手牵羊。不过他们已经走了啊！"

夕莲慌忙掩饰："是了，我糊涂了，不知他们往哪里去了？明日我禀告娘娘看能否追回。"

"辰时出的宫，不过听说那丝竹班子还接了几家大户的活，应当还在金陵吧。"

"这样甚好，有劳公公。"夕莲低眉垂目朝他欠身，快步离去。

日照香炉，龙涎香气四溢。

卢予淳狂怒而起，推翻了桌案："她宁愿逃出宫去？那好，就让她出去，朕倒要看看她要怎么活下去！”

“又渗血了！”陈司瑶一声惊呼，忙传太医，“皇上息怒，伤口裂了……”

“继续跟着她！派几个人专门跟着她！把画像发出去，任何人敢与她说话、敢收留她，一律投入监牢！朕要她知道，普天之下莫非王土，她唯一的容身之所，就是皇宫！”

一旁的秦献珠娇声道：“皇上这是何必，任她去自生自灭好了！”

卢予淳冷冷扫了她一眼：“朕会让她乖乖回来，她在外面过不下去了，自会回来。”

陈司瑶望着他背部殷红的绢布，心惊胆战，喏喏说道：“这样只会将她越推越远……越是强迫她越是反抗，皇上想过没有，司马昭颜为何得到了她的心？”凌厉的目光直射而来，她闭口不言了。人各有命，有的女子天生就被宠爱至极，有的就该被弃之角落吧。

十丈宽的御街，两旁光秃秃的树枝上稀疏抽了些新芽。车水马龙，吆喝声此起彼伏。她有多久没见到这样明媚的景象了。原来在宫里待久了，心都会变得阴霾。阳光过于刺眼，她只能低着头从屋檐下溜过，但凡她所过之处，人们都纷纷避让，有时还鸦雀无声。

她能听见身后的议论，知道卢予淳下的命令。只是还没打探到丝竹班子的消息，这样一道命令无疑封死了她所有的路。她深信不疑那吹笛之人是昭颜，但即使真的是他又怎样？她找到他，然后两个人一齐被卢予淳处死吗？于是她只能漫无目的地在街上乱走，忍受各种各样的目光和声音。

她饿了，哪家酒楼都不招待她；她渴了，连茶摊都不敢施舍一碗水；她累了，便躺在街道中央，也无人来管。除了她自己，没人和她说话，她想起了乌镜台的日子，孤独得让人绝望。不过这次不一样，她有坚持下去的理由，就是那支紫玉笛，不论卢予淳想出什么样的办法，都无法逼她回宫！

她跑到寺庙去拿敬献给菩萨的食物酒水，是堂而皇之地拿，没人会说她、没人会理她，她仿佛是不存在的一个人。只是身后的四名侍卫，寸步不离。夕莲闲时便与他们说话，当然也是没有回应的，她终究是自言自语而已。

她跑遍了金陵，也没找到江南丝竹班子，或许他们早就走了。她躺在御道上，蓬头垢面、肆无忌惮。连官家马车看见她都绕行，视她如瘟疫。

路过的行人聚在一起指点议论。

“她怎么会变成这样？”

“哼，祸国殃民的狐狸精，恶有恶报！”

“是啊，听说北方要打仗了，若不是她，大褚还安然无恙呢！”

“对啊，四夷来犯，朝廷正在招兵买马。”

“红颜祸水……”

“看来新皇帝看穿了她的真面目，才将她赶出来的！”

夕莲蓦然从地上爬起来冲过去大叫：“你怎么知道？我的真面目你看见了？我是一只狐狸精，真的！想不想看，你们想不想看啊？”

人群四散，夕莲无奈地笑笑，拖着疲惫的身体回到寺庙里。至少，这里的和尚不会说她是狐狸精。至少这里的食物是菩萨的，如今只有菩萨会施舍给她。

她就歇在寺院后方的凉亭，遮得住雨却挡不住风。望着池水里的倒影，她不知道自己与乞丐疯妇有何区别？她粲然一笑：“做乞丐也好，我绝对不会回去。我要找到他，菩萨会给我指引，我会找到他！”

两匹黑色骏马往金陵方向疾驰，蹄声猛重急促。

司马昭颜一身青布衣，陪行的邬云姬一袭绿罗裙。

邬云姬不知为何有些兴奋，大喊：“好样的——我没看错人——”

昭颜紧抿着唇没有答话，一心要赶回金陵。

当他看见夕莲的画像和卢予淳下发的命令，再也无法丢下她。他害怕下一次听到的消息会是她的死讯。他怎么承受得住？现在还来得及，卢予淳要赶她走，可他司马昭颜要她回来，普天之下究竟是谁的王土？尘埃尚未落定！

“那几个迂腐的老头气得胡须都竖起来了，大快人心！你做得没错，男人就要有担待！放心吧，我的易容术绝对不会被识破！”邬云姬爽朗地大笑，一面侧目打量自己的杰作。司马昭颜左脸上一大块烧伤的疤痕，狰狞恐怖，只怕谁见了都要吓着。

她的马儿忽然嘶鸣不已，停滞不前，邬云姬及时跳了下来，黑马腿一软倒下了，四周腾起浓浓灰尘。

“这马也太无用了，才跑一日就倒了。”

昭颜勒马回来，伸手拉她：“快上来，天黑之前务必进城！”

邬云姬二话不说跨了上去，紧紧抱住司马昭颜的腰，脸贴在他背上，说不出的舒服。她微微眯起眼睛，就抱一会儿、一会儿就好……虽然有些沉迷，不过她还是很清楚自己在做什么。

日渐西斜，扬长的黄褐路上黑马疾驰，留下一线滚滚尘土渐渐膨胀升起，蒙住了夕阳的光芒。

第四卷　暮春

一 · 逃离

寺庙里的树木郁郁葱葱。一大片暗绿中，刚长出的浅绿嫩芽星星点点，在晨曦下泛着油亮耀目的光。

钟响了，僧人陆陆续续从木屋走出来，往大庙去。他们从不在意亭子里的疯女人多么杀风景，夕莲却很在意任何人都对她视而不见。

是的，她很在意，所以跟在僧人后面进了庙堂。住持远远坐在神像前，夕莲径自走去，在他身旁坐下，笑嘻嘻地问："我可以和你们一起做早课么？"

住持不答话，四名侍卫已经冲了进来，架起夕莲往外走。住持才开口说："这是皇家寺院，容不得你们胡来。多次对神明不敬，无异于藐视佛法，既然如此，为何还来此处寻找庇护？"

夕莲扭转头去朝他笑着问："这是哪朝的皇家寺院？这庙堂之内供奉的又是谁家的列祖列宗？我是司马家的人，为何就不能来此寻找庇护？！"

住持眼里滑过一丝不易察觉的悲悯，合上双目："早知今日，何必当初？"

僧人们的诵经声嗡嗡响起，夕莲的笑声渐渐隐没。直到他们都忘记她的存在，她还在笑着，一面大喊：“什么皇家寺院？你们烧的是司马家的香火，却为卢予淳祈福！僧人多神圣？也不过是乞生之辈！”

走了没多远，前方一簇明火刺痛了她的眼睛，她止了笑，惊叫道：“西厢着火了！”

原本丝毫不理睬她的僧人潮涌而出，住持也匆匆地跑了出来，大呼：“快！快去打水来！”

僧人众多，夕莲在纷乱人流中慌张失措，早春时节怎么会着火？雨季快来了才是！混乱中，她不知怎么被人推倒了，忽然一件珠灰僧袍从天而降，盖住了她整个人，她呼叫未出便捂住了自己的嘴。不管是谁，能摆脱那几个侍卫当然好！

她弓着背随那人快速跑着，只看见自己脚下的路呈现出如琴弦般的丝丝缕缕。耳旁的喧闹吵嚷声越来越远，剩下自己咚咚的心跳。夕莲正想询问，忽然被人抱了起来，还未来得及开口，身子一震，方知自己上了马，不一会儿便狂烈颠簸起来。

来人将她搂在怀里，夕莲对这种姿势极为恼火，三两下扒开僧袍探出头大叫：“放开我！你是什么人！”

她依旧被紧紧夹在一个怀抱里，随着马的奔跑两人隔着薄薄的春衫起了摩擦。夕莲面红耳赤地转头，却在看见他的一刹那惊呆了。这是一场怎样的重逢？惊喜、哀怨、疑虑纷至沓来，时光就像停止了一般。她就那样看着他，任疾风肆虐、任景物飞掠。

“昭颜，真的是你！”她浑身颤抖，摸上他的脸，“就算你烧毁了整张脸，我也认得！为什么要骗我……既然骗了我又为什么要回来？！”

她披散的头发狂乱飞扬，挡住了他本来就模糊的视线。司马昭颜伸手将她的头按进自己怀里，轻声说：“先逃走再说，怕那几个人会追来。”

他沙沙的声音从胸腔发出来，摩挲了她的心扉。

夕莲紧紧拽住他的衣袍，在冒出昭颜未死的念头时，心中实则毫无把握，仅仅凭直觉而已。但是现在，她真真切切抓住他了，她又闻到了他身上安神的气味，又看到了他墨黑的眸子，又枕在他胸膛听着他有节奏的心跳。原来菩萨真的给了她指引，她一面抽泣一面抬头对司马昭颜说：“我错了……”

昭颜不发一言，几位老臣的忠告言犹在耳，他不能像从前一样爱她、宠她，这是对自己好，也是对她好。为了自己肩负的责任、为了向先皇交代，他们注定回不到从前，不过至少他们还能在一起。几位元老都同意留她在宫里，但不能封品级。其实对他来说，这就够了。

他垂目望着她的憔悴容颜，低声说："我不怪你。"

"你不懂……"夕莲抓起僧袍擦了擦满脸的泪，"我真的错了，我不该和菩萨抢食吃的！我一面和菩萨抢吃的，一面祈求菩萨让我再遇见你。我这样不诚心，菩萨还如我所愿……昭颜……"

她又窝进他的胸膛，如一只生病的幼兽，安静而疲倦。她的眼窝深陷，肌肤也失去了明媚的光彩，一双懵懵的睫毛不停颤抖。昭颜心口一痛，夹紧了马肚子："驾——"

出了金陵的地界，到了一处人烟稀少的野郊。他们下了马，昭颜从包袱里拿出一套男子衣物给夕莲，目光看向旁边一片林子，语气平静地说："去换了。"

夕莲盯着他许久，却没有从他表情里看出丝毫异样，失落地接过衣物往林子里去了。他对她如此淡漠，那也是应该的。是她害他丢了江山、是她害他毁了容貌，他还涉险来金陵救她……所以不论司马昭颜怎样对她，她不应当有半分怨言！至少他还活着，这已经是上天眷顾，赐给她一生中最大的奇迹了。

传来一阵逼近的马蹄声，昭颜朝马上的青绿身影挥挥手。邬云姬及时勒住马，大汗淋漓地跳了下来："她呢？"

"在林子里换衣服。寺院没事了吧？"

"没事，就点了一个小柴房而已。住持让我给你说，她这几日风餐露宿，身子恐怕不好了。"邬云姬喘了口气，转向树林："我进去看看吧！"

司马昭颜微笑颔首："云姬，辛苦了。"

邬云姬眯眼一笑，往林子里钻进去了。

邬云姬轻轻走近，夕莲的身影隐在层层枝叶后，背脊中间凹下一道好看的弧度，肩胛骨削瘦得如诗般清雅。她正摆弄着裹胸的长绢，不知如何下手。

夕莲侧耳听见了沙沙声，以为是昭颜，不禁脸上一热，怯怯问："你来做什么？"

夕莲的声音在邬云姬听来自是娇媚非常，又见她羞态毕露，忍不住笑起来，清声道："我怕你没扮过男装，无从下手！"

夕莲惊叫了声，抓起衣物挡在身前，转过来盯着邬云姬打量半晌，她竟然和自己有几分相像！

昭颜听得惊叫也冲了进来，见夕莲惊慌失措的模样上前几步解释："这位姑娘叫邬云姬，是韦娘和你父亲的女儿，也是你姐姐。她是帮我们的。"

夕莲怔住了，难怪第一眼便觉得熟悉，韦娘的女儿……韦娘何曾有个女儿？姐姐？父亲从未提过有个姐姐……她的神情渐渐委靡，想起了那座深宫、想起了那些惨痛，嘴里喃喃地念："韦娘，我没把你带出来，我该带着你一起走的……父亲，你去了哪里？为何不要夕莲了……曦儿，母后没用，母后保护不了你……"她一手捂住额头，身子一偏倚在树干上，不一会儿身上便冒了层细密的汗珠。

昭颜心底一窒，赶紧上前几步扶住她，朝邬云姬喊："快给她诊脉！"

邬云姬搭上夕莲的手腕，眉间阴云越来越重。

夕莲神志不清，依然在胡言乱语，昭颜拿衣物裹紧了她的身子，轻声安慰："没人怪你，夕莲，放心吧，我们都会很好的。曦儿很安全，不用担心。"

"她服用五石散多时，中毒太深。"邬云姬在身上摸了一圈，"我没带药，她这样下去不行的，要行走。不管她有没有力气，都不能静卧休息，必须活动经络才能驱散毒性！"

夕莲眯眼看了昭颜好一会儿，傻傻笑起来，双臂勾住他的颈："昭颜，昭颜……我就知道你会回来！你不会丢下我的！"

邬云姬眉头紧蹙欲言又止，叹了口气："你先替她穿戴好，我在外面看着。"

"嘻嘻，昭颜，我不要穿……你抱抱我好吗？我想你……"

邬云姬走出几步又回头，见司马昭颜认真摊开衣物，宠溺地哄她："夕莲，你答应我不准任性的，先穿好衣服我再抱你。"

"好！"夕莲闭上眼，摊开手臂嚷嚷，"快点穿哦！咯咯……穿好了你要抱我！君无戏言！"

邬云姬自言自语道："一个为爱痴狂，一个为爱疯癫，真是天生一对。"她不知为何忽然心痛，连忙扭头离去，眼眶竟有些发热。司马昭颜不是薄幸之人，欧夕莲也是情深女子，为什么那些人要阻挠他们在一起？纵使夕莲无知犯下了大错，那些什么元老什么大臣就忍心拆散一对真情相待的眷侣吗？她仰起头，看初春的阳光漏进林子，刺得人更加想要流泪。

边境各国蠢蠢欲动，南离前几日公然集结了军队在扁州方向，卢予淳焦头烂额，皇位才坐上两个月而已，烦琐事务纷至沓来。接到夕莲失踪的消息，他遏制不住越来越暴躁的脾气，将那四名侍卫杖毙了。

老太师闻讯而来，气得面色发白用拐杖指着他斥道："为了一个女人，大动肝火，方寸大乱！这是你应该做的吗？！一国之君，怎么能分不清主次？大褚军队向来由卢家一门调教，战无不胜，你怕什么？害怕泱泱大国出不起兵？！真是没出息、没出息！"

"爷爷，战乱只会给百姓带来怨言。若战事四起，想必司马王朝的拥护者也会出来反抗，到时内忧外患更加麻烦！"

老太师恶狠狠地喝道："哼，怕什么！都是愚民，镇压就是！哪个朝代不是建立在血海之上？！百姓愚昧，等你打仗胜利了，自然会有人信服。这样一味躲避，反而让人愈加瞧不起我们的新王朝！"

卢予淳渐渐平息怒气，疑惑地问："难道真要对南离出兵？"

"不然他们就更加得意忘形！当然，打南离只需要调一部分兵力，另外的兵力仍然放在北方。那些个游牧民族强猛凶残，不好对付！"

送走老太师，卢予淳心力交瘁倒在龙椅上，陈司瑶端了碗甜品放置在书案上，柔声道："皇上，歇会儿吧。"

卢予淳猛地睁开眼，望着端庄到没有一丝凌乱的皇后，目光柔和下来："瑶瑶，她为什么要跑？她能跑到哪里去……朕不过是想要她回来罢了。"

"皇上，臣妾前几日从御花园抓了只小雀，喜爱极了，便将它关在笼子里。谁知它终日哀鸣，不吃不喝，臣妾一心疼，便将它放走了。若再不放走，或许它会死的……"

卢予淳脸上晕开一个温柔的笑，声音却阴森无比："即便是死，也应该让它死在笼子里。"

陈司瑶一怔，心底无缘无故涌起哀恸。

余霞散成绮，澄江静如练。

过了湘水便是西蜀了。这段水域没有关卡，原本分散成三三两两的队伍又集合起来。

郯云姬在上一个村庄买了些药材，制成药丸给夕莲，教她五石散发作时就嚼碎了咽下去，于是这几日也都平安无事。

夕莲很安静，只是终日盯着司马昭颜。她明白，这一行人里大概没人愿意见到她，但是碍于昭颜的面子，他们只能待她客客气气，却让夕莲感到异常冷漠的疏离。尤其是昭颜对她不冷不热，她心如刀绞却不愿意去想，便只是静静地待着，没人与她说话，她也不开口。

摇船过了湘水，大家都松了口气，几名侍卫张罗着去前方探路找地方过夜。

顾曜扛着大剑下了马吆喝："公子，咱们先在这等会儿！"

"嗯，大家下马休息，天要黑了，准备生火吧！"昭颜下马后伸手给夕莲，低声道："小心下马。"

她嘴角微微扬起一个弧度，纵使几日来共骑一马，他也不会多浪费一句话给她。只会说上来、小心、下来，或者干脆不说，只是伸手。

夕莲仍然坐在马背上没动静，昭颜抬头侧目看她，天边锦缎般的晚霞映得她面庞绝美，却笑得那样苦涩，他心里好像有种叫思念的东西溢了出来，眸光便停留在她脸上不愿收回。他克制住自己，平平地说："别这样看我，我没办法。"

夕莲搭上他的手下了马，悄声地答："我知道。可是我会一直这样看着你，直到你也看我为止。"

他心里百味杂陈，深吸口气。他真的不知道他们将来会怎样，他根本没有勇气和夕莲再续前缘。假若结果比现在还要苦涩，那他情愿再也不去触碰甜蜜。

邬云姬迎面朝他们走来，朗声喊道："哎！已经到蜀国了，你那个疤该剥下来了！"

夕莲好奇地侧头看昭颜，只见他抬手将左脸一大块软软的皮状物掀了起来，容貌依然俊朗，笑得十分明媚。可这笑却是对邬云姬的。

昭颜在手上掂了掂问："再没别的用处吧？"

"扔了吧！"邬云姬一面说一面趴在他跟前仔细检查，"应该没事，只是肌肤有点憋气，你还是去用水洗洗吧！"

夕莲定定地看着他和邬云姬朝水边走去，有说有笑，忽然一阵晕眩，赶紧靠在树底下坐着，掏出药丸来。

身后传来一名少年的声音："这东西好吃吗？"

夕莲一惊，差点呛着，回头看他被篝火映亮的面庞，松了口气说："是你，干吗不声不响在我后面？这是药，当然不好吃。"

顾曜咧着嘴笑："可是我看云姬做的时候，加了蜜枣加了杏肉，一定不难吃，给我尝一个好不好？"

夕莲努起嘴来，摇头说："不给，这是云姬千辛万苦做出来的药，不能浪费。"

顾曜鼻子里哼了声，在她旁边坐下："等到了蜀国，你没吃的可别来找我。"

"我怎么会没吃的？"夕莲觉得好笑。

"那地方，你去了就知道！"

夕莲见他不过十五六岁的年纪，已经出落得英气逼人，随口问了句："你可是从戎？"

顾曜刚想答话，顾大人威严的声音朝他呼喝："你在那儿做什么？不去跟着公子！"

顾曜撇撇嘴站起来，小声嘀咕："哼！我可不想看他们俩眉来眼去。"

夕莲心里似是被刺芒扎了一下，转头看水边闲坐的两个人，连背影都这样和谐，如春夜月华下一对幽密的情人。她不敢再看，扭头，却瞥见侍卫们戒备的目光。她忽然明白，自己已经成了外人，她不再是司马昭颜的皇后，而是卢予淳的贵妃。那有什么关系呢，至少他们还能互相看见彼此。

二 · 纠葛

探路的侍卫回来了，众人熄灭了篝火，纷纷上马。

昭颜依旧朝她伸手说："上来。"

夕莲举眸望了他一会儿，他的神情再也不会呆滞痴傻，他的目光再也不是涣散无神的。可是再怎么变，他也是司马昭颜啊……

夕莲忽然扭头往另一边走去，挺着直直的腰板冲邬云姬喊："拉我上去！"

昭颜一怔，邬云姬倒是大方得很，拉夕莲坐在她身后。

快马加鞭，风声呼啸而过。夕莲紧紧抱住邬云姬的腰，撇头避过司马昭颜的目光,凑到她耳旁问她:“你喜欢他么?”

邬云姬轻笑一声,侧头答:“无论我喜不喜欢,你知道了又有何用?”

“如果他也喜欢你,我自会离去。”

邬云姬面色不悦道:“这是什么话?我们冒险救你出来,可容不得你说走就走!”

夕莲话锋一转,狡黠地道:“可如果他不喜欢你,你也不许缠着他!”

邬云姬听她骄横的语气心中恼火,想想从前的账还没和她算呢!于是她一挑眉,转头盯着夕莲一字一句地说:“听着,我们的事,用不着你管!”

夕莲不服气朝她喊:“我偏要管!”

“懒得与你辩,浅薄至极!”

夕莲正打算回话,司马昭颜的马赶了上来,朝她们大喊:“你们干什么?云姬,慢点骑!”

邬云姬非但不减速,反而大笑起来:“我倒要看看你这刁蛮女子有多厉害!驾——”

夕莲脸色煞白,不敢睁眼,两臂紧紧箍住邬云姬。夕莲一身男装,又这样抱着女装的邬云姬,姿势暧昧极了,昭颜真后悔让她上了邬云姬的马。

顾曜也从后方追了上来:“别跑了,云姬,前边客栈就到了!”

客栈前,邬云姬猛地勒住马,黑马长长嘶鸣一声。夕莲只觉得天摇地动般,整个身子都要往后倒下去了,不禁尖叫出声。邬云姬得意地笑了,下马伸手给她:“下来吧,大小姐?”

夕莲惊魂未定,嘴唇泛白,昭颜看在眼里,心急如焚。

客栈里的小二跑出来牵马,正巧邬云姬刚把夕莲拉下来,小二热心招呼:“哎哟,这位相公看样子病得不轻啊!夫人需不需要请大夫,咱们客栈后面就住着一位!”

邬云姬没好气地瞪了他一眼:“你怎么能咒人病了呢?”

“你相公确实病了,这脸色怪吓人的!客房收拾好了,你们小两口住二楼最西边那间吧,那床宽敞!”

邬云姬看一身男装的夕莲病恹恹的样子哭笑不得,只好应着:“好,你去招呼后面的公子。”

"明明害怕还要硬撑，怎么会有你这么蠢的女人？"邬云姬在包袱里搜了半天，拿出一颗药丸递给倚在床上的夕莲，"快吃了这个。你就别出去了，一会儿我叫人把饭送进来。"

昭颜也不敲门便冲了进来，劈头盖脸地问："云姬，你在做什么？即便心里有气也不能这样，她现在还是个病人！"

夕莲愣愣地望着昭颜的神色，他还是很紧张她的，为什么要装作满不在乎？

邬云姬嘀咕道："谁知道她这么胆小？吓成这样……"

昭颜稍稍缓和了气息，平静地问："她没事吧？"

"你直接问她好了，干吗还来问我？你们俩真难伺候，本庄主不爱干了！"

夕莲"喂"了一声，邬云姬置若罔闻，扬长而去。夕莲担忧问了句："她没事吧？"

昭颜递给她一杯水，在床边坐下："还是先顾好你自己吧。"

夕莲吃了药，脉脉看着他。她明明有很多问题想问，却不知从何问起。分别不过半年，为何感觉像过了几辈子那么遥远？司马昭颜已经恢复正常了，再也不是白痴，是不是表示他再也不会像从前那样喜欢她了……

夕莲害怕得不敢想下去，默默垂泪。

她卷睫上泪光璀璨，昭颜怦然心动，托起她日益尖削的下颌："夕莲，不要哭……"

他的声音温温的好像流沙，将她一分一分淹没。她不顾一切扑上去捧住他的脸颊，将自己苍白的唇紧紧贴上他的唇。她要他知道她想他，想他……几乎要疯了。一切言语都无法表达她的思念，于是在生疏而胆怯中一点一点诱惑他的反应。

案上摇曳的烛光款款洒向床帏，夕莲满头青丝散落，乌黑浓艳。

这样熟悉的味道、他沉迷了十年的莲香，教他怎样抗拒？心跳狂烈，他经受不住她的撩拨，一手扣住她的后脑，浅吻加深。

两个人要怎样实现日渐繁杂的梦境？

她用手指轻轻划过他胸前的肌理，用那双一直被遮蔽的凤眼牢牢记下他意乱情迷的样子，才知道原来他是这样让人沉醉、醉到无法自拔。他的肌肤炽热，紧紧包裹着她，一寸一寸让她暖回来。他沿着她的骨骼一路吻下去，让她的喘息凌厉不堪。

他扶正她的腰肢，俯身贴近她的脸孔，声音有些干哑："闭上眼睛。"

夕莲娇柔一笑:“不,我要看着你。”

她的唇恢复了红润,容颜惊艳如昔,可昭颜不习惯她大胆而充满好奇的目光,苦笑地问:“白天不可以看么?现在看什么?”

夕莲伸腿勾住他的腰,努起嘴耍赖道:“眼睛是长在我身上,我偏要看。”

昭颜猛地钳住她的脚腕,戏谑道:“那就看吧,不害臊的是你,与我何干?”

夕莲脸上发烫,双手捂住脸嚷嚷:“我不与你辩,你是小人,随便闯到我房里来!”

“哦?那是谁缠住我让我脱不开身?”

夕莲羞极了,忙要抽开腿却丝毫动弹不得。他最爱看她故作无辜的表情,最爱看她娇羞无措的失态,不由宠溺一笑:“那你好好看着,我是如何爱你的……”

夕莲自始至终都瞪大双眼,看他眉尖蹙成一团、似是痛苦,看他的脸孔偶尔会抽搐,看昏暗中他的双眸迸发着火样的热情,然后在模糊的激烈和疯狂中渐渐将她融化,化成奔流而泻的泉水,挽救思念的干涸……

天刚蒙蒙亮,昭颜被敲门声惊醒,发现自己昨夜用了晚饭之后竟然在夕莲房里过了夜。他理了理思绪,赶紧叫醒夕莲:“要上路了,夕莲,快起来!”

她环住他的腰不肯放手,撅着嘴嘟囔:“什么……你要上朝了么?”

他心底某处好似被震了一下,轻轻撩开她的长发,俯首亲吻她脸颊:“夕莲,以后我们回去了,我去上朝,你依然可以睡懒觉。但是现在,我们要赶路了。”

夕莲好容易醒来,揉揉眼睛,确信这一切不是梦境之后,傻傻地笑了。

夕莲小口喝着粥,一颦一笑都流露着甜蜜,坐在对面的邬云姬却愤愤不已,他们两个人也太招摇了,即便是夫妻也不该弄出那么大声响,害得住在隔壁的她一宿没睡好。坐在一侧的顾曜却很开心,不时递小菜给邬云姬:“来,云姬尝尝,这个味道不错!”

邬云姬没好气地答:“我不爱吃!”

“那吃这个!”顾曜又递了碟过来。

邬云姬把筷子一放:“我不爱吃咸菜!”

顾曜锲而不舍地从包袱里掏出两只番薯:“这个好吃,我从清云岭带出来的,真耐吃,到现在还有俩儿。”

“你就知道吃！”邬云姬横了他一眼，飞步出了客栈，跑外面散心去了。顾曜忙捧着番薯追了去。

昭颜从楼上探身出来看看夕莲，才放心进了屋。早上看几位大臣的面色，他就知道他们必然要来说夕莲的事。

福公公垂着头在一旁小心解释：“公子年轻气盛、正值血气方刚，众位大人也不必太过追究。”

“公子的私事，我们本就不该管。关键在于这名女子太不可信。公子尽可找别的女子，臣等绝无意见。”

昭颜带着几分玩世不恭道：“可是，别的女子反而更加不可信。我与她也算夫妻一场，诸位大人家中都有妻室，自然不知道我这半年来怎样过的。来历不明的女子放我跟前，我敢要么？好容易救了她出来，怎么能不叙一叙夫妻情意？”

“唉，这女子简直是个妖精，她是公子的致命之伤，臣等实在害怕见到公子再为她神伤、害怕公子再一次被她伤害得体无完肤、国破人亡！”

昭颜心中苦笑，他们又怎能知道要他放弃夕莲是怎样的切肤之痛？他表面还是笑着说：“不一样了，如今的夕莲，你们尽可当她是跟随我左右的侍妾，我对她也是如此而已。”

福公公忙附和道：“是啊，公子身边怎能没个女人……”

李大人万分担忧地说：“可是……我们复国在即，要着手开始部署。如果……如果在这时她意外怀了孩子，那不是让公子分心么？复国事大啊！”

昭颜皱了眉，门忽然“吱悠”一声被推开了，夕莲站在门外，素白的容颜带着几分嘲意，声音清朗：“不必担心，我先前大病一场，已经不能生孩子了。”

他脑子里“轰”的一下炸开了，不可置信地盯着她：“你胡说。”

“我没胡说，这是太医确诊的。在我流产……不，是卢予淳逼我堕胎之后，本来我是要死的，他们用五石散保住了我的命。”夕莲惨淡一笑，“这样不是更好？我做你的侍妾毫无后顾之忧了。”

房里安静得只剩下呼吸声，夕莲面无表情地转身离开，昭颜大步追了出去，将她拖入隔壁的房内，神情哀恸：“是真的吗？真的吗？为何明公公从未与我禀报过此事？！”

夕莲淡淡地看着他，心已经痛得没有知觉了：“知道了又怎样，不知道又怎样？

反正他们不会让我好过的，我还妄想和你重温旧梦……你告诉我，等你们复国之后，是不是要吊死我，像杨贵妃那样？”

“不！”他极力让自己平静下来，缓缓地说，“复位之后，我要立右相大人的孙女裴由芝为后，贵贤德淑四妃也有了人选，李、范、陶、孙四位大人是三朝元老，我必须听取他们的意见。”

夕莲笑着点头：“那我呢？”

“他们同意我收你在后宫，但是不能封品级。”他避开她的目光，语气依然平静。

夕莲怅然若失地问：“这一切早都计划好了？你早打算好了……”

“是，若不是还有忠于司马皇室的人为我多方安排，我逃不过一死。我如果不死，卢家不会罢手。置之死地而后生，他们在明，我们在暗，总有把握扳回来才决定诈死的。我去西蜀找云姬解毒，谁知当年下毒之人是韦娘，可蛊毒却是卢后饲养的，所以我必须回金陵取你的鲜血解毒。”司马昭颜将所有的一切和盘托出，不带任何情感。他惊讶于自己在夕莲面前可以这样理智，原来他真的不是白痴了，已经学会伪装自己。

“取我的血？你一定恨死我了，恨不得吸干我的血。”夕莲浅浅地笑了，早在骊山付之一炬的焦土里，她就已经失去了她的司马昭颜，永远。她轻声答：“我知道了，你出去。”

他咽喉中有一股杂念在纠缠，什么话都无法说出口，于是转身出了门。夕莲是他的天，江山却是整片大地，天塌了还有地，地陷了就什么都完了。他再不能告诉她自己的心意，因为他已经不是那个白痴皇帝了。

听着走廊上的脚步宛若在不定的水面沉浮，深深浅浅。她紧紧捂住脸孔，无声哭泣。

一行人在客栈外等了许久，夕莲才出来，低垂着头径自上了郛云姬的马，昭颜还没来得及说什么，郛云姬便策马冲了出去，惹得顾曜在后面大喊：“慢点，云姬你慢点啊！”

夕莲疲惫地靠在她身后，说：“帮帮我好吗？”

郛云姬好奇地侧头问：“什么？”

“我要走。”

郛云姬心一沉，严肃问：“哪里去？”

“我退出，你应该开心吧？”夕莲伸长脖子凑到她耳边，“多少你也算是我姐姐，帮帮我好吗？找个机会把我放下。”

“你一个人，又能去哪里？”邬云姬减慢了速度，“看你眼睛肿得跟桃子似的，你能离开他吗？恐怕会哭得更伤心！”

夕莲轻轻摇头：“我要回去找我的孩子。可是你要想清楚，不要轻易爱上司马昭颜，皇宫里不是你能待下去的地方！”

这话听起来像恐吓，邬云姬轻灵地一笑：“我邬云姬才没那闲工夫去和三千名女子抢男人！可我觉得你挺闲的，也够姿色。孩子很安全，你放心吧，明公公悄悄上了乌镜台去照应。再有两个月，你们就可以团圆了！”

“两个月？你怎么知道？”

邬云姬想了想答：“机密之事我不能与你说，不过你现在回去无疑是害了我们大家，不如静候两个月，到时一切都会有结果。”

夕莲无奈地笑笑：“两个月，应该很快。”所有的爱恨纠葛，都要有结果了，不过两个月而已，她能等。为了再见到曦儿，忍辱负重又何妨。

西蜀皇宫地处蜀山山脉，泉水自山涧奔流而下，涓涓不息直入宫廷。放眼望去，缀在绿荫红翠中的亭台楼阁错落有致，曲道蜿蜒。这里没有焚香缭绕，烟斜雾横，只有清新自然。

夕莲出神地望着晨曦中的景色，面颊被窗外一片桃花映得粉红。司马昭颜看着她，也出了神。

“怎样？这里比大褚怎样？”

威严的女声从侧方传来，二人同时回过神来，夕莲俯身请安。

“劳烦女皇陛下等候，小侄惭愧。”

“不必拘礼。”西蜀女皇微微笑着转向夕莲：“咦？这位就是大褚皇后么？”

夕莲惊异地抬头，皇后这个称呼，似乎早已不属于她。

女皇的黑色朝服上绣着五色植物图腾，颈间挂着晃目的银项圈，腰间、手腕、耳上、发髻都满满缀着银色饰物，形状各异。云姬告诉她西蜀以银器为尊，这回才算见识到了。

女皇在上位坐下，兴致盎然地说：“我在上面远远看见你们走来，虽是一身布衣但气质脱俗，料想是昭颜来了。你这皇后一身男装够俊俏，可惜掩不住脚步。

你们大褚的千金小姐自小束足行走，脚步细碎，身体轻滑移过都不见起伏。若是在我们蜀国行走，这么走可是要绊跤的！呵呵……”

女皇不知为何朗笑起来，夕莲努努嘴问：“为何要绊跤呢？”

“皇宫里的路还算平整，西蜀地势奇特，崇山峻岭，城内也大多是坡道，步行的话，恐怕你要很吃力哟！”

夕莲笑答：“陛下既称我为皇后，自然就用不着步行的。”

“丫头个性率真，朕喜欢，不如留在宫里小住，也免得打扰他们办大事。”女皇似笑非笑瞥了眼昭颜，伸手握住夕莲的手，“看你这双眼睛，像我们西蜀女子。”

夕莲眼角余光扫了眼司马昭颜，女皇正色道：“你瞧他做什么？自己的事自己拿主意，哪儿轮得到男人来管？”

夕莲掩口而笑，差点忘记了西蜀是以女子为尊的。她正想满口答应下来，昭颜却忽然开口说：“她不能留在这里，小侄会专门派人保护她。”

“是吗？男人是该保护好自己的女人！”女皇忽然加重了几分语气，“若是保护不周，你可要后悔莫及呀！军队的事，一会儿你皇叔来与你说，朕得上朝去了。”

“恭送陛下！”

夕莲轻移几步送女皇出了殿门，侧过头冷冷地说：“保护我？何不实说是监视我？”

昭颜嘴角牵强一笑：“你当真如此不想见到我，住在皇宫也无妨。”

“你怎么不告诉女皇，我不是皇后，不过是你一名侍妾而已。”她语气平淡，却字字凶狠。

“在没有立新皇后之前，你仍然是我的皇后。”他说得平静无奇，这话语是如何从咽喉挤出来的，恐怕无人知晓。

“我欠你的，所以不论你怎样对我都可以。”夕莲走近一步，凝视他的眼睛，“我只有一个要求，我要曦儿，哪怕让我做婢女也好，我要伴在曦儿身边。”

他发现她凤眼中的倒影那样冷漠无情，这就是现在的司马昭颜么？他为何会怀念从前自己痴傻的模样？他伸手抹去她眼角滚出的泪，轻声地安慰：“夕莲，没有名分，你也还是我的夕莲。”

“可你再也不是我的司马昭颜。”夕莲撇头的瞬间，蓦然想起卢后临终前说过的话：爱情对一个帝王的女人来说太奢侈，敬之能给我的是司马哲永远也给不了的唯一！

原来她母亲就看不透，所以她也看不透。此生以后，她再不想要爱情。如果他只是要她的身体，那么尽可要去。只是她的心再也无法付出了。

三 · 备战

“你们是秘密进宫，因此没有受到应得的礼遇。侄媳妇，委屈你了啊！”这位皇叔司马珏早年因一心要入赘西蜀被皇族除名，夕莲也是最近才听说。闻名不如见面，他身材有些发福，脸上挂着玩世不恭的笑容，好像永远都没有烦恼似的。夕莲不由心生羡慕，这才是真正的富贵闲人。

“夕莲见过皇叔。”

昭颜纳闷地问：“皇叔怎么也能看出她是女子？”

“啊？”司马珏笑眯眯地指着他们俩，“你们一个板着脸，一个苦着脸，夫妻相嘛！”

二人尴尬一笑。

“皇叔，这回带她进宫，是想请西蜀御医帮她调理下身子。”

“哦？身体不好？”司马珏点点头，“没问题，我宣御医来，侄媳妇你就随我的婢女去吧。”

眼见夕莲出了屋子，司马珏啧啧道：“光看背影，这气势就非朝夕练就的。她不是出自皇宫，为何身上有一股皇家之气？”

司马昭颜苦笑：“不是皇宫却胜似皇宫，她的待遇堪比一国公主了。”

司马珏拍拍昭颜的肩膀：“别想了，车到山前必有路。随我来。”

司马珏摊开地图，昭颜吃了一惊，这上面会合了大褚、西蜀、南离和北方各族的精密地形和军事分布。这样详尽的地图西蜀如何得到的？

司马珏随手拿了根卷轴在图上指画：“大褚军队的实力我们都清楚，中央集权，各个州府都没有调派兵力的实权，褚军强势是因为整合了全国的精兵，整个边防一气连枝，无懈可击。因此南离在过去的二十年都不敢来犯。”

昭颜接着说:“但是卢予淳篡位之后,北方各族不断在边境扰事,南离更是以旧约无效的理由准备出兵。大褚的军队一半调去了南离准备应战,三分之一调去了北方分散至各个部族边境。兵散则势弱,聚则势强,卢予淳如此分散兵力,犯了兵家大忌。恰好西边空虚,我们可长驱直入到辰州,那里有被流放的大批御林军,集结起来共同北上去劝降北方各族,我们能解救北方之急,得到民心。良禽择木而栖,贤臣择主而侍,虽然大部分将领皆是卢家门生,但他们应该懂得这个道理,江山始终是姓司马的。”

“你是说,轮番去劝降北方蛮夷?那么南离呢?我们不能眼睁睁看着扁州百姓遭遇战祸!”

“皇叔,我们兵力相对薄弱许多,若是再分出一支下南离,恐怕南北两方都无获胜把握。五指之更弹,不若拳手之一挃。我们并不想打仗,重拳出击,能从气势上压倒对方是再好不过,北方民族不过是些小部落,趁火打劫之辈向来是遇强则避。南离战事还未到一触即发的时刻,我认为,不妨先回金陵,卢予淳的虚伪王朝土崩瓦解之后,南离再无理由出兵。”

“太险,昭颜,我们不能用扁州百姓的生命去赌。我们手上唯一的胜算都在你身上,但是你分身乏术……无法同时顾及……唉,难办!”司马珏愁眉苦脸盯着地图,“而我又是西蜀人,不能名正言顺代你劝降。”

“皇叔,司马家还有人在金陵,还有位林太后,她手中握有一道空白圣旨。”昭颜诡秘一笑,“我们在北方劝降的同时,派人传金陵事变的假消息去南离边境。在无法辨清消息真假时,双方都不会轻举妄动。我们迅速处理完北边事务便赶去梁州,卢予淳此时必定按捺不住。我们想尽办法引他出金陵,林太后再出面,留在金陵的四位老臣也可以帮上忙,一面劝服旧臣,一面响应林太后。”

“昭颜,计划是不错,可是你没有上过战场,恐怕一切未能如你所愿。”

“那就要劳烦皇叔,教我如何随机应变。”

司马珏怔了怔,仿佛下了多大的决心一般语气生硬地问:“你父皇,临终前可留下什么话?”

“父皇说,要善待天下,还在我手心写了个‘忍’字。”

“他向来厌恶战争,因此重文轻武,不断削减军队机构,导致卢家独揽大权。我与卢离晟在军中相识已久,行军作战他绝对要比我略胜一筹,但是性情暴烈、过于凶残。想不到,为了那个女人,皇兄竟然放任卢家坐大。结果是苦了自己的儿子……”司马珏感慨万分，拍拍昭颜，“昭颜，你忍了这么多年，绝不是白忍！忍者，能也，耐也。动心忍性，增益其所不能。相信你将来的作为，必定在你父皇之上。”

昭颜望着地图上“大褚”那两个字，漆黑的双瞳更加深幽。

干净的阳光透过镂空木窗铺陈在五彩斑斓的地毯上，床帏锦被也都是缭乱的色彩，看起来很是热闹。夕莲安然躺在这片热闹中，她的睡相一向是极好的，连鼻息都听不见。于是他紧紧盯着她胸前的起伏，生怕漏了一下。

夕莲没骗他，西蜀御医也说她再也不能怀孕，可是她还未过双十年华，他多想和她再生个女儿……如果在骊山时他把一切都告诉了她，是否一切会不一样呢？他们之间究竟是谁负了谁，恐怕穷极一生他也想不通。

“我梦见曦儿了。”

夕莲忽然醒来，柔声说了这句话，昭颜握起她的手：“别担心，曦儿很好，明公公和林太后、锦秋都在乌镜台照顾。”

“他们都是你早就安排好的是吗？”夕莲坐起身来观望一圈，接着轻描淡写地说，“不知是他们对你太忠心，还是你太狠心。”

昭颜手上加重了几分力气，将她的手攥在手心，痛心疾首地问：“我狠心，还是你狠心？你亲手将我送上绝路，我可曾埋怨过你半句？”这是他在肺腑里酝酿了许久的话，早已酸涩不堪。

夕莲额前几缕垂下的发，遮不住夺眶而出的眼泪：“可是我得到报应了，你开心了，你可开心了！我成了一个天大的笑话！他们说我是一只伺候过两朝皇帝的狐狸精！他们说我连曦儿是谁的孩子都分不清！可是你心里清楚得很，曦儿是怎么来的？是你对我用强，是你将我禁锢，是你对我软硬兼施，是你逼迫我爱上了你！”

“你手段用尽，让我动了心……你诈死，让我后悔欲绝……司马昭颜，君无戏言。你说弱水三千你都只要我一个，可你却要把我丢到阴暗的角落，让所有人都来嘲笑我！我为什么要爱你，为什么要爱上你？！”

她泪流满面朝他咆哮，就像一个疯妇。昭颜将她紧紧搂住，不发一言，只是越来越紧。她爱他，多可爱的话语，他本该心花怒放，却为何痛不欲生？夕莲……夕莲注定是他的致命之伤，她难过，他又怎么会开心？

他贴在她耳旁细语：“夕莲，给我时间……等大局稳定，我会给你交代。”

夕莲咽了咽泪水，满目委屈："如何交代？他们不吊死我算我命大。"

"我也不知道，但是我需要你，我需要你陪在身边！夕莲，其实我很害怕……我需要你。"

他细沙般的声音融满了她的耳朵，一分一分渗入心田，她不明白，为什么自己这么容易心软？明明下定决心要坚守心防，一下子就溃不成军。

夕莲觉得是不是五石散又发作了，她就鬼使神差地答了句："好。"

昭颜惊喜地托起她的下颌，眼睛弯成月牙般的形状，他以为以夕莲的刚烈傲性，断然不会委曲求全。夕莲枕在他肩上，心中一片安宁，哽咽道："我会陪着你，不过我们还是少接触，我不喜欢他们看我的眼神。其实他们就是怕你儿女情长、耽误正事，我能理解。以后，我们远远地保持距离，尽量少让他们操心。"

昭颜微笑点头，轻轻拍着她的后背。她受的苦够多了，从始至终最痛苦的人不是他也不是卢予淳，而是夕莲。三千弱水他不能只取一瓢饮，但是他心里永远不会有第二个女人："夕莲，你相信我么？我会给你幸福，一定会。"

夕莲抬头撅着嘴答："不信你怎么办？难道我还有别的选择么？"

看着她睫毛上还挂着泪，表情却变化多端，就像一只没心没肺的小狐狸，他笑了。

在出兵之前，他们在郊外一处清雅的院落落脚，秘密准备辎重，制定详尽路线。

邬云姬按御医给的配方定时给夕莲抓药，第一次拿到药包的夕莲很纳闷地问："这个要怎么吃？"

邬云姬从来不掩饰对她的鄙夷，没好气地说："洗衣做饭不会就算了，怎么连煎药都不会！你会干什么？"

夕莲仔细想了想："我会使唤人。"

"那你自己慢慢使唤吧！"邬云姬往榻上一坐，跷起二郎腿。

夕莲揣着药包昂首走了出去，熬药而已，她就不信没了邬云姬她会病死。

走到小后院，夕莲刚想进厨房，发现顾曜正蹲在园子里刨什么东西，她便走过去瞧瞧。

"顾曜，你在干什么呢？"

"啊？"顾曜抬起头，满脸灰土，一咧嘴露出一口白白的牙齿，"刨番薯啊！这里真好，遍地都是番薯，好像是野生的。”

夕莲难以置信地看着他身边一大筐奇怪的东西：“这就是番薯啊，我从未见过。”

“嘿嘿，你当然没见过。”顾曜递了一个给她，满手泥土，“尝一个，很甜的！”

夕莲吓得往后退了一步，举起手中药包推托：“不不，我要去煎药。”

顾曜点点头，又问：“你会煎药吗？我帮你吧！”

夕莲笑眯眯地应道：“好啊，你教我。”

她穿着土黄粗布衣，斜斜的辫子搭在胸前，只是那双娇嫩素白的手透露了不一般的身份。顾曜看得愣了好一会儿，低低地吐了几个字：“你们长得真像。”

夕莲狡黠一笑：“你喜欢云姬吗？”

顾曜不好意思地挠挠头，脸都红了：“你看出来了？”他三两下生好炉子，教夕莲扇火，“可是她一点也不喜欢我。”

“或许是因为你比云姬小几岁。”

顾曜脱口而出：“可公子也比她小。”

夕莲一怔：“她可喜欢公子？”

“当然了，要不天天黏着他？还给他做好吃的，她就从来不给我吃！”顾曜气呼呼扇了下炉火，结果煤灰四散，喷了夕莲一脸。“啊！”夕莲紧紧闭上眼，顾曜慌了，忙拉她起来，“来这边洗洗吧！”

邬云姬恰好进了厨房，瞪着顾曜拉着夕莲的手，喝道：“你们在干什么？！”

顾曜才反应过来，赶紧松了手，赔着笑说：“我在教她煎药。”

“你又不是不知道她是谁，她的手你随便可以拉么？”邬云姬把夕莲拉了过来，“药煎好了送过来！”

顾曜委屈巴巴地望着她，邬云姬看也不看他一眼就走了。他心中感慨万分，西蜀真不愧是以女子为尊，夕莲再厉害，跟邬云姬一比真是小巫见大巫。

春夜风凉，夕莲蹲在小河边折腾了整整一个时辰才把衣服洗完，手已经冻得没有知觉了。她吃力地端着盆子回到小院，见邬云姬正端了什么东西往昭颜房里去。想起顾曜说的话，她蹑手蹑脚走到窗边偷偷往里看，司马昭颜正与几位大人商议要事，云姬送了甜汤进去便也坐下了。不知怎么，昭颜忽然扭头看了过来，夕莲赶紧缩回了头，心跳得咚咚直响，快步回了房。

在床边呆坐了半晌，她心里闷得慌，越想思绪越是烦乱，索性跑了出去，靠在河边一棵槐树下站着。

细数过往，她和司马昭颜之间甜蜜的时光只有短短几个月，或许一生也只有那几个月而已，为什么她偏偏这么快变了心。如果她还爱着予淳，是不是会过得很快乐？不，路是自己选的，即使头破血流也要走下去。

熟悉的脚步走近，夕莲侧头。月光透过枝叶筛下，落在她身上星星点点，她的眼角依旧是微微挑起的，波光转瞬间虽不至于颠倒众生，但颠倒一个司马昭颜是完全足够的。

他嘴边挂着愉悦的笑容，手指轻轻拂过她的脸颊："我不在这几日，你学会煎药了？"

夕莲伸臂勾住他的脖子，撅着嘴答："没人使唤，我只好自己做了！"

昭颜挺直的鼻梁压了下来，夕莲躲了一下，他的鼻尖只擦过她脸颊。他笑着扳过她的脸："你刚才在偷看什么？又不在房里待着，我可是找借口跑出来的。"

夕莲板着脸答："你跑出来就是问这个呀？"

他附耳问："可是想我了？"

夕莲假势捶了他一下，脸颊发热："你何时变成这样了？"

昭颜笑得浑身颤起来，他最爱看她此时的表情，一把搂紧她的腰，吻了下去，四片唇瓣在清冷月光下更显蔷薇色的暧昧，宛若树木花草都动了情，随着夜风轻咽。月轮羞涩，也在云朵中渐渐隐去，徒留黑暗中两双含情脉脉的眼睛。

喘息平复，他揉着她滚烫的脸颊："我得回去了，夕莲，别胡思乱想。"

夕莲用力点头，轻轻推开他："嗯，快去吧。"

他平日极注重行为举止，步子一向沉稳，现在却飞奔而去。夕莲抿着唇满心欢喜往回走，刚进了小院，抬头见月亮又从云朵里冒出来了，于是自言自语："方才我想好好看看他，你偏偏躲起来，现在他走了，你才出来……莫不是你也看上他了？你在嫉妒我吧？"

"哼，幼稚。"邬云姬的声音冷不丁冒出来，夕莲吓一跳，转头发现邬云姬在晾衣服，方才正好弯腰下去所以她没看见。

夕莲心情极好，便也不在意，反而跑去问："要不要我帮忙？"

"不必了，你只会帮倒忙。"

夕莲将发辫绕在手指上玩，一面说："帮忙都不要，那我进屋了。"

郐云姬看着她的背影嘀咕："我怎么会有这么个傻兮兮的妹妹……"

"其实她心地很好，你为什么老欺负她？"顾曜刚从外面回来，风尘仆仆的样子看上去成熟了几分。

郐云姬侧头扫了他一眼："她心地好，我就不好了？"

"她肯吃我的番薯，你吃都不吃。"

郐云姬气得从旁边扯了湿漉漉的衣带使劲抽他："吃！你就知道吃！你还会干什么？"

顾曜一把拽住了衣带，郐云姬顿时觉得吃力。

顾曜正色道："我还会打仗！"

郐云姬干脆松了手，愤愤地吐了三个字："小屁孩！"

她头也不甩便扬长而去，顾曜兀自难过，为什么她对公子的态度和对自己会有如此大的反差？以前大哥说女人是很奇怪的东西，他还不信，这回真信了。

四 · 别扭

眼看着他们越来越忙，终日关起门来商讨要事。夕莲为打发时日跟着郐云姬下厨学做菜，按时给他们送进屋子去。只要和昭颜相视一眼，她便满足了。

大臣们似乎也放心了，毕竟他们俩连话都不说一句，但对夕莲的态度依然是冷冰冰的，对郐云姬就热情许多。夕莲不服气，郐云姬不就是给他解了毒么？欧夕莲曾经还跳下水去救了他的命呢！除了司马昭颜，好像谁都不曾为此感激她。

过了亥时，他们议事该结束了。

夕莲躲在草垛后面紧张万分，竖起耳朵大气都不敢出。

一弯下弦月就像在微笑，静静俯瞰人间。

也不知过了多久，她双腿都发麻了，终于听见昭颜沉稳的脚步渐渐踱来，许是见四周没人，忽然加快几步冲了过来。夕莲忍住笑扑在他怀里嗔道："为什么弄得跟做贼似的？”

昭颜嘘了声，贴着她耳朵说：“比做贼还辛苦，明明是我的女人，却不让我碰……”

夕莲耳朵痒痒，四处闪躲，嘻嘻地笑道：“别玩了，我有正事问你。”

昭颜马上恢复了认真的神情：“什么事？”

“宵夜你爱吃什么？”

“这就是你的正事？”昭颜失笑，捏着她的下颌问，“你想做什么？”

夕莲一本正经地说：“你喜欢吃什么，我就做给你吃。我会好好学的。”

昭颜也一本正经答：“我们的宵夜一向是云姬做的，你自己还在养病，别累着了。”

夕莲不悦，撅起嘴来：“你就这么爱吃云姬做的东西吗？我想给你做，然后给你送去，然后……我每天就可以多看你一会儿……”

昭颜抿嘴微笑，手不安分地滑至她腰间：“那我就要吃……莲子羹！”

“莲子羹？”夕莲歪着脑袋说，“云姬没教我做，不过我可以学的。”她说得正正经经，却发现司马昭颜的表情一点也不正经，双手揽住她的腰转了个圈，绕到她身后附耳说：“先让朕检查检查你身上有没有长莲子？”

夕莲笑得上气不接下气地问：“若是长了呢？”

“那你就真的是只妖精了，莲花精。”

“没长呢？”

“没长就……”昭颜闭目抚上她的胸，“呃……这是什么呢？”

夕莲想从他怀里挣出来，反而被箍得更紧了。薄薄的春衫无法隔开诱惑，反而添了层撩人的暧昧。她当然察觉到了他身体的反应，可是这样的境况下，只能低声劝阻。

昭颜已经听不进去了，搂着她滚到稻草堆里，喘着粗气说：“朕要个女人，他们管不着。”

前院里忽然传来福公公的声音，在大叫“公子”。

夕莲猛地拽住他正要解下她衣带的手：“快去吧！别误了正事。”

昭颜气急败坏地捶了一拳在草垛上，坐起来平复了半晌，气哼哼地吐了句：“福公公这不是第一次了，真是愁煞人！”然后一骨碌爬起来大步走了。

夕莲从未见过他这样，忍不住咯咯笑起来，昭颜有些孩子气地回头冲她说：

“你尽管笑话我去！下次谁叫我也不应！”

一缕缕金光从厚重云彩后迸射出来，斜斜织就在天地间。山间萦绕着淡淡的雾气，有些灰蒙，好似山雨欲来。

拱桥上，夕莲正往河里撒食，引得一群野鸭争相抢夺。这郊外倒是清静，除了他们就只有河对岸住了两户人家，再远便看不到，被丛山挡住了。

她的身材削瘦，衣服松松垮垮并不合适。长长发辫搭在肩上，漆黑如故可是少了些光泽。

司马昭颜伫足院门外遥遥望着她，直到顾大人在院里喊了声，他才回过神，忙寻了顾曜来：“帮我把这个给夕莲送去。”然后匆匆进了房。

顾曜掂了掂手里好看的木匣子，好奇万分地跑到桥上给夕莲：“这是公子让我给你的。”

夕莲惊喜地打开，嗅了嗅，是兰膏，他是从哪里弄来的？

顾曜也凑过去使劲嗅，觉得很新奇：“这是什么？好香！”

“是女子用来护发的，宫中才用的。”夕莲小心翼翼地收起来，眼里噙满笑意。

顾曜又问：“你很喜欢么？女子都喜欢么？”

夕莲一怔，说不上喜欢，只是用习惯了便离不开。她喜欢的不是兰膏本身，而是昭颜那份心意。她想或许和顾曜也说不明白，便搪塞道：“喜欢，或许女子都喜欢吧！”

“那我也去寻一个送给云姬，她是不是也会高兴？”

夕莲笑眯眯地冲他点头：“你没送过她东西么？试试便知了！”

顾曜恍然大悟，一面往回跑一面叫夕莲：“云那么厚，或许要下大雨了，你也回去吧！”

“知道了！”夕莲冲他挥挥手。想想顾曜有点愣头愣脑的，但是人品可靠、前途无量，邬云姬若是聪明人，该牢牢抓住他才是。

顾曜跑回去从马房随便拉了匹马正要走，邬云姬赶了过去，气喘吁吁地堵住他的去路：“你要去干吗？私自取马去哪里？”

“云姬？”顾曜笑得满脸灿烂凑到她跟前，“我去镇上买点东西！”

“又买？不是已经送了么？还没完没了了？！”

邬云姬的语气怒不可遏，那双凤眼简直要喷出火来。顾曜纳闷了，问：“云姬你在说什么？我、我听不懂啊！”

“装！”邬云姬不知哪儿来的火气，冲他踹了一脚，“我看见你给她送东西，两个人在桥上嘻嘻哈哈，你还凑上去……你知不知道她是谁啊？！”

顾曜好像明白了几分，邬云姬因为看见他和夕莲在一起所以生气了，是不是与他看见云姬和公子在一起一样的那种生气呢？他忽然幸灾乐祸起来，嬉皮笑脸地说：“她是谁有什么关系，我喜欢她，我觉得她心地好，还会帮我一起找番薯！”

“我看你就要变番薯了！”邬云姬气得拂袖而去，嚷嚷着，“你去买吧买吧，送给你喜欢的人，我看公子怎么收拾你！”

顾曜咧着嘴笑，满口瓷白的牙仿佛闪着釉光。他总算报仇了，等他买了礼物回来送给云姬，她一定会高兴的！

夕莲烧好了热水，刚解开发辫，门哐当一下被撞开了。夕莲知道是邬云姬回来了，也没回头看一眼，径自弯了腰下去把头泡在热水中。

热气袅袅，她倒着头只看见邬云姬慢慢走来，也看不清她的神色，便捏着嗓子叫唤：“云姬，来帮我，我看不见，你帮我把兰膏梳匀吧？”

邬云姬冷冷地接过那盒子：“兰膏？这么珍贵的东西他从哪里弄来的？”

“我也不知道呢！”夕莲嘴角勾起一抹甜蜜的笑意，“其实东西贵不贵重都不要紧，重要的是他关心我。”

邬云姬板着脸挖了一大坨出来扔在她脑勺上：“夕莲，你怎么可以这样？”

“嗯？我怎么了？”夕莲腰有些酸，伸腿想勾一张椅子，结果反而将椅子踢倒了。响声有些吓人，云姬手一抖，夕莲吐吐舌头。原本经过院子的昭颜也听见动静，便走过去看看出了什么事。

“你今后怎么打算的？要和公子回宫去吗？”

邬云姬问的这句话，让里外两个人心口的大石越发沉重了。

夕莲半晌才轻轻地说：“我也不知道。”她不知道自己和司马昭颜还有多少日子，所以最近的时日对她来说异常珍贵，她会珍惜每一次看他的机会、会记住他们说的每一句话。如果将来是分离，她也有聊以慰藉的美好回忆。

“那你和顾曜怎么回事？”邬云姬直来直往，说话从不拐弯抹角。

夕莲猛地惊叫：“好疼！轻点……你说什么，顾曜？我和他怎么了？”

邬云姬把梳子一扔，质问道："我看见他亲你了，他还说他喜欢你，是不是？"

犹如一声惊雷在耳边响彻，窗外的昭颜顿时浑身僵直，仿佛血液都停止了流动，他唯有屏住呼吸听夕莲的回答。

"云姬，你在说什么？！"夕莲也顾不得什么急忙抬起头来瞪着她，"你不能这样乱说，你看见什么了？"

邬云姬不甘示弱地瞪着她大叫："你们在拱桥上嘻嘻哈哈聊得可热闹了，我见他凑过去亲了你一口！"

"你胡说！"夕莲急得直跺脚，脸涨得通红，"我们是在桥上说话了，可是他没有、没有……"夕莲哪里有邬云姬的魄力，后面那几个字死活说不出口。

"就算我看错了，他没亲你，但他亲口和我说他喜欢你的！"

夕莲急得要哭了，使劲推了邬云姬一把："我不要和你说话了！你无理取闹！"

"谁想和你说话了？勾三搭四的女人！"邬云姬夺门而出，一头撞进了如雕塑般立在门外的司马昭颜怀里。

夕莲愣愣地望着他铁青的脸色，正要开口，昭颜却愤然转身离去。

她心里一片冰凉，他不相信她，竟然不相信她……她留下来，是以为他们之间的真情能感天动地，不想这样经受不起小小的猜忌。她错了，她又错了！她狠狠抓起兰膏想往地上砸碎了去，却舍不得，她怕自己的心也会跟着一起碎掉。原来，从始至终，最白痴最无用的那个一直都是她自己……

夜风呼啸，不见星月，大概是要下暴雨了。

顾曜怀里揣着一大堆乱七八糟的玩意儿，他也不知道云姬会喜欢什么，所以还是请夕莲帮忙挑挑吧。于是他毫不犹豫地去敲门，没想到开门的是邬云姬，这时候她应该在做宵夜才对啊！

邬云姬望着他怀里一堆东西嘲讽："又送东西啊？"

顾曜面对她有些局促，支支吾吾地问："她、她呢？她不在么？"

"谁啊？"邬云姬倚着门框睨着他。

顾曜也没多想，直接答："夕莲……"

"夕莲也是你能叫的么？"司马昭颜沙沙的声音透着威严，顾曜不知所措转头看他从黑暗中踱了出来，面容冷峻。

顾曜一脸无辜地道："她说我可以这么叫她。"

“放肆！”司马昭颜一声怒吼，顾曜赶紧跪下了。

邬云姬从没见过昭颜这样的表情，想起帝王一向残酷无情，她不免也有些害怕，低声提醒：“顾曜，你到底在干什么？公子的女人，你怎可冒犯？快赔罪才是！”

“什么？我没有冒犯！”顾曜使劲摇头摆手，“你们都误会了！”

昭颜冲上去一把拽住他的衣襟，墨瞳如深渊般要将人吞噬：“你可说过你喜欢夕莲？”

几个大臣和侍卫都被这里的动静引了来，看着这一幕不知所措。顾大人尤其着急，也不知他那小儿干了什么好事。

顾曜眼见云姬帮着公子来质问自己，心底无名火起，把头一昂大喊道：“是，我喜欢夕莲！我要娶她、我要娶她！”

所有在场的人都惊呆了，这傻小子是真的不怕死吗？！

顾大人急得捶胸顿足指着他大骂：“你这个混账！你在说些什么呀？你想干什么呀？啊？！”

昭颜只觉得一股血气冲上了脑门，眼前发晕，狠狠下令道：“先把他关起来！”

夕莲端着洗好的衣物一脚刚迈进院子，被眼前的局面震住了，急切地问：“为何要关他？”

昭颜愤恨的目光投来，双眸中跳蹿着火苗，如千百根烧得滚烫的针密密匝匝扎满了她的心。周围所有的人都露出鄙夷的神情，顾大人一时气急，口不择言扔了句：“真是只狐狸精，连二八少年都不放过！”

她手指无力，木盆“哐当”一声落地。

顾曜转头看夕莲含泪的样子，带了几分歉意又有些无辜地说：“对不起，我也不知道怎么会这样……”

夕莲咽了咽泪水，强作镇定道：“顾曜，我们走。”

顾曜稍作犹豫，抬头看了眼邬云姬，便起身朝门外冲了出去。

夕莲嘴角扯开一个怆然的微笑，天便下起雨来，雨点很大，稀稀疏疏捶打在繁茂的枝叶上。她迈着轻柔的步子、风姿绰约，青丝在风雨中飘摇，宛若春夜里多情绽放的一棵海棠，暴雨过后，一切妖娆便会消失殆尽。

他想冲上去拥住她或者为她送去一把伞，他应当为她遮风挡雨才是。可他却眼睁睁地看着她消失、消失在黑夜的尽头。她要和别人走，他有什么办法……

“下雨了，公子回屋吧！”

昭颜任由众人簇拥着进了房，心房里冰凉凉的一大块。或许方才他太暴躁了，为何不听她解释？她一句话未说便已经被判了刑。可是她为何不解释，哪怕说句让他安心的话也好。

邬云姬茫然望着远处漆黑一片，耳旁阵阵雨声让她越发不安。夕莲的身子经不起这样大的雨，她忽然内疚万分，不管怎样，其实她相信夕莲是清白的，纯粹是顾曜瞎捣乱，她只是气不过而已。越想越急，她索性钻进药房去准备了几服药，万一他们遇到什么事应该赶紧回来。

雨就下了一夜，之后的几天一直晴朗着，草地里开满不知名的野花，五颜六色。

邬云姬采药回到屋子，发现司马昭颜在平日夕莲梳妆的镜前坐着，镜中倒映出他呆滞的目光。他明明放不下她，当时怎么也不拦一下？他们走了便一直没消息了。

邬云姬轻声唤他："公子？今日不忙么？"

"嗯，后天要出发了，云姬，这些天实在太劳烦你。"

邬云姬捋着发摇头说："我倒没什么，其实辛苦的是夕莲，她从来都养尊处优。为了学做莲子羹给你吃，她整夜整夜地不睡觉，直到做出自己满意的味道，说得和御厨做的差不多，才不会污了你的口。"

昭颜愕然："可是，我只吃过一次。"

"她说你吃完之后没说什么，定是她做得不好，便到镇上的酒家去问怎么做才好吃……或许她还没找出最好的配方来。"

昭颜心里一阵慌乱，他居然没说么，他明明觉得那是世上最美味的东西，怎么会粗心到忘了告诉她？是他太忙了，忙到忽略了她。他紧抿着唇，随手打开了案上装兰膏的小木匣子，里面空了一大块，低声说："我该亲自送给她，我该好好和她说说话的。"

邬云姬瞪大眼问："这是你送的？"

昭颜听她语气惊讶不由转头说："是我送的，怎么了？"

邬云姬忽然有些害怕，支支吾吾地道："这个……我以为这个是顾曜送给她的……我看见他在桥上递给她的。可夕莲也没告诉我啊，正好顾曜又从外面买了一堆东西回来！我就以为……"

司马昭颜脸色已经变得相当难看了，声音沉沉道："因为这个你和顾曜吵架？"

郚云姬自知理亏垂下了头。

昭颜猛地站起来低吼声："胡闹！你们俩的事为何要把她扯进去！"话音刚落，他箭步冲出门、冲出院子，一路朝山林跑去，郚云姬追出来大喊："福公公！顾大人、李大人！公子跑出去了！"

因那场大雨，山上水源丰足，溪水欢快，一路奔流而下。小溪边开着各色漂亮的花儿，夕莲偏偏坐在树桩上玩狗尾巴草，目光顺着溪流看到了尽头，好想看到那尽头走出一个身影，含笑对她招手。

她满脸灰土，有气无力地问："今天我们吃什么啊？我不想再吃番薯了。"

"没见我正在刨蘑菇么？这树下可多了！"

"那个能吃饱么？"

"我说去打只鸟你又害怕，抓鱼你又嫌腥。大小姐就是难伺候！"

夕莲气哼哼捡了块石子扔他："都怪你，你为什么要胡说八道！"

"哎哟！"顾曜摸了摸头，"大小姐，不，娘娘！您就饶了小的吧！"

"我饿死了！"夕莲脾气一上来，使劲地跺脚，"若不是你，我用得着在这挨饿么？"

顾曜可怜巴巴地望着她："我只是想气一气云姬，没想到给你带来麻烦了。你先回屋子去看着火，我们一会儿做蘑菇汤。"

五 · 和好

司马昭颜站在山顶俯瞰，如此茂密的丛林，怎么才能找到他们？

大臣们轮番来劝过，明日就要出发，他们不该再浪费精力找那个女人。

可是他们怎能理解，昭颜不能没有夕莲，就像夜空不能没有星光。

潮湿的春风夹杂着山间泥土草叶的气息，扑面而来，不知名的藤蔓陆陆续续在他身后的岩壁上绽放出花朵。他抽出紫玉笛置于唇边，凝神屏息，一缕笛音悠然而出，曲调逐渐抛高，转成一串急促的颤音，宛如一只夜莺在森林里失去了伴侣的踪迹，焦虑啼鸣。

破烂的小木屋里，夕莲蹲在火堆边朝锅里呼呼吹散热气，然后喝了一小口蘑菇汤。

顾曜急忙问："怎么样？鲜不鲜？"

夕莲抿唇点头，微露笑意，总算比番薯好吃多了。

顾曜哼着欢快的曲子，自己也舀了一碗，刚想喝呢，夕莲忽然喊了声："你别唱！"

顾曜愣愣地停下，学她侧耳听窗外的动静。山里一片沙沙树叶声，还有许多鸟儿鸣唱。顾曜极力压低声音问："你在听什么？"

夕莲嘘了声，方才明明听见笛音了，怎么又没了？她转头对顾曜悄声说："你听见了没？笛音！"

"没有！"顾曜仍旧压着嗓子，"我听见鸟叫。"

夕莲蹑手蹑脚走两步到窗边，又侧耳，听错了？幻觉？可她认得紫玉笛的声音啊……

一阵风掠过山谷卷来，笛音若隐若现，她惊喜地蹿出门去，真的是他的笛音！她对着高山大喊："昭颜——"

她的声音淹没在逆风中，除了她自己，恐怕没人能听到。夕莲扔下手里的破碗，朝顾曜招手："快，他们来找我们了！快回去！"

顾曜挠挠头说："我不敢回去，我爹要打死我的！"

"既然来找你，当然不会打你了！"夕莲不等他，已经朝山下飞奔去。她从来没跑得这样快，树枝藤条匆匆擦过身边，有些抽到脸上生疼，可是她一路欢笑着、雀跃着。

顾曜追在她身后喊："慢点跑！小心摔跤！"

夕莲转身想和他说什么，却觉得一阵晕眩，眼前的事物渐渐模糊不清，浑身无力。她瞪大眼念了句："我好晕啊……"然后一头栽了下去。

"啊！夕莲！"顾曜吓得上前拉起她，"你、你怎么啦！？"

夕莲的脸庞渐渐失去了血色，浑身冰凉。

顾曜慌乱地将她扛了起来，急忙往山下跑。她怎么突然晕倒了，是不是几天没喝药，身子坏了？糟糕了！顾曜越想越难过，是他害得她这样，如果她死了……不不、他不敢想了！

昭颜回到院落，见四处寻找的人仍旧无功而返，心底说不出的焦躁难安。他放下手里的笛子，却掏出了黄玉莲花，揣测她那日走在夜雨中是怀着一种怎样的心情。她一定绝望极了，他不让她辩解，也不帮她说话。这些时日，她受到的冷眼够多了，他从未好好关心她。

远远传来一阵马蹄"嘚嘚"的声响，院门外一名侍卫高喊："公子，欧大人请来了！"

昭颜一怔，欧敬之是他请来帮忙的，可是怎么和他交代夕莲的事？

他理了理思绪，面带微笑说："欧大人，劳烦你从清云山庄赶过来，实在是我们缺人手。"

"罪臣若有能为公子效劳的地方，定当尽力而为！"欧敬之朝昭颜行了个大礼，"另外，臣是希望能戴罪立功，也请诸位大人看在共事多年的分上，待公子复位之后，恳请放过小女夕莲。她年幼无知受奸人摆布，是我教导无方！她虽然是卢予淳的贵妃，可她……也是迫不得已……"

几位大人面面相觑，昭颜平平地答道："夕莲，已经被救出来了，就在西蜀。"

欧敬之大喜："多谢皇上！夕莲何时出来的？她在哪里？"

昭颜握了握拳头，避而不答："我们时间不多，先来商议北上平乱之事，大多事项都打点妥当，欠缺一个驻守凉州的人。欧大人就负责此事，凉州城有一个原先被贬的官员会做我们的内应，秘密拿下凉州，用来作为我们军队的临时栖息地。欧大人一方面负责调度粮草，供给前方，一方面在凉州安抚百姓，收揽民心。"

欧敬之郑重点头："罪臣明白。可是凉州边境东西两侧都有驻军，如何能不被发现？"

顾大人答："我们只能先去加以劝降，不然，便要打硬仗。好在驻军不多，北方边境每一个驻军处士兵在三千人至五千人，除非他们能迅速调集起来形成一股强大的势力才能对抗我们的五万军队。但是如今外族蛮夷肆虐猖狂，他们顾得了前顾不了后，最好的办法是与我们合作，听从皇上的调度。如若他们执意忠于卢予淳，不肯合作，那么就算杀光也毫不可惜！"

欧敬之颔首道："不错，而且驻军处没有城镇村落，不会殃及百姓！"

昭颜欣慰的目光投向他说："百姓大如天，所以我们宜用智取，尽量减少伤亡。"

欧敬之侧头瞥见站在角落的邬云姬有些失魂落魄的样子，轻声问："云姬，你怎么了？"

邬云姬捋着发辫，嗫嚅答："没事啊……"她几乎不敢直视他和昭颜的目光，只好微微垂着头。

欧敬之正觉得纳闷，外头传来断断续续的喊声："救命……救命啊——救命！"

邬云姬脱口喊出："是顾曜！"

一干人纷纷从屋里涌出来，邬云姬飞快跑出院子，昭颜和福公公紧随其后，只见顾曜扛着夕莲，上气不接下气，走得晃晃悠悠，眼看要倒下了。

邬云姬冲上去厉声喝他："你总算死回来了！"

顾曜额上的汗水流进眼里，视线恍惚，知道是云姬，于是胳膊一松，把夕莲放下来推到她怀里，自己往后倒了下去，溅起一圈灰土。

邬云姬也扶不住夕莲，往后踉跄几步，昭颜箭步上前从她怀里拉过夕莲打横抱起，匆匆往屋里去。夕莲的脸色煞白如纸，浑身冰凉僵直，看上去如死了一般。他察觉到她躯体的温度，极度害怕，害怕到心跳如鼓，这种害怕就像父皇去世那年，他开始畏寒一样，不时颤抖。

邬云姬二话不说将人都赶了出去："看上去像中毒，我要检查她身上有没有伤口。"

半炷香时间都过去了，云姬还没出来。昭颜心急如焚，在外间踱来踱去，耐不住性子朝里间问："还没好，检查出来了是什么？"

邬云姬在里面喊："没有伤口，不是被动物咬的。"

被拖进来扔在地上的顾曜忽然一骨碌爬起来，大叫："是蘑菇！"

邬云姬挑开门帘反问："毒蘑菇？什么样子的？她怎么会吃毒蘑菇？"

顾曜的表情颇为无辜，耷拉着脑袋："我哪里还记得是什么样子的，不就是蘑菇么？我们中午做了蘑菇汤吃。"

司马昭颜冷着脸问他："那你怎么没事？"

"她先尝的呀！"

邬云姬冲他脑门拍了一下:“你是不是男人?叫女人先尝这么危险的东西!”

“哎哟!”顾曜往后闪躲,瞪大眼睛说,“若是我也吃了,那可不得了,谁送她回来呀!”

司马昭颜火冒三丈,看着顾曜那怪怪的表情又发作不出来,只好三步并作两步迈进里间去了。欧敬之急忙跟了去,邬云姬挡在门口:“爹你就别进去了,没事的。幸好她中毒不深,我去抓药。”

顾曜欢呼道:“真的吗?太好了!”

顾大人在他身后恶狠狠地低吼了声:“兔崽子,给我滚出来!”

顾曜蔫蔫地看了邬云姬一眼,嘟着嘴出去了。

夕莲静静躺着,鼻息还算均匀。

昭颜将她裹着被子搂在自己怀里,一手捏开她的嘴,邬云姬小心翼翼地往她嘴里送汤药。

昭颜仔细拉着夕莲身上的棉被,语气中带了几分埋怨:“你检查完,也不给她穿上衣服。”

邬云姬偷偷瞄了他几眼,发现他居然有些脸红。她忍住笑,一本正经地说:“我不是急着去煎药么?你不会给她穿啊?”

“我……不方便。”他方才刚冲进来,掀开被角想牵出她的手,蓦然瞥见她的肌体,赶紧替她掖住被子。想为她穿上衣服,却又怕云姬进来,只好在旁边紧紧看着。

“不方便?”邬云姬眉毛一挑,戏谑道,“你和她有什么不方便的?”

昭颜一脸严肃地睨着她说:“我和她当然方便,是有你才不方便。”

邬云姬横了他一眼,勺子递到夕莲嘴里送药下去。

夕莲猛地咳了几声,只觉得胃里翻腾得厉害,忙俯身呕吐,结果刚喝下的那些药水一股脑儿全吐在了邬云姬身上。

邬云姬惊得弹起来,用一种极度厌恶的神情盯着夕莲,恶狠狠地说:“真让人怀疑你是不是故意的?!”

夕莲面带病色却对她眯眼一笑,昭颜替她擦擦嘴,高声问已经走出房间的邬云姬:“她没事了么?”

“毒都吐出来了,没事!”

昭颜满目心疼地搂住她:“夕莲,以后有什么事都要和我说!我们多辛苦才重聚，不要轻易分离，谁也不要离开谁。”

夕莲哀怨的目光在他脸上打量了好几圈，泛白的唇微微动了动：“她走了，我们方便了。”

昭颜愕然，随即看到她眉眼浮现出惯有的狡黠。她又柔弱无声地说了句：“谁叫她欺负我的……”

他轻揉她的脸颊，抚过她的眉眼、额头，他想安慰她，却不知如何开口。夕莲一手从被中探出，扯了扯他的衣袖，声音虚弱：“你上来。”

昭颜诧异问：“什么？”

“上来陪我躺会儿……”她把头埋进他颈窝，“我想你。”

他感到她的声音在胸腔震动，久久回荡。于是从肺腑涌起一股暖流盈满四周，好似被春阳照耀，浑身一片和煦。他低头吻她的眉：“好，明天要出发了，我今晚陪你。”

他们面对面躺着，彼此看着对方眼中的自己，看久了，自己也就成了对方。

“夕莲，沙场凶险，前方还不知道会发生什么。你留在后面，跟着云姬和欧大人。”

“父亲！他也来了么？！”夕莲惊喜，欲起身，被昭颜翻身压住。他笑得一脸暧昧钳住她的手腕：“在山上当了几天野人，都脏了，一会儿给你好好洗洗。”

夕莲直喘了几口气：“你压着我了……我当然要洗，一会儿就去烧热水。”

她的气息喷洒在他脸上，令他更加想要亲近，便在她唇畔啄了下：“不用，你歇着，一会儿我叫人送来……好好洗个热水澡，晚饭我们一起用。”

夕莲眨了两下眼，便合上了。她的神情安详而疲倦，眉眼却总是那么魅惑人心。司马昭颜怎么能抵挡狐狸精的诱惑，也不管她清醒着还是睡着了，自她脸颊、唇畔、下颌到颈前一路吻去。夕莲半睡半醒着，不由轻哼了几声，伸臂攀上他的肩背。

他们哪里知道，某个掀帘而入的人正目瞪口呆，直到看得满脸通红，狼狈而逃。

“昭颜……别……”夕莲喃喃着，“一会儿云姬来了。”

司马昭颜用挺直的鼻梁在她脸颊蹭了蹭：“嗯，你先睡会儿，我去安排热水。”他坐起身，将窗边的帘布挂好，替她挡住刺目的阳光。

“好好睡。”他离去前忍不住在她额头补上一吻。

顾曜从房里逃出来，一面慌张回头，生怕被谁发现了！可他不是故意偷看的，他只是心里内疚，想去看看夕莲好了没有。结果他心慌意乱迎面撞上了邬云姬。

“哟，你的脸怎么啦？”

顾曜忙摸着自己发烫的脸，语无伦次：“没……我只是想去看她好了没有！我……那个，你给她喝了药，应该没事吧？我没去看，我没进去！”

邬云姬好奇地查看他的脸色：“你是不是生病了？”

顾曜摇头摆手：“没有没有！我、我去给父亲帮忙整理行装了！”

“生病了？”司马昭颜恰好从夕莲屋里出来，还有些愠气地扫了顾曜一眼，“以后你们俩的事别再扯上夕莲。”

邬云姬白了顾曜一眼，捋着发辫：“我和他能有什么事？”

昭颜轻笑一声，径自离开了。

顾曜腆着脸凑过去对邬云姬低声说：“在我们大褚国，皇上说什么那就是什么！公子既然说我们有事，那就有事！”

邬云姬睨着他：“那你说，能有什么事？”

顾曜鼓起勇气看着她，越看脸越红，猛地抱住她的头，使劲凑了嘴上去，还没碰到她一点点，被一巴掌拍醒了。

“你无赖！”邬云姬气得七窍生烟，拔腿就跑。顾曜紧紧跟着她跑了出去，一面大喊：“云姬！云姬！对不起！”

邬云姬一口气跑过了拱桥，往山林里去。顾曜穷追不舍，两人的身影在层层叠叠的横斜树影中飞掠而过。邬云姬再能跑，如何能跑过在军中长大的顾曜，她一面跑一面回头，最终还是被他追上了。

花枝缭乱，只听得顾曜大喝一声，扑了上去，两个人滚在一片开满野花的草地里，阳光透过枝叶如碎碎的金子洒在他们身上和周遭。

邬云姬惊魂未定，琥珀色的眼珠慌乱转动。顾曜的眉骨很高、眉毛那样浓密却根根分明，她都不知道自己在看什么，也不知自己这样的目光有多动人。

顾曜英气十足的脸憋得通红，在她惊慌失措的目光下，使足力气大声喊：“云姬，我喜欢你！”

邬云姬被他这一声大喊拉回了神，使劲推开他：“你不是喜欢夕莲吗？！”

顾曜又黏了上去拉住她的胳膊：“我在清云岭就告诉你我喜欢你了，可是你不信，你也不肯听我说！”

郧云姬甩开胳膊，狠狠瞪着他吼道：“可我不喜欢你！”

顾曜怔住了，脸色渐渐晦暗下去，半晌，从地上爬起来，一言不发地转身离开。直到走出了林子，他才拽起衣袖擦拭湿漉漉的脸庞，快步朝马厩跑去。

郧云姬呆坐在草地里，阳光还是如金子般灿烂，可是心却一阵一阵地发慌。她才发现自己太过分了，顾曜不过是个孩子罢了，她何必要如此伤他的心？

六·誓言

厨房里热火朝天，福公公召集了一大伙人拼命烧水。所有锅炉土灶都用上了，一桶桶往前面送去。福公公前脚刚走，里面几个人开始嘀咕起来。

“看来皇上还是放不下这个女人！居然要我们伺候她！”

“红颜祸水，不过她确实长得好看，我每次都忍不住多看几眼。”

“嘘……你不要命啦，去学顾曜那傻小子跟皇上抢女人？”

“我只是说她好看而已……”

“那个云姬姑娘也好看，可惜就是太凶悍了些！”

“是啊，西蜀国的女子大都如此，不像我们大褚的那么温柔。”

“快快，这壶开了！”

远远看见顾曜回来了，他们嘻嘻哈哈招呼他一起来烧水。顾曜默不做声，便蹲在旁边照看着炉子，看着看着就发呆了。

水送到门边，福公公轻轻叩两下门，司马昭颜便打开条门缝将水拎了进去。

春日逐渐垂落，斜斜的恰好透过窗，金色泻了一屋。

夕莲微微眯着眼，她喜欢这种刺目的感觉，让人觉得一切如梦如幻，这样不真实。就像在她肩上揉捏的两只手，让她浑身越发绵软，越发觉得像在做梦。

“昭颜……”她转头看他，“我是在做梦吗？”

司马昭颜笑容宠溺：“就当是吧，梦醒了，就要上战场了。”

她看着他，不由自主目露媚态，努嘴说：“还是像做梦，从前你不会这么正经，总是……”

“嗯？总是什么？”

她脸一红，嗫嚅道：“没、没什么……”

他俯身在她耳边问：“你想我做什么？”

“没有！我不想！”夕莲把头扭了过去，整张脸被阳光烘烤得滚烫。

昭颜故作疑状问：“没有什么？不想什么？”

夕莲又恼又羞，胳膊在水里乱拍：“我是说，我不想你做什么！”

昭颜仍旧装无辜道：“可我也没想做什么呀！”

夕莲一双凤眼冷冷地朝他横过去：“我看你病好了就学坏了！”

她的眉眼冷傲如旧，昭颜忽然俯身凑到她面前，认真地说：“不要用这样的眼神看我，再也不要。”

夕莲愣了一下，面容缓和下来。

昭颜伸出食指，描过她沾湿的眉，斜挑得如远山的峰峦，高不可攀。

她发现他眼里熟悉的忧郁，就像很久以前，他的目光。

“你从前总是这样看我，看得我心里好像被扎上了许多针，密密麻麻。只有你对我笑的时候，我才会觉得好过，才觉得四周有了光亮，不再是黑黢黢的。”

夕莲眼色微动，他这样无助的神情自己不是没见过，她就是先对他动了恻隐之心，才慢慢动了真心。可到现在，她才知道他的喜忧竟全都来自于她。

“我明明白白恨过你，可是却不曾忘记你一点点，从十年前，你握住我的手开始。那种温暖，即使过了几世轮回也无法忘记。”

夕莲一双睫毛扑闪，热泪洒落，她贴近他：“还有呢，我爱听。”

“我想这辈子，再也不会爱上别人，所以强行留住你，我没有办法。我伤了你，这是我一生中最后悔的事！”

“难道你被我算计时，就不后悔喜欢上我吗？”

“不，喜欢就是喜欢，没什么可后悔的。到现在，我仍然只想要你做我的妻，其他谁我也不想要。”

夕莲忍住啜泣，摇头说：“可是，没有机会了。”她闭上眼，前方一片光明，可是没有出路。她能陪他走到哪里，立后？纳妃？还是看着他的孩子一个一个出生？

“不要离开我！”司马昭颜握住她的双肩低吼一声，“我知道你在想什么！可是我的生命，承受不住你的离去……”

他将她从水里拉起来紧紧搂住，想把她糅进自己的身体里，这样她就永远不会离开了。

“昭颜。”夕莲努力压住心底的惊涛骇浪，挤出一个笑容，“我为什么要离开？我要和你和曦儿在一起。”

“真的？”他半信半疑地看着她，“你不会离开我，即使没有名分？”

夕莲握住他的手贴在自己心口：“我发誓，如果我离开，就让我折寿十年。”

昭颜长长松了口气，仰头微笑：“神明都听见了，夕莲，你跑不掉了……”语毕，他猛地将她打横抱起，夕莲惊呼：“弄湿你了！”

恰好叩门声又响起，可是谁也顾不得应答，他们已将周围的一切都抛到千里之外，整个世界只有彼此、紧贴着的彼此。

福公公敲了半晌，暗自思量了会儿，还是回去吩咐他们别再烧了吧，应该用不着了。

临行前的晚餐颇为丰盛，满满三桌人都到齐了，就是在屋里懒了一下午的两个人姗姗来迟。

夕莲一脚跨进厅堂便瞥见亲切无比的身影，一声“父亲”脱口而出。

欧敬之迎了上去，满目心疼：“夕莲……”

夕莲本来满心欢喜，却在想起卢后的一瞬间，心凉了下去。她凄凉笑了声：“你走了之后，我就没想过还能见到你。只是可怜母亲到死还一直惦念你。”

欧敬之僵在当地，一时不知该如何解释。是他抛下了夕莲和清岚，是他无法面对现实选择了逃避，却让她们受尽苦难。

夕莲一时委屈至极：“我没想到，最疼我的父亲，竟会不顾我而去。”

邬云姬在欧敬之一旁辩道：“他是你父亲，也是我父亲。你霸占了他那么多年，还不许他来看看我？”

昭颜揽住夕莲，笑道：“夕莲任性，大人入座吧。”

夕莲便咽下了怨气，随昭颜坐下了。

厅堂虽然简陋，众人也没有昔日绫罗绸缎的官家之气，但神情都是肃穆的。司马昭颜起身踱到厅堂中央，举杯道：“明日清晨出发，回西蜀都城与军队会合，然后迅速北上，自辰州边境玉陵关入大褚。这些是三日内必须完成的，对于文臣来说，或许路途艰苦。朕在此，先敬过各位大人！”

“臣等，惶恐！”

夕莲见四座的人纷纷起身，父亲也端着酒杯站起来，便也跟着站起来将杯中的酒一饮而尽。

酸酸辣辣的，不知什么味道，夕莲的嗓子被烧得难受，五官都扭作一团，忽然发现昭颜关切的目光投来，她忙展露笑容，若无其事地端起第二杯酒。

“众位跟随朕千里迢迢从骊山辗转来到西蜀的禁军护卫，经常跋山涉水打探各方消息，同时又要保护大家的安全，更是功不可没。朕代替所有人谢过你们！”

“属下惶恐！”

夕莲不由分说又饮下酒，她高兴、欢喜，甜蜜、幸福。她容光焕发，眉眼还是那样的神采飞扬，司马昭颜的心沉浸在她狐狸般的笑容里无法自拔，她将永远是他的夕莲，永远不会离开，他们会幸福地过一辈子，一辈子啊！

西蜀多是崇山峻岭，马车一出城便被弃掉了。夕莲和郧云姬共骑一马，死死抱住她不敢撒手，郧云姬为此没少抱怨过为什么把这么个包袱扔给她。特别是她辛苦驾着马时，后面的夕莲却呼呼入睡，她就恨不得把夕莲扔下去。

日夜兼程，无论是马还是人都非常疲惫。好在司马珏一向治军严谨，军中无人抱怨。

玉陵关的美景渐渐融入视野，峰峦壮阔的后面，是一望无际的平原，好像翻天覆地就在一线之间，令人目不暇接。

司马昭颜回头看了看身后疲惫的人马，到达辰州后，便可好好歇两日，然后集结被流放的御林军。他的目光从众将士慢慢滑到夕莲身上，她正缠着郧云姬问为什么玉陵关没有大褚的驻军。他便驾马过去，轻声告诉她：“当然有的，不过早几日，已经被我们的人取代了。”

夕莲这才注意到，高高的哨岗上，竟然是保护过自己的侍卫。她惊呼道：“那不会被其他关卡的驻军发现么？”

“呵呵，他们都是通过传送文书相互联络，因此我们得到统领的印章就够了。”昭颜朝她伸出手，夕莲顺从地递出自己的手，双手紧紧相握，“这两日你就待在这里，我们要拿下附近两个驻军处，以免我们军队动静过大，走漏消息。”

夕莲担忧地问：“你也要去么？派人去不好么？”

“当然得朕出面，先礼后兵。玉陵关也是朕亲自去协商劝服的，双方都未折损一兵一卒，其他地方应该更好办了。”他暖暖的目光里浮现出闪亮的精明和睿智，一身戎装更显抖擞，夕莲却觉得他浑身散发着从未有过的迷人气息，脸上匆匆掠过一抹红霞，声音娇弱地道：“要快点回来！”

邬云姬听得背脊上直冒冷汗，小声嘀咕：“真是腻歪……”

司马昭颜驾马往前走了，准备领军入关，夕莲又整个趴在邬云姬背上，紧紧抱住她。

邬云姬声音沉沉地说：“你抱这么紧做什么？我又不是你的皇帝。”

夕莲笑眯眯伸长脖子凑到她耳边说：“你是我姐姐啊！妹妹抱抱姐姐不行么？”

邬云姬耳朵痒痒，忽然想起那天顾曜将她扑倒在草地，他粗重的气息喷在她侧脸，也是这么痒痒的。不知怎么脸上一阵滚烫，她越发不高兴了，狠狠地说：“别叫我姐姐！”

夕莲抱得更紧了，嘻嘻笑着说：“父亲说你是刀子嘴豆腐心，其实你是喜欢我的！”

“你烦不烦啊？厚脸皮的女人！”邬云姬慢慢驾着马，侧头对夕莲絮絮叨叨，“现在已经到了，又不是在路上，快松开！我被你抱了一路，腰都断了，你倒好，趴在我背上睡觉，还流口水！”

夕莲的头弹了起来，惊叫：“你胡说！我睡相是极好的！”

“你睡着了怎么知道自己睡相好不好？你就是流口水了，公子还替你擦了！”

“啊……”夕莲愣住了，好像自己从前睡觉也流过口水，只是很少发生，一想到昭颜替她擦口水……天啊，太丢人了！她蔫蔫坐在后面，没再抱着邬云姬，只轻轻拉着她的衣服。邬云姬得意地笑了笑，总算落得清静了。

玉陵关的风是从蜀山下来的，带着各种不知名的花草香，清新袭人。

邬云姬在营里转了好半天，才在马棚里找到顾曜。他一面喂马，一面在小声嘀咕。邬云姬倚在厩栏边唤他：“喂，你还不安排南下的事？公子晚上回来！”

顾曜头也不抬，仍旧喂着马儿，理直气壮说：“我自有安排，何须邬小姐操心？”

邬云姬心里不知什么滋味，将手里捋着的发辫往后一扔：“我才懒得替你操心！”说完，跺跺脚走了。想起还要为被俘的士兵安排晚饭，她愈加烦躁，冲到厨房一看，夕莲的莲子羹还在熬着，这丫头真是百折不挠。

她径自过去揭开盖子尝了尝，夕莲尖声叫喊："啊！你在干什么？这不是给你吃的！"

邬云姬撇撇嘴："怎么？给姐姐尝一下都不可以？天天惦记着男人！"

夕莲努嘴想了会儿，小声说："看在你承认是我姐姐的分上，那就给你吃一碗。我带的莲子不多，不知道能做几天的。"

邬云姬觉得又好气又好笑，都千钧一发的时候了她还只有些小家儿女的心思。邬云姬咳了咳，合上盖子说："我才不跟你男人抢东西吃，会折寿的。"

夕莲马上转忧为喜，拉着她的胳膊问："他今天回来是吗？明日可要出发了？"

邬云姬点头，搬了一筐青菜出来："明日去辰州，集结御林军，然后我要随顾曜他们南下了。"

"为什么你也要去？"夕莲拖了板凳过来，两个人开始拣菜。

邬云姬低声说："我偷偷告诉你，因为我和你长得像，他们安排我扮成你的模样，去传圣旨。"

"啊？为什么不让我去？"

"一来他们不信任你，二来公子舍不得你。"

夕莲听得她说昭颜舍不得自己，面色绯红。邬云姬皱着眉白她一眼，闲来无事她也脸红，不知道她脑子里天天想什么。

夕莲正沉浸在自己的小幸福中，菜叶上冷不丁冒出一条虫子，她吓得花容失色，扔下菜一溜烟跑了出去，在门外大喊："云姬，有虫有虫！"

恰好一小队巡逻兵路过，忍住笑走近招呼邬云姬："云姬姑娘，伙头兵马上来取食材，皇上交代的，俘虏们和大家吃一样的饭菜，千万别给他们吃到菜虫子哦！"

夕莲生怕被人看见通红的脸，又不敢跑回厨房去，只好面壁站着，不敢动。直到那队兵走远了，她才松口气。邬云姬在里面大叫："还不回来？要是让他们饿着了，公子要责怪的！"

夕莲探了个头进来："为什么对俘虏那么好？"

"他们不是普通的俘虏，是公子劝服他们放我们入关的，但是又不能明地让卢予淳知道。若我们成功了，他们自然功不可没，若我们失败了，他们还有条后路，因为他们是被俘了而不是投降了。"

夕莲似懂非懂地点点头，邬云姬轻笑道："公子真是仁慈，还为对方考虑得如此周详。”

夕莲坐在柴房旁边高高的草垛上，探头望着远方的哨岗，天际的繁星被火把掩住了光辉。

哨岗上人影动了两下，关卡打开了，一阵隆隆马蹄声响起。夕莲欢快滑下草垛，一路飞奔去。

司马昭颜在闻声出来相迎的众人面前勒住马，一袭铮亮的盔甲更显意气风发。

他身后的副将振臂高呼：“玉陵关全线告捷！未耗损一兵一卒！吾皇万岁万岁万万岁——”

夕莲远远站在围观的士兵后面，听着“万岁”的欢呼声此起彼伏，欣喜若狂。他温情的目光投来，夕莲掩口而笑，眼见他下了马，被簇拥着往营帐里去，她便绕道一路小跑，先钻进了营帐。

司马昭颜卸下头盔置于案几，与司马珏同入上座。

司马珏赞道：“想不到此法可行，原来军中诸将还是效忠司马王朝的。这样一来，节省大量兵力。”

昭颜兴奋至极，高声道：“因为出兵迅速，加之深夜突袭，两边驻军来不及防备，在李大人、顾大人齐力劝说下，尽数投降，答应我们提出的条件！当然还多亏了皇叔的军队训练有素！”

年迈的李大人捋着胡须慢慢地说：“不管他们曾经承了卢家什么恩惠，不管卢元帅从前在军中的威信有多高，为人臣的始终吃的是司马王朝的皇粮。既然皇上亲自出面，他们没有不信的道理，皇上玉玺在手，当然是真天子！稍稍懂得权术的人都应该知道，现在继续追随卢予淳是没好下场的！”

“接下来，皇上是否要安排南下之事？”顾大人瞥了眼旁边的顾曜。

“是了！”司马昭颜站起来，走到顾曜跟前：“顾曜，南下之事准备得怎样了？明日大部队挥军上辰州，你就该带领一小队精兵去扁州了。”

顾曜单膝跪下，信誓旦旦：“皇上放心，兵员我已经挑好了，都是机灵人，懂得应变！卑职定当不负重托，将扁州搅得一团糟！”

顾大人瞪着他咳了咳，低声道：“怎么说话呢？”

司马昭颜俯身扶起他来："好，一团糟！越乱越好！不过要乱中有序，千万不能扰民！"

"是！卑职遵命！"顾曜归位。

昭颜又踱到欧敬之跟前，郑重地道："三日后，抵达凉州。在凉州府发放皇令，散布消息，安抚民心，就全靠欧大人了！"

"臣已安排妥当，卢予淳如何大逆不道谋害皇上、夺权篡位、残害忠良，都会通过民谣的形式散布出去，相信民间歌谣传播速度之快、范围之广在我们预料之上。至于调度粮草一事，得进入凉州之后方能策划。"

"好，各位大人有劳了！到了凉州，就是真正上了战场。朕希望，各位卿家充分发挥口舌之利，尽快解除北方边境的燃眉之急！若礼的一手不行，我们拼硬仗也绝对不能输！"

座下众人齐声呼道："吾皇万岁万岁万万岁！"

夕莲躲在里间听着振奋人心的呼声，暗自攥紧了拳头。

人渐渐散去，司马昭颜脸上挂着有几分疲惫的笑容挑帘进了寝帐。夕莲就站在帘边，脸庞被烛火映得通红，目光柔和地看着他："饭菜凉了，我去热一下。"

她抿着唇，却掩不去眸中的笑意，她略略擦过他身边，一阵莲花香直直荡入他心脾。昭颜忽然转身揽住她，鼻尖贴着她的颈侧深嗅，禁不住一口咬住她耳朵。

夕莲笑嘻嘻地推开他，嗔道："先用膳，你等会儿！"

昭颜拉住她不松手，一阵窃笑："那么……用完膳就可以了？"

"你一回来就拿我寻开心！"夕莲一跺脚，甩手跑了出去。

司马昭颜慢慢卸下沉重的盔甲，浑身酸胀无比，他蹙紧了眉头，这便是在宫中待久了养成的文弱。先皇重文轻武，导致现在用人困难，待他复位之后，恐怕要花很长时间来解决这个问题。

夕莲端着托盘进来，昭颜刚脱下战袍，亵衣敞开着。她总是这样容易害羞，呈上饭菜后几乎不敢抬头看他。

司马昭颜每回见她这样都忍俊不禁。他拍拍旁边的坐垫："过来一起吃吧。"

"我吃过了。"夕莲垂着头伸手去给他系上了衣带，"万一别人进来，像什么样子？"

“这个时间，你在我这里，谁敢进来？”他一面笑着，一面端起莲子羹，夕莲盯着他手中的勺子，眼看到了嘴边，突然停住。她心中疑惑，却发现他的眼神越发暧昧起来，然后他懒懒地放下碗，说：“跑了两日，浑身都累。不如皇后帮帮朕？”

夕莲“啊”了声，凤眼圆瞪，手足无措。

昭颜颇有些无赖地道：“就当我是从前的样子，自己不能动碗筷，不是该有人服侍么？呃……朕觉得，皇后那双纤纤玉手喂的饭菜，也一定甜美非常。”

夕莲一言不发，乖顺地接过碗筷，悉心喂起他来。其实她早该这样做，在他还是个白痴的时候、在他最脆弱的时候，可是她从没有……曾经他们有太多次的机会，总是没有珍惜。现在她只能在有限的日子里，竭尽全力对他好。江山她还不起，但是感情她还有能力还。至于能还多久，她也不知道了。

司马昭颜紧紧盯着她，他又从她眼里看出了那样极力掩饰着的切肤之痛，她到底在心痛什么？可仅仅是一眨眼的瞬间，她的目光又恢复了柔情蜜意。他却知道，那种不经意的，才是真实的，夕莲……夕莲你究竟在想什么？

他钳住她的手腕，夺去碗筷，漆黑如故的眸子直视她、逼近她，仿佛要钻到她的心里去：“你不要胡思乱想！我们相依为命，风风雨雨一路走来，不论将来怎样，我的心太小太小，小到只能容下你这样一只小狐狸……不管别人怎样说，你是我心里唯一的妻。”

夕莲紧抿着唇，咽喉处动了动，然后仰头一笑：“你怎么也欺负我？别人都说我是狐狸精转世，你也这样说！”

“是，你就是狐狸精……”他吻上她的脸颊，“不然，我为何偏偏就迷恋你？”

夕莲捧住他的脸，一本正经地训他：“你自己意志不坚，一心迷恋我，又怎能怪到我头上？”

昭颜傻傻笑着，一头埋进她怀里，说话声嗡嗡：“我原是白痴，才迷恋你……迷上你后，我就算再聪明也要成了白痴……”

他一手抚过她胸房，一手已经撩起她的衣裙。

热吻，让夕莲透不过气来，她似乎从没感受过他这样的疯狂，似乎一个抚摸就点燃了她的身心。耳畔依稀是他零碎的呢喃：“不要离开我……”

她浑身早已滚烫，却又绵软得很虚无，直到真切感受到他的进入，虚无被逐渐填满，又激起了更加强烈的欲望。她微微睁着眼，看见撑在她两侧的臂膀上跳跃的肌理……是他给她撑起了一片天，可是他的躯体已经疲惫了。

她轻轻抚上他的脸："你两天没好好休息了，明天还要出发……你已经很累了，我不想你太辛苦。"

他的喘息重重扑下来："打退堂鼓？休想！"

夕莲使劲在他腰间掐了一把，昭颜酸痛难挡，一龇牙伏在了她身上。

"你这样，明天怎么出发？"

他有些生气地朝她低吼："我怎样了？我要你，就要你！"

夕莲搂着他的颈埋怨："孩子气！你下来。"

昭颜置若罔闻，直起身子，腰身用力往前一送。夕莲转头吹熄了案上烛火，以极快的动作反扑，压在他身上，轻声道："你躺着，我来。"

黑暗中，他的眸子霎时晶亮，紧紧握住她的手："夕莲……"

她的唇那样柔软、冰凉，吻过了他欲望勃发的道道经脉。

她的腰肢，不盈一握；她的身体，柔若无骨。

"夕莲、夕莲……我喜欢你，喜欢了……十年，还会一直到永远……"

七·出兵

五万蜀军浩浩荡荡往辰州出发，竟然神不知鬼不觉。一来辰州地处西北偏远荒原、城镇极少，二来辰州驻军集中在玉陵关，已经被降服。

被流放的御林军在辰州刑司的管制下，刑部的文书可以直接递给卢予淳，而且这一批官员又是卢予淳亲自提拔的。为以防万一，司马昭颜只得下令夜袭州府，将他们一网打尽，这样方能顺利救出他的御林军。这两支御林军虽然只有五百余人，却是司马昭颜急需的亲兵。

御林军归营，昭颜心花怒放，正与几名御林军护卫统领在寝帐中饮酒畅谈，不知状况的夕莲端着莲子羹进来了。几名御林军忙起身行礼："末将参见皇后。"

夕莲一怔，有多久没人这样称呼她了？随行的大臣、侍从，有的称她为娘娘，有的称姑娘，还有的直接称她欧小姐，她就一直处于那样尴尬的境地。现在，居然还有人当她是司马昭颜的皇后么？

昭颜见她失神，装作不小心掉了筷子，在桌案猛地敲了一响。夕莲方恍然道："免礼。"然后快步走到桌案前放下莲子羹，斜睨着司马昭颜万般不情愿地挤了句："皇上慢用。"

昭颜拉住她按到座上，对着几位将领曼声说："在宫外不必如此多礼，更不要因为繁缛礼节泄露了大家的身份。"

几位将领纷纷应了。

夕莲歪着头看他，前半句好像是对她说的。昭颜不动声色，悄悄捏住了她藏在宽袖下的右手。因为隔着桌案，对面丝毫看不出来。倒是夕莲的脸庞，无缘无故红了，索性饮了杯酒下去。

司马昭颜一手拉着夕莲，神情却非常严肃："顾大人和顾曜负责扁州，欧大人负责北凉州，待北方平定之时，扁州军队也差不多中计了。引卢予淳出了金陵，朕和皇叔会在南梁州设下埋伏。而朕要你们那时候出现在金陵，趁皇宫空虚迅速攻下，从乌镜台请出林太后代表太子司马曦主持大局，她手上有圣旨。"

"皇上，卢予淳会轻易离宫吗？"

"所以顾曜那边很重要，他们得想办法截获扁州守军给卢予淳的信件，了解边境情况，然后散播金陵事变的假消息，扰乱军心，缓解南离边境之急。他们求证消息尚需几日，我们时间不多，尽快平定北方战事，然后赶去南梁州。七日后，顾大人会在扁州和南离散布北境大捷和朕复位的消息。顾曜和另一名与皇后面容相似的女子会装扮成我们的样子，出现在边境并与南离和谈。消息两日能传回金陵，卢予淳若听说朕和皇后都在扁州并且控制了他的军队，必定会率大军赶来。"

"皇上妙计，声东击西，调虎离山！只不过这样算下来，时日丝毫不能差！"

"对，一日都不能差！扁州大军不动，以防南离使诈。凉州驻军也不能动，要守住边防。所以十日后，朕率西蜀兵抵达南梁州，而你们跟随皇叔入金陵占领皇宫！一切都在十日之后见分晓！"

十日，夕莲垂目。耳旁嗡嗡作响，他们一直在谈论什么，她再也听不进去了，她只听见：十日。她侧头盯着那碗莲子羹，橘黄色，映着火苗，跳跃、闪烁。其实这世上，会做莲子羹的女子岂止是弱水三千。

凉州的城镇总是灰蒙蒙，土砖瓦房低低矮矮，在这里能穿上绫罗绸缎的人家凤毛麟角。

夕莲一身破旧的男装，跟在欧敬之身后巡视街道。平日不太热闹的民间戏台，因为正在上演改编自卢予淳夺权篡位的故事，被围得里三层外三层，水泄不通。

夕莲早知道这出戏里有自己，但真切听见自己被万民斥骂，不由辛酸，苦笑说："父亲，你真舍得女儿。"

欧敬之稳稳扶住她的肩，语带愧疚："夕莲，这一切结束之后，父亲会带你离开这些是非。"

夕莲委屈地靠在他肩头："没关系，不管别人怎样说我们……父亲不是说，夫市之无虎明矣，然而三人言而成虎。"夕莲俏皮一笑，眼睛眯成条缝，"夫……世上本无狐狸精，然众口铄金，积毁销骨，人也要活活变成一妖精！"

欧敬之笑起来，捏了捏她的鼻子。他这样把集尽宠爱的女儿推到风口浪尖，何尝不是想断了她的后路？不管她和司马昭颜感情有多深，他都不希望夕莲再回到宫里去。待一切平定之后，他心里或许不会再有愧疚，夕莲也应该回复宁静，回到从前相府里的日子，天真烂漫、无忧无虑。

夕莲悄声凑到他耳边说："效果不错哦，父亲编的戏可真是为司马昭颜赚了不少民心！"

欧敬之轻笑："走，我们去茶馆看看。"

他笑的时候很好看，也不知引得谁家女子看痴了，险些绊倒。

夕莲掩口而笑，父亲即使一身布衣，也遮不住出众的风华，她打趣道："父亲，夕莲自小没叫过谁母亲，不过……似乎很多女子都想听我这一声母亲哦！"

欧敬之睨了她一眼："何时替我操心了？"

夕莲哧哧笑起来，想起司马昭颜和她说过的枕边话，不怀好意地对欧敬之眨眨眼："不然，纳一房侍妾也好啊！男人，怎能没个女人？"

欧敬之面露尴尬，用力咳了两声，瞪着她："夕莲！你跟谁学坏了？"

夕莲撅着嘴，昭颜说这不叫学坏，这叫长大。

茶馆里热闹非凡，说书人正慷慨激昂讲着诈死的昭帝如何足智多谋，死里逃生，并且为救百姓于战乱中亲自披甲上阵："那日夜里，三更，夜深人静，昭帝率军夜袭。凉州府黎刺史本是受过皇家恩惠的，在一番至诚的劝说下，毅然投靠昭帝，大开城门。就因为黎刺史的知恩图报，对皇家一片忠心，昭帝才得以率大军顺利进驻！凉州原驻军，虽然尽数被俘，但是他们受到了很好的待遇，有的军士感动于昭帝的仁义和大度，转而投靠昭帝了。大军在凉州府只停歇了一日，第二日便披甲上阵，整编后的八万大军一齐赶赴边境，解救水深火热之中的边城百姓！”

座下满满的人群议论纷纷，有人高声询问：“高瘸子！你怎么得知这些机密之事？恐怕是胡诌的吧！”

说书人拍拍胸脯铿锵道：“我们都是大褚子民，为何放任江山落入贼人之手呢？新皇帝带给我们的是战乱、是动荡！乱臣贼子死活成不了大统！所以大家应该信任昭帝，他才是我们的皇上啊！我高瘸子刚才说的那些昭帝被迫害、忍辱负重的事，可是黎刺史亲口告诉我的！”

“哟哟，高瘸子攀上富贵亲戚啦？”座下人哄笑一堂。

高瘸子急了，拍着桌子大喊：“那你们说，这几日是不是不见边境逃民流入城镇了？既然没有逃民了，那就是城池无恙，敌人被打跑了嘛！若不是昭帝率了大军前去，怎么会使得那些蛮族退兵呢？”

有的人开始信服，也有人半信半疑。

高瘸子接着说：“我是奉了刺史之命，每日向大家传递战事消息！这也是昭帝的意思，目的是让大家安心踏实，好好过日子，昭帝绝对不会再让战火伤害到百姓！”

座下民众情绪开始激动起来，大声议论。

“朝廷都不派军队过来保护我们，昭帝却从蜀国借兵来保护我们，真是日久见人心！”

“昭帝懂得诈死，根本就不是白痴嘛？”

“你没看那个戏？戏里演他是被害的，其实他聪明得很！”

“原来忠奸还需明眼辨……卢家虽然是兵权在手，也不能这样……”

“昭帝在位时，虽然没有显赫的功绩，但是我们生活安乐稳定，比现在强多了！”

夕莲见欧敬之愁眉不展，便逗他说：“父亲，这里说得真快，我还想听狐狸精的故事呢！”

“说书当然比演戏快，若真想听，可以去看戏。”

“算了吧……”夕莲努嘴，看那戏台上扮演她的女子，太惨不忍睹了。她不悦道，“虽然女儿不是倾国倾城，但也算得上花容月貌。父亲怎么也不给我找个漂亮的戏子？”

“呵呵……你呀！该走了。你记得按时准备被俘的军士的食材。”

“嗯。”夕莲咧嘴笑着挽上欧敬之的胳膊，“走！我和父亲一起回家咯！”

她依偎着父亲，想起四月的金陵，御道两旁桃树、海棠、石榴、樱桃，红倚碧翠，热闹非凡。她的小手被父亲紧紧拉着，在人群中穿梭。阳光和煦，裹在身上会出汗，于是手心里会湿湿的，她却从不觉得难受。他们后面永远跟着韦娘，她的笑容就和四月的阳光一样温暖。小夕莲总是走两步便回头看一眼，偶尔对她做鬼脸，偶尔朝她笑。

夕莲不由放慢了步子，怅然回头。

欧敬之疑惑：“夕莲，怎么了？”

夕莲眼里的泪簌簌扑落，忍不住哽咽：“韦娘呢？她总是要跟在我后面的，她去哪里了？”

欧敬之的心口就像旧伤发作般剧烈抽搐起来，夕莲发现他脸色惊变，不由大喊：“父亲！父亲！我不该提韦娘，父亲你怎么了？”

“没事……”他强制镇定了自己的情绪，双目紧闭说，“韦娘，会一直在你身后，她会看着你，夕莲。所以要好好的，我们一起过安稳的日子，韦娘才会放心。”

“嗯，我会好好的，父亲。”夕莲用衣袖使劲擦去了眼泪，扶欧敬之在路旁坐下。前方就是热闹的戏台，戏台上故事要怎么演下去，她全然不知，只是惘然看着苍茫的天地，却找不到自己的路。如果她是那个编故事的人，该有多好；如果她不是戏里的女人，昭颜也不是这戏里的男人，该有多好。

营帐里灯火通明，司马昭颜在等候司马珏的消息，如坐针毡。他们已经招降了卢予淳的驻军，兵分几路暂时将敌人逼退，加上西蜀军队，共十万大军压境。

福公公在一旁添茶，轻声安慰：“皇上勿要担心，那几个外族部落之所以滋扰民生，是不承认卢予淳所建立的新政权，妄想趁火打劫。我们既然拿出了旧约作证，他们便师出无名，况且以他们部族的弱小兵力，根本无法与我们对抗。”

“朕知道，可是皇叔去了两日也没消息！”司马昭颜仍旧难安，他也只有在福公公面前才会像个孩子。

“和谈，尚需时间。那份旧约也是王爷当年征战时签下的，况且王爷与鲜族首领相熟，皇上静候佳音吧！”

昭颜颇为焦躁，忽然触到了腰间的荷包。他微微一笑从荷包里掏出一颗莲子，放入口中嚼了起来。唇齿间氤氲着莲香，心绪也渐渐平静。

福公公好奇探头看，原来那荷包里装的竟然是莲子么？他先前还以为是什么宝贝，能让皇上天天揣在手里耍玩。

司马昭颜从不知道莲子生吃是这样清新的味道，又吃了一颗。他刚嚼了几下，忽然皱起眉头，这莲子没挑芯，苦的。

福公公看出来了，忙说：“皇上，苦就吐了吧。恐怕是奴才们买回来没挑干净。”

昭颜摆摆手，硬是继续嚼了它咽下去，松了口气说：“这是夕莲挑的。”

福公公一愣，忙斟茶。昭颜连着饮了三杯，才笑着说：“不苦，很甜。”

帐外不远处忽然涌起一阵欢呼声，昭颜大喜，侍卫已经进来通传：“主帅回来了！”

司马珏一身戎装，头盔铮亮，双目更是炯炯有神。他朝昭颜一笑，在马上振臂高呼：“鲜族统领同意下令所有部落全线撤兵，明日会向我大褚昭帝奉上降书！”

军队顿时士气高涨，呐喊声震耳欲聋。

篝火熊旺，映照出无数张意气风发的脸，司马昭颜开怀大笑，没想到退兵进行得如此顺利，看来剩余的时日完全足够计划的顺利进行。

凉州百姓眼看着外族蛮夷几日内全部退兵，开始对那些戏台上和茶楼里的故事深信不疑，嘲讽卢家、颂扬昭帝的歌谣越发唱得响亮。这日大军凯旋，万民夹道欢呼，不时高喊万岁，才初夏的时日，几乎就要沸腾起来。

夕莲站在荫凉的屋檐下，远远望着一袭龙袍的司马昭颜在阳光下那样辉煌，不觉潸然泪下。十日已过五日，她转身缩回屋子，从布袋里抓了把莲子，数二十颗。

悉心掌握着火候，将蒸酥的莲子从蒸锅里取出，又在炉灶上架起瓦罐，熬西米，一面加冰糖一面搅匀。浓浓的汤汁，晶莹剔透，煮沸时冒出一串串气泡，咕噜噜地响，就好似她的思念跌了进去，也被熬成了羹。

司马昭颜寻到夕莲房里，已是子时。

他酒量浅，醉得一塌糊涂，踉踉跄跄走了来，又偏不让人扶。

月色撩人，薄窗透出的光亮微黄，更显暧昧。他不知为何怦然心动，大概是因为那扇窗后有人在等他。他肆无忌惮笑了几声，却见门口闪出一个人影。

“昭颜……昭颜！”

她的声音清明悦耳，她的容颜比月色更加撩人。司马昭颜扑上去紧紧抱住她：“夕莲，我赢了。就快要成功了……”话还没说完，便往地上栽了去，夕莲和福公公急忙扶住他。

一脸担忧神色的福公公对夕莲说：“皇上今日饮酒过量了。娘娘，以后不要在阶梯上睡着了，易着凉。如果太晚了，就歇息吧，有老奴照顾皇上。”

夕莲不好意思笑笑，本来想在门口等他，却不小心睡着了。搀了昭颜进屋，夕莲便劝福公公去休息：“我会给他解酒，放心吧。福公公尽管歇着。”

“呵呵，那老奴告退了。”福公公犹豫转身时瞥了眼案上早已凉透的莲子羹，嗓子眼顿时堵得慌。其实方才看见夕莲窝在阶梯上熟睡的样子，他已觉心酸。可是心酸又如何，唯有背地里长长一叹。

昭颜身上酒味正浓，夕莲拈起一片衣袖掩了鼻口，蹙眉道：“真讨厌，等了许久，竟然等来个酒鬼！”

他微微睁开眼，发现夕莲正瞪着自己，咧嘴一笑：“你知道我没喝醉？”

“你醉了，可是还没烂醉。”

昭颜脸颊微红，醉眼蒙眬：“若不装得不省人事，福公公又会劝我宿在自己房里。”

“我去烧水，泡茶给你醒酒，等会儿。”

“夕莲！”他猛地坐起来，拉她入怀，“不要走！”

她在他颊边轻吻：“我去给你泡茶。”

“不用。”他瞟见案上的莲子羹，赶紧端起来，“我喝这个就醒酒了。”

“凉……”夕莲才说一个字，那碗莲子羹已经被他收拾完了。夕莲扶他躺下，严肃地道，“你给我好好躺着，我去厨房取热水给你擦身子。”

昭颜嘴边勾起一抹傻傻的笑，看她身影婀娜曼步走出了自己的视线，明知道她只离开一会儿而已，心里也是万般不舍。

热气腾空缭绕，模糊了她的面容。不过她的姿态仍然美得无可挑剔。昭颜努力睁着眼，看她的红唇一张一合，却听不清她在说什么。就像第一次见到她，只觉得那样的美丽，再听不见任何声响。她那一双纤纤素手在眼前晃着，搅得他更加迷醉。他笑眯眯地念了句："皓腕撷莲香，螓首映昭阳。"

夕莲停止了方才的喋喋不休，愣了一下问："你念的什么？"

他又重复了一遍，握住她的手腕："夕莲，放下……我们该就寝了。"

夕莲瞥见他嘴角那丝不怀好意的笑，才感觉手心所触及的他的肌肤是这样滚烫。脑里顿时蹿出他方才念的诗，忙抽回手嗔道："我和你说话你不听，想什么呢？"

她俯身脱去他的靴子："你快睡，明日休息一天又要出发了。"

昭颜脸上还挂着笑，甜蜜入睡了。夕莲坐在床沿侧身看他。

初夏的风，清新凉爽，拂过她心口，却沉闷如石。

摇曳的烛光，照着她眼眶滚出金色的珠子，断了线一般滴滴答答，跌碎在他的春衫。

她鼓足勇气，柔若无声地对他说："我们在一起不会幸福，昭颜……如果有一天，我离开了，你不许说我不讲信用、不辞而别，我会在某个地方等着你，永远等下去。"

八 · 福祸

扁州，州牧府。

因为收到金陵事变的消息，所有将领都被召集在州牧府商讨对策。

顾曜就躲在窗台下，偷听谈话内容。前几日他们与卢予淳的通信，全数被截下，并派人在军中和乡野四处散布消息。果然，失去与金陵的联络以后，军心大乱，连南离军营都像炸开了锅。

"昭帝未死的消息，究竟是不是真的还有待考证！金陵事变，或许根本就是一些乡野村夫胡编乱造的！"

“可是，我们派去的信使通通一去不返！金陵的消息丝毫打探不到，这是预兆啊！”

“我认为是南离探子从中作梗，扰我军心！”

“是啊，若真是……昭帝夺回了政权，为何不向扁州讨伐？”

“唉！若真是这样，可不好办了。我们先前投靠了卢家，是为乱臣贼子啊！”

“大家怕什么！我们有二十万大军，这可是大褚一半的兵力，昭帝就算复活了，又要靠什么来打败我们？”

“还是得等皇上的消息！我们不能轻易与南离开战！”

“那是自然，只怕南离巴不得我们越乱越好，它才好乱中取胜！”

顾曜蹲久了，双腿有些麻痹，如千万蚂蚁噬咬般麻痛难忍。他正想伸直腿，却一个不小心跌倒了，龇牙咧嘴捶了捶腿，忽然听得里面一声通报。“报——属下在偏门附近巡逻，发现一个形迹可疑的乞丐！一直在府邸周围闲逛！”

“定是南离的探子！带进来！”

顾曜暗自捏了把汗，偷偷往窗缝里看去，他们押上来的人果然是郛云姬！他心急如焚，真不该带她出来！被抓事小，若是泄露了皇上的机密，那可出大事了！

他竖起耳朵听他们打算如何处置她，却猛地听见郛云姬尖叫一声。无奈纷杂的人头挡住了视线，他看不见究竟怎么了。只隐约听见几个人道：“居然是女子！”

“或许只是一般的乞丐，女子哪里会做探子。”

“那可不一定！南离向来狡诈！来人，上刑具，或许这位姑娘还没见识过我们军中的大刑。”

顾曜急得用力揪头发，把好好的发髻全给揪乱了之后，终于提剑从窗户冲了进去，以迅雷不及掩耳之势扛起郛云姬一路狂奔。

郛云姬大喊：“放我下来，我会跑！”

“闭嘴！”这一声喝住郛云姬了，顾曜在她面前从没有过这样的气势。

那满室的将领可都驰骋沙场多年，自然个个武艺非凡，如果被他们任何一个追上，都别想逃脱。好在顾曜一向跑得快，又穿着轻便的乞丐服，后面扛着大刀长枪的军士都着了厚重的盔甲，无形中落后了。眼看他们将顾曜追到了大院墙角，看似无路可走，不料顾曜却巧妙利用墙边的乱石假山飞跃而出，那一瞬间，一支锐利的箭“嗖”地射向了他。

州牧气急败坏地大吼：“快追出去！外面是河，往水里放箭！”

“顾曜！”郳云姬压低嗓音急急地唤他，“你中箭了！”

顾曜左腿瘫软，咬紧牙关驮着郳云姬往河里跳下去。

水面尚未平静，岸上陆陆续续点起了火把，不断有人下令：“放箭！”

一层又一层的箭头密密麻麻射入水里。

顾曜紧紧搂着郳云姬贴在河壁上，眼看着几支箭擦过身边，他越发搂得紧了，恨不得将她全都裹住。

郳云姬自小在山上长大，不习水性。她不会憋气，只好捏住自己的鼻子，死死抿着嘴唇。两个人在水中慢慢移动，岸边的火把川流不息，犹如星光璀璨。他们的发随着水草起舞摆荡，一会儿似绿色、一会儿似金色。郳云姬茫然看着他的脸庞，眼里发涩，头脑昏昏沉沉，似乎觉得这一生就要结束了。

顾曜察觉到郳云姬神色不对，狠狠摇醒她，前面就是大桥，在桥洞侧壁有一个排水口，除非对方下水，否则看不到他们。眼看越来越近了，郳云姬却渐渐合上了眼睛，顾曜心急如焚，托起她的下巴用力给她渡了口气。

这一刻的柔软，却拥有一股强大的力量，郳云姬猛地瞪大双目，发现那张贴近的脸庞气宇轩昂。她甚至觉得，他是从天而降的战神，专门来拯救她。

短短一眨眼工夫，郳云姬重生了，她觉得，救命之恩，该以身相许。

兵士们的脚步从头顶掠过，整个桥梁被震动得嗡嗡作响。

顾曜拥着她蹿出水面，大口喘气，郳云姬抚着他苍白的脸问：“你伤到哪儿了？”

顾曜强忍着不说，嘴唇却一直在哆嗦。

郳云姬在他身后摸了一圈，终于在他大腿处摸到一支箭。那支箭的冰凉通过河水渐渐滑入她的心田。箭那么深，还伤在要害，若不快些取箭，恐怕会重创经脉，终生难愈。

“顾曜，我们快点回去，你的伤口要处理。”

“先在这里躲一下，他们还在找我们。”顾曜硬是挤出几分力气，将郳云姬推上排水口。

“你也上来啊，你的伤口不能泡在水里！”邬云姬往里挪了挪，伸手拉顾曜上来。他的伤在大腿后，不能坐，只能趴着，邬云姬掏出随身带的药瓶，想去撕开顾曜的裤子。

顾曜急得拽住她：“你干什么？”

“给你看看伤口。”

“不、不要！”顾曜羞恼地道，“你这女子，怎么这么……以后你还要嫁人的。”

“我是一名大夫，你别当我是女人好了。”

“不要，我不要你管！”顾曜扭住她胳膊，不小心腿上着力，疼得直冒冷汗，“邬小姐，我不能耽误你……”

话音未落，邬云姬甩开他，不由分说撕开了他伤处的布料。顾曜大惊，一掌推开她，声音干哑：“云姬，你会毁了自己的贞洁。”

“那……”邬云姬狡黠一笑，“你对我负责任好了。”

顾曜一愣，喏喏地问：“你说什么……负责任？”

她一面从身上撕下一条布，紧紧绑在他大腿根部，一面说：“你不是说喜欢我么？”

顾曜一双剑眉耷拉着，委屈地说：“可是，你不喜欢我。”

邬云姬俯身，桥上岸上火把无数，映得她脸庞上水珠润泽。顾曜看呆了，恍恍惚惚听见她的话语绵绵传来：“你救了我的命。”

顾曜的眼睛越瞪越大，好像戏里的故事，英雄救美，最终都会成一段佳话。莫非，他今日也有此运气？邬云姬的指尖在他脸上轻轻拂了一下，接着一阵陌生而好闻的香气扑面而来，他晕迷了，苍白的嘴唇被她吻住。

只有那一刹那的臆想。紧接着他大腿后传来一阵生猛的剧痛，疼得浑身都痉挛起来，他死命咬住了自己的衣袖。腥热的血几乎要喷涌而出，邬云姬用尽力气按住他伤口，把自己的重量全都压了上去，一面焦急地唤道：“顾曜忍住！再不拔箭你的腿就废了！”

“云姬……我会负责任……”他抽搐了两下，昏过去。

邬云姬吓哭了，小声喊他：“顾曜，你别死，我会内疚一辈子的！”

过了许久，伤口处还是有血不断涔出，她用力强压着，一面艰难地拾起药瓶，对准他的伤口慢慢倾下去。

顾曜腿部一抽，疼醒了，呻吟道：“我死了吗？”

“不会，你还要对我负责任的！”邬云姬也顾不得什么，一屁股坐在他腿上压住血脉，又掏出一小瓶药粉全倒在他伤口上，“别怕，我是神医！你不会死的！”

“云姬……”顾曜忽然呜咽起来，用力抹眼泪，“我会好好对你的，一辈子！”

火把都渐渐稀疏了，一时间万籁俱寂，只有顾曜低低的啜泣声。光线昏暗，邬云姬细细观察他的伤口，一面说：“大男人还怕疼，别哭了。”

“我不是怕疼……我很高兴，云姬，我真的很高兴。”

邬云姬累得浑身麻痹，哼了两声说：“好像暂时止住血了，你千万别动，等快天亮时我再去找人来救你。”

“那还要等许久，云姬，你先歇会儿。”顾曜心中欢喜，一时忘记了自己的伤痛，满脑子想着方才若即若离的亲吻。他想，或许邬云姬会以身相许也说不定，然后偷偷捂着嘴笑起来。他第一次知道，因祸得福是什么意思。

司马昭颜的军队在凉州万民的欢送中南下到辰州，御林军已经秘密出发往金陵去。

夕莲随着马车颠簸，失魂落魄地望着窗外的风景。平原已经渐渐成山陵，过了这片山陵就到梁州了，然后……

“夕莲，你和他说了吗？”

对面的欧敬之开口打断了她的思绪，夕莲略略不安，点头答：“说了。”

“他可说了什么？”欧敬之狐疑。

“没……没有，父亲别担心。”夕莲垂下头，“我想，等他真正收复江山再走。”

欧敬之轻叹：“回到皇宫，你就没退路了。”

“可是，我不放心。”

“万一再生事端，另行决定。”欧敬之不忍再看她的眼神，夕莲、惜怜，都怪这名字取得不好。以为会像夕莲花一样灿烂怒放，到头来却落得孑然一身、背负千古骂名，无人怜惜。这都是他们为人父母造的孽……他微微仰头望着一碧如洗的天空，在心里念道：清玮、清岚，你们在天有知，一定要保佑夕莲平安快乐。

夜幕降临之前大军迅速扎营，纷纷架起篝火。放眼望去，暗色的帐篷一顶接一顶，篝火含笑点缀，犹如星光倒映在深色的海面连绵不绝。

夕莲随身的布袋越来越瘪，莲子没多少了。她记起昭颜那里还有些莲子，便想问他讨回来。刚走到帐外，听见里面有人惊呼："是顾大人急信，顾曜腿上受了重伤！行动艰难，恐怕要拖延两日了！"

夕莲一惊，脑里瞬间空了好半天，顾曜受了伤，那么云姬呢？她悄悄掀帘，见无人注意到她，便溜了进去，缩在角落里站着。

司马昭颜蹙眉，沉沉地道："不能拖延，我们到梁州撑不了两日便会被金陵察觉，必须先引卢予淳出来才行！"

"或者先放假消息，将卢予淳引出来。"

"但是我们内部不能乱，扁州驻军万一前来支援卢予淳，南离便会肆无忌惮！"

昭颜颔首："对，必须从扁州先打压南离，排除外忧方能解决内患。不然，趁我们双方争斗时，南离来个渔翁得利，大褚就岌岌可危了。"

"请皇上明示，如何给顾大人回信？"

"除了顾曜，那一队精兵中还有谁与朕身材相似？挑一个出来，不然，就得顾曜带伤前去了。一日不得拖延！"司马昭颜话音刚落，就瞥见了夕莲，表情从前一刻的严苛瞬间柔和下来。

"是，微臣即刻回信！"

待众人散去，夕莲才敢上前，惶惶不安地问："顾曜怎么受重伤了？"

昭颜揽着她："好不容易和你说上话，怎么一见面就问别人？"

"那是你不爱答理我。"夕莲埋怨了一句，又问，"云姬没事吧？"

"信上没提，应该没事。今夜晴朗，我们出去走走。"

夕莲点点头随他出了营帐，随口问："为什么对付南离和扁州的驻军只派百余人过去？而对付兵力虚弱的鲜族却用强兵呢？"

"敌强则用智，敌弱则用势。明白了么？"

"嗯……那你会怎么处置……卢予淳？"夕莲嗫声问，不敢直视他。

"我们今日不谈这个好么？"昭颜托起她的下颌，使了几分力，"你瘦了。"

夕莲理直气壮地说："那是因为你没照顾好我。"

他笑着吻她发际，她忽然发觉自己好像比昭颜矮了许多，脱口而出："为什么我长矮了！"

昭颜笑得几乎岔气，捏着她的下颌："傻瓜……人怎会长矮？"

夕莲顿时窘迫，仰头盯着他问："你何时长高的？"

她明明记得，八岁的时候，她比他高；十六岁的时候，她梳着发髻与他是一样高的。如今他居然比她高出大半个头，夕莲踮起脚伸手比了比他们的个头，惊奇地问："我怎么没发现你何时长高的？"

昭颜脉脉看着她，嘴角含笑说："那是你不关心我。"

夕莲生气了，朝他嚷嚷："我们有多久没散步了？有多久没并排站在一起了？你总是那么高高在上，我只能仰望，哪里还有闲心观察你多高！"

他本以为她只是一时任性抱怨了一下，却发现她眸中闪着晶莹的光。他心慌了，扳过她的身子温柔地问："我让你受委屈了？嗯？"

她低垂着头，带着几分鼻音说："没有，我……"其实她后悔了，怎么能这样发脾气？不是下定决心要留给他最温柔的记忆么？为什么又任性了？

"夕莲？"

她跟自己生了会儿气，又强笑抬头："没什么，我和你闹着玩的。"

"来！"昭颜拉着她在篝火帐篷间穿梭，一路跑到空旷的河畔。

夏日的风从河面拂过，携了泥沙和水草的气息，还有她的莲香。这种风不停地迎面吹来，吹着吹着，好像把他吹回了八岁，她气喘吁吁地把他救上来的时候，就是这样的风。

他们仰面躺在草地上，互相依偎。

"那是什么星？"

"织女。"

"那牛郎在哪里？"

"在这里。"

夕莲的天空忽然闪现出昭颜的脸庞，她笑着伸手触摸他的眉毛、眼睛、鼻子，听着心跳的节拍，幻想他们星光灿烂的未来。幻想而已，她却沉浸其中，无法自拔。

"昭颜，如果你不是皇帝，想去干什么？"

"想和你一起去江南种夕莲花，丰收的时候，你采莲子，我摘莲藕。我们送到市集上去卖，赚够了钱好给曦儿娶媳妇。"

"咯咯……还有呢？"

"还有……生一大堆的小夕莲。"

夕莲心底蓦然一震，笑容滞住了："可是我不能……"

昭颜的眼睛弯成一钩月牙，伏在她耳边说："没努力过，怎么知道不能？"

夕莲肆无忌惮地笑起来，笑声悦耳："那你说要怎么努力才好？"

"呃……每天都要努力，努力一辈子，直到我们都老得不能动了。不如现在就试试？"

"不要！"夕莲翻了个身逃之夭夭，昭颜穷追不舍，他们在草地上嬉笑追逐。蝉鸣渐起的夏夜，平添了两人畅快的笑声，连满天繁星也跟着愉悦，闪着异常明亮的光辉。

福公公躲在远远的树荫下，心事重重，他从没见过司马昭颜这样大笑，从来没有。他们之间的爱情究竟犯了什么错？连他也不明白了。福公公步履蹒跚，朝大帐走去。

次日清晨，夕莲为昭颜更衣时，发觉福公公捧进来的托盘里多了一套皇后衣冠。

福公公和颜悦色道："娘娘，请更衣，与皇上同乘辇车，驾临辰州府。"

夕莲惊诧地看向司马昭颜，他正脉脉含笑，轻语："就让朕，为皇后更衣。"

"昭颜？"夕莲紧紧抓住他的胳膊，急切地问，"他们不恨我了吗？为什么要这样？"

司马昭颜神情一怔，瞥了眼福公公，故作轻松说："别管那么多，你开心吗？"

夕莲立即明白了福公公的苦心，紧紧攥着后服，看来能与司马昭颜共同留名青史的皇后，永远都不可能是欧夕莲。她一头靠在他肩上，偷偷蹭掉自己的眼泪，声音欢快地答："开心！"

还能穿上后服与司马昭颜同行同住，哪怕只有一天，她已满足。

辰州府早已收到各方动荡不安的消息，州牧再三派探子打探，才得知昭帝复活确有其事而且即将兵临城下，忙不迭大开城门相迎，与卢予淳撇清关系，口口声声称自己是被迫妥协。司马昭颜不予追究，大军暂驻扎辰州，严守所有关卡，防止消息外泄。

扁州骄阳似火，天气闷热。

顾曜穿着龙袍强装了一整日，伤口又在渗血。更要命的是，他脸上被邬云姬弄了假伤疤的地方，红肿痛痒。偏偏在人前装模作样不能乱动，还得维持清醒，一字一句把事先安排好的说辞背下来。

一回到营帐，他就几下除掉衣服剥掉疤痕扑到床上去了，哀声连天。

邬云姬瞧见他裤子后面一大片猩红的血迹，不由心惊。三两下脱掉身上华丽的外衣，还小声嘟囔：“这么厚重的衣物，穿着多受罪，看来皇后一点也不好当……你先把裤子换掉，我给你换药。”

顾曜趴在那儿哼哼：“我动不了，疼……”

邬云姬端了盆水过去：“你等会儿，我叫人进来帮忙。”

顾曜苦着脸，明天还要与南离和谈，他连坐都坐不了，可怎么去？今天是传圣旨，说了通话，可明天就难办了，不过还好有父亲在。想到父亲这个后盾，他安心了一点。

不一会儿，邬云姬领两名侍卫进来了，毫不避讳地说：“你们先把他的裤子脱了，我好换药。”

顾曜愣愣地看着她说：“你叫他们给我换好了。”

“那怎么行？”邬云姬先调了调药粉。

顾曜拽着裤腰带说：“在女子面前，怎能宽衣解带？”

邬云姬的视线瞥过来，他的脸顿时涨得通红，一个劲摇头：“不脱，你在这里我不脱！”

两名侍卫一阵窃笑，轮番劝道：“顾曜，你伤这么重，还是听邬小姐的话吧！”

“是啊，邬小姐医术高明，而且，非常非常关心你！”

顾曜更加窘迫，埋首嚷嚷着：“不要，堂堂男儿，岂能受此大辱？”

邬云姬使了个眼色，两名侍卫会意点头出去了。她笑意盈盈地坐到他旁边说：“什么是大辱？我之前也给你上了药，而且昨天你昏迷的时候，是我给你清洗的伤口。你早就被我看光了，还有什么辱不辱的？”

顾曜惊悚转头看她，这女子，简直不知羞！

邬云姬倒是怡然自得摆好了药瓶、白布、水盆。顾曜咬咬牙，把心一横说：“好吧，反正迟早要娶你的！只是我这样太冒犯你了，云姬……”

邬云姬的手已轻巧地解开他的腰带，小心翼翼往下脱。其实她也只是表面好强，真正触到他的肌体，心口怦怦直跳，脸霎时红透了，不过嘴上不依不饶：“谁说要嫁给你了？”

顾曜心急道：“你说，我救了你的命！所以你要以身相许的！”

"是么？"邬云姬眼珠狡黠一转，"可是我也救了你的命，所以两不相欠了。"

"啊？！"顾曜用拳头不停捶着床板，"你言而无信！言而无信！"

邬云姬趁他急捶时飞快剪开染红的白布，顾曜猛地发出"嘶"的一声，抬起头来，蓦然发现帐里多了个人影。

"孤男寡女、衣不蔽体，你们还懂不懂礼义廉耻？"

邬云姬咬咬牙不理会他，轻轻给顾曜清洗伤口。

"爹，云姬是大夫啊！"

"可你们这样……顾曜，你尚未娶妻生子，这事日后传出去可怎么好？"

"爹，我要娶云姬啊！"顾曜扭头朝邬云姬咧嘴一笑。

顾大人呆住了，虽然他对邬云姬这女子有好感，但她毕竟是个巫女啊！况且西蜀女子为尊，照邬云姬的秉性，绝不会同意顾曜纳妾的。他几步上前夺了邬云姬手里的药瓶："云姬小姐，小儿愚钝，劳烦你了。还是我来替他上药比较妥当。"

邬云姬自然知道这是什么意思，虽心有不悦，但没有发作，一脸平静地出去了。她生为邬家的人，自小就知道自己与别人不一样。她四处行医，病人对她感激涕零，但一旦得知她从清云岭出来，便会避而远之。即便是邬家本族人，也称她们为巫女。西蜀都惧怕巫蛊之术，更何况是大褚？不过……她狡黠一笑，有什么能难倒邬云姬呢？

扁州边境诸将反复鉴定圣旨上的玺印，确定无误。大军再三权衡，既然金陵政变成真，江山已经重归司马，他们也无话可说，只得尽听其令。

顾曜与邬云姬相视一笑，两个假冒的皇上皇后率大臣将相一同坐镇边关，开始与南离和谈。

南离以旧约无效的理由出兵，当那份南离老皇帝签署的旧约摆放案上，南离便成了师出无名。

昭帝复活，金陵事变，北方动乱已被平息，南离方知错过了最佳时机，现在出兵为时晚矣，占不到半点便宜。

是夜，南离同意无条件撤兵。三军沸腾，高呼万岁，一时篝火遍野、歌舞喧天。

宫灯如旧，泻满一室，却如此寂寥。

卢予淳说不清自己是从什么时候开始害怕，即便是觥筹交错、歌舞升平、抱拥温香，也无法驱逐内心的恐惧和不安。他一个人，坐在高处，俯瞰天下却是一片白茫，身旁没有人，太孤独了，这种滋味原来是孤独。

他猛地起身，飞步出了御书房，往寝殿里去。

陈司瑶在灯下绣婴孩的肚兜，细弱的银针飞斜横缭，针脚密密匝匝。她那样专注，甚至察觉不到烛火摇晃，直到身后蓦然响起卢予淳一声呼唤，针一下扎进了手指，挤出一滴浑圆的血珠，泛着金属般的光泽。

“瑶瑶！”卢予淳抬起她的手，惊呼，“来人！”

“皇上！”陈司瑶急忙起身，“不必了，如此小伤何须劳师动众。”

卢予淳望着她隐忍的目光，忽然含住了她的指尖，轻轻吮吸。

摇篮里发出一串脆脆的笑声，陈司瑶含笑垂目，这个小不点真懂事，知道为母亲高兴。

“不出血了，疼么？”卢予淳揽她坐下。

“这么小的伤口怎么会疼？”陈司瑶轻轻推着摇篮，“我们把婉儿吵醒了。”

“你有身子，何必还自己绣这些东西，别累坏了！我可盼着这一个是皇子。”卢予淳握住她的手轻轻揉捏，“对了，婉儿的周岁，你打算怎么办，交代下去行了。”

“如今四处征战，还是从俭吧。”

卢予淳皱了眉，凉州和扁州传回来的信看似无事，可他惶惶不安，总觉得要出事，却又说不上来哪里不对劲。

一名内侍匆匆闯进来，大呼：“皇上，梁州信使求见，十万火急！”

“快传！”卢予淳大步走了出去，陈司瑶浑身一僵，紧紧抱起婉儿。

信使递上折子，卢予淳夺过一看，双手剧烈颤抖。那字迹没错，那印章没错，那消息……他将折子往来人脸上狠狠一抽，吼道：“不可能！昭帝复活这种鬼话他们也信？！定是哪个居心叵测之人的诡计！”

“皇上，这是常将军一名亲信千辛万苦逃出来交给属下的！昭帝和贵妃，此刻都在扁州，已经控制了大局。听说，他们是切断了金陵与扁州的联络，闹得军心惶惶，然后谎称金陵已经被他们收复。诸位将军无奈之下，皆被劝降。”

“混账！这样虚假的消息，他们不曾查证就投降？！”

“信使不知为何无故失踪，统统有去无回，他们根本无法查证，唯有相信金陵已经失控。常将军心存怀疑，决定冒险一试，趁昭帝和贵妃前去南离和谈，伺机派了几人秘密送信，也只有一人成功送到而已。”

卢予淳拳头紧攥，指甲戳进了皮肉，盯着折子幽幽念了句：“贵妃……和昭帝？他们没看错吧？昭帝怎么可能复活？”

“现在南至扁州，北至凉州，都流传着一种说法……说昭帝痴傻原是被害，无奈诈死以图后生，现已解毒恢复正常。属下……只听说，昭帝容貌被烧毁，不好辨认，但是贵妃却是没错的！”

“即使昭帝复活，他没有兵马，凭什么威慑住我二十万大军？！就凭他空口无凭的胡言乱语？”卢予淳盛怒，不仅仅是属下的叛变，还有夕莲，居然奋不顾身回到司马昭颜身边，即使他容貌尽毁！

“给朕传左相、右相，兵部四品以上官员！朕倒要看看，待朕率禁军赶去扁州，他们要如何自圆其说！”

离梁州地界百里处，司马昭颜收到卢予淳已从金陵出兵的消息，下令拔营朝梁州出发。

潜师远袭，利在捷速。大军一日之内切断了从梁州南下的官道，在漓江南北设下埋伏。

军营寂寂，所有人都在养精蓄锐，等待明日的决战。

夕莲依偎在司马昭颜怀里，一手捏着棋子，娇笑道：“不算！我得再想想！”

福公公温和笑着。

昭颜用下巴蹭了蹭她的额，故作无奈状：“夕莲，不许再这样了，事不过三。你都悔了五次棋！”

夕莲笑眯眯地摇头：“福公公的棋艺无人能比，当然得让着我。福公公你说是吗？”

“不敢不敢，老奴没有让，是娘娘棋艺高超。”

夕莲得意极了，手上的棋子“啪”一声使劲敲了下去：“咯咯，我要赢了！我赢了所向无敌的福公公！”

昭颜搂着她大笑起来，对福公公摆摆手：“真是辛苦公公了，早点歇着吧！”

“是，皇上和娘娘也早些安寝，奴才告退了。”

夕莲不悦，转身对笑个没完的昭颜说：“有何可笑？哼！我赢了福公公，你输给了福公公，所以我还是赢了你！来，给我莲子！”

司马昭颜万分不舍地递给她那荷包。夕莲掂了掂，蹙眉说：“怎么只有这么些了？”

“马上回宫了，你还想做莲子羹？”

夕莲边数着莲子边答：“嗯，还有明天最后一天。”

“最后一天？”司马昭颜警觉起来，手上加重了几分力气。

夕莲目光一转，笑答：“回宫了，御厨给你做，哪儿还用得着我呢？”

他松了口气，拍拍她：“就剩了十几颗，别数了。睡吧。”

夕莲呆了会儿，收起荷包，在他怀里赖了会儿，央求道：“你给我吹曲子好吗？《雨中莲》，我都忘记了旋律。这些日子你一直在忙……”

司马昭颜目光宠溺，抿嘴笑道：“当然，为我心爱的妻子吹曲，荣幸之至！”

夕莲半躺着，一手托着脑袋。她目不转睛地盯着他，盯着他的嘴唇、他的手指，奇异的旋律就这样从他唇畔指尖氤氲而出。他的眼眸还是那样漆黑深邃，能将她的三魂六魄都紧紧吸噬。她沉醉了，渐渐合上眼，笛声一直没停，她便一直沉醉。如果一辈子都不停，该多好。

直到她脸上浮现出娇憨的睡相，司马昭颜才放下笛子，小心翼翼替她盖上棉被。她的发铺散一席，他轻轻捋了捋，然后拂过她尚显稚嫩的脸颊、依旧飞扬的眼角。他满心欢喜，紧紧靠着她睡下了。

夏树苍翠，路旁草丛里野菊花都在骄阳下显出倦怠的姿态，懒洋洋地失去了活跃的生机。太阳透过密密层层的叶子，把细碎的光影照射在他们肃穆的面容上。蝉鸣声渐起渐消，沉厚的气息弥漫在四周，让人喘不过气来。

司马昭颜率一支大军候在漓江南岸，大军由西至东呈弧形列队；司马珏率剩下的军队埋伏在漓江北岸，待卢军过江后迅速缩小包围圈，以切断后路。

贴在地上听动静的士兵跑回树林向司马珏报告："主帅！已经很近了！"

"嗯，放鸽子！"

隔岸以南十里的将士看见净碧如洗的空中一大群鸽子自北向南飞来，精神一振。辇车中司马昭颜静默了一上午，终于跨上彪壮战马，一声令下："上马！列队！"

所有就地打坐休息的士兵全数起立列阵，骑兵上马，鼓手旗手就位。明黄底朱红镶边的旌旗上绣着大大的"司马"二字，四角都被木杆撑开，不会因为无风而坠下。大军顺着长长的漓江南岸有序地拉开，气势昭然。

后方军营，夕莲站在高高的哨岗上瞭望远方。

碧空如洗，金灿灿的阳光烤炽着大地和她焦灼不安的心，哨岗下不远处，一辆马车静静等候。欧敬之在她身后唤道："夕莲，放心。没事，他们会成功的！我们该走了。"

夕莲转过身，悲伤的目光里夹杂着哀求："父亲，再等一会儿，我们……"

身后忽然响起隆隆战鼓和浑厚的号角声，军营里所有人都翘首而望，屏息听着远方的动静。

夕莲激动不已，双手紧紧抠住木栏，指甲几乎要折断。

震天叫喊、屠杀、兵器相接的声音赫然响起在这片肥沃的平原大地上。夕莲只觉得浑身血液沸腾起来，一股炙烈之气蹿入脑门，她竭尽全力长长喊了一声："昭颜——"

一阵风不请自来，携带了她的声音飘扬而去。

欧敬之一把拽了她往下走："快走！他不会有事！"

"父亲，让我再等等！再等等好吗？！"

欧敬之不管不顾，拖着她一路跌跌撞撞下了哨岗，直奔马车。车前几位大臣神情肃穆，以宫礼相对。

"难得中书令大人通情达理、顾全大局，我们身为同僚的感激不尽。"

"我早已辞官，配不起中书令这个称谓，还望几位大人替欧敬之向皇上解释！"

福公公垂着头轻声道："大人放心，皇上那边有奴才。"

夕莲望着一向和蔼慈祥的福公公，眼睫扑闪，热泪骤然淌下。她忽然伸手拽住他，哭着恳求："公公，让我再见他一面！明日再走好不好？！"

“夕莲！不要任性了！”欧敬之拦腰抱起她塞入马车，回身向一干人辞行，毅然驾车离开。

马嘶人喊、战鼓号角声愈来愈响，夕莲抱膝窝在马车一角，痛哭流涕。就这样走了，就这样走了，再也见不到他，还有曦儿……早知这一天的来临，为什么还是这样心痛？她用额头死死顶住车厢一角，仿佛想从那儿钻出一个洞来，朝他的方向大喊。可是就算他听见了又怎样，是她自作自受、咎由自取，她再没有福气做他的妻……

过往缠绵终成一世离别，都是注定的吧。他会有新的皇后，会有众多贤良淑德的女子，谁都会好过一个欧夕莲！

她紧紧缩成一团，紧紧地、紧紧地……在一片渐远的战鼓号角声中，忆起他的笛音，优柔缠绵，一点一滴侵入她的肺腑，在耳畔回响无尽。

即使她哭得声嘶力竭，笛音一直未停。

即使她额上磕出了鲜血，还一直未停。

即使日渐西斜，还一直未停。

即使一切归于尘土，也一直不会停……

这是一场恶战。

司马昭颜看见了卢予淳的震惊，而他希望卢予淳能看见他的愤怒，他生为帝王的愤怒、身为傀儡的愤怒、被卢家操控了十年的愤怒，还有……卢予淳杀死了夕莲腹中胎儿、害她终身不孕的愤怒！那一刻，他心中只有愤怒。

他高高举起剑，战鼓声起，震耳欲聋，兵马奋勇出击，一时嘶喊冲天。

卢予淳的兵马负隅顽抗，他身边站着的人越来越少，倒下的人越来越多，最终被围剿在漓江之上，血染大地，尸首遍野，江水为之断流。

存活下来的降兵双眼血红，狼狈跪在司马昭颜面前，疲惫至极的躯体已经不会去想是对是错了。既然当初决定帮卢予淳造反，现在也没资格再辩驳什么，生死由天。

卢予淳嘴角挂着丝莫名的笑意，仇恨在眸中跳跃闪动。他懒懒地坐在那里，开口却问了句：“夕莲呢？”

司马昭颜一怔，蹙眉喝道：“你有什么资格再提夕莲？你害得她……”

卢予淳毫不犹豫地打断他：“那你就有资格么？诈死，真是高明啊！丢下妻儿，自己偷偷筹谋！我害她？她原本就是我的！是你害了她、害了她一辈子！”

昭颜不理会他，慢条斯理地说：“胜者为王败者为寇，普天之下是谁的王土，如今总算落定了。”

“我的卢家军在扁州，我还有满朝大臣，他们凭什么相信已死的昭帝会复活？”

昭颜轻笑：“大臣能坐镇金陵么？林太后此刻应该控制了宫里的局势……对了，你可有后事要交代？”

卢予淳不可置信地瞪着他，惶恐不安地问：“林太后是谁？我的家人！你会对他们怎样？”

“老弱妇孺我绝不会动。”司马昭颜从侍卫腰上抽了把剑扔在他面前，面无表情地道，“你安心上路吧。”

卢予淳失声大笑，笑得浑身都在颤抖。他伸手触到剑柄，忽然又缩了回来，抬头盯着司马昭颜的眼睛说：“我要见夕莲最后一面！”

昭颜若有所思地点点头，挥手说：“绑上，回营。”

大军回营，司马昭颜下令赐宴全军，以示褒奖。顿时欢声雷动，声震四野。到处都是欢腾的人群，围着无数的篝火雀跃，辛烈的酒香和焦烧的肉香飘延十里，熏得众人浑浑噩噩，却无比欢庆。

主帐里篝火熊熊，司马昭颜坐于上位，与将士畅饮，只是目光在每个角落都搜了一遍，也没看见夕莲。如此重要时刻，她应该在这里迎接他才是。见不到她，他觉得心里空了一大块。但又不便离席去寻她，只好心不在焉应着话、强装满脸笑意。

夜已过了四分之一，昭颜借口不胜酒力，匆匆回寝帐去，见福公公在收拾东西，大声喊问：“夕莲呢？怎么没看见她？”

福公公渐渐转身，低垂着头：“回皇上，欧大人一直心怀愧疚，直到今日才放下心中重负，可以安心度过余生，他已经带着娘娘离去。”

司马昭颜竟笑了起来，他理所当然地认为福公公是受了夕莲的教唆，一起逗他。他双手叉腰笑道：“离去？那她有没有说去哪里啊？”

“老奴不知。”

“噢，那朕出去找找她！”司马昭颜饶有兴致地出了寝帐，在四周转了一圈。

福公公紧随其后，喏喏道：“皇上，真的走了。”

司马昭颜盯了他一会儿，表情渐渐呆滞，口里平静地说：“怎么会走？她发誓不会离开我。”

“皇上，木已成舟，勿再过强求。将来，您有新的皇后，有新的妃子，何必执著于被世人视为惑乱天下的女子？这对皇上的前途无益……”

司马昭颜一把拽起福公公的衣襟，惊恐地问：“她去哪儿了！？快说！她往哪儿去了！”

他如此慌乱、无助，就像一个迷路的孩子，再也找不到家的方向。夕莲，那是他的温暖之源，没了温暖，他还会一直畏寒，一直到死了也再感受不到温暖！

几位大臣闻讯而来，见福公公使了个眼色，几人顿时跪倒在地，异口同声进谏：“皇上，请以江山社稷为重！及早回宫，铲除叛军乱党余孽，重整朝纲！”

司马昭颜急促地喘着气，茫然望着前面一大片热闹和喧嚣，他语无伦次地对福公公说：“找她……我要找到她！找不到她，我不回去！我要找她回来，她离开我会折寿十年！夕莲去哪儿了？福公公……我不能……”

浑身热血都好似涌上了头顶，他的面色却是煞白如纸，几乎感觉不到自己的心跳。他不知道自己是怎样上了马，不知道自己怎么冲出营地的，更不知道自己要往哪里走！夜风在耳旁呼啸，视线模糊不清，马蹄“嘚嘚”震得每一寸肌肤都在疼。她发誓了发誓了！为什么不守誓言！

一群人纷纷上马紧随其后，呼喊不断。侍卫点起火把追了上去，无奈司马昭颜疯了般策马疾驰，任谁也赶不上。

福公公拼了老命也上马去追，被远远撂在后面，这样下去怎么得了？皇上已经失去理智，夜路漆黑，如果出了什么事，后果不堪设想！他只好咬咬牙，在后面大喊：“他们往西边走了——走不远，叫皇上慢点！”

福公公的话语一声接一声传到司马昭颜耳中，他急忙拉住缰绳，回过弯来朝西边的小道驶去。福公公紧张万分地抓住马背上的鬃毛，吓出一身大汗，见皇上非但没减速，反而更快了，愈加后悔。

一树月华，银光透过树叶筛下，马车如撒上了碎银子般。

欧敬之眉头紧蹙，幸好有云姬事先备下的药瓶，他简单地替夕莲包扎了额头。她疲惫地蜷缩在角落里，不知睡了还是没睡。身为父亲他怎能不心疼？可是夕莲继续留在司马昭颜身边，只会受伤害！她哪里知道陪伴君王的路有多苦！她哪里知道在宫里毫无靠山是多危险的事？

他沉沉地叹了声，夕莲忽然弹了起来，瞪大双眼说："他来了！"

欧敬之惊诧，侧耳倾听，果然远处传来一阵急促的马蹄声。

夕莲从车厢钻了出来，望着寂静的黑夜，嘴里喃喃道："他来找我了，父亲！昭颜……他不会放我走的！"

欧敬之咬咬牙，捂住夕莲的嘴，拖着往车厢里塞："夕莲，躲起来！你不能跟他回去！我不能让你再去宫里受苦！"

夕莲没有挣扎，哀怨的双眼紧紧盯着欧敬之，她轻声说："韦娘留在父亲身边，苦吗？为什么她仍然坚持了这么多年？因为她爱你，就像我爱昭颜，父亲……"

欧敬之伤心地搂住夕莲，哽咽道："我不能让你重复她们的路，夕莲啊！你若是过得不好，我如何能向她们交代！"

"可是这样离开，我更加过得不好。"她幽怨地举眸望着他，"我知道回宫以后会很苦，可是我的孩子、我的夫君都在那里，那是我的家。再苦，也是我的家。"

夕莲渐渐离开父亲的怀抱，毅然跳下马车，朝逼近的马蹄声飞快跑去。

满天星光下，她步履翩飞，宛若精灵。纤足点地，仿佛一点即盛开了一朵妖娆的莲花。

她挥着手臂朝零星的火把狂喜呼喊："昭颜——"

她清悦的声音在寂静的夜里绵延，马儿随之长长嘶鸣。司马昭颜看见黑暗中纤弱的身影，鼻子一酸，扔开缰绳飞跃而下，冲上去紧紧抱住她，紧紧按住她的头，紧紧贴在她耳边低声啜泣："为什么要走？你发誓不离开我！你不守信！"

夕莲强忍住泪水，笑着说："皇上，这么多人看着，别这样。"

"不要叫我皇上……"他将湿漉漉的脸埋在她发间，"我不是你的皇上！"

"昭颜，你是我的昭颜。"她呢喃着，掏出手绢悄然为他擦拭脸庞，"我不走了，我离不开你、我舍不得曦儿，我不会走了。不管前面的路有多苦，就算受再多的伤害我也不在乎，我只要和你们在一起。"

他内心慌怯，捧起她的脸，看她晶亮的眸子里满满的都是柔情，再也没有悲苦。他再次将她紧紧抱住，舍不得松开一点点。他知道自己很自私，夕莲回宫无疑是一场没有尽头的煎熬。可是他宁愿让她受煎熬，也不能放她走啊！

欧敬之远远看着橙红火光中夕莲喜悦的脸，树荫下的月光细碎，照在他悲喜不定的表情上。他已经无法阻止他们这份真情，唯有祝福，深深地永久地祝福。

他深吸一口气，缓缓驾着马车离去，亲手将女儿再次推入深渊，她们会怪他的吧？可是将她带离司马昭颜，就像夕莲花离开了水，注定会枯萎。

夕莲听见渐行渐远的车轮滚滚声，猛地抬头，喃喃地唤了声："父亲……"

昭颜这才松开她，两人转身远望，马车已经消失在无边夜色中，没有留下任何痕迹。

十 · 姣莲

司马昭颜拥夕莲下马，迟疑再三，引她绕过大帐，往后方走了一阵，在一间帐篷外停下。

他松开湿腻的手，忐忑道："进去吧，他要见你最后一面。"

夕莲一窒，呆呆看着司马昭颜问："最后一面？你……"没有理由再问，这样的结局是必然，可她如何能忘记和卢予淳的过去？无关风月，只因他是她年少时最天真烂漫的一个梦。她唤了多少年的予淳哥哥，就要命丧在司马昭颜手里吗？太……残忍了！

司马昭颜捏了捏她的鼻子，宠溺道："不许哭鼻子，你的眼泪只能为我而流。"

夕莲薄唇紧抿，撇过脸，一头钻入帐子。

小小的营帐中央，卢予淳被无情地束缚在木桩上，强撑着疲惫不堪的身子。他总是这样，即便是输了，也要让自己保留最后的优雅。夕莲才发现，原来他们是同一类人。

卢予淳意识到有人进来了，缓缓抬头，一时目瞪口呆。这还是夕莲吗？她穿着粗布衣衫，梳着农家女的发辫，素面朝天，额上还绑着白布条。她的目光里再没有狡黠和戏谑，只有悲悯，无尽的悲悯。

夕莲的目光在他身上游移一圈，落定在他被捆绑的手腕上。她咽喉抽紧，慢慢蹲下，伸手摸了摸那根粗粝的麻绳，痴痴地问："疼吗？"

"你……这样对我！"卢予淳定定地望着她，眼里噙了几丝笑意，"你帮他，这样将我玩弄于股掌之中？我的好莲儿，你真狠心。我的莲儿……”

夕莲手一颤，猛地收回来。莲儿这个称呼，他只唤过一次，在那个冬夜、她为他付出贞操的时候，他一直在她耳边唤着莲儿……可是她极力掩埋的这段过去，为什么他要不遗余力地掘开来？！

“你被他骗了，莲儿……他怎么会爱你？你这样的残花败柳，他不过是利用你罢了！他是皇帝，要怎样的女人都唾手可得，为何偏偏对你好？等你帮他完成了一切，就会被丢弃在最阴暗的角落！”

夕莲无力地瘫坐在地上，她藏得极深的心事，就这样被卢予淳说中了！她从不怀疑昭颜对自己的感情，她宁愿背负一切陪在他左右。可是……她终究不清白，司马昭颜有朝一日想起来，他会介怀、会厌嫌、会憎恶，到那时，她又要怎么面对他？

卢予淳微微闭目，继续说：“夕莲，你错了，大错特错。当初明明有一条更加光明的路摆在面前，你却选择了黑暗。你这样跟着他，没有名分没有地位，会幸福吗？”

“住口！”司马昭颜咆哮着冲了进来，一把捞起地上失魂落魄的夕莲，紧紧搂在怀里，“事已至此，你这样挑拨我们再无益处！最后一面也见完了，我会让你自己选择死法！”

“不！”夕莲惊呼出声，“不要杀他！”

司马昭颜难以置信，托起夕莲的下颌，死死盯着她含泪的双眸：“你说什么？”

“昭颜，不要杀他……”她话音未落，昭颜已经拖拽着她出来了，疯吼道：“他杀了我、杀了我们未出世的孩子！你还为他求情？还是你心里根本就放不下他！”

夕莲无言以对，泪不由自主地淌下来。她殷殷地看着他，执拗、倔犟。

“不许哭！他不值得你掉一滴眼泪！”他狠狠迸出这句话，强行拽着她回寝帐。临进时对守卫说：“没朕的命令，谁也不许进来！”

夕莲呆坐在床沿，睫毛湿漉漉的，瘪着嘴一言不发，快一个时辰了。

司马昭颜背着双手在她跟前踱来踱去，急躁难安却不敢跟她说重话。方才是他粗暴了些，但她也不至于委屈成这个样子。他深吸口气，好言好语劝道：“如何处置他，我们回宫再商讨，并不是我一个人做主。我说的是气话，其实没人说要杀他，卿家们都说要再议。”

见她没反应，他又耐心地哄他："为了他，你这样和我赌气？值得吗？"

夕莲举目深深地看了他一眼，卡在咽喉处那句话却怎么也说不出口。卢予淳说得对，她是残花败柳，凭什么集三千宠爱在一身？她暗自攥了攥拳头，脸上舒展开一个歉意的微笑："是我不好，你别生气了。"不管以后是被他弃之一隅还是被他捧在手心，她认命了。

司马昭颜惊讶极了，夕莲低声下气认错，那么太阳要打西边出来了。他小心翼翼地查看她脸色，并无异样。她嘟着嘴，拽着他的衣袖撒娇："别气了……要不，我给你做莲子羹去？"

昭颜立刻展露笑颜，斜睨着她："太晚了，不如做点别的？"

夕莲双颊绯红，伸手解了他的腰带，指了指额上的白布说："我这个样子真难看，所以……"她踮起脚用腰带蒙上他的眼睛："这样好了！"

"嗯？那我如何看得见？"昭颜搂着她的腰身，气喘急促起来，眼看一个热吻要覆下，夕莲忽然挣了出去，肆无忌惮地朝他做了个鬼脸："不用看啊……你来抓我！"

司马昭颜未来得及反应，已经听到两个守卫忙不迭喊娘娘的声音，他自言自语地摇摇头："唔……夕莲，你敢耍朕……"

夕莲飞快跑着，她要甩掉一切的杂念，全心全意只想着他、只想他！不知不觉已经跑出了营地，夏夜晴朗，一整片及腰的疯长的野草在月色星光下波涛起伏，像一池碧绿的湖水。夕莲深深地呼吸，北边二十里外就是尸骨遍地的战场，如果不是她，这一切都不会发生吧。她罪孽深重，所以活该被世人唾骂。

司马昭颜冷不丁从后面抱紧她，剧烈起伏的胸膛贴着她后背。

他尽情埋首在她颈旁啃啮，欲望勃发。

破碎的呻吟从她口中丝丝溢出，销魂蚀骨。

这里再无任何人打搅他们，一切都这样自然。原始的悸动，熏醉了周遭所有的生灵，野草劲舞、蝉鸣激烈，她雪白的小臂被藤蔓纠葛，十指痉挛地拽下了他的衣袍。她与满天含笑的星子对望，在夜幕下沉沦，在他身下沉沦，此刻的念头纯粹到只想完完全全做他的女人，其他什么都不要……

她懵懵地看着他迷离的眸光，手心贴上他抽搐的面庞，滚烫。

他埋首在她柔软的胸前，嗓音低沉倦苦："皓腕撷莲香，螓首映昭阳。万缕情丝缚，姣颜溢流光。这绝句，命名为《姣莲》。"

夕莲凤眼微眯，一滴泪珠从早已盈湿的眼眶里滚了出来，被他的指尖及时接住。

司马昭颜得意洋洋，带着几分戏谑道："你又流泪了，我就让你这么欢愉？竟然喜极而泣？"

夕莲脸红扭头。不知为什么，她每次总是忍不住热泪盈眶。

他又去吻她几乎透明的耳垂："我要让你离不开我，心离不开，身体也离不开……"

夕莲用双手死死捂着脸嗔道："无赖！"

司马昭颜笑起来，傻傻的，却很幸福。一个白痴皇帝年少时的暗恋，犹如一颗被冰封的莲子，只有用他干净透明的真心浇灌，才会逐渐萌芽，开花结果。他从一开始就坚信他们会幸福的，不管过程有多曲折，这结果终归是幸福的。

原来一切都回归正轨的时候，恰好是夕莲花开的时候。

这一场声势浩大的动荡，在司马昭颜重新坐上皇位之后彻底完结。

夕莲抱着曦儿在池边的凉亭里逗乐。轻风从水面花叶中拂过，那香气如露如雾，那触感如丝如缎。这个时候的曦儿已经开始咿呀学语，不会叫父皇，却懂得叫爹娘。夕莲开心得合不拢嘴，一直抱着曦儿不肯撒手。

锦秋在一旁劝道："娘娘，抱了这么久胳膊该酸了。"

"不酸！"夕莲笑眯眯对锦秋和玉茗说，"你们俩啊还不改口，别叫我娘娘了，被人听见要嚼舌根。"

锦秋和玉茗都垂下头去应道："是，昭仪。"

夕莲轻轻捏着曦儿的脸蛋，眼前又浮现出陈司瑶恳切的目光。

司马昭颜决定处置卢予淳及其家人时，陈司瑶怀抱着可爱的小女婴，声泪俱下求夕莲收养她的女儿。夕莲虽然想帮但力不从心，她在朝堂内外早已没有立足之地。事后她却一直内疚无比，那么小的孩子就被送去乌镜台，一生就毁了。同样是母亲，她怎能不心酸？

夕莲无端端地感到一阵闷烦，把曦儿交给锦秋，小声问："秋，卢夫人有身子，在乌镜台可有人照料？"

锦秋眼里生出一丝紧张的情绪，却极力掩饰："应该有吧，乌镜台的事奴婢不清楚。"

夕莲生疑，随口问的一句话，锦秋为何如此紧张？

刚迈入德阳宫，内侍通报顾曜和郛云姬在御书房觐见。夕莲喜出望外，急急忙忙闯了进去，见郛云姬非但安然无恙还容光焕发，欢快地叫道："云姬！你来看我了！"

郛云姬还是那样不屑道："我们是来禀报事务，谁有工夫专门来看你？"

夕莲依然笑着，挽着她的胳膊："姐姐，我担心你呢！对了，顾曜的伤没事了吧？"

"就是因为他的伤不方便上路，才耽误到现在。"

顾曜不好意思地摸摸头，夕莲侧头对他说："没事就好！"

司马昭颜却面色不悦："可是，他要辞官。"

夕莲吃惊地问："为什么？"

顾曜一本正经地说："我要和云姬去西蜀。"

夕莲飞扬的眼角顿时耷拉下来，失望地念道："你们要走？你们也走了，就剩我了。"

郛云姬语气软下来对夕莲说："父亲也回了清云山庄，夕莲，你有空可以来找我们。"

司马昭颜干咳了两声，严肃地道："你拐了朕的心腹大将，还想拐走朕的爱妃？"

郛云姬心中早有计较，这回逮着机会快言快语道："什么爱妃？明明是昭仪！"

夕莲一怔，赶紧拉了拉郛云姬："你不能这样说。"

郛云姬撇撇嘴，又瞪了夕莲一眼，埋怨道："你真是奇怪，你的刁蛮霸道哪里去了？干吗忍气吞声？你明明是皇后，是太子的生母，为何要做什么昭仪？"

夕莲狡黠一笑，轻声对她说："昭仪，就是昭颜心仪之人，本朝从今以后只有一位昭仪，再无第二。"

郛云姬干笑两声，鄙夷地道："这种鬼话也只能骗骗你！傻女人！"

夕莲努努嘴看着司马昭颜，即便是鬼话，也甘之如饴。

床边的琉璃灯五彩斑斓，满室烟霞锦依旧飘扬。

这里的一切好像都没变，其实都已经变了。

司马昭颜总是睡不安稳，每每半夜醒来的第一件事就是找她。明明知道她就睡在身旁，他却忍不住一直去看，不断去看，怕一不留神，她就跑掉了。即使她对他保证了许多次，他仍然害怕，害怕她终有一天要离去，而这一天会越来越近。

立后的日子，定在七月初七。在这之前，有一大批秀女要入宫。

而夕莲，要回到她自己的殿里去。为了让她看不见其他女人，他为她挑选了最偏僻的宫殿。他真的很害怕，以后午夜惊醒，怀里人枕边人再也不是她，该怎么办……

夕莲忽然睁开眼睛，定定地望着司马昭颜问："我梦见陈司瑶了。她是不是出事了？"她不敢打听卢予淳的情况，可是陈司瑶和那个婴孩却让她心焦。

昭颜移开视线，语气平平地答："能出什么事？"

"我能去看看她吗？其实，我担心她的孩子。"

司马昭颜搂住她笑道："担心别人做什么，还是想想自己，你一定得给我再生个女儿！生不出来我不罢休！"他拾起她的手放在唇边亲吻，无意中瞥见指腹一条伤痕，蹙眉，"这是什么？"

"没什么。"夕莲抽回手，"挑莲芯的时候太用力了。"

"如果这些事都要你做，宫里养这么多人做什么的？"司马昭颜有几分生气，"你不许再去御膳房了！"

夕莲用两根手指撑开他的嘴，形成一个微笑的弧度，笑嘻嘻地说："可是我想亲手做给你吃！我在你身边的日子不长了……"说着话，手猛地被他抓得紧紧的。

"不要说这个！"

夕莲柔柔地枕在他胸膛："我知道，没两天我就要搬走了。想我的时候，就来看看，一个月两个月来看一次就好……你那么多女人，该宠的就宠，不过，还是国事要紧。"

昭颜忽然感到委屈至极，他没想要那么多女人，他也不想把她送走，他更不想看到这样大方的夕莲，大方到甚至愿意与人共享她的夫君。他的夕莲不是这样的！他声音干哑地呵斥她："别说了！我不喜欢听你说这样的话！"

夕莲嬉皮笑脸地勾住他的脖子："上次那些老家伙说我贵贤德淑一样不沾，所以我在学着呢！等我学好了，说不定你还能封我个妃子当当！"

他又被她逗乐了，托起她的下颌使劲吻了下去，用尽全身力气，挽留住永存心田的芳香。

十一·过继

太子司马曦受赐辰阳宫，夕莲住在皇城东南角上的延欢殿。每日去看曦儿，她沿着宫墙一路向北，从辰阳宫侧门入。玉茗好奇地问为何要这样走，夕莲笑答宫墙下凉快。

这路一向空旷，只有偶尔过来巡逻的小队御林军。

夕莲一袭普通的宫装，仍掩不住满身贵气。她惯有的神情姿态，总叫宫人们心怀畏惧，即便她如今只是小小昭仪。

夏日炎炎，巡逻侍卫整齐的步伐，听在耳里却觉得烦闷。夕莲甩了甩帕子，抱怨道："天气热得这样快。"

"娘娘也不必天天去，有锦秋姑姑在，会照顾好太子的。"

夕莲没答话，目光呆呆地望着侧边，玉茗也顺着她的视线看去。透过树木楼阁，隐约能看见明黄的坐辇缓缓行过。玉茗欢喜地叫道："娘娘，皇上也去看太子！"

夕莲目露柔光，有两个月没见他了。王朝在逐渐恢复元气，司马昭颜非常忙碌，每日只能睡两三个时辰。他大概累坏了，不知瘦了没有……夕莲心里惦念着一会儿见面该说什么，又心慌意乱，一个劲地问玉茗妆花了吗？发髻乱不乱？衣衫得不得体？

玉茗掩口笑道："娘娘怎么跟初嫁的新娘子一样紧张？"

夕莲吐了口气，自嘲地笑笑，她什么样子他没见过，自己瞎担心了。

她用绢帕轻轻拭去额上的汗珠，脸上挂着浅浅的笑迈入宫殿。

宫人们依次行礼，然后悄悄侧目打量她的背影。她的姿态不算娇媚也说不上端庄，但总是透着一股浓重的华贵，就像一抹明媚的色彩，引人注目。

夕莲满心欢喜拐入内殿，却见明畅的榻上，竟坐着一位端庄的女子，怀里抱着她的曦儿。

她的笑容僵住了，愣愣地转头看女子旁边的司马昭颜，机械地朝他行礼道："皇上万福。"

司马昭颜不由一颤，背在身后的双拳紧握。

"免礼。"他语气平平，脸上挂着温和的笑容，垂目道，"夕莲，来见过李贵人。娴儿，这位便是太子的生母。"

夕莲不敢直视他们，她如何能若无其事面对他的女人？只站在原地福了福身子："臣妾见过李贵人，恭请贵人金安。"

她尽管垂着双目，但绝不会低下骄傲的头，更不会践踏自己尊贵的心。

李贵人将孩子转交给锦秋，客气地回道："妹妹不必客气。"

夕莲轻笑，现如今，她倒成妹妹了。

李贵人继续说："皇上特带臣妾来抱抱太子，日后也好有经验抱自己的孩子。"

司马昭颜紧紧地盯着她苍白的嘴唇，接过话来说："李贵人才入宫两月便有身孕了，这可是大褚国的喜事！"

夕莲的嘴角强行扯出一个笑容："那要恭喜皇上，恭喜李贵人了！这么大的喜事，臣妾都未曾得知，是臣妾失礼了。"

司马昭颜不忍再听她干哑晦涩的声音，挥挥手说："天气酷热，你身子不好，快回去歇着。"

夕莲抬目瞥了去，他面无表情，一袭龙袍在烈日下更加刺眼。她转身离开，轻移莲步。她的步子细碎而规整，如踏着悦耳的韵律，可一出了辰阳宫，顿时凌乱不堪。

玉茗紧紧搀着她，想安慰，却又怕自己说错话，便静静陪她一路走回了延欢殿。

延欢殿里的布置，和当初的德阳宫寝殿一模一样。那些烟霞锦、凤羽帘、琉璃灯甚至那张龙床都被搬了过来。她以为，一切都没有变。她以为，她会很从容。她以为自己可以安安静静躲在这里过一生。

可是她无法逃避一些现实。

当她孤枕难眠时，他在干什么？他对她们是不是和对自己一样，或温柔体贴，或激情似火……

还记得他在耳边的呢喃细语：昭仪，就是昭颜心仪之人，本朝只有一位，绝无第二。

“娘娘……”玉茗心疼地替她擦了擦眼角，“难受就哭出来吧！憋着多难受？”

夕莲握住玉茗的手，噙着泪使劲摇头：“不能哭、不能哭……我不难受，玉茗，我不会哭的！”

她高高扬起头，执拗地将眼泪都咽了下去，看着床顶的金色莲花，坚定地告诉自己，不管他怀里有多少女人，他心里也只有她一个。她相信他。

殿外忽然响起福公公熟悉的声音，玉茗拍拍夕莲的手，先迎了出去。

“公公！娘娘歇下了！有事和我说！”

福公公端着托盘，恭敬地道：“这是皇上御赐的杏汁，命老奴亲手呈上，给娘娘解暑。”

夕莲忍了半天的眼泪终于淌下，哭花了妆容。她快步走到门后，压住颤抖的嗓音说：“怎敢劳烦公公，玉茗快接下！”

“皇上交代，要娘娘亲自来接。”

夕莲暗自埋怨，他就是要看自己出丑！殿外烈日当空，夕莲也不敢怠慢福公公，赶紧洗脸、补妆，然后微微笑着走出去，接过赏赐，谢恩，客气地道：“福公公辛苦了，进来歇歇脚、喝杯茶。”

福公公扫了夕莲一眼，舒心地一笑：“早听闻娘娘这里的茶好。”

夕莲不解地反问：“从何处听闻？我这里的茶不也是贡茶么？”

“当然是皇上说的。如若娘娘这里的茶不好，皇上怎会命老奴一定要在这里喝三盅茶再走？”

夕莲呆呆望着玉液琼浆般的杏汁：“他……何必？”

“请恕老奴直言，仅凭皇上一人之力，怎可稳固朝堂？后宫，是最好均衡各方势力的武器。子嗣兴旺，也是一个王朝繁荣的标志。”福公公半眯着眼，慢条斯理地说着，“其实老奴很不放心，皇上早在两月前制定了新的规矩，本朝皇帝临幸任何妃子，都不得留宿，以防纵欲过多有违龙体，导致疏于国事。可是皇上这样来回奔波，加上政务繁忙，弄得疲惫不堪。这些话不是皇上的意思，是老奴自作主张，希望娘娘能劝劝皇上。”

夕莲苦笑一声，摇摇头问：“那皇上让福公公来我这喝三盅茶，可有其他事嘱咐我？”

“无非是希望老奴能安抚娘娘的情绪。还有……”福公公掏出一幅精致的卷轴，“送这个。”

夕莲双手接过才展开一点，瞥见“姣莲”二字，不禁抖了一下，赶紧合起来，面色微红：“福公公就这样回，臣妾惶恐。”

福公公不解其意，也不好问，便应下了。他记得司马昭颜在卷轴上书写的时候，双目含情，嘴角轻扬，一定是他们之间的密语吧。

待福公公走了，夕莲才暗地里嗔了句：“淫词艳曲！”

延欢殿，他念了多少个夜晚，终于来了。

夕莲一向怕热，所以这样炎热的夏夜里灯盏稀疏，他却心绪激扬。

残月幽暗的光华打在她的寝殿四周，说不出的暧昧。他慢慢走着，散步般悠闲，细细品着她的一切。金桂飘香，浓郁得让人鼻子透不过气。昭颜皱了眉，忽然一阵夹杂其中的莲香扑面而来，青涩而幽秘。他心神一怔，才发现夕莲就倚在一棵桂树下，明眸浅笑。

司马昭颜驻足，远远地朝她问：“见朕来了，反而不惶恐了？”

夕莲狡黠地一笑，声音清悦地道：“臣妾受宠若此，当然惶恐。”

他走近，身上带着沐浴后的清香。夕莲微微发愣，他特意洗尽其他的香味方来见她。他明明疲惫不堪，却装得这样精神奕奕。她伸手摸了摸他的脸，“瘦了。听说你制定了什么新规矩，不宿在妃嫔寝殿，这样你累不累？”

司马昭颜捏起她的下颌：“我宁愿一个人睡，也不要和其他人同床共枕。”

夕莲引他进了殿，呈上甜品：“你不嫌累？”

昭颜轻轻搅动着透明的莲子羹：“如果半夜醒来，发现身边的人不是你，我有多害怕？倒不如空的……你说呢？”

夕莲不语，她不敢想太多，不然心里跟针扎一样疼。颈上一阵酥痒，他细细吻着她的血脉和经络，轻巧褪开了她的外衫。夕莲心底无由碎裂，懵懵说：“我累了。”

他浑身僵住，目光复杂地在她脸上扫过一遍又一遍，最终放开她：“那就睡吧，不早了。”

她窝在他怀里，却闻不到他的气息，只有一阵陌生的清香。他为了洗去别人的香气，同时也洗去了自己的。

眼看要过七夕，是立后的日子了。宫里忙碌了许久，就为了这一日。虽然仓促了些，但是皇后为后宫之主，不宜空悬。

夕莲领了宫里的赏赐，是立后那日所要穿戴的宫装。她摸着衣料笑了笑，现时国库空虚，册封大典一切从俭。她暗自庆幸自己的那次大婚隆重得多，还有点幸灾乐祸。

玉茗替夕莲打着伞，捧着东西，有些倦态："娘娘，我们从御花园走吧？近多了！"

夕莲见日头正毒，玉茗满头大汗，便应了。

夕莲不想走人多的地方，便绕道走小路。卵石地面不太平整，玉茗没走稳，晃了一下，几颗珠子从托盘里滑了出来，骨碌碌滚进了草丛。玉茗忙蹲了下去，放下托盘趴在草地里寻。夕莲本无所谓，但怎么说也是册封大典要佩戴的首饰，便也趴在草地里找了起来。

她爬来爬去好一会儿，也没见珠子，不耐烦道："罢了，不找了！"起身清了清衣裙上的杂草，蓦然瞥见不远处的凉亭外，明黄的步辇。还有凉亭内，熟悉的容颜。

他们谈笑风生，女子翘起兰花指往他嘴里塞了颗樱桃。然后，他吻了她。

夕莲就站在那里，如历风霜。

直到他结束了那个深情而缠绵的吻，目光不经意扫来，脸色顿时如乌云遮天，嘴角抽动。

她匆匆地转身离开，不敢回头，心口却像被插了把刀子，尖锐而冰冷。

今年好像没有雨季，如果她没记错的话，一直是这样的干涸。

桌上摊着他写的《姣莲》，笔笔柔情蜜意，字字悱恻缠绵。她还是难以平静，尤其是对着这样熟悉的屋子，过往的一切好像从来不曾远离，他们的爱情一直在这里发生、凝固、沉淀。可是这样下去，她会疯的。

夕莲紧紧压抑住自己的情绪，语气沉沉地问玉茗："好几日没去看太子了，他好吗？"

"娘娘放心，奴婢去看过了，很好。"

想到曦儿，她脑里又闪过陈司瑶那双恳切的眼睛。卢予淳和陈司瑶的女儿，应该和曦儿一样大、一样可爱。一时思维混沌，她喃喃地自语："马上七月了，卢夫人不知怎样了呢？她是不是还有两个月要生产了？"

玉茗在整理针线篓，随口答了句："还生什么呀？娘娘你忘了皇上……"玉茗惊觉自己说错话了，忙趁机打翻篓子叫唤，"哎哟，奴婢笨手笨脚的，真该死！"

夕莲冷厉的眸子盯着她喝道："玉茗！"她才意识到，自己问过昭颜，问过锦秋，问过福公公，却从没问过一向没有心机的玉茗！夕莲上前一步紧紧抓住玉茗问："你说的什么意思？皇上如何处置她了？不是送乌镜台了么？"

玉茗慌张无措，结结巴巴地说："没有，奴婢什么也没说！"

夕莲胸腔蹿出一团怒火，嘶声喝道："你们骗我！卢予淳和陈司瑶究竟怎么了！？"

"奴婢不敢！他们确实在乌镜台啊！娘娘亲眼看见明公公将他们押去的！"

夕莲愤然举手打翻了茶杯，司马昭颜一定有什么瞒着她！难道他们都被处死了？那个孩子呢？他们的小女儿呢？在脑里搜索半晌，她猛地想起林太后，林太后一定知道！

"来人，去太后殿通传！"夕莲风风火火冲出内殿，迎面却撞上表情阴郁的司马昭颜，她不由后退了几步。

他猛地抱起她按到床上，目光悲恸地问："你跑御花园去干什么？"

夕莲想起方才一幕，闭着眼笑了两声："皇上没说要臣妾禁足。"

"你可以装作没看见……"他的唇冰凉，贴在了她唇上。

夕莲闻到一阵樱桃的清香，想起那颗朱红光润的樱桃，顿觉反胃，推开他厉声道："不要碰我！"

"你这是做什么？"昭颜蹙紧眉，"几次三番，你都拒绝我？这是为什么？！"

夕莲狂妄地迎着他愠怒的目光，一字一句地说："臣妾想知道，卢予淳一家怎么样了？"

昭颜凝思半晌："你又问他们做什么？"

夕莲坐起身，不依不饶地问："他们究竟怎样了？卢夫人还怀有身孕！"

司马昭颜厉色道："这不是你该管的事！"

"你不告诉我，我可以去问林太后！"夕莲的性子一上来，愤怒得像一头小野兽。司马昭颜紧紧箍住她，任她挣扎叫嚷，直到她再使不出力气，他才喘着粗气在她耳旁说："你是担心卢夫人？还是担心你的予淳哥哥？嗯？"

夕莲苦笑，原来他还藏着这份疑心……原来她怎么也擦不掉那段过去！

他的吻密密匝匝落了下来，用力撕扯她的衣物，负气般狠狠地说："没孩子了！

早就没孩子了！当初他怎么对你，我就怎么对陈司瑶！他杀了你腹中孩儿，害得你这样，你竟然还关心他么？我现在告诉你，他疯了，在陈司瑶小产之后，他就疯了！”

什么……她不敢相信，这是她的昭颜么？这还是她的昭颜么？！绝望之花在心里肆意怒放，她紧闭双目用尽力气吼了声：“滚——”

殿外所有听见的人都惊呆了。

司马昭颜唇上还沾着她的泪，那般苦咸。他声音颤抖着问她：“你说什么？”

她疯了般从旁边的针线篓里抓起一把剪子挥舞着朝他咆哮：“你一定要这样来玷污我吗？！带着满身的脂粉和满手鲜血……你太脏了、太脏了！给我出去！”

话音刚落，剪子清脆落地，她呆呆地望着他的脸颊，一道血红的口子触目惊心，狰狞横在他冷峻的面容上。

福公公在殿门边大喊：“来人！皇上受伤了！”

殿外顿时乱作一团，夕莲落寞地望着他，周围人来人往，她只是那样望着他，直到他被人拥走，她还站在那里望着他。原来她的美梦做得太不真实，现实就是这样、这样而已。她瘫倒在地上，静静等待属于自己的结局。

肃穆的御书房，灯烛明亮。司马昭颜表情阴沉，脸上的伤处敷了药膏。

她狠毒的话语还在耳边回荡，他还来不及消化，几位元老就连夜拟了奏章，请求重处欧夕莲。

“如此小事，几位大人何须大张旗鼓？”

“臣等认为，此事关乎皇上安危！乃重中之重！”

“这样的处罚未免也太重了些！”昭颜将折子甩在桌上，“她现在只是小小昭仪，朕也极少去延欢殿，你们……逼人太甚！”

“此女太过嚣张，肆无忌惮，皇上一再容忍，只会让她愈加猖狂！”

“臣等断不敢犯上，皇上喜欢她，自有皇上的道理。可是，这样的女子，如何能做太子的榜样？请皇上再三斟酌！”

“这次是不小心伤了皇上的皮肉，下次便会是筋骨乃至性命！”

“请皇上三思！”

司马昭颜大怒，拍案而起：“你们！朕一向尊重各位大人！可是，此项提议，太过荒谬！”

元老们顿时跪倒在地，异口同声："臣等冒死进谏！要保江山社稷，先除狐媚妖女！"

司马昭颜大惊，狐媚妖女？他怎么可以任人说他的夕莲是狐媚妖女？！可是几位元老为司马皇室鞠躬尽瘁，他又能怎样反驳？

胸腔好似长满了藤蔓，将心脏缠得紧紧的就要窒息！他想起八岁溺水的时候，也是这种感觉，闷闷的、沉沉的，心脏渐渐地停止跳动。那时候有夕莲救他，可是现在谁来救夕莲！

"皇上还记得对右相大人的允诺吗？裴家满门忠义，裴由芝是最适合担任太子母职的人选，又恰好是皇后！皇上若真为太子好，应当想到子凭母贵，将来子嗣渐多，太子毫无背景，如何在宫中立足？过继给皇后，不是保障了太子的地位么？"

司马昭颜倒吸口冷气，郑重地对几位老臣说："众卿起来说话吧。"

他们却无比坚决："皇上若不批奏，臣等长跪不起。"

司马昭颜无助地看向福公公，他怎么办？把曦儿从夕莲身边夺走，他怎么忍心这样对她？他怎么能把夕莲唯一的孩子转手送人？他猛地背过身，两行热泪淌下，他们究竟犯了什么错误？仅仅是相爱，有错吗？她一再退让一再隐忍，他一再庇护一再包容，到最后都不能如意！如果他不是司马昭颜，她也不是欧夕莲，是否会有幸福快乐的结局？

"皇上，再过几日便是七夕，皇后册封大典，就用那日作为过继的日子吧。"

司马昭颜长长地吐口气，挥挥手，哽咽道："一切，就依……各位大人！"

十二 · 等待

蝉鸣喧嚣的夏夜，越发衬出庭院的寂寞。

一片漆黑，一盏灯都不留。他每踏出一步，心就被切碎一块。他不知道，手里的圣旨要如何交给她才能让自己不流泪。

她依然站在桂树下，白衣胜雪，裙袂飞扬。就像夜里的精灵，悄无声息摇曳走来，轻轻抚摸他的脸。他看着她的嘴唇，知道她在说："对不起……"

她的纱衣透明，敞露着锁骨、肩胛。他俯身去吻她，干净、纯洁，就像他们第一次懵懂的亲吻，将身外的一切都掷入虚无的夜空，在幽秘的芳华中下沉，沉入情欲的海底。

她顺着他的胸膛抚下去，触到腰间的圣旨，猛地抽出来。昭颜夺之不及，她已经借着月光匆匆扫了一遍，手上一松，明黄的圣旨一面闪着熠熠光辉一面在阴暗中坠落。她表情僵冷地看着他："你……怎么可以……这样对我？"

"夕莲！"他抑制不住内心极度的恐惧，紧紧拥着她逐渐冰凉的身躯，双手用力在她身上揉搓，希望她不要冷去。他不知自己该说什么，支支吾吾地解释，"只是过继而已……夕莲，新皇后是个很好的人，曦儿不会受委屈。"

夕莲阴森地笑起来，是啊，她是很好的人，所有人都是好人，只有她自己是坏人……

原来，从始至终，她一直是个坏人。

原来，她的戏早已结束，该落幕了。

她乖顺地服从他，服从他沾染了别人气味的身体，服从他不再专属于她的欲望，服从他那颗坐拥江山美人的心。她努力让自己不哭泣，低声央求："明天，再让我和他待一天，好吗？"

"好……我陪你们。"他吻过她半透明肌肤下细弱的血脉。

"谢皇上。"

他捏住她的嘴，命道："不要叫皇上！昭颜，叫我昭颜……除了你，天底下没有人可以这样叫我……"

她淡淡地笑着，窝在他怀里不停地唤："昭颜、昭颜、昭颜……"

不停地唤，不停地唤……因为她不知道到底要唤多少声，才能偿还这一世的情债。

橙黄的阳光铺满莲池，恍然看去，竟觉得如仙境一般。

这边的风总是清凉的，带着淡泊的花香和水雾。

夕莲妆容精致，华裙及地。她怀里抱着曦儿凭栏而立，斜挑的眼角却睨着对面的司马昭颜。她的眼神狡黠如故，却头一次深幽得让人看不懂。

"夕莲，累了么？"

她轻轻摇头，浅笑不变。

司马昭颜侧头嘱咐老画师："快些吧，还要多久？"

"昭仪先坐下歇会儿，老身开始上色了。"

夕莲终于松了口气，锦秋接过曦儿，笑道："娘娘可真是不马虎，一动不动的！"

玉茗上前替她捏胳膊，有些埋怨道："早知道画像这么辛苦，咱就不画了！"

夕莲仍然睨着司马昭颜，视线丝毫未曾移开。

昭颜朝她走去，贴近她问："你在看什么？"

"看你啊。"她眉梢一挑。

他的手指拂过她脸颊："夕莲，曦儿被过继给皇后，才是名副其实的东宫。不然，他今后在宫中何以立足？"

夕莲抿唇，直勾勾地盯着他的眼睛，她想知道，那双漆黑的眼珠里是不是永远只会倒映出她这个绚丽的影子？

福公公在旁低声提醒："皇上，左相大人在御书房等候多时。"

昭颜蹙眉，夕莲忽然从座上弹起来拉着他："你帮我题个字再走！画像还未完成，就题在空白处吧！"

昭颜颔首凝思，大笔一挥写了四字：惑世姣莲。

夕莲急忙挽着他唤："还要盖上你的印！"

"为何？"

她娇蛮一笑："盖上印才是御赐的嘛！快点……盖在这个空处！"

昭颜便吩咐福公公取大印来，宠溺地看着她："你自己盖，想盖几个都行。"

夕莲眯眯笑起来，看起来真的很开心。

当他明黄的身影渐渐消失在郁郁葱葱的树林中，她笑得流泪了。

锦秋怀里的曦儿忽然大哭不已，夕莲定定地看了他好一会儿，从腰间取下那枚白玉扳指，上面多了根乌黑的发绳。她悉心替他挂上，口里轻轻念叨："你母后是坏人，可你将来的母后是个很好的人。曦儿……"

司马曦瞪着乌溜溜的眼珠不哭了，胖嘟嘟的小手紧紧抓住扳指。嘴里含糊不清嘟囔着婴儿特殊的语言，然后咯咯笑起来，欢快悦耳。那双丹凤眼眯起来，像只小狐狸。

眼前的风景被泪水湿透，她渐渐收起那幅画卷，郑重地对锦秋道："太子，托付给你了。"

司马曦止住了笑，傻傻望着夕莲，望着她头上鲜艳的花，望着她耳上摇晃的明珠，望着她脸颊满满都是泪，然后望着她仓皇逃窜的背影……一声响亮的啼哭，打破了午后宁夏。他拼命挥着小手，使劲蹬腿，声嘶力竭，脸涨得通红，直到哭到咳喘不止还不知疲惫。其实幼小的他已经能看懂母亲的眼神，他当然能看懂，因为他被抛弃了。

七夕，册封大典，举国庆贺。

宫中欢宴通宵，一夜不绝。金陵城烟花灿烂，万民狂欢。

司马昭颜听着远处烟花冲上夜空爆裂的声音，心怦怦直跳。他侧头看枕边的女子，光润的肌肤被大红帐子浸泡得红润而娇羞。她脸上还挂着泪珠，可是他方才明明没听见她哭，一点声响也没有。这大概便是大家闺秀的典范。

今天是七夕，是牛郎织女相会的日子。他闭目想起观星台，想起她身上青涩幽秘的莲香，想起她狐狸般狡黠的眼睛，想起她的锁骨和肩胛。还有她清明悦耳的声音："牛郎在哪里？"

他的心跳越来越急促，晚宴没看见她，她一定是想躲起来，她一定很伤心，她一定在哭。他猛地跳下床，对新皇后说："朕出去走走！"

甚至没得到她的回应，司马昭颜已经和衣冲了出去。

守在外面的福公公惊叫："皇上，大喜日子这是要去哪儿？"

他压低声音急忙吩咐："备辇车，延欢殿！"

"这！恐怕不妥……"

司马昭颜狠狠撂下一句话："朕自己也能走过去！"

福公公叹了口气，追了上去。

延欢殿只有一角闪着微弱的烛光，琉璃瓦在各色烟花下姹紫嫣红，不断闪烁、变幻。

他紧紧盯着路旁的桂树，害怕她就站在那里如幽灵一样冷魅。一簇一簇的烟花冲上夜空，交织着各种绝美的图案，却像闪电般惊心动魄。他大步冲进来，如入无人之境，宫人们都去凑热闹了，难道就没人留下来伺候她么？！

他的脚步夹杂着怒火在殿里咚咚直响，一路响到寝殿。

漆黑的，没有一丝光亮。她睡下了吗？可睡得着？

轻轻推开门，淡淡轻风循着空隙侵入，烟霞锦在黑暗中翩然起舞。缤纷的烟花透过窗棂闪进来，让人觉得帘幔煞白，没有色彩。

床上没动静，她原来睡得这样熟。他放心了，却有些醋意，无奈地自嘲笑笑，转身就要离开。可是，闪电般的烟花却照出桌案边的地上，躺着一个人！

他心底一窒，扑过去抱起她来，高声唤道："来人！点灯点灯！"

这才惊动了在后园玩乐的宫女，慌张失措掌了灯来。司马昭颜惊讶地发现，自己抱着的是玉茗！转瞬间，一屋子人都愣了，簇拥的灯盏照着室内一片狼藉，遭劫了一般。

司马昭颜整张脸都在抽搐，死死盯着空荡荡的床大吼："昭仪呢？！"

宫女们跪了一地，噤若寒蝉。只有他的回音在殿内绕梁不绝。

福公公低声下令，将所有人都驱出殿去在外罚跪，昏厥的玉茗也被抬走。

这里只剩下司马昭颜，和一心保护他的福公公。

他颤颤巍巍走到书案前，前日的画像安然瘫在那里，缺了方方正正的一角。画像下方，一首《卜算子》玲珑飘逸。

我住长江头，君住长江尾。

日日思君不见君，共饮长江水。

此水几时休，此恨何时已。

只愿君心似我心，定不负相思意！

"只愿君心似我心，定不负相思意！"他重复念了好几遍，歇斯底里高呼，"你不守誓言——"

她笑得那样明媚，却狡黠无比！

夕莲，你不守信！你怎么可以抛弃自己的夫君和孩儿！

他面容扭曲，眼泪淌满脸颊，在烟花下流光溢彩。

他终是留不住她，一点点也留不住……无力退了几步，他靠着墙角慢慢滑下，紧紧蜷缩成一团。他畏寒，他怕黑，他喜欢晶亮的东西，好比星星、好比夕莲。可是生命中唯一的光彩也要弃他而去，剩下的是永远无奈的寂寞。

如果他还是白痴，该多好。如果他永远是她的司马昭颜，该有多好。

福公公痛心疾首，抹了抹眼角问："皇上，追么？走不远的。"

他微微抬头，模糊的视线中只有纷纷飘曳的帘幔，就像一条条水蛇，缠住他的心。她走不远的，追吗？像上次一样把她追回来。可是那又怎样，他们还可能像夫妻一样日日依偎、同食共寝么？

只愿君心似我心，定不负相思意！

他紧闭双目，哭着嘶吼出一句他宁死也不愿说的话："不追！让她走——"

然后他听见自己心底有种血脉迸裂的声音，或许一生，就这样结束了。

疾驰的马车一路向南，喧嚣和热闹逐渐隐去，繁华旖旎不过是一场旧梦。

夕莲怀抱着娇俏可爱的女婴，笑靥如花。

陈司瑶回望满天灿烂的烟火，热泪盈眶。

"娘子……好饿，我好饿……"

"官人，嘘……别吵，我们使劲赶路，到了江南就可以休息了！"

夕莲也哄他："哥哥，你乖乖睡觉好不好？你看婉儿都睡了呢！她比你乖！"

卢予淳拍着手疯笑："好乖好乖！我也要睡觉！"

陈司瑶揽着他，温柔地道："睡吧，睡一觉，什么都过去了。"

卢予淳温顺地窝在陈司瑶怀里，俊秀的面容从未如此安详。

陈司瑶松了口气，感激地望着夕莲："没想到你还会救他。"

"这世上，最无忧无虑的人，是傻子和疯子。他都不忧虑了，那我们还计较什么？"

"可是你为何……宁愿搭上自己救我们走？司马昭颜一定会四处寻你……"

夕莲轻松一笑："他的江山，我还给他了。我不再欠他什么，他不会找我。"

"你舍得吗？"陈司瑶伸手轻抚她红肿的眼睛，"你哭了很久才下的决心吧？你们俩走到现在可不容易。"

夕莲垂目，凝视包袱里露出一截的牌位，低声说："现在的他，不是我的司马昭颜了。韦娘和母亲一定会懂我，帝王给不了的，是爱情里最重要的唯一。"

她含泪微笑，眉毛一挑说："我舍不得他，更舍不得我自己。我曾发誓说离开他就折寿十年，可我待在宫里恐怕要折寿二十年。姐姐说，十年与二十年，哪个更划算？"

陈司瑶掩口而笑，却深深明白这话中的苦涩。如今的她们，只能苦中作乐。

"可是，你是怎么拿到那道密旨的呢？"

"密旨么？前日我骗司马昭颜给我在画像的空白处盖了个大大的印章，恰好他先前下了道圣旨给我，于是，我就偷龙换凤，把圣旨上的内容换掉了！"

“那你也不简单，那些侍卫轻易就信你了！”

“哄过一个人，其他人就好办了！这种唬人的把戏，要靠气势才能混过去！小时候我去予淳哥哥家里玩，下人们都怕我小小丫头，不就是靠装假把势么？”

陈司瑶也不掩口了，和夕莲一道放声笑起来。

马车一路扬起灰尘，洒下银铃般的欢笑。

寂寂红尘，浮云翩跹，飞过轻烟田垄，掠过陌上桑田。

江南十万碧波、车水马龙，总有属于她的一方净土。

二十年后，司马昭颜退位，居太上皇。司马曦继位，改年号为延庆。

槐树飘香，细碎的白花无风自坠，悠然而寂寞。

司马曦举眸望着金银镶嵌的匾额，是他父皇郑重其事题下的字：三千弱水。

这是司马昭颜最常来的地方，形形色色的传闻中，最让人浮想联翩的是千美图。据说，司马昭颜每隔几日便会来此绘图，既然殿名为三千弱水，那当然是与女子有关。早有眼尖的奴才发现送进去的颜料是仕女图中常用的色彩。于是后宫佳丽们纷纷猜测，自己是否有此殊荣，得皇上御笔画像。不过，司马昭颜的后宫已经结束了。

太皇太后银白的发线在阳光下微微颤动，苍老的声音带着些许沙哑：“你真就这么好奇？”

司马曦执拗地点头：“父皇总是神神秘秘的，反正他走了，太皇太后就让朕进去看看吧！”

太皇太后嘴角勾起一抹幽然的笑，轻声道：“其实，这里从前叫延欢殿。”

司马曦迫不及待下令：“快去开门！”

两名内侍暗自兴奋，他们将亲眼目睹隐藏在这所殿里多年的秘密！

殿门并未关紧，轻轻一推便开了，空气流动中，震荡了原本寂静的尘埃。

一室如霞似锦的帘幔微微撩动。

司马曦惊观四壁，果然是满满的美人图！

这些美人，有娇有嗔，有怒有喜，有哀有愁，有痴有怨。

姿态万千，看得人眼花缭乱。不过更加令他吃惊的是，这些画像，画的是同一名女子！而正对着书案一幅最大的画，是那名女子怀抱婴孩，笑靥如花。左侧题了四个龙飞凤舞的大字：惑世姣莲。

“她……是谁？”司马曦瞠目结舌，细看之下，其实再明白不过，他长了一双和画中女子一样的眼睛。

“你说呢？”

司马曦有些生气：“真是我母后？可是……她为什么离开？为什么抛弃我和父皇！”

太皇太后有些气喘，一字一句说得很缓慢：“这么多年，她并没有真正离开。哀家一定没猜错，扬州郡鄱阳县每年进贡的莲子，便是她种的。”

“我们现在吃的莲子么？”

“是……这莲子，你也经常吃，并不是上上之品，甚至莲芯都挑不干净，经常叫人苦不堪言，但却能够被常年采用为贡品。若不是你父皇特意为之，这样的莲子连金陵也进不了。”

司马曦凤目微眯，若有所思地道：“难怪父皇最讨厌听见别人说莲子苦……”

“唉……哀家老了，还在这儿陪你瞎折腾！皇上早些回御书房去吧，别忘了你父皇叮嘱你的话！”

司马曦露出委屈的神情，满脸失望地嚷道：“父皇是去找母后了么？那我怎么办？他为何不带我去？”

太皇太后哭笑不得，瞪着他说：“你现在是皇帝！不能再和从前一样任性胡来！”

“朕知道了！”司马曦愤愤道。

“真是和你母亲一样的性子。”太皇太后笑眯眯地望了他一眼，被侍女们搀扶着离开。

院里桂树繁茂，还不到花开的季节，却隐隐能闻见香气。但是反复再嗅几次，才发现这香气不是桂花，是莲花。她缓缓回头瞥了一眼，书案上的香炉默默焚烧了二十年，连树木砖瓦都沾染上了莲香。想起方才画上的词，她嘴唇微动，柔若无声地念了一遍：“我住长江头，君住长江尾。日日思君不见君，共饮长江水。此水几时休，此恨何时已。只愿君心似我心，定不负相思意！”

其实她早就知道，司马昭颜的三千弱水，全都是欧夕莲。

（全书完）